Querverlag

Dorit David

Gefühl ohne Namen

Roman

Erste Auflage September 2012

Umschlag und grafische Realisierung von Sergio Vitale unter Verwendung eines Fotos von Eric Gottschalk (getty images)
Gesamtherstellung: Finidr
ISBN 3-89656-201-2
Printed in the Czech Republic.

Bitte fordern Sie unser Gesamtverzeichnis an:
Querverlag GmbH und Salzgeber & Co. Medien GmbH,
Akazienstraße 25, 10823 Berlin
www.querverlag.de | www.salzgeber.de

„Nichts ist wahrer als das, was man nicht vergessen kann …"
S. Celibidache

Es ist ein Schnee gefallen
Und ist es doch nit Zeit
Man wirft mich mit den Ballen
Der Weg ist mir verschneit.

Mein Haus hat keinen Giebel
Es ist mir worden alt
Zerbrochen sind die Riegel
Mein Stüblein ist mir kalt.

Ach Lieb, laß dich's erbarmen
Daß ich so elend bin
Und schleuß mich in dein Arme!
So fährt der Winter hin.

Ambraser Liederbuch, 1582

Prolog

Januar 1945

Es sah aus wie ein Schaufenster. Ein Schaufenster aus Eis. Nur dass sie nicht senkrecht davor, sondern mit beiden Beinen direkt auf der Glasscheibe stand. Das vierjährige Mädchen stand aber keineswegs auf einem Schaufenster. Was es dafür hielt, war nichts anderes als ein Stück der Eisfläche des Haffs, durch die es hindurchsehen konnte. An den Rändern war die Scheibe vom Schnee freigeweht worden und gerade so dick wie ihr Kinderstiefel. Das Mädchen blickte fasziniert auf etwas, das es unter den Füßen sah. Das Wundervollste daran und der Grund, warum sie so verzaubert auf das Eis schaute, obwohl die Großen laut und wiederholt ihren Namen durch den Nebel riefen, war: Unter dem Eis befand sich eine Kutsche. Sogar die Pferde konnte sie genau erkennen. Die Tiere schienen in vollem Galopp zu sein.

Das Mädchen bückte sich und wischte mit seiner rot gefrorenen Hand den harschen Schnee beiseite. Die Mitte des hölzernen Hinterrades der Kutsche lag dicht unter dem Eis und ragte ein wenig vor, so dass sich ein kleiner Hügel auf der Oberfläche gebildet hatte. Er sah aus wie ein großes Bonbon und passte genau in die hohle Hand. Das Mädchen bückte sich und leckte. Salzig. Die Zunge klebte fest; es tat weh. Schnell zog das Mädchen sie ein. Es hockte so dicht vor dem Eis, dass es auch den Metallbeschlag genau erkennen konnte. Wie ein goldener Ring umfasste er das Hinterrad. Das Kind glaubte fest daran, dass es Gold war. Was sollte es denn sonst sein? Erst als ein dumpfes Brummen durch die Wolken drang und die Rufe der Großen sich überschlugen, löste sich das Mädchen von dem Anblick, nahm Anlauf und schlitterte den Stimmen hinterher.

Es ist ein Schnee gefallen

Februar 2007

Laetitia hörte an jenem Tage mit dem Sprechen auf, als sie über einen Regionalfunksender beim Autofahren auf der E28 feststellte, dass sie haargenau die Stimme ihrer Mutter geerbt hatte. Die Konferenz war anstrengend gewesen; sie hatte übermäßig lange gedolmetscht. Fünf Stunden im Wechsel mit einem Kollegen und von einigen Pausen unterbrochen, aber dennoch zogen bereits Vorboten beginnender Kopfschmerzen langsam ihren Hinterkopf hinauf. Laetitias Unterbauch krampfte, und zu ihrem Verdruss wurde sie durch ihre Blutung überrascht. Fluchend löste sie die Hand vom Lenkrad, fingerte im Handschuhfach nach der Pappschachtel mit den abgestoßenen Kanten und befreite geschickt die letzte von zwei Tabletten aus der Verpackung. In diesem Moment geschah es, dass der Radiosprecher unvermittelt die Gewinnerin eines Preisrätsels in der Leitung hatte. Laetitia horchte überrascht auf, weil sie meinte, sich selbst zu hören. Die Tablette sprang ihr aus den Fingern, fiel auf den Boden und rollte unter dem Sitz.

„Stockentenschießen!“, tönte ihre Stimme, die nicht ihre war, durch den Kleinbus. Danach ein Lachen.

„Das ist goldrichtig! Herzlichen Glückwunsch, Sie haben gewonnen!“ Dann wieder dieses Lachen. Es klang scheppernd und verzerrt durch die Telefonverbindung, aber es war dennoch nicht zu leugnen: ihr Lachen. Laetitias Hände hielten wie gelähmt das Lenkrad umfasst, während sie weiterlauschte.

„Und Sie kommen aus … ?“

„Aus Ebermünde. Aus Ebermünde komme ich“, hörte Laetitia die Stimme im Radio sagen und gleich darauf die Erwiderung des Moderators: „Dann ist Ebermünde jetzt um eine glückliche Gewinnerin reicher. Haben Sie denn eine Idee, was Sie mit dem Geld anstellen werden?“

„Ich weiß nicht genau“, lachte die Stimme hysterisch und verschluckte sich dabei. „Ich hab ja alles, was ich brauch, ich glaub, ich werde wohl mal meinen Enkel fragen müssen.“

„Na, dann ist Ebermünde jetzt auch um einen glücklichen Enkel reicher, Frau Klänger, wie heißt er denn, wenn ich fragen darf?“

Laetitia schaltete ab. Schnell, noch bevor die Stimme, die ihrer Mutter Hanna gehörte, den Namen ihres Sohnes preisgeben konnte. Eric.

Der Überraschungsmoment, der Laetitia zunächst erschreckte, als sie meinte, ihre eigene Stimme zu hören, hätte sie an diesem Tage beinahe das Leben gekostet.

Ein roter VW – ein Ausscherer – war direkt vor ihr zwischen den beiden Lastern aufgetaucht, die sie linker Hand zu überholen angesetzt hatte. Panisch trat sie auf das Bremspedal, um nicht aufzufahren, und nur der Geistesgegenwart des hinter ihr bremsenden Porschefahrers war es zu verdanken, dass ein Unfall ausblieb. Ein durchdringendes Hupen zeugte von dem Schreck, den sie durch ihr panisches Manöver kaskadenartig nach hinten weitergegeben hatte. Zu allem Überfluss hob Laetitia beide Hände gleichzeitig vom Lenkrad in die Luft und modulierte spontan ein Sorry, indem sie die rechte Hand hektisch über den Handrücken der Linken rieb, was bei dem Fahrer nur ein verständnisloses Kopfschütteln auslöste. Schnell packte sie wieder das Lenkrad, blinkte kurz und ließ den aufgebrachten Mann vorbeiziehen. Er hatte die Geste ihrer Hand nicht verstanden und sie selbst konnte sich ebenso wenig erklären, weshalb ihr in dieser heiklen Situation ausgerechnet die Gebärdensprache unter die Finger gekommen war. Rein gar nichts konnte sie sich in diesem Moment erklären. Stattdessen hielt sie weiter das Lenkrad umfasst. Es war ihr, als bestünde die Luft aus Glas, als schaute sie durch eine meterdicke Schaufensterscheibe. Und wenn sie in diesem Moment überhaupt in der Lage gewesen wäre, irgendetwas aus dem Gegenwärtigen zu erkennen, so wären es die Augen des jungen Mannes gewesen, der sich zu einem abschätzenden Blick für die hagere Mittdreißigerin herabgelassen hatte, die noch immer halb erstarrt ihr Lenkrad umfasst hielt, nur weil sie eben zum ersten Mal in ihrem Leben festgestellt hatte, dass ein hörbarer Teil ihres Körpers identisch mit dem ihrer Mutter war.

Es grenzte an ein Wunder, dass Laetitia ihre Zweizimmerwohnug in Ebermünde an jenem Abend heil erreichte. Hätte man sie gefragt, wie, so hätte sie sich nicht erinnern können. Aber es fragte sie niemand und so blieb es auch unbemerkt, dass sie an jenem Tage mit dem Sprechen aufgehört hatte.

Hanna war eine rundliche Frau und lebte am Rande von Ebermünde nahe einem Ausläufer des Niedermünder Kanals, den man auch Alte Furt nannte. Ein Weiher, wie sie ihn gerne titulierte, weil er fast zugewachsen war. Laetitia und ihre Mutter Hanna verbanden einerseits ein Leben in der gleichen Stadt ebenso wie die geteilte Fürsorge für Laetitias Sohn Eric. Und doch gab es andererseits nichts in Laetitias Leben, dem sie ständig und stärker auswich als dem Beisammensein mit ihrer Mutter. Eine ungezügelte Verachtung flammte auf, sobald sie länger als ein paar

Stunden in Hannas Nähe war. Wenn sie ihre Mutter besuchte, verspürte sie sofort den Drang, sich ins Auto zu setzen und loszufahren, zumeist unter dem Vorwand, etwas Dringendes erledigen oder ungestört mit jemandem telefonieren zu müssen. Und Hanna nahm es hin. In ihrer leiblichen Fülle wirkte sie, als könnte ihr nichts wirklich etwas anhaben. Doch selbst die Massigkeit ihrer Mutter war Laetitia zu viel. Sie hatte zwar hin und wieder versucht, darüber nachzugrübeln, ob es einen Grund für die vehemente Ablehnung des Fetts ihrer Mutter gab, aber sie fand einfach nichts. Keine Erklärung. Nur ein Bild war da, das sich in ihr festgesetzt hatte, das aber so gleichermaßen unlogisch wie bizarr war, dass sie aufgehört hatte, sich weiter darin zu vertiefen.

Auf jenem Bild war ihre Mutter Hanna abgebildet, die ihr in all ihrer Massigkeit entgegenwuchs. Dies tat ihre Mutter aus einem einzigen Grunde: Sie konnte Laetitia nicht gehenlassen. Da Hanna aber nie genau wusste, wo sich ihre unstete Tochter gerade aufhielt, wuchs sie eben einfach in alle möglichen Richtungen.

Als es dennoch geschah, dass Laetitia mit knapp zwanzig, mager, aber ausgewachsen und ihre Mutter um zwei Kopflängen überragend, endgültig aus dem Haus ging, begann Hanna, was ihr an Höhe nicht mehr möglich war, langsam durch leibliche Breite auszugleichen. Und jedes Mal, wenn Laetitia sie damals in Ebermünde besucht hatte, erschien sie ihr mächtiger und massiger als je zuvor.

Früher war Hanna eine Frau gewesen, der viele Männer nachstellten. Aber niemand war geblieben, niemand schien gut genug. Die dauernden Wechsel hatten Laetitia lediglich eine temporäre Stiefschwester eingebracht, mit der sie sich nicht allzu gut verstand. Und auch wenn Hanna damals schlank gewesen war, so hatte sie sich in ihrem Wesen schon immer überbordend gezeigt. Jeglichen Bewegungsspielraum ihrer Tochter hatte sie frühzeitig durch ihre eigene innere Fülle zunichtegemacht. Vermutlich hatte sie ihre Liebhaber damals eher verdrängt als verlassen, höhnte Laetitia, seufzte und klopfte auf das Lenkrad.

Wie auch immer, eines blieb: Unaufhaltsam und bis zum heutigen Tag überwältigte sie das Gefühl, ihre Mutter suchte den zwischen sich und ihrer Tochter liegenden Raum durch Fettzuwachs zu verringern.

Dass diese Fantasien nicht der Norm entsprachen und nichts mit der Realität zu tun hatten, ahnte Laetitia und sie beobachtete natürlich auch, dass Hanna nicht imstande war, auch nur einen Krümel Brot wegzuwerfen. Die Fettleibigkeit ihrer Mutter auf sich zu beziehen, war narzisstisch, das wusste sie. Und dennoch tat sie es.

Als Eric fünf wurde, war sie sogar zurückgekommen nach Ebermünde, heimgekehrt, wie Hanna freudig ausgerufen hatte. Doch die Freude war einseitig geblieben. Für Laetitia war die Rückkehr damals nur das kleinere von zwei Übeln gewesen.

Obwohl sie unentwegt auf die Straße starrte, verpasste sie an diesem Tage beinahe die Ausfahrt nach Ebermünde.

In der Wohnung schlug ihr die abgestandene Luft entgegen. Sie hatte vergessen, die Fenster auf Kippe zu stellen. Eric schlief bei Hanna. Das hatten sie im Vorfeld geregelt. Den folgenden Tag wäre Laetitia wegen eines Auftrages unterwegs und heute war sie einfach zu müde. Es war ihr nur lieb. Der Widerwille, ihre Stimme zu gebrauchen, wog schwer.

Natürlich konnte sie es sich nicht leisten, das Dolmetschen auf diesem Festival aufgrund einer launischen Unpässlichkeit abzusagen. Sie ließ die Tasche in den Flur fallen, ging ins Bad und stellte sich vor den Spiegel. Einatmen, Ausatmen. Gequält versuchte sie ihrem Atem einen zarten Summton beizugeben. Abgesehen von dem rauen Gefühl im Hals, dessen leichten Schmerz sie in der Lage gewesen wäre zu ignorieren, war da nichts, was es hätte verhindern sollen. Doch schon im Ansatz des Tönens sabotierte eine aufsteigende Übelkeit jegliche Stimmfärbung. Laetitia schüttelte den Kopf. Was zum Teufel bedeutete das? Mit leiser Furcht studierte sie ihr Gesicht, als hätte sie Angst, weitere Anzeichen einer Ähnlichkeit mit Hanna an sich zu entdecken. Da war nichts. Noch einmal versuchte sie zu sprechen, aber lediglich der Unwille kroch ihr die Magengegend hinauf und die unterschwellige Übelkeit war schneller als jedes Wort. Sie setzte sich auf den Wannenrand und atmete noch einmal tief durch. Eine merkwürdige Schwäche hatte sie befallen. Eine Schwäche, die über Kopfschmerz und Erkältungsanzeichen hinausging. Etwas in ihr wollte partout nicht und sie musste es akzeptieren.

Selbst ohne Navigation hätte sie das Gebäude gefunden. Es handelte sich um ein Freizeitheim. Ein flacher, grauer Betonbau mit breiter Glasfront, dessen Fenstersimse dicht mit grauweißem Taubenkot übertüncht waren. Es wirkte wie eine kunstvolle Patina. Laetitia kurbelte das Lenkrad herum und bog um die Ecke. Ziel erreicht. Sie schaltete das Navi ab. Der Parkplatz vor dem Gebäude war wie leergefegt; überhaupt wirkte der gesamte Vorplatz mit dem angrenzenden Gebäude seltsam verlassen. In der Mail hatte gestanden, dass sie ab elf Uhr in einer Mehrzweckhalle eintreffen solle. Noch einmal warf sie einen Blick auf das Datum. Alles stimmte. Die Vorgespräche mit dem Veranstalter waren ziemlich konfus und chaotisch verlaufen.

Falls jetzt doch etwas schiefgehen sollte, lag das nicht in ihrer Hand.

Laetitias Blick streifte den Stauraum des Bullys. Der Schlafsack von Eric war in die hintere Ecke der Ladefläche gerollt. Am Samstag würde sie Eric zu ihrer Stiefschwester Thea bringen. Sie war damit Erics Wunsch nachgekommen, denn Thea hatte ihn eingeladen, ein gemütliches Wochenende mit ihr und Calla, ihrer Tochter, in Holtenhagen zu verbringen. Gemütlich!, spottete Laetitia innerlich, ein lauschiger Februartrip aufs Land! Das konnte nur von Thea kommen. Erics Schlafsack wirkte wie eine grünschwarze, pralle Wurst und verursachte einen unangenehmen Vorgeschmack auf das kommende Wochenende. Vielleicht müsste er mal entrollt und gelüftet werden, aber Eric war so etwas egal. Mit knapp fünfzehn hat man andere Sorgen.

Sie schaute auf die Uhr, stieg aus und verriegelte den Wagen. Noch drei Minuten blieben ihr für eine Zigarette. Der Wind fegte ein Gemisch aus Schotter und kleinen Eisklumpen über den Gehweg. Ihr Übersetzungsauftrag hatte sich als viel kleiner erwiesen, als zu vermuten gewesen war. Nichts von Bedeutung. Die gesammelte Fachliteratur über Theater, die sie sich am Nachmittag zuvor noch eingebläut hatte, hätte sie sich schenken können. Und über das aufgeplusterte Gehabe eines Herrn Busse auf ihrem AB musste sie jetzt noch grinsen. „Theaterauftritt von internationaler Bedeutung.“ Letztlich war das hier eine einstündige Kinderveranstaltung auf einem netten kleinen Festival mit dem Namen „Grenzgänger“. Das Gastspiel eines deutschen Produzenten, das in Japan einen Preis erhalten hatte. Deutsche, in Asien prämiert, spielten für Hörende und Gehörlose ein Stück, das wiederum von zwei Gebärdensprachdolmetscherinnen übersetzt wurde. Mindestens drei Grenzgänge waren darin enthalten. Daher also absolut förderungswürdig. Ihr Grinsen wurde noch breiter. Das Stück, das sie zu übersetzen hatte, war zeitlich gesehen die letzte Vorführung im Rahmen des gesamten Festivals. Ein Spiel am Rande für Randgruppen. Das Stück wurde von einem Duo aus Göttingen aufgeführt, trug den Titel „Puschel und Spreizborst" und erzählte die Geschichte einer Freundschaft zwischen einem Wildschwein aus dem Tannwald und einer großstädtischen Pudeldame.

Die etwa dreißigköpfige Gruppe des integrativen Kindergartens konnte Laetitia gleich ausmachen. Mit einem kräftigen Tritt stieß sie die schwere, stahlummantelte Glastür des Heimes auf. Stickig warme Luft umfing sie.

Von Weitem sah sie Ansammlungen älterer Kinder und zwei Jugendliche in Rollis. Die Wärme stand wie eine Wand im Raum und wurde nur leidlich durch die fuchtelnden Bewegungen rennender Kinder verquirlt. In der rechten Ecke sah Laetitia einen etwa neunjährigen Blondschopf, der mit drei gleichaltrigen Mädchen eine hitzige Diskussion mit den Händen führte. Noch weiter hinten tranken ein paar dunkelhäutige Kinder Tee mit einer Erzieherin. Kurz vor der doppelflügeligen Tür mit den zwei großen Papphänden, auf deren Fingerspitzen das Wort „Theatereingang" prangte, war eine weitere Ansammlung von Kindern. Und dicht an der Fensterfront leckte ein kleines Mädchen in sich versunken an einer großen Scheibe. Laetitias Blick schweifte wieder zurück zu der Kleingruppe um den Blondschopf, hielt inne und belauschte den Jungen ein wenig mit den Augen. Sie lächelte. Von Drachen und Piraten hatte in der Stückbeschreibung nichts gestanden.

Dies war eine andere Welt. Manchmal tauchte Laetitia gerne in sie ein. Gerade weil sie so nonkonform war. Frei von den gewohnten, akustisch dichten Unterhaltungen. Hier konnte sie von Weitem alles mithören, konnte aber genauso die Augen schließen, ohne einem dicht gewebten Wortgeflecht ausgesetzt zu sein. Lediglich die verstreuten Lacher, das Schnaufen oder das unscharf artikulierte Tönen unterbrachen diese Stille. Heute leider nicht. Mehrere Kinder tobten kreischend durch die Halle, dicht gefolgt von zwei jubelnden Gehörlosen. Rollstühle brummten an ihr vorbei. Hinterdrein ein Mädchen mit einem Stock. Boden und Stock in einem fortwährenden Klopfkonzert begriffen.

Laetitia stieß sich von der Wand ab, um der rothaarigen, Tee ausschenkenden Frau entgegenzugehen, als unvermittelt jemand nach ihrer Hand griff. Sie schaute nach unten. Die Fensterscheibenleckerin. Das kleine Mädchen sah sie aufmerksam an und hob fragend die Augenbrauen. Wer bist du? Laetitia hockte sich zu ihr und zeichnete ihre Namensgebärde in die Luft. Das kleine Mädchen gebärdete freudig zurück. Es hätte Anna heißen können, vermutete Laetitia. Genau wusste sie es nicht, denn das Mädchen benutzte jene, nur sie betreffende symbolische Handbewegung, die nichts mit dem üblichen Fingeralphabet gemein hatte.

„Kannst du auch schon fingern?“, fragte sie mit den Händen zurück. Das Mädchen lächelte, nickte, tat aber nichts dergleichen. Stattdessen schaute sie Laetitia weiter erwartungsvoll an und hob noch einmal fragend die Augenbrauen. Laetitia nickte und wiederholte langsam ihren eigenen Namen mithilfe des Fingeralphabetes. Das Mädchen schaute wieder und lächelte. Dann packte es Laetitia bei der Hand und zog sie mit sich in den hinteren Teil des Saales. Die Rothaarige hob den Kopf.

„Ach, Sie sind sicher die Dolmetscherin?“

Laetitia nickte.

„Ich auch. Mabel, Mabel heiße ich und bin die Zweite im Bunde!“ Ihr Lächeln war sehr einnehmend und erinnerte Laetitia an etwas Lichtes und Weißes, das sie nicht so schnell in Worte fassen konnte.

„Wenn Sie nichts dagegen haben, können wir uns auch duzen.“ Wieder nickte Laetitia.

„Wie heißt du?“, fragte die Rothaarige, während das gehörlose Mädchen unentwegt an Laetitias Hand zerrte. „Ach, entschuldige!“, gebärdete Mabel der Kleinen zu. „Hab dich vergessen! Du wolltest etwas sagen?“

Und noch bevor Laetitia ihr zuvorkommen konnte, hatte die vermeintliche Anna Laetitias Namensgebärde bereits in die Luft gezaubert.

„Du hast dir meinen Namen gemerkt?“, gebärdete Laetitia und mimte Staunen.

Das Mädchen strahlte und hüpfte davon.

„Wie heißt sie?“, fragte Laetitia mit den Händen.

„Hanna Florenzia“, erwiderte Mabel schlicht. Bei Hanna zuckte Laetitia unmerklich zusammen und plötzlich war die Luft vor ihren Augen voller Hände. Mindestens zehn wedelten gleichzeitig vor ihrem Gesicht herum. „Halt! Zu laut! Hört auf! Los, rein mit euch!“ Mabel schickte eine rigorose Handbewegung in die aufgeregte Kinderschar und das Rudel tobte los.

„Wollen wir reden?“

„Halsentzündung. Tut weh. Geht nicht“, gebärdete Laetitia.

„Kein Problem! Mir ist es einerlei.“ Mabel lächelte wieder ihr besonderes Lächeln. Irgendetwas aus Stein, dachte Laetitia, antik und weiß. Ein Tempel vielleicht. Versonnen schaute sie ihr lange ins Gesicht.

„Wenigstens einen Vorteil, den wir haben, was?“, fragte Mabel und stupste sie an der Schulter.

„Was?“ Kurz war sie irritiert, fühlte sich ertappt und riss sich von Mabels Anblick los. Ihr unsteter Blick suchte im

Raum nach einem Fixpunkt und eine leichte Röte schoss ihr in die Wangen.

„Falls du auf Herrn Busse, unseren Herrn Auftraggeber, hoffst, der kommt nicht mehr. Ich habe jetzt die Order bekommen, dir alles Weitere zu erklären."

Laetitia nickte und lachte erleichtert auf. Erschrocken stellte sie fest, dass kein Ton dabei herauskam.

Die Feuertaufe gelang. Laetitia hatte einen Platz, von dem aus sie die Bühne ebenso gut wie den Zuschauerraum einsehen konnte. Mabel stand etwas weiter entfernt in der gegenüberliegenden Ecke des Theatersaales. Wir sind nichts anderes als Lautsprecherboxen, zwei ähnlich aussehende Teile einer Anlage, dachte Laetitia. Aber Mabel, wie sie da so stand, hatte etwas von einer kleinen, beruhigenden Sonne. Sogar die Kinder in ihrer Nähe wirkten friedlicher.

Das Licht im Saal fuhr herunter und die Vorstellung begann. Laetitia bündelte ihre Konzentration, was ihr nicht leichtfiel, denn Mabels Anblick regte sie auf eine ungewohnte Weise auf, mehr, als sie sich eingestehen wollte. Entschlossen sammelte sie sich, wandte den Kopf und vertiefte sich in das Bühnengeschehen.

Die Eigennamen der beiden Protagonisten „Spreizborst und Puschel" hätte sie buchstabieren können. Doch beflügelt durch die eigenartige Energie, die Mabels Lächeln immer neu in ihr erzeugte, entschied sie sich kurzerhand um. Es war eine prickelnde Leichtigkeit, die sie so elektrisierte, dass sie, statt zu fingern, spontan ein völlig neues Synonym erfand. Die Pudeldame Puschel betitelte sie mit „Hundewolle" und das Wildschwein „Spreizborst" nannte sie „Harte Waschbürste". Einige Kinder kreischten laut auf und Mabel tat nichts weiter, als darüber zu lächeln.

Und so wie es begonnen hatte, setzte sich das Spektakel fort. Laetitia kämpfte sich durch einen Urwald aus Fantasiebegriffen, Floskeln und Wendungen, wurde aber in den Pausen, in denen Mabel übernahm, durch die komisch köstliche Darstellung der beiden Schauspieler entschädigt. Nach fünfzig Minuten war sie schweißgebadet und wenn man sie gebeten hätte, das Stück zusammenzufassen, sie hätte es nicht vermocht. Ohne Zusammenhang rauschten ihr noch immer die Bilder durch den Kopf, dass ihr schwindelig davon war. Mabel winkte ihr zu, kämpfte sich durch die Menge an sie heran und lachte. Lachte und lachte, als wollte sie gar nicht mehr aufhören. Und es war, als könnte genau dieses Lachen alles Harte, was sich all die Jahre in Laetitias Leben festgesetzt hatte, wegspülen, wenn sie es nur immer wieder und wieder hören würde.

Die Vorstellung war vorüber und Laetitia verschwitzt und glücklich.

Sie liebte dieses vollständige Eintauchen in eine einzige Sache, liebte den Moment der Übersetzung, in dem sie nur noch Medium und ihr ganzer Leib ausschließlich auf das Eine ausgerichtet war: den Kontakt herzustellen, Strom fließen zu lassen, um zwei Pole miteinander zu verbinden. Plötzlich blitzte ein Bild zwischen ihre Gedanken. Mabels Lachen. Es erinnerte sie an eine Säule. Eine antike Säule, auf deren oberem Ende ein Tableau thronte. Und in diesem Tableau spielte die Sonne mit ihrem Widerschein. Mabels Lächeln war wie Mittagslicht in einer kreideweißen Schale, stabil und unerschütterlich.

„Herrlich, Laetitia! Dir müsste man den Originalitätspreis verleihen für neue Wortschöpfungen." Mabel stürzte voller Überschwang mit weit geöffneten Armen auf sie zu. Nur noch drei Schritte, dann wäre sie bei ihr und würde ihr um den Hals fallen. Laetitia wankte. Die Säule kippte. Das Lachen wurde größer und drohte über ihr auszuschwappen. Ruckartig wich sie mit einem Seitenschritt aus. Mabel bemerkte es, hielt inne und verwandelte die Umarmung in ein Schulterklopfen. Laetitia atmete auf. So sehr sie es auch liebte, die Barrieren lautsprachlicher Verständigung aufzulösen, so sehr scheute sie den leibhaftigen Kontakt. Sie hatte sich in ihrer Jugend damit abgefunden, ihn zu umgehen, wann immer es ihr möglich war.

Lange Zeit, zu lange, wie ihr schien, hatte sie nichts unversucht gelassen. Bei Gernot zum Beispiel, Erics leiblichem Vater, ihrem ersten und einzigen Mann, den sie viel zu schnell in ihr Leben und in ihr Bett gelassen hatte, weil sie meinte, es wäre an der Zeit. Sie hatte sich angestrengt, hatte gemeint, dass Nähe und Begehren etwas wären, was man lernen könne. Aber immer fehlte diesen Berührungen ein entscheidendes Moment. Es fiel ihr schwer einzugrenzen, worin es bestand. Ein scheues Etwas in ihr zog sich entschieden zurück und mied das Licht, sobald ihr jemand zu nahe kam. Die wenigen Berührungen, auf die sie sich in ihrem Leben eingelassen hatte, waren immer von einem ionisierten Spannungsfeld umgeben, wie ein abstoßendes Luftpolster zwischen zwei Hautoberflächen. Ein Sicherheitsgebiet. Eine Pufferzone. Selbst bei Eric war das so. Bei Weitem nicht so stark wie bei anderen Menschen, aber spürbar.

Und so seltsam es schien, sie hatte sich aus genau jenem Grund für diesen Beruf entschieden. Auch wenn sie es damals nicht gleich begriffen hatte: Diese Menschen bewegten sie. Es berührte sie, wenn sie sah, wie Kinder aus ihrer Gehörlosigkeit hinausstrebten, wie sie jenseits ihrer Isolation sein wollten und es nicht konnten.

Bei ihr war es andersherum. Laetitia konnte, aber sie wollte es nicht. Diese Kinder waren ähnlich verloren wie sie; deren Einsamkeit besaß nur das entgegengesetzte Vorzeichen.

„Hast du nachher noch Zeit für einen Kaffee?", fragte Mabel und blinzelte auffordernd.

„Kommt drauf an", gebärdete Laetitia, „was nachher heißt."

Langsam kroch die Erschöpfung in ihr hoch.

„Ich arbeite bis zwei", sagte Mabel. „Danach hätte ich Zeit. Der Veranstalter bezahlt einen Teil deiner Unterkunft. Wir laufen hier unter Künstler!" Mabel hob die Augenbrauen und lachte. „Warst du schon in deinem Zimmer?"

Laetitia schüttelte den Kopf. Eigentlich wollte sie zurück nach Ebermünde, aber Mabels Sonnenenergie begann sie allmählich zu verschlingen.

„Geh doch einfach mal hin. Schau dir an, wo du schläfst, und dann treffen wir uns am Marktplatz im Schokostübchen. Um drei, zum Kakao?"

„Lieber Kaffee", gebärdete Laetitia. „Ich schlafe sonst ein."

„Wunderbar! Dann verprassen wir die Spesen am Tresen."

Und schon war Mabel mit einem Haufen Kinder am Ausgang, wo drei Kleintransporter mit der Aufschrift „Taubenschlag" auf sie warteten und den Kinderpulk stückweise verschluckten. Laetitia schaute, ob sie Hanna Florenzia ausmachen konnte. Doch so sehr sie auch suchte, sie fand das Mädchen nicht.

Laetitia hatte sich die Unterkunft nicht mehr angesehen, sondern war im Auto einem Vierzigminutenschlaf zum Opfer gefallen, aus dem sie mit eisigen Händen und mit einem gewaltigen Hunger erwachte. Das hastig zwischen die Zähne geschobene Baguette und die Suche nach einem Parkplatz am Markt hatten ihr kaum noch Zeit gelassen, irgendetwas anderes zu tun. Mabel saß bereits strahlend am Tisch, als sie etwas verspätet das Café betrat.

„Hallo!"

Laetitia winkte dezent zurück. Diese Frau war ein Überfall aus Heiterkeit und ihr Gemütszustand schien genauso aus jeder ihrer Poren zu dringen, wie das rötliche Kraushaar aus ihrem Kopf wucherte. Und wie sie so da saß, wirkte sie auf Laetitia wie ein kleines Kraftwerk, das imstande war, ununterbrochen und bioenergetisch gute Laune zu produzieren. Zum ersten Mal nach langer Zeit fühlte sie sich unbeschwert.

„Was hältst du davon, wenn ich spreche und du gebärdest?"

„Okay."

Mabel winkte der Kellnerin zu und orderte einen Kakao für sich.

„Und du? Kaffee?"

Und während Laetitia noch ausgiebig die Getränkekarte studierte, warf Mabel dazwischen: „Du würdest dir etwas entgehen lassen, wenn du nicht wenigstens eine der Spezialitäten hier ausprobieren tätest! Das Stübchen ist einzigartig!"

Keine zehn Minuten später hatte sich Laetitia für einen Milchkaffee entschieden und trank ihn in großen Schlucken. Warm und ölig rann er die Kehle hinunter. Ihre klammen Finger erwärmten sich an der zwiebelmustrigen Porzellanhaut und wurden weich. Es war das exotischste Getränk, das sie seit Jahren probiert hatte. Ein Gemisch aus zimtigem Milchgeschmack, vermischt mit einem Hauch Kaffee und Koriander, und ein orientalisches Gewürzmäntelchen aus Feuer heizte ihre Stimmbänder kräftig ein. Kurz war sie versucht, einen Ton herauszubringen.

Doch kaum, dass sie auch nur daran dachte, zog das ihr bekannte, beengende Gefühl den Hals hinauf.

„Möchtest du vielleicht doch lieber etwas anderes?", fragte Mabel besorgt. Sie hatte in ihrer Empathie den aufkommenden Würgereiz in Laetitias Gesicht wahrgenommen. Laetitia schüttelte den Kopf.

„Alles okay, es ist nur mein Hals."

„Weißt du was? Ich fühle mich während des gesamten Festivals wie auf einen Sockel gestellt", fuhr Mabel fort. „Ich meine, wer bezahlt uns denn sonst noch die ganzen Extras wie hier. Niemand. EU-Förderung ist klasse! Und niemand guckt mich schräg an, nur weil ich die Hände in der Luft habe. Im Gegenteil, hier nennt man so was ein ästhetisches Stilmittel!" Sie gestikulierte theatralisch. „Na, ja, Künstler sind dem Mainstream ja meistens voraus, sagt man. Ich finde es erniedrigend, heimlich gebärden zu müssen. Alle Einrichtungen, die ich kenne, stecken in ihrer oralen Phase fest." Sie lachte trocken auf.

Laetitia nickte. Dieser ewiger Kampf um die Gebärde. Sie war ihn genauso leid. Aber wenigstens hatte man in den letzten Jahren dem Staat einen Paragrafen abgerungen, der die Gebärdensprache allen anderen gleichstellte. Aber dennoch, die Pro-Oralisten waren nicht unterzukriegen. Sie bildeten eine harte Front gegen alle, die mit ihren Händen sprachen, sie forschten an künstlichen Ohren herum und kämpften für das Lippenlesen. Was den eifrigen Vorreitern für Fortschritt dabei entging, war die Poesie.

Um wie vieles feiner, um wie viele Nuancen melodischer die Gebärde war. Eine blasslila, kleinblütige Blume, die Gefahr lief, überrollt zu werden. Und eines Tages tauchten wandernde Botaniker auf, rätselten über das umständliche Gebilde, forschten lange herum und machten ein herkömmliches Stiefmütterchen daraus.

Mabel hatte recht. Wären fahrende Künstler gekommen, so hätten sie das Pflänzchen nicht angerührt, sie hätten gestaunt und ein Lied darüber erfunden, sonst nichts.

Die beiden Frauen schwiegen. Mabel schaute versonnen über die Spitzen der Pappeln, die wie spartanische Wächter entlang der kopfsteingepflasterten Straße standen. Laetitia nutzte die Zeit, ihre Mimik zu studieren. Dann löste Mabel unvermittelt ihren Blick von den Bäumen und schaute ihr mitten ins Gesicht.

„Auch wenn ich Gefahr laufe, dich zu langweilen", hob sie an. „Aber es interessiert mich ebenso brennend wie alle." Ihre grauen Augen ruhten weiter auf Laetitia, als erwarteten sie eine Erlaubnis für die Frage. Laetitia hingegen zeigte keine Reaktion außer einem misstrauischen Blinzeln. Aber Mabel lächelte weiter ihr Tableaulächeln und schließlich hob Laetitia ihre Augenbrauen, öffnete die Handinnenflächen und fragte: „Was?"

„Ich möchte wissen, wie du das geworden bist, was du bist."

Ein leichter Stromschlag durchzuckte sie.

„Dolmetscherin?"

„Was sonst?", fragten Mabels Augen.

„Das kann ich nicht in drei Sätzen formulieren." Sie wollte das Thema am liebsten umgehen.

„Macht nichts, ich habe Zeit. Mich erwartet gerade niemand." Mabel lachte. Überrascht schaute Laetitia auf. Sie hätte ihr einen ganzen Stall von Kindern samt Ehemann zugetraut.

„Meine Familie ist mein Beruf", erwiderte Mabel. „Erzähl und lass dir Zeit. Ich brenne vor Neugier!"

Das Licht der hereinscheinenden Nachmittagssonne fiel auf Mabels kupfernes Haar und ließ es lodern. Laetitia war so verzaubert von dem Sonnenschauspiel, dass sie sich dazu hinreißen ließ zu erzählen, wie sie fast ihre Lehre als Fotolaborantin in der ehemaligen DDR geschmissen und es dann doch nicht getan hatte. Wie sie ihr Abi nachgeholt und schließlich Ebermünde verlassen hatte. Ihre Hände berichteten Mabel von dem Tag, an dem sie zurückkehrte und sich zum ersten Mal in dem winzigen Büro ihrer Mutter mit einem gehörlosen Jungen die Zeit vertrieben hatte. Sie ließ auch nicht aus zu erzählen, wie schwer es ihr damals nach ihrer Ausbildung zur Dolmetscherin gefallen war, dass Menschen ins Spiel kamen.

Mabel hob ungläubig die Augenbrauen: „Menschen ins Spiel?“ Laetitia nickte abwesend. Natürlich hatte sie immer gewusst, dass sie es später mit Menschen zu tun haben würde, erwiderte sie und irgendwann habe sie sich darauf einlassen können, dass sie für die Dauer der Übersetzung eben ihre eigene Identität aufgeben musste.

Mabel lachte.

„Ich komme mit dem Bild, eine Übersetzungsmaschine zu sein, ziemlich gut klar!“

Laetitia lehnte sich zurück, nickte und schwieg, während sie nach draußen blickte, dorthin, wo die nackten Säulenpappeln aussahen, als wären sie mit Reif überzogen. Es war nur das Licht. Ja, Mabel hat recht, dachte sie, es war schon ein irres Gefühl, für die Dauer der Arbeit so absorbiert zu sein, dass man alle anderen Gedanken völlig ausblendete.

Sie wandte sich Mabel zu.

„Es ist ein Bombenjob, nur …“, gebärdete sie und geriet ins Stocken.

Mabel neigte den Kopf. „Was?“

„Mein Hals.“

Mabel lächelte ihre Bedenken fort. „So was geht doch vorbei, oder nicht?“

Laetitia zuckte mit den Schultern.

„Ich weiß nicht. Ich weiß nicht genau, was es ist.“ Woraufhin Mabel ernst wurde und nachdenklich über sie hinwegschaute.

„Wir bleiben auf jeden Fall in Kontakt deswegen“, sagte sie. Das war alles. Dann ließ sie sich in ihren Stuhl zurücksinken, schmunzelte, bestellte einen dritten Kakao und wechselte das Thema.

Es war Laetitia nur lieb. Sie lehnte sich ebenfalls zurück und hörte Mabel zu. Und während sich ihre Anspannung langsam löste, war ihr, als schaukelte ihre Seele mit den Pappeln im Wind.

Mabel war, wie sie erzählte, ein neugieriges Kind gewesen; hervorgegangen aus der brüchigen Beziehung ihrer gehörlosen Mutter mit einem Hörenden. Es hatte nicht lange gehalten. Sie durfte bei ihrer Mutter bleiben; dem Vater war es nur recht gewesen. Allein schon die Schwangerschaft hatte ihn überrumpelt, aber ihre Mutter wollte das Kind. Mabel wurde geboren. Ab und an ging der Vater später mit ihr Eis essen. Das war alles. Mabel schwieg lange, nachdem sie erzählt hatte, und schaute durch das Fenster nach draußen. Traurig sah sie aus, selbst wenn das Echo ihres Lächelns noch immer in ihren Zügen lag.

„Hast du Geschwister?“, fragte Mabel plötzlich.

„So halb und halb. Nichts Echtes“, erwiderte sie und dachte mit gemischten Gefühlen an ihre Stiefschwester Thea, die sie in einer Woche sehen müsste.

Sie tut mir gut, diese Mabel. Ein flüchtiger Gedanke streifte ihre Seele. Laetitia beobachtete versunken die Kringel in ihrem Becher. Weich und hell war der Kaffee wie Mabels Lächeln. Verlockend war alles wie der unvermittelt aufsteigende Gedanke an mehr, wobei sie nicht zu sagen gewusst hätte, worin dieses „Mehr“ eigentlich bestand.

In Mabels Tasche klingelte ein Handy. Sie griff hastig hinein, warf einen unwilligen Blick auf das Display und drückte den Anrufer weg. Ein Schatten huschte über ihr Gesicht, der schnell verflog, als sie sich Laetitia wieder zuwandte.

„Falls du Probleme mit Aufträgen bekommst, und du wirst sie bekommen wegen deiner Stimme, musst du mir versprechen, dich bei mir zu melden. Ich könnte erst mal für dich das Voicen übernehmen. Vorausgesetzt, ich kann es einrichten. Du kannst dich aber gerne auch einfach so melden.“ Überrascht schaute Laetitia auf, weil sie sah, dass Mabel Anstalten zum Aufbruch machte und dem Kellner zuwinkte. „Es tut mit leid, Laetitia, ich muss los, aber wir wären ein gutes Team. Das hab ich im Urin.“ Sie zwinkerte zum Abschied und verschwand, nachdem sie alles bezahlt hatte, durch die Tür des kleinen Cafés wie eine Abendsonne, die im Zeitraffer unterging.

Ihre Unterkunft war leicht zu finden. Der Name der Pension „Bei Schröters“ klang schroff und die Außenfassade wirkte spießig. Der Kern des Hauses aber war angenehm. Wände und Decken waren von unbehandeltem Holz verkleidet und kleine, bunte Flickenteppiche lagen überall verstreut herum. Ihr Zimmer befand sich gleich im Erdgeschoss hinter der dritten Tür links.

„Herrzlich Wilkomen bei Schröters.“ Ein Schild, bunt bemalt mit gekneteter Schrift, baumelte freihängend im Flur und bewegte sich mit jedem Luftzug. Es spricht für die Wirtsleute, dass sie es so belassen haben, dachte Laetitia. Enkel wahrscheinlich. Sie betrat ihr Zimmer und bedauerte sofort die Jahreszeit. Durch das rechte Fenster würde im Sommer die Abendsonne ihr spätes Licht hereinwerfen. Mit einem Male fühlte sie sich wieder sehr jung und verträumt wie Hanna Florenzia vor der Fensterscheibe. Seufzend warf sie sich auf die Matratze, ohne das Bettzeug aufzuschlagen. Hätte ihre Mutter sie damals dabei erwischt, mit Schuhen auf dem Bett, einen Aufstand hätte es gegeben. Aber eine auf Ordnung und Sauberkeit bedachte Köchin, die als Krippenerzieherin aushalf, nur um ständig wie ein Satellit in der Nähe ihrer Tochter zu bleiben, konnte nicht anders.

Laetitia schob die Erinnerung an Hanna beiseite, schloss die Lider und überließ sich dem Schein der Laterne. Rote Lichtameisen krabbelten über ihre Netzhaut und blitzten flammend auf. Sie entspannte ihre Augäpfel und stellte sich vor, in einem roten Meer aus Feuersplittern zu treiben. Ohne Anfang und Ende, ohne Horizont und Ufer. Der Tag glitt an ihr vorüber, Spreizborst und Puschel säumten ihre Erinnerung und ein kleines Lachen ohne Ton perlte auf wie Tausende winzige Luftblasen unter Wasser.

Spreizborst und Puschel. Wie kam man auf solche Namen? Sie räkelte sich in die weiche Matratze unter ihrem Rücken, bis die letzten Reste Anspannung wie eine alte Haut von ihr abfielen.

Eric, was er jetzt wohl tat? Gebeugt über seinen ausklappbaren Tisch sitzen? Zeichnend, völlig versunken in eine seiner schrägen Comicfiguren? Eric spielte nicht am Computer oder Fußball. Eric zeichnete. Manchmal tagelang. Das letzte Mal, als sie einen Blick über seine Schulter riskierte, skizzierte er an mehreren Wesen, die er „Schrumpfschläuche“ genannt hatte, und sie musste lachen über das Wort. Was selten vorkam. Sie hatte sehr laut gelacht und es war ihr damals überhaupt noch nicht aufgefallen, dass sie dabei wie ihre Mutter geklungen haben sollte. Sie konnte einfach nicht aufhören, sich über dieses komische Wort zu amüsieren. Aber Eric meinte, diese Bezeichnung gäbe es wirklich.

Das Bild von Eric verschwand wieder und wurde von Mabels Gesicht abgelöst. Eine leise Sehnsucht nach ihrer Wärme kam auf. Die Erinnerung an Mabel war wohlig und ein Lächeln schlich sich über ihr Gesicht. Und während ihre Hände zueinanderfanden wie zwei tagsüber voneinander getrennte Wesen, wurde Laetitia schläfrig. Eine schob sich über die andere.

Um ihre Hände war sie immer sehr besorgt. Sie waren ihr Kapital. Sie gebärdete zwar auch mit ihrer Mimik und dem Rest ihres Körpers, doch die Hände waren ihr so kostbar wie anderen Menschen das Augenlicht oder die Stimme. Laetitia drehte sich auf die Seite und sank in einen leichten Schlaf.

Unvermittelt schreckte sie auf. Wie lange sie eingenickt war, konnte sie nicht sagen, nur dass der Schein der Straßenlaterne sich verändert hatte. Eine der beiden Glühbirnen flackerte und die andere war ausgefallen. Es mochten Sekunden, maximal Minuten seit ihrem Kurzschlaf vergangen sein. Laetitia fuhr kerzengerade in die Höhe und atmete tief ein. Du hättest nicht einschlafen dürfen, flüsterte es in ihr. Sie versuchte ihre Panik zu zügeln, aber ihre Gedanken raunten etwas anderes. Heftig schüttelte sie den Kopf, um den aufkeimenden Albtraum zu verscheuchen. Einer ihrer Zugträume war wieder im Anmarsch. Sie hasste ihn, diesen ewig gleichen Traum, der sie überall aufsuchte, wenn etwas schön zu werden begann. Zugträume.

Seit sie denken und sich erinnern konnte, zerschnitten diese Träume ihren ruhigen Schlaf, raubten ihr die Nerven und machten, dass sie gehetzt und schweißnass erwachte. Sie fürchtete die stetig wiederkehrenden Bilder, in denen sie diesen Zügen hinterherrannte. Mitunter waren die Szenarien normal, meist aber absurd. Aber eines einte sie alle. Laetitia schaffte es nie, auch nur einen Zug zu erreichen, und so sehr sie sich auch beeilen mochte, sie sah immer und immer wieder nur die Rücklichter des letzten Waggons, der sich in der Dunkelheit verlor. Manchmal hinderten sie Naturkatastrophen, Flutwellen oder Erdrutsche daran, aufzuspringen, manchmal nur das Gespräch mit einem Passanten. Und immer war sie getrieben. Nie reichte die Zeit. Nie.

Dieses Mal hatte eine schwarze, steife Paste, die wie Tierkot aussah, am Geländer der Überführung geklebt, während der Boden überfroren und mit Glatteis bedeckt war. Der Zug war von einem Pferdegespann gezogen worden und in Schlangenlinien in das Dunkel getaumelt.

Sie setzte sich auf die Bettkante, schüttelte sich und stand auf. Aber die Stimmung blieb an ihr haften und kaum, dass Laetitia sich erhoben hatte, ärgerte sie sich, nicht am selben Abend nach Ebermünde zurückgefahren zu sein. Fast schon war sie versucht, das ausschweifende Treffen mit Mabel zu bereuen.

Sich wälzend, von einer Seite auf die andere, brachte sie die Nacht mühsam hinter sich, und als sie nach einem üppigen Frühstück, das sie ohne Appetit herunterzwängte, endlich hinter dem Steuer ihres Bullys saß, tat es ihr leid um das Geld, das die Unterbringung gekostet haben musste. Selbst wenn es nicht das eigene, sondern EU-Mittel gewesen waren.

Die Woche verlief wie immer. Am Mittwoch kam Eric zurück und verbrachte die restlichen Tage bei ihr. Sie versuchte, mit ihm über Zettel zu kommunizieren, was er nur unwillig hinnahm. Hin und wieder äugte ihr Sohn misstrauisch auf ihren Schal, als würde er ihr die Halsentzündung nicht abnehmen. Und als am Freitag der Bully nicht anspringen wollte, mit dem sie ihn auf das Gehöft ihrer

Stiefschwester fahren wollte, winkte er ab und sagte: „Ich schaff das schon allein. Gib mir das Geld für die Fahrkarte. Ich ruf Tante Thea an, dass sie mich abholt."

Ist das wirklich okay?, schrieb sie auf einen ihrer kleinen quadratischen Zettel, die sie jetzt immer parat hatte.

„Klar. Ich bin alt genug. Du kannst mir ja dein Navi um den Hals hängen, wenn du Angst hast."

Sie lächelte gezwungen.

Okay, schrieb sie. Ich komme am Samstagabend und wir fahren dann Sonntagvormittag zurück, bis dahin ist das Auto wieder fit. Dann gab sie ihm Geld, ging ins Netz und druckte Eric eine Zugverbindung aus.

Rottig! Rottig war das treffende Wort für den Zustand dieses Hofes, dachte Laetitia zum wiederholten Mal, als sie Samstag am frühen Abend die letzte Einfahrt zum Gehöft nahm. Es war auch der passende Ausdruck für das, in ihren Augen, heruntergekommene Leben ihrer Stiefschwester, die hier die Überreste vergangener, wohlhabender Zeiten aufbrauchte.

Galanthea. Eigentlich Galatea. Aber ebenso wie dieser Name zu einem feudalen Spitznamen mutiert war, mutierte ihr Hof in die entgegengesetzte Richtung.

Galanthea und ihr Mäusemann Vincent, der neben ihr wie ein Schatten wirkte, hatten beide die gleiche Aura wie ihr Trümmergrundstück. Sogar der ihnen anhaftende Geruch verriet, wenn sie nur nah genug an Laetitia vorübergingen, ihr eigentliches Wesen, das unter einer Makulatur verborgen schien. Obgleich Galanthea durchaus Wert auf ihr Äußeres legte, sich schminkte, die Haare färbte und zweimal die Woche badete, wirkte sie im tiefsten Innern vernachlässigt, genauso wie es der Hof tat, für den sie nur das Nötigste an Aufwand betrieb, um ihn vor dem endgültigen Verfall zu bewahren. Und wenn dieser leicht gärige Duft an ihr vorüberzog, dann verachtete Laetitia ihre Stiefschwester Galanthea dafür, in einer ähnlichen Weise, wie sie auch das Fett ihrer Mutter verachtete.

Es war ein kurzer Geruch, der sich in diesen flüchtigen Momenten in Laetitias Leben einmischte, der Geruch eines Daseins, welches sie auf unfreiwillige Art mit Thea verband. Dieser, dazumal mittelfristig angeheirateten Stiefschwester. Hanna und Theas Vater hatten längst nichts mehr miteinander zu schaffen und Laetitia war damals wie heute froh darum.

Umso schwieriger gestaltete es sich für sie, als sich ihr Sohn Eric und Theas Tochter Calla anzufreunden schienen. Mit Widerwillen beobachtete Laetitia damals die beiden, zwischen denen es keine blutsverwandschaftlichen Bande gab. Einige Jahre war es schon her, da hatte sie Eric für ein paar Tage auf dem Hof zurücklassen müssen, weil sich keine andere Möglichkeit bot, ihn unterzubringen. Sie hatte einen gut bezahlten Auftrag in der Nähe nicht ausschlagen können. Der Kindergarten war geschlossen worden wegen Lausbefall und Hanna war krank gewesen. Theas Hof hatte nur eine verlockende halbe Autostunde entfernt gelegen. Dass Laetitia damals mit dieser übereilten Entscheidung, Eric in Theas Obhut zu geben, die unangenehmen Bande zwischen sich und Galanthea nur noch enger zurren würde, war ihr nicht in den Sinn gekommen.

Sie seufzte und nahm den Abzweig in Richtung Holtenhagen. Wie dem auch sei, Eric musste abgeholt werden.

Schon von Weitem sah sie die beiden. Eric stand neben dem halb heruntergetretenen Zaun im abgestorbenen Gras der ungemähten Wiese und Calla dicht daneben. In der rasch aufkommenden Dämmerung verschmolzen ihre Konturen zu einem engen Schatten. Seit sie sich kannten, klebten sie förmlich aneinander. Sie hätten Geschwister, sie hätten sogar zweieiige Zwillinge sein können, so gut verstanden sie sich. Das Mädchen hatte die Lässigkeit ihrer Mutter Thea mit der Milch aufgesogen. Sie war hübsch. Nicht zu bestreiten. Sie war sogar eine Schönheit. Eine Art Lolita-Natur, die sich schon abzuzeichnen begann, als sie knapp sechs Jahre alt gewesen war. Und was Laetitia zu einer stillen Weißglut brachte, war der Umstand, dass Calla diese Nachlässigkeit sogar ausgesprochen gut zu Gesicht stand. Eric unterlag diesem Charme sehr. Mit seinen Blicken hing er an ihrem hübschen Oval mit dem kräftigen welligen Haar und den geschwungenen Lippen, die herrliche Grübchen bilden konnten, und Laetitia fühlte sich beschämt, wenn sie sich dabei ertappte, ihren eigenen Sohn zu beobachten. Eric gab sich sehr ungeniert in seiner Zuwendung und Calla genoss es in vollen Zügen. Nur ein einziges Mal hatte er vor geraumer Zeit traurig gefragt: „Mama? Du magst Calla nicht, oder?" Und sie hatte sich herauslaviert mit einer Antwort, die ihn nicht befriedigt, aber auch nicht zu einer neuen Frage verleitet hatte: „Ich mag es nicht, wie sie isst. Das ist alles, Eric, und das habe ich ihr auch gesagt."

Laetitia ging die Außentreppe zum Gästezimmer hinauf, das Thea immer für sie bereithielt, und öffnete das kleine verkeilte Dachfenster, um zu lüften. Draußen war es bereits dunkel, aber sie hörte, dass die beiden Kinder ihren Bully in Beschlag genommen hatten. Dann knipste sie das Licht im Zimmer an. Sie trat in das Badezimmer und betätigte die Wandlampe. Die kleine Strippe, die zum Ziehen des Schalters gedacht war, baumelte nicht herunter, sondern war sorgfältig um das zinkfarbene Rohr gewunden, das in die Lampe mündete. Ungeduldig wickelte sie mit einer fingerfertigen Bewegung das Strippchen ab und zog daran. Es passierte nichts. Schließlich entdeckte sie rechts neben der Tür im Bad einen weiteren Kippschalter, und weil im übrigen Badezimmer keine andere Lampe auszumachen war, schien er zu der notdürftig über den Spiegel montierten Leuchte zu gehören. Ärgerlich schlug sie auf das Plastik. Als wiederum nichts geschah, zog sie ungeduldig erneut an der Kordel. Zu ihrer Überraschung flackerte die Lampe plötzlich mit einem dumpfen Plopp auf und verlosch. Schlagartig war es dunkel, als hätte jemand alles mit Tinte überschüttet.

Selbst durch die geöffnete Dachluke drang nichts als Schwärze herein. Sie war kühl und auch die Geräusche der beiden Jugundlichen im Auto schienen von der plötzlichen Finsternis verschluckt worden zu sein.

Die Dunkelheit umklammerte Laetitia wie Stahl; nur das Rauschen ihres Blutes nahm sie wahr. Sie spürte eine weiche Erschütterung in sich, wie sie ein zusammenfallendes Kartenhaus verursacht oder der Widerhall einer Detonation, der gedämpft wurde durch viele Zeitschichten. Leise und endgültig wie das Plopp der Lampe. Und ebenso wie in der Pension Schröters fühlte sie sich klein und jung. Dieses Mal aber packte sie die Angst. Furcht sprang sie an. Wie eine Katze ein Kleinkind. Unverhältnismäßig groß. Laetitia schüttelte sich, atmete tief ein und machte sich ruckartig von der plötzlichen Beklemmung los.

Nur ein Kurzschluss, nichts weiter, beruhigte sie sich. Unsicher ging sie aus dem Badezimmer zurück in die Stube, nestelte ihr Feuerzeug heraus und zog die zerdrückte Packung American Spirit aus ihrer Hosentasche. Fahrig suchte sie im spärlichen Schein der glimmenden Zigarette nach einer Kerze. Galanthea war wie ein Hamster und irgendwo hier in der Gästeetage würde sicher etwas versteckt sein. Unter dem Bett fand sie nur ein paar Kronkorken und ein benutztes Tempo. Hustend vom Staub, der sich über das Jahr angesammelt hatte, nahm sie sich die Anrichte vor. Es dauerte nicht lange und sie wurde fündig. Auf einer Untertasse im oberen Regal des Schrankes haftete ein Kerzenstummel. Und während sie mit der Zigarette im Mundwinkel und der Kerze in der linken Hand ihre Tasche öffnete, fiel ein wenig Glut auf den Sessel und brannte ein kleines Loch hinein. Das macht den Kohl hier auch nicht mehr fett, dachte sie.

Das Licht kam nicht zurück. Auch draußen blieb es dunkel. Wären nicht hier und da vereinzelt dünne, weiße Rauchfäden aus den Schornsteinen gekrochen und hätten nicht nach und nach ein paar flackrige Lichtpunkte hinter den Fensterbänken weit entfernter Häuser auf- und abgetanzt, so hätte die kleine Ortschaft Holtenhagen den Eindruck vermittelt, in einen komatösen Tiefschlaf gefallen zu sein. Laetitia trat dicht ans Fenster heran. Fast wirkte das Dörfchen wie in eine jenseitige Zeit versetzt. Ihr Blick irrte im Halbdunkel umher. Erneut überkam sie ein Schwindel und sie musste sich hinsetzen, so unvermittelt war die Kraft aus ihren Armen geglitten. Sie fühlten sich an, als hätte jemand Fäden durchtrennt. Auch die Beine sackten ihr weg, während sie auf die Bettkante zusteuerte. Eine bleierne Schwere legte sich auf Laetitias Schultern. Zwang sie in die Waagerechte. Den Rest ihrer Zigarette drückte sie auf einem der Kronkorken unter dem Bett aus. Mein Kreislauf, dachte sie, ich sollte das Rauchen lassen. Und während sie es dachte, pulsierte von der Mitte ihres Bauches ausgehend langsam ein Nichts in ihren Leib hinein, ein Nichts, das der Schwärze vor ihrem Fenster gleichkam. Sie hatte an jenem Tag vor einer Woche nicht nur aufgehört zu sprechen, sie hatte auch aufgehört zu bluten.

Eine Stunde lag Laetitia in diesem Zustand neben ihrer halb ausgepackten Tasche auf dem Bett. Merkwürdigerweise war sie nicht traurig darüber. Die Kerze brannte herunter und ihre Augen begannen sich an das Dunkel zu gewöhnen. Die eben noch kurz aufgeblitzte Angst und die kindliche Orientierungslosigkeit hatten sie schnell verlassen. Sie fühlte nichts Bestimmtes. Außer vielleicht der Überraschung über ihren Zustand. Explosionsartig war sie von etwas getroffen worden, nachdem die kleine Lampe und mit ihr das ganze Dorf verloschen war. Laetitia wartete. Auf das kommende Licht, darauf, dass die Nachtspeicheröfen endlich anspringen würden und die Wärme zurück in ihre Gliedmaßen strömte. Winterschlaf in Holtenhagen. Und vielleicht hätte Laetitia die Müdigkeit übermannt, wenn nicht Eric durch die kleine Tür gestürzt gekommen wäre und gerufen hätte: „Mama, Oma hat angerufen und sie hat mir endlich verraten, weshalb sie die ganze Woche so krass drauf war. Stell dir vor, sie hat bei einem Gewinnspiel fünfhundert Euro gewonnen!“

„Mhmmhm.“ Ein Räuspern entfuhr ihr und erinnerte sie unliebsam an das Radioerlebnis an jenem Nachmittag auf der E28. Benommen richtete Laetitia sich auf.

„Und weißt du, was sie damit machen wird?“

Träge schüttelte sie den Kopf.

„Sie kauft Eric und mir ein Pferd!“ Jetzt erst bemerkte Laetitia hinter ihm die zweite Silhouette. Calla, Theas Tochter, lehnte lässig im Türrahmen und ihr Schatten machte die beiden Kinder wieder zu einer einzigen Gestalt. Mit einem schnaufenden Ausatmer fiel Laetitia auf die Matratze zurück. Wunschträume von Teenies, dachte sie, Hanna käme niemals auf den Gedanken, ihrem Enkel oder ihrer Stiefenkelin ein Pferd zu kaufen. Calla lebte trotz ihres Alters einfach zu sehr in ihren Träumen, wie vernachlässigte

Kinder es eben tun. Hanna war viel zu sparsam und zu misstrauisch. Nicht umsonst hatte ihre Mutter eine Woche mit der frohen Botschaft hinter dem Berg gehalten. Erst wenn das Geld auf ihrem Konto war, rief sie an. So war sie eben.

Laetitia hörte Eric kichern. „Alles klar, Mama?"

Als ihm seine Mutter nicht antwortete, zog Calla ihn sanft zurück nach draußen.

„Hast du nicht mal gesagt, sie braucht immer ein paar Stunden, wenn sie von deiner Oma zurückkommt?"

Laetitia ahnte nur, wie er resigniert mit den Schultern zuckte, und hörte ihn antworten: „Sie war doch gar nicht bei Oma."

„Vielleicht hat sie ja auch gerade ihre Tage."

„Ihre was?"

„Oder wie sagt ihr dazu?"

„Ach so … das."

Eric war es unangenehm. Laetitia hörte es daran, dass er die Tür zu heftig zuzog. Dann folgte das Poltern sich rasch entfernender Schritte auf der Außentreppe. Wie Flüchtende, dachte Laetitia und schlief ein.

Galantheas Lamento unten im Hof riss sie aus einem Albtraum. Sie fuhr auf. Ihre Stiefschwester erregte sich laut. Das Hofschwein Willibald, ein gezähmter Keiler, war wohl durch den kaputten Zaun geschlüpft, um sich über die Abfalleimer herzumachen, die bestimmt schon seit Tagen ungeleert vor der Haustür standen. Die Dinge brauchen eben Zeit, pflegte Thea zu sagen und meinte damit nichts anderes, als dass sie momentan keinen Grund sähe, die zehn Meter zur Haupttonne zurückzulegen, und stellte lieber einen weiteren Kübel hinaus. Außerdem wäre es kalt, fügte sie für gewöhnlich im Winter hinzu und lächelte gelassen. Das Zeug friere ja und stinke nicht. Nun hatte sie den Salat. Vermischt mit Mullbinden, Zigarettenstummeln und Kartoffelschalen. Und mitten drin Willibald. Laetitia grinste bei der Vorstellung ihrer über die Abfälle gebeugten Stiefschwester.

Ob ihr der eigene säuerliche Geruch eigentlich bewusst war? Laetitia rieb sich Stirn und Augen. Draußen fluchte Galanthea noch lauter. Es störte sie nicht. Dieses Lamento war besser als der immer gleiche, sie ständig aufs Neue heimsuchende Traum. Wo waren die Kinder? Unten hatte Thea aufgehört zu fluchen. Nur das Klappern im Dunkeln verriet, dass sie die Müllreste einsammelte. Dann war es still. Erst als Laetitia in der offenen Tür ihrer kleinen Kammer stand und die eisige Nachtluft über das Gesicht strich, als sie den Mund öffnen und nach Eric rufen wollte, spürte sie: Auch jetzt würde kein Laut ihre Kehle verlassen, kein Wort, kein Ruf, kein Satz, kein Summen. „Stockentenschießen“, echote es noch immer in ihrem Kopf. Nichts mehr, rein gar nichts wollte ihren Körper verlassen, was Laetitia auch nur im Entferntesten an ihre Mutter erinnerte.

Eine Stunde später, sie hatte die Tasche ausgepackt, die schweißnasse Unterwäsche gewechselt und das Bett bezogen, hörte sie vertraute Stimmen durch die Wände dringen. Die Kinder waren unten bei Thea in der Küche. Laetitia zündete sich eine Zigarette an, genoss den Rauch und horchte in sich hinein. Nichts passierte. Ihr Kreislauf blieb stabil. Der tiefe Lungenzug tat gut.

Es gab nichts Vergleichbares. Einer ihrer Kollegen, ein strikter Nichtraucher, hatte einmal in ihrem Beisein großspurig zitiert, dass alle Raucher nur inhalieren, um zu atmen, und insgeheim gab sie ihm recht. Der Rauch einer frisch angesteckten Zigarette machte ihr auf eine sehr sanfte Art bewusst, wo die Lungen begannen und wo sie endeten. Sie spürte sich von innen. Ein körperloses Streicheln.

Ein Prickeln, ein schmerzfreies Brennen. Sonst spürte sie sich nicht so.

Laetitia öffnete die Dachluke weit und machte sich nicht mehr die Mühe, zum Rauchen vor die Tür zu gehen. Ein gründliches Lüften würde genügen. Sie trat ans Fenster, reckte sich und schaute über das Gehöft. Immer noch hatte keiner der unteren Räume im Anbau elektrisches Licht. Vielleicht war ein Stromkreis überlastet und den zu reparieren konnte dauern. Alles brauchte seine Zeit. Wieder lächelte sie bissig und blies den Rauch in die Dunkelheit der Nacht. Eigentlich wollte sie weg. Aber Eric zuliebe war sie gekommen. Eric war hier zu Hause. Hier gab es für ihn und Calla Geheimnisse, Nischen, Verstecke, Baufälliges, das verboten war und genau aus diesem Grunde Abenteuer versprach. Galanthea stellte diese Verbote zwar auf und Laetitia bekräftigte sie, doch Theas verschmitztes Lächeln und ihre halbseidenen Belehrungen sprachen Bände und hatten Calla und Eric seit jeher Tür und Tor geöffnet.

Mit einer kurzen Drehung des Knaufes öffnete Laetitia ein zweites Dachfenster und stellte es auf Kippe. Noch mehr eisige Luft zog herein. Sie setzte sich auf einen Stuhl und fuhr mit der Hand über die Oberfläche des Tisches. Eigentlich liebte sie den Charme dieses alten Holzes mit seiner verklebten Patina und irgendwo in ihrem tiefsten Innern mochte ein Stück ihres Wesens auch diesen verwilderten Hof. Wenn die Morgensonne über die Wiesen stieg, warf sie ein kupfernes Licht auf das Land und bedeckte es mit einer Wärme, die dem Ton von Mabels Haaren gleichkam.

Trotzdem. Galantheas Gehabe einer kleinen Göttin und ihr dünkelhafter Stolz stießen ihr auf. Das übertriebene Herumflanieren ärgerte sie.

Thea und ihr stiller Mann Vincent wirkten zusammen wie ein von der Zeit vergessenes, abgetakeltes Adelspaar, das keinen einzigen Cent mehr besaß und sich damit seiner Einzigartigkeit rühmte. Wäre Thea nicht gewesen, Laetitia hätte diesen Ort vermutlich genauso und ausschließlich geliebt wie Eric. Eine große heilsame Einsamkeit ging von diesem Stück Land aus. Sie erhob sich vom Tisch und beschloss, einen kleinen Rundgang durch das Dorf zu machen. Rasch schrieb sie einen Zettel für Eric: „Sondiere die Lage vor Ort", dann zog sie sich an und verschwand in der Schwärze der Nacht.

„Möchte heute Nacht drüben bleiben. Eric." Ihr Zettel war ausgetauscht und durch einen hellblauen ersetzt worden. Es war ihr sehr lieb. Laetitia warf sich in voller Montur auf das Bett. Kalt war es im Zimmer geworden. Sie zog sich die Decke über die Schultern, schmiegte ihre Glieder eng an den Körper und wartete fröstelnd auf die aufsteigende Wärme und den Schlaf.

„Holst du uns noch eine Fanta, Vincent?" Thea mischte die Karten und blinzelte spitzbübisch zu Eric und Calla. Ihr Mann Vincent erhob sich, gähnte und schlurfte um die Ecke.

„Können wir nicht einfach mal Mau-Mau spielen?" Calla lümmelte auf der Tischkante. „Skat ist so anstrengend."

„Können wir, können wir", erwiderte Thea, „wollen wir aber nicht, was?" Ihr aufforderndes Zwinkern und ihr herzliches Lächeln gefielen Eric sehr. Der Junge errötete, aber er mochte vor Calla nur ungern zugeben, dass er an dem strategischen Spiel viel mehr Spaß hatte, als er vorgab. Calla war schon sechzehn und es fühlte sich gut an, neben ihr zu sitzen.

„Mir egal", sagte er. Thea runzelte die Stirn. „Also gut. Klare Ansage. Spielen wir weiter Skat!" Calla seufzte und

Vincent, der im Kühlschrank keine Fanta fand, schlurfte an ihnen vorbei und stieg die kleine, schiefe Treppe hinauf ins obere Geschoss.

„Geben, Hören, Sagen! Du sagst mir was, Eric!" Thea hatte die Karten bereits verteilt und hielt sich das Blatt dicht vor ihr Gesicht. Ihre Augen funkelten.

„Sag ihr mal was!" Calla erwachte unvermittelt aus ihrer mürrischen Lethargie. „Sag ihr mal was anderes außer Zahlen!", kicherte sie. „Wie wäre es mit: achtzehn, zwanzig, zweiundzwanzig, in der Küche riecht es ranzig." Für einen Augenblick verlor sich das Lächeln auf Theas Gesicht. Sie ließ ihre Karten fallen, stand auf, als hätte sie jemand gerufen. Dann öffnete sie stirnrunzelnd den Kühlschrank und schnupperte.

„Ranzig?", fragte sie. „Wirklich?" Eric wagte nichts zu erwidern und Calla hielt die Luft an. Thea ging weiter zur Wohnungstür, die zum Hof führte, und hielt ihre Nase in die eisklare Luft. Als sie noch immer nichts roch, trat sie hinaus und alsbald hörten die Kinder sie laut fluchen, auf Willibald schimpfen und mit den Eimern klappern. Nach einer Weile schob sich ihr von der Kälte gerötetes Gesicht, auf dem keine einzige Spur Zorn mehr lag, durch den Türspalt und sie rief fröhlich in die Küche: „Das kann nicht sein. Es ist alles gefroren. Hier kann nichts riechen!" Calla prustete los. Eric fiel ein. Der Streich war gelungen. „Okay, ich geb mich geschlagen! Ihr habt mich." Thea trat an den Tisch und hob resigniert die Hände, als sie ihr Blatt , das sie eben noch geheimhalten wollte, so aufgedeckt auf dem Spielfeld liegen sah. „Ich hör auf. So was Gutes bekomme ich nicht wieder." Die Kinder warfen ihre Karten ebenfalls zu einem Haufen zusammen, den Thea in das Bastkörbchen schob, um es in eine freie Stelle zu den Gewürzen ins Regal zu zwängen.

„Wo bleibt Vincent? Vincent!", rief Thea in Richtung Vorratskammer. Als keine Antwort kam, nahm sie die Kerze vom Tisch, huschte um die Ecke, um die Treppe hinaufzusteigen. Die Kinder vernahmen ein Poltern. Danach war es still. Ein paar Sekunden später sahen sie Thea mit erhobenem Zeigefinger vor dem Mund die Stufen wieder hinabschleichen. „Verdammt, ich hab mich total verbrannt. Jetzt hab' ich Wachsfinger mit Brandblasen. Dieser blöde Stromausfall!"

„Wo ist Vincent?", fragte Eric.

„Eingeschlafen", flüsterte sie und rollte die Augen.

„Mama, lass das. Geht das nicht ohne?"

Thea unterließ das Grimassieren.

„Natürlich geht das auch ohne", sagte sie. „Ohne Fanta geht fast alles. Ich brauche keine Fanta!"

„Ich meine dein Getue. Es nervt."

„Lasst uns doch weiterspielen." Eric bemühte sich, die Atmosphäre zu entschärfen. Er liebte diese spärlich gesäten Abende bei Calla, Thea und ihrem Mann Vincent zu sehr, als dass ein Streit sie vergiften sollte. Hier war es schön. Hier wohnte die Zeitlosigkeit. Es gab hier kein Drängen. Kein „Mach mal!" und kein „Beeil dich!". Alles dauerte, so lange, wie es eben dauerte. Die höchste Priorität, die hier herrschte, war, dass das Leben möglichst angenehm sein sollte. In jedem Moment. Und was seine Stiefcousine Calla an ihrer Mutter gerade so hasste, hätte er bei seiner Mutter liebend gerne in Kauf genommen.

„Kommt, lasst uns spielen!"

„Was denn?", fragte Calla.

„Vielleicht Geben-Hören-Sagen?", wisperte Thea unverdrossen.

„Nein!" Calla war im Begriff aufzustehen, während Eric schon wieder feixte, weil er an Theas Augen erkannte, dass sie etwas Neues ausheckte.

„Wir sind nicht mehr bei *Ralph und Shary*, Mama. Sag einfach, was du meinst. Okay?“

„Gut. Ich meine, wir spielen jetzt: Sag mir mal was!“

„Und wie soll das gehen?“

„Wie Befehl oder Wahrheit.“

„Dann brauchen wir eine Flasche!“

„Ich hol uns eine!“ Eric stürzte in die Vorratskammer.

Nach einer Weile kam er zurück, hielt eine leere Plastikflasche in der Hand und schwenkte sie fröhlich herum. Der Boden war gelb eingetrocknet und mit grünlichem Flaum überzogen.

„Wunderbar! In einem geordneten Haushalt findet sich alles!“, flötete Thea und drückte Calla die Flasche in die Hand. „Du beginnst. Wen der Flaschenhals trifft, der muss dir antworten!“

„*Rien ne va plus!* – Nichts geht mehr!“

Begeistert gab Calla Schwung. Kreischend hielten alle drei ihre ausgebreiteten Arme um die rotierende Flasche. Eric spürte Callas heiße Hände. Kurz schloss er die Augen, wollte die Sekunden in die Länge dehnen. Die Flasche verlangsamte und trudelte aus. Ihr Kopf zeigte auf Eric.

„Und nun?“

„Wahrheit.“

Calla sah Eric provozierend in die Augen. Er zog die Arme eng an den Körper und versuchte ihrem Blick standzuhalten.

„Was?“

„Ich will etwas von dir wissen, worüber du dich gerne ausschweigst.“

Sie legte den Kopf schief und lächelte. Er nickte beklommen.

„Okay.“

„Dein Vater." Das gackernde Glücksgefühl flatterte davon.

„Weiß nicht", knurrte er.

„Das sagst du ja immer, aber jetzt kannst du dich nicht drücken."

„Woher soll Eric das denn wissen?" Selbst Thea wurde ernst.

„Halt dich raus, Mama. Eric kann das alleine. Er ist schon groß!"

Eric rutschte unbehaglich auf der schmalen Holzbank hin und her, während er murmelte: „Mama redet nicht drüber. Was soll ich denn da wissen?"

„Aber es kann doch nicht sein, dass du dich nicht erinnern kannst. Du warst doch schon fünf, mindestens vier! Außerdem will ich nur wissen, wie er so ist, ob er genauso aussieht wie du und was er macht."

„Eric kann wirklich nicht wissen, ob er ihm ähnlich sieht." Aus Theas Stimme war alles Schelmische verschwunden. Doch gegen die stahlharte Neugier ihrer Tochter hatten ihre Beschwichtigungsversuche keine Chance. Calla blickte Eric herausfordernd an.

„Papa schickt mir Geld zum Geburtstag."

„Das habe ich nicht gefragt!"

„Doch, du hast gefragt, ob ich weiß, was er macht. Das macht er." Dann drehte er sich weg und schaute aus dem kleinen Küchenfenster in die dichte Schwärze hinein.

„Er ist eben weggegangen, so!"

Calla lehnte sich erschrocken zurück. Die Stille stand zwischen ihnen, dass man sie hätte schneiden können. Thea erhob sich, nahm die Flasche von der Mitte des Tisches und strich Eric über den Kopf. Und obwohl er es hasste, verstrubbelt zu werden, hätte er gerne die Augen geschlossen, sich ganz und gar in ihre warmen, hohlen

Hände gewunden, um darin zu verschwinden. Theas Nesthände versprachen Schutz, besonders jetzt, da er sich so merkwürdig schwach fühlte. Nicht wie fünfzehn, eher wie fünf.

Das Wochenende war vorbei. Sie mussten zurück nach Ebermünde. Laetitia beobachte den Unwillen, mit dem Eric seine Hose in die Reisetasche stopfte, fast so, als wollte er sie k.o. schlagen. Sie hatte sich einen dicken Schal um den Hals gewickelt und ihm auf einen der blauen Zettel geschrieben, dass ihr immer noch starke Schmerzen zu schaffen machten und sie keinen Ton herausbrächte. Der Widerwille, ihre Stimme zu gebrauchen, hatte sich auch in Holtenhagen nicht verringert.

„Wenn ihr das nächste Mal kommt, hat Vincent das Dachstübchen bestimmt renoviert." Thea goss Laetitia eine zweite Tasse Salbeitee nach. Ingwer war ausgegangen. Verschimmelt, korrigierte Laetitia sie insgeheim. „Das mit diesen Kurzschlüssen haben wir hier ja öfter. Die Anlage ist einfach zu alt, glaube ich. Habe ich dir eigentlich schon mal den Hauptsicherungskasten gezeigt?" Laetitia schüttelte den Kopf. Plötzlich stieß Vincent die Tür auf und schlüpfte in die Küche. Durch das Fenster sah Laetitia, wie ihm das Wildschwein Willibald über den Hof nachgejagt war und nun verdrossen vor der Tür wartete. Sie schüttelte sich bei dem Gedanken, das Tier würde unter dem Tisch an ihren Beinen entlangstreichen und mit seinen borstigen Nackenhaaren ihre Schenkel berühren. Eine schmutziggraue Waschbürste geisterte durch ihren Kopf. Spreizborst!

„Unsere Anlage war das nicht!", rief Vincent. „Im gesamten Dorf war Stromausfall. Das mit der Lampe im Gästebad hat nichts damit zu tun. Das war nur ein blöder Zufall."

„Ist dir kalt?“, fragte Thea schon wieder besorgt. „Vielleicht solltest du doch lieber noch ein paar Stunden bleiben.“ Resolut überkreuzte Laetitia ihre Arme.

„Aber wenigstens das Rauchen solltest du lassen.“

Sie rollte die Augen.

„Und du solltest zum Arzt, Laetitia, du siehst nicht gut aus.“ Thea setzte sich aufrecht hin und schielte ängstlich zu ihrer Stiefschwester herüber, während sie zaghaft fortfuhr: „Wenn du Krankheiten unterdrückst, dann kann es passieren, dass sie sich in deinem Körper einen anderen Weg suchen.“

Laetitia schloss die Augen. Es reichte ihr. Sie schlug mit der flachen Hand zweimal kurz auf den Tisch. Zeit zum Aufbruch. Eric schmollte. Und plötzlich stand Willibald mitten in der Küche. Vincent hatte die Tür nur halbherzig geschlossen und das Schwein war in die Küche gehuscht.

„Willi!“, kreischte Thea auf. Auch so eine Krankheit, die sich ihren Weg sucht, dachte Laetitia boshaft, stand auf und machte sich mit Eric auf den Heimweg.

An der Ampel kurz vor dem Ortseingangsschild mussten sie warten. *Die nächsten drei Tage bei mir?*, krakelte sie schnell auf die Rückseite eines Quittungszettels, der auf dem Armaturenbrett des Wagens herumlag. Verwundert schaute Eric auf.

„Wieso? Ich dachte, du musst morgen weg. Arbeiten?“ Um ein Haar hätte sie ihm in Gebärdensprache geantwortet. Reiner Automatismus. Eric beherrschte sie nicht. *Erst Donnerstag wieder und selbst das ist noch wackelig*, kritzelte sie stattdessen als Antwort.

„Hm. Weiß nicht.“

Ein feiner Riss zog sich durch ihre Brust. Eric wog wohl ab, ob er lieber bei ihr oder bei Hanna übernachten wollte.

Es fiel ihr schwer, diese Pause auszuhalten. Er provoziert mich absichtlich, dachte sie, er rächt sich für die schnelle Abfahrt. Sie fühlte die Mattigkeit zurückkehren. Schnell schüttelte sie ihre Hände über dem Lenkrad aus. Diese verfluchte Schwäche, diese schleichende Erschöpfung durfte sich nirgendwo in ihr festsetzen.

„Bring mich zu Oma", sagte Eric endlich. Wieder der Stich. Schmerzhaft. Eric mochte seine Großmutter sehr, das wusste sie wohl, aber Hanna verzog ihn.

„Bring mich zu ihr", sagte Eric noch einmal. Die Ampel sprang von Rot auf Grün. Sie nickte und fuhr los.

Seit anderthalb Wochen hatte sie schon keinen Arbeitsauftrag mehr. Ein-, zweimal hatte sie es versucht, aber die Aversion gegen die eigene Stimme war noch stärker geworden. Es war eine Unlust, die pathologisch war. Die Hals- und Stimmbandentzündung nahmen ihr bislang alle ab. Sie schrieb auf Zettel, sie sei in Behandlung, doch bislang erfolglos. Irgendwann würden vielleicht auch die Hartnäckigsten das Interesse daran verlieren, ihr helfen zu müssen. Außer Galanthea. Ich muss rege werden, was meine Arbeitsaufträge betrifft, dachte sie und schaute in den Kalender, doch davon wurde er auch nicht voller. Lediglich zwei Betriebsversammlungen standen an, die sie auf keinen Fall absagen wollte. Sie wäre allein. Es würde heikel werden, wenn Zwischenfragen kämen, die sie ins Lautsprachliche übersetzen müsste. Zur Not hätte sie einen Laptop mit Beamer dabei, um die Antworten einzutippen. So ginge das auf Dauer nicht weiter. Hatte Mabel damals im Café nicht angedeutet, dass vielleicht Hoffnung für sie bestünde, wenn sie sich an Frühförderungsstellen wandte? Frühförderungsstellen hatten keine eigenen Dolmetscher. Sich dort ein neues Arbeitsfeld zu erkämpfen, wäre eine absolute Pionierarbeit, ein Pilotprojekt gewissermaßen. Man müsste den Eltern begreiflich machen können, wie unsinnig ihr Beharren auf der Lautsprache und dem Lippenlesen wäre. Es war nichts weiter als das Humpeln auf einem Bein, wenn man doch zwei davon besitzt. Die Trefferquote lag selbst nach jahrelanger Übung unter dreißig Prozent. Und selbst wenn diese Kinder das Ablesen von fremden Mündern lernten, blieb das Lautsprachliche immer rudimentär. Sprachstümpfe. Sie lehnte sich zurück und begann zu träumen. Vielleicht einfach nach Schweden auswandern. Dort, so hatte sie gehört, arbeiteten immer zwei Lehrer zusammen, von denen einer gebärdete. Bilingual. Schweden. Mabel. Lauter Zauberworte.

Laetitia seufzte, richtete sich auf und verwarf ihre Luftschlösser. Vielleicht könnte sie ja irgendwelche Miniprojekte beginnen.

Gedankenverloren steckte sie sich eine Zigarette an und lehnte sich zurück. Wie lange würde sie brauchen, so etwas aufzubauen? Sie wippte und stieß den Rauch aus. Zu lange. Kurzfristig müsste eine schnellere Lösung her. Sie dachte nach. Die Packung Zigaretten beachtete sie nicht. Sie aß nicht, trank nicht und hörte auch nicht die SMS eingehen, die sie gegen fünf Uhr nachmittags erreichte. Laetitia rechnete und schrieb, durchkreuzte ihre Pläne, schrieb erneut und schaute erst am Abend auf ihr Handy.

es hat sich was ergeben. hast du lust auf ein duett? mabel

Klingt wie ein Vorschlag zum Rendezvous, dachte sie. Passt wie die Faust aufs Auge. Freudig schrieb sie zurück: *gerne! wann, wo und wie viel?*

Nach einem Augenblick des Wartens, der ihr vorkam wie ein Riss in der Zeit, antwortete Mabel: *Morgen. 150 km, von dir – wie viel – meinst du damit leute oder knete?*

Laetitia lachte tonlos und ihre Finger zitterten beim Tippen. *Beides!*

Mabels Antwort ließ nicht lange auf sich warten: *drei schwarze hunnis für dich plus fahrtkosten und anfahrtszeit. familienfeier. schlafen in unterkunft. absolute pampa. alles privat. läuft nicht über die zentrale*

In den nächsten Minuten hatten die beiden Frauen sämtliche Einzelheiten ausgetauscht und Laetitia freute sich auf das schnelle Geld. Aber vor allem freute sie sich, Mabel wiederzusehen. Es war ein warmes, prickelndes Bauchgefühl und der Wunsch, endlich wieder ihr Lachen zu hören.

Der Bully sprang nicht an. Gab keinen Ton von sich. Es war kurz vor acht. Auf der gegenüberliegenden Seite sah Laetitia einen Mann ins Auto steigen. Sie winkte hektisch zu ihm hinüber, aber er reagierte nicht auf sie. Aufgebracht riss sie ihre Autotür auf, sprang hinaus, rannte dem verdrossenen Mann entgegen und blieb vor seiner Frontscheibe stehen. Missmutig hievte sich der Fahrer aus dem Sitz. Sie sah, dass es keinen Zweck haben würde. Er schlief noch, hatte den inneren Autopilot angeworfen. Seine Ignoranz ihr gegenüber machte sie wahnsinnig. Sie war sowieso zu spät dran, hatte verschlafen, Eric noch schnell das Frühstück hingestellt, während er duschte, hatte Kaffee getrunken, ihn verschüttet, sich noch einmal umziehen müssen und Eric einen Zettel geschrieben, dass er, wenn er bei Hanna wäre, an seine Sportsachen denken solle. Sie war mehr als eine Stunde im Verzug. Ohne Pufferzeit. Sie gestikulierte vor der Scheibe des Fahrers. Was sie brauchte, war ein Starthilfekabel. Sie deutete eine lange Schnur an. Dann schnippte sie mit dem Finger – ein hilfloses Symbol für Funken. Der Mann runzelte nur die Stirn. Sie lief zurück, schrieb alles auf einen Zettel, zeigte es ihm. Der

Mann schüttelte den Kopf und wirkte fast erleichtert, nicht helfen zu können.

„Tut mir leid, ich hab es eilig“, erwiderte er und fuhr los. In der Ablage seines Wagens sah Laetitia das Schild. Arzt im Einsatz. Zornig zerknüllte sie den Zettel und schlug mit der Faust auf die Motorhaube. Wie oft war ihr das schon passiert! Allem Anschein nach hatte sie über Nacht das Licht im Wagen angelassen. Und sie lernte einfach nie daraus.

„Kann ich vielleicht helfen?“, fragte jemand hinter ihr. Sie blickte sich um und sah in die blauen Augen eines Mittsiebzigers. Bebend entfaltete sie den zerknitterten Zettel und der Mann las ihn aufmerksam. „O nein!“, lachte er „Ich habe leider kein Auto dabei. Ich habe mir gerade ein Taxi bestellt. Soll ich Sie vielleicht irgendwohin mitnehmen?“

Sie schüttelte den Kopf und zuckte verzweifelt mit den Schultern.

„Ich fahre am Busbahnhof vorbei“, sagte der Mann geduldig und schaute zur Seite. Sein Taxi bog bereits um die Ecke. Er winkte ihm zu und es fuhr an den Bürgersteig heran. Behutsam nahm der ältere Herr seinen Hut vom Kopf und stieg in das Auto.

„Na?“ Er lächelte ihr zu. „Überlegen Sie noch? Sie sehen aus, als hätten Sie nicht mehr viel Zeit.“

Endlich erwachte sie aus ihrer Starre. Blitzschnell ging es. Sie legte einen inneren Schalter um und hob kurz die Handinnenfläche. Einen Moment. Dann eilte sie zum Bully, holte ihre Sachen heraus und verriegelte. Der Herr lehnte sich wartend zurück. Das Schmunzeln blieb in seinem Gesicht stehen, als wäre es dort eingewachsen. Wie Jahresringe in einem Baum. Ein Dauerlächler, dachte sie flüchtig, während sie einstieg. Aber ein Prototyp, ein Echter.

„Sind Sie gehörlos?", fragte der Mann mit überdeutlichen Mundbewegungen, als sie die Ebermünder Chaussee hinunterfuhren. Sie schüttelte den Kopf, schaute kurz aus dem Fenster und griff sich mit schmerzverzogenem Gesicht an den Hals.

„Ach so, krank. Ich dachte schon."

Sie blickte ihn herausfordernd an.

„Verzeihen Sie, mir sind nur Ihre außergewöhnlich präzisen Handbewegungen aufgefallen, deshalb."

Sie runzelte die Stirn.

„Sie haben sehr schöne Hände, wenn ich das bemerken darf."

Ein erzwungenes Lächeln schaffte sie noch. Er war nett, aber die Zeit raste ihr davon und die Anspannung war in allen Zellen zu spüren. Sie müsste zum Busbahnhof. Sie müsste den Bus erwischen, danach einen Zug. Sie hatte noch keine Ahnung, wie. Einen Zug. Ausgerechnet einen Zug. Seit Jahrzehnten hatte sie keinen Zug mehr genommen.

Fieberhaft suchte sie ihr Handy. Der Alte schaute aus dem Fenster und plauderte weiter.

„Ich habe früher einmal in der Werbebranche gearbeitet, aber hinter der Kamera, wissen Sie?" Ihre Fingerspitzen huschten über die Tasten. Der Herr beobachtete sie aufmerksam. „Wirklich, außergewöhnlich schöne Hände." Er schüttelte den Kopf. „Hätte ich Sie zu einer anderen Zeit getroffen, ich hätte Sie sicherlich angesprochen, ob ich Sie nicht als Handmodel werben könnte." Überrascht blickte sie auf, gab ihm jedoch keine Zeit für weitere Komplimente. „Schade, schade", sagte der Mann mehr zu sich selbst.

„Ich wollte Sie nicht stören. Ich sehe, Sie müssen umorganisieren. Ich bin so froh, dass diese dringlichen Zeiten hinter mir liegen, aber Ihre Hände …"

Sie lächelte noch einmal gequält, dann drückte sie auf Senden. Mabel wüsste nun Bescheid. Am Busbahnhof angekommen, suchte sie Geld, aber der Herr winkte ab und fasste sie am Oberarm. Sie spürte die Wärme seiner kräftigen Hand sogar durch den Mantelstoff hindurch.

„Gehen Sie nur! Und passen Sie auf Ihre Hände auf.“

Sie stürmte über den Taxivorplatz in Richtung Haltestelle. Einmal noch drehte sie sich zu ihm um. Der Mann stand immer noch neben dem Taxi und wirkte wie die schemenhafte Abbildung einer Sepiafotografie. Sie erwischte ihren Bus mit der Nummer 701 in Richtung Rupplin und stieg ein.

Am Servicepoint der riesigen Bahnhofshalle drängten sich Menschen. Kalt und heiß stieg es Laetitia den Rücken hinauf, als sie die Halle von draußen betrat und die vielen Leute erblickte. Sie wäre zum Warten gezwungen. In einer Schlange. Auf eine Fahrkarte, während ihr Zug vielleicht schon auf dem Gleis einfuhr. Laetitia wurde schwindelig.

„So passen Sie doch auf!“, schimpfte es hinter ihr. Irgendjemandem war sie auf den Fuß getreten. Hinter ihr hatten sich bereits drei neue Reisende angesammelt wie angeschwemmtes Treibgut. Vorne staute es sich. Raus hier, dachte sie angespannt und hastete zum Verkaufsschalter. Die Routine fehlte ihr. Die Erinnerung an ein reales Bahnhofsgebäude von innen war ja fast genauso alt wie sie. All die Hinweise und Schilder überforderten sie. Tickets zum sofortigen Fahrtantritt. *Tickets und Info. Tickets am Automaten. Nur Info. Nur Reservierungen.* Sie schleuste sich in ein kompliziertes Schlangensystem ein, das von Uniformierten bewacht wurde. Fünf Minuten vergingen und sie empfand nichts weiter als spannungsgeladene Taubheit. Endlich war sie dran. Am liebsten hätte sie mit der Faust auf die entspannte Frau im Drehstuhl eingeschlagen. Stattdessen schob sie das kleine Papierquadrat mit den Informationen über den Tresen und trommelte mit ihren Fingern ungehalten und demonstrativ auf ihm herum.

„Ich bin auch nicht schneller als das Internet."

Quälende fünfzig Sekunden vergingen, in denen die Dame tippte, den Kopf schüttelte, erneut auf die Tastatur einhämmerte und, ohne zu Laetitia aufzuschauen, endlich antwortete: „Ihr Zug steht auf Gleis 3, vielleicht schaffen Sie ihn noch. Er wartet auf den verspäteten ICE." Stotternd spuckte der Drucker die Fahrkarte im Sekundentakt aus. Sie riss der Frau das Ticket aus der Hand, hinterließ zwei Scheine auf der Ablage und hastete los.

„Ihr Wechselgeld!"

Es war ihr egal. Sie rannte wie in Trance zwischen den Menschen hindurch, teilte den Strom der Reisenden in ein rechtes und ein linkes Fahrwasser. Gesichter glitten vorbei. Erschreckte, verärgerte, kopfschüttelnde. Sie hielt verkrampft den Griff ihrer Tasche, ohne dass sie ihr Gewicht spürte. Die Rolltreppe. Menschenverstopft. Weiter. Zu Fuß. Nein. Die falsche Treppe. Die verkehrte Richtung. Gerüche schlugen ihr entgegen. Menschen. Immer mehr Menschen. Sie musste den Zug bekommen. Noch mehr Menschen. Der ICE spuckte sie in einem fort aus. Sie schossen an ihr vorbei in alle möglichen Richtungen. Laetitia nahm den schrillen Ton einer Pfeife wahr. Dann sah sie den kleinen Schaffner in Blau. Die rote Mütze. Sie winkte ihm zu, wedelte, hüpfte und mit einem Male schrie sie. Schrie und schrie mit ihrer heiseren Stimme, die spitz aus ihrer Kehle drang. Es war ihr egal. Ihr Koffer stieß in einen Halbwüchsigen. Er trat zurück. Sie merkte es nicht. Jemand fragte sie von der Seite, wo ihre Schulklasse sei. Eine Verwechslung, rief sie zurück, sie sei allein. Ein Reisender, der sie aus dem Zug heraus beobachtete, stellte sich in den Eingangsbereich der automatisch schließenden Tür. Sie winkte und rief, was wie der Schrei eines Vogels klang. Eine Horde Fußballfans drängte sich zwischen sie und den Mann im Zug, der vergeblich versuchte, die Tür aufzuhalten. Sie stolperte rückwärts. Grölendes Gelächter. Fast fiel sie um. Ein massiger, nach verdautem Bier riechender Mensch fing sie auf. Grünschwarz beschaltes Gegrapsche und noch mehr Bierdunst schlug ihr unter vielen Strickmützen entgegen. Dann spie die Horde sie wieder aus. Und dann, zwei Meter vor ihr, schloss sich die Zugtür. Teilnahmslos und unbestechlich. Das Gesicht ihres Retters wurde vom Spiegelglas überblendet. Wieder sprach jemand sie an, doch es erreichte sie nicht. Lauter unzusammenhängende Worte. Und wie durch eine Wand nahm sie lediglich das rote Tuch und die Uniform wahr. Uniformen. Uniformierte.

„Sind Sie die Lehrerin, die mit mir telefoniert hatte?"

Sie schüttelte den Kopf.

„Nein", hustete sie. Das Bild der Schaffnerin verdoppelte sich. Die Uniformierte packte sie fest an beiden Schultern.

„Ich muss ihn schaffen! Bitte!" Ihre Verzweiflung schien niemanden zu interessieren. Manche der Vorübergehenden schüttelten die Köpfe und lächelten. Niemand verstand, was sie sah oder fühlte. Es war, als wäre sie in einem Film. Alles um sie herum war unecht, nur sie selbst nicht. Ihr Puls raste. Wie ein Flashback überkam sie eine traumartige Erinnerung. Sie sah die Rücklichter eines abfahrenden Zuges. Viele Uniformierte und Schnee, sehr viel Schnee. Dann verdichtete sich Schwärze vor ihren Augen, überdeckte das Bild vom Schnee und sie fiel in ein dunkles Loch. Vor der weiß geriffelten Sicherheitslinie knickte sie in sich zusammen, fiel ins Bodenlose. Ins Nichts. Die Kraft entwich. Es fühlte sich an, als wäre sie ein undichter Sack, der Sand verliert. Wie Verbluten ohne Blut. Ein tödliches Rieseln und Kälte stiegen in ihr auf wie kriechendes Eis. Dann verlor sie das Bewusstsein. Frieden. Endlich Frieden.

„Hallo, hören Sie mich?"

Sie öffnete die Augen. Der Himmel raste meilenweit davon. Ihr war schwindelig und übel. Der Frieden war vorbei.

„Sie können nicht liegenbleiben! Versuchen Sie aufzustehen!" Laetitia kämpfte mit ihrem Gleichgewicht und versuchte, auf die Beine zu kommen. Nicht liegenbleiben, dachte sie, nur nicht liegenbleiben. Sie zitterte. Die Zugbegleiterin half ihr auf und brachte sie in den Wartebereich, wo sie ihr eine Tasse Tee anbot, doch Laetitia lehnte ab.

Eine knappe Dreiviertelstunde später saß sie bleich im Anschlusszug. Der dunkle Widerhall pulsierte durch ihre Knochen. Ihr gegenüber saßen zwei ältere Frauen und redeten über das Wetter, über die Zeit und den Winter von vor über einem halben Jahrhundert. Sie taten laut ihre Meinung darüber kund, wie anders früher doch alles gewesen war. Zwischendurch lächelten sie oft zu Laetitia herüber und nickten, als suchten sie in ihren Blicken eine Art von Bestätigung. Und als Laetitia ihnen nicht gab, was sie meinten, bekommen zu müssen, sprach die Ältere von beiden so vernehmlich in das Abteil, dass alle Mitreisenden es hören mussten: „Was soll's, Ilse, wir haben doch schon ganz andre Winter durchgemacht."

Und Ilse erwiderte schmallippig: „Ja, das kann man wohl sagen." Und dann lachten sie ein Lachen, das keines war, sondern nur eine Bekräftigung für das Gesagte. Eine Selbstbestätigung für etwas, das sie von den Mitreisenden nicht bekommen konnten, weil ihnen niemand zugehört hatte, und Laetitia musste an Hanna denken.

„Du siehst grauenhaft aus!" Mabel überging Laetitias Widerstand und nahm ihr die Reisetasche aus der Hand. „Bist du krank?"

Sie schüttelte den Kopf. „Niedriger Blutdruck", gebärdete sie. Ihre Hände zitterten noch immer und sie fürchtete sich vor dem dünnen, brüchigen Klang ihrer Stimme, die eben auf dem Bahnsteig wie der Schrei eines erschreckten Vogels geklungen hatte.

Benommen lief sie neben Mabel her. Ihre Knochen waren hohl. Jeder Schritt, den sie tat, hämmerte das Echo dieses grauenhaften Morgens in sie hinein. Einen kurzen Moment lang verspürte Laetitia den Drang, Mabel alles zu erzählen. Von dem ewigen Albtraum, der sich soeben manifestiert hatte, von ihrer eigenen Stimme, die sie nicht gebrauchen mochte, seit ihr bewusst geworden war, wie ähnlich sie in ihren Seufzern, in ihrem Lachen, ja selbst in ihrer Art zu atmen der ihrer Mutter war. Es drängte sie, ihr zu sagen, dass es genau diese Träume waren, die sie so früh dazu getrieben hatten, ihren Führerschein zu machen. Vor ihnen war sie geflohen. Genauso wie vor Hanna. Und jetzt hatte sie beides unerwartet eingeholt.

Sie öffnete den Mund, doch die Scham war größer. Mabel bemerkte ihren Impuls, fragte aber nicht, sondern legte einfach den Arm um sie, als würde sie über Jahre vertraut mit ihr sein und nicht, als hätte sie Laetitia erst vor knapp zwei Wochen zum ersten Mal gesehen. Beide steuerten auf den schwarzen, kleinen Smart zu. Schweigend stiegen sie ein.

„Du siehst aus, als hättest du Gespenster gesehen", sagte Mabel, als sie losfuhren, und Laetitia konnte noch immer nichts darauf erwidern. Ich habe Gespenster gesehen, dachte sie nur. Und sie grübelte während der Fahrt, aus welcher Kiste diese Gespenster sich befreit haben mochten und was sie ausgerechnet von ihr wollten.

Mabel musterte Laetitias bleiches Mienenspiel und ließ sie in Ruhe. Eine halbe Stunde verging, in der Laetitia ihre Gefühle ordnete wie vom Wind verstreute Wäschestücke. Die Erschütterung über ein so harmloses Ereignis war weit über das Maß hinausgegangen, das sie sich selbst zugestand. Es machte ihr Angst. Sie wusste sie nicht zu deuten und besonders die Häufung dieser unkontrollierbaren Gefühle in der letzten Zeit setzte ihr zu.

„Ich bin ihre Stammdolmetscherin, ich kenne die Braut, seit sie so ist." Mabel hob die Hand in Höhe ihres Oberschenkels und stibitzte sich ein Shrimps-Häppchen vom Buffet. „Wohlhabende Eltern. Haben sich das Ganze eine Stange kosten lassen. Ich bin ziemlich froh, wenn ich sehe, wie Trinitas strahlt. He, komm, Laetitia, wir sind eingeladen, wie alle anderen auch." Mabel schob Laetitia in Richtung Gastgeber.

Sie sträubte sich. Die Menschen waren ihr zu aufgeregt. Das Brautkleid zu üppig. Das strahlende Glück zu künstlich. An jedem anderen Tag hätte es ihr nichts ausgemacht, doch die Erschütterungen des Morgens waren noch nicht verebbt. Und vor allem tauchte eine weitere Erinnerung auf, die sie ebenso überfiel, als wären die beiden anderen nicht genug gewesen, als müsste, wenn die Kiste einmal geöffnet ist, gleich alles heraus, was in ihr steckte, als hätten sie Jahre gewartet auf diese Gelegenheit. Darauf, Laetitia zu erinnern an Gernot, an Hanna, an ihre Beziehungen zu Männern überhaupt, die nie welche gewesen waren.

Vielleicht hatte auch der von Hanna oft lapidar ausgesprochene Satz „Ach, Kind, die Männer!", der immer wie weggeworfen klang, dazu beigetragen, dass sich in Laetitia, so oft sie das Wort „Männer" hörte, ein Bild von gesichtslosen Pappmännchen prägte, die sich ausgeschnitten und gefalzt an den Händen fassten und dabei aussahen wie die Menschengirlanden, die sie im Kindergarten basteln musste. Austauschbar und in Reihen aufgehängt. Manchmal farbig, meist aus Altpapier.

All die komischen Männer in Hannas Leben hatten lange und bedeutungslos auch in Laetitias Kopf herumgehangen wie Fensterschmuck aus Zeitungsresten. Mit Hannas Männern hatte sie nie wirklich etwas verbunden. Und auch später hatte Laetitia nichts mit dem anfangen können, was als „das gewisse Etwas" zwischen Mann und Frau bezeichnet wurde. Erblickt hatte sie es jedoch oft. Sie hatte gesehen, dass es existierte, bei anderen, manchmal auch bei Hanna, aber es blieb fern ihrer eigenen Welt und es interessierte sie nicht besonders. Das Spiel zwischen Mann und Frau, wie sie es kennenlernte, blieb eine Ausstechform der Liebe, ein Umriss ohne Inhalt. Wie die Pappmänner. Sie selbst hatte nie hineingepasst.

Doch auch wenn Hanna immer wieder diesen Satz über die Männer fallenließ, war da trotzdem etwas anderes in ihren Augen gewesen. Etwas, das sie verriet und das nicht nach Zeitungsmännern oder Ausstechformen aussah, etwas grundsätzlich anderes, etwas, das flüchtig und schillernd war und das Laetitia heimlich immer den Sehnsuchtsvogel nannte, weil er hin und wieder durch Hannas Blick flog. Und diesen Vogel kannte Laetitia auch.

Mabels Gesicht war plötzlich so nah.

„Ich bring dir einen Kaffee. Du siehst scheußlich aus. So kannst du auf einer Beerdigung gebärden."

Schon war das Sonnengesicht verschwunden und Mabel hatte sich in die flatterhafte Menge geworfen. Laetitia riss sich zusammen und klammerte sich an die Vorstellung, sie wäre lediglich auf einem Kostümball und nicht auf einer Hochzeit. Als Mabel zurückkehrte, hatte sie bereits wieder warme Ohrläppchen und auch die Fingerspitzen waren nicht mehr kühl.

„Hier, trink, das macht dem Kreislauf Beine."

Nach der Zeremonie, die an ihr vorüberzog wie ein amerikanischer Film, bekam sie endlich wieder Boden unter die Füße. Das Gebärden im Standesamt und später in der Kirche löste ihre Starre und pumpte ihr das Blut bis in die letzten Kapillaren. Mit Mabel an der Seite fühlte sie sich vollständig. Mit ihr war sie vertraut in allen Bewegungen. Es war eine unausgesprochene Übereinkunft von Gesten, Blicken, Handlungen, ohne dass sie beide je dafür geübt hatten. Eine passte zur anderen, fügte sich, wusste, wohin und wann. Hand in Hand. Jeder Wink saß, jedes Zeichen, jedes Nicken – schon längst angekommen, bevor es überhaupt entsendet worden war. Was war das? Ein Wunder oder ein neues Gespenst? Sie sollte vorsichtig sein.

„Trinitas ist sehr durchtrainiert, findest du nicht?" Mabel wies auf die Braut.

„Unter dem ganzen Plüsch nicht erkennbar", antworteten Laetitias Hände.

„Hör auf!" Mabel lachte. „Na, wenigstens machst du schon wieder Witze. Ich dachte, du kippst mir aus den Latschen." Laetitia winkte ab.

„Aber schau, jetzt, wenn sie die Arme hebt, jetzt kannst du ein paar sehr hübsche Muskeln erkennen."

Sie blickte Mabel erstaunt von der Seite an. Ihre Kollegin war nicht verheiratet. Hatte das eine grundlegende Bedeutung? Irritiert schaute sie weg, als hätte sie sich selbst bei einem verbotenen Gedanken überrascht, und tat so, als begutachtete sie weiter die Braut, während Mabel fortfuhr.

„Siehst du ihn, ihren Vater? Da drüben. Als er wusste, dass sie niemals würde hören können, hat er alle Hebel in Bewegung gesetzt, damit sie nicht auf der Strecke bleibt.

Von OPs hat er überhaupt nichts wissen wollen. Seine Kleine musste, sobald sie laufen konnte, Sport treiben. Schwimmen, Turnen und Leichtathletik. Sie sollte woanders Erfolg haben. Einige Landesmeisterschaften hat sie mit links abgeräumt. Vielleicht hat er bei ihrer Taufe eher an Triathlon als an Trinitas gedacht."

Laetitia schmunzelte. Da nahm Mabel unvermittelt ihre Hand und das Lächeln blieb ihr im Hals stecken.

„Oh!" Mabel ließ sofort los. „Sorry, eine dumme Angewohnheit von mir. Ich wollte dir nicht zu nahe treten. Wollen wir vielleicht ein Stück gehen? Nach draußen?"

Erleichtert nickte Laetitia und erhob sich. Die beiden Frauen entfernten sich von der Feier und steuerten auf einen schmalen Pfad zu, der von gefrorenen Pfützen überzogen war. Es knackte, als sie darauf traten.

„Manchmal bin ich froh, dem Ganzen zu entkommen, so gerne ich das alles auch mache."

Laetitia nickte. Es war nicht nur ein Beruf. Es war eine Berufung, die, wenn man nicht achtgab, dazu neigte, ihre Träger zu verschlingen. Als Gebärdensprachdolmetscherin schmolz man unaufhaltsam zu einem Konglomerat aus Geheimnisträgerin, Psychotherapeutin und Verbündeter zusammen. Eine Mischung an Verantwortung, die einen aufzufressen drohte. Und manchmal blieb nur die kurze Unterbrechung, die spontane Flucht, so wie jetzt.

„Was ist das eigentlich mit dir, Laetitia?"

Mabel war stehen geblieben. Die Frage wirkte wie ein Stromstoß auf Laetitia und automatisch antworteten ihre Hände. „Mir geht es einfach nicht gut."

„Immer noch die Halsentzündung?", wagte Mabel einen zaghaften Vorstoß. Und wieder war Laetitia kurz versucht, sich einfach auf die morsche Bank am Weg fallen zu lassen, aufzugeben, ihrer brüchigen Stimme freien Lauf zu lassen, um alles loszuwerden. Aber in einer Viertelstunde müssten sie wieder vor Ort sein, es ging nicht, also straffte sie sich, beschleunigte den Schritt und antwortete mit den Händen. „Mein Körper ist durcheinander. Ich kenne mich selber nicht mehr aus. Vielleicht die Wechseljahre." Dann ließ sie ihre Hände sinken. Alles war gesagt und eigentlich hatte sie schon zu viel geredet.

„Wechseljahre? Jetzt schon?" Mabel musste unfreiwillig kichern. „Warst du mal beim Arzt?"

Laetitia schüttelte unwillig den Kopf.

„Du solltest hingehen."

„Ich weiß."

Den Rest des Weges liefen sie ohne weitere Worte nebeneinander her.

Trinitas' Vater war für alles aufgekommen. Sogar für die Übernachtung. Laetitia schloss die Tür der Unterkunft hinter sich. Mabel hatte sich bei einem alten Schulfreund, einem Wildhüter, einquartiert. Im letzten halben Jahr häuften sich die Auswärtsübernachtungen in einem Maße wie noch nie zuvor in Laetitias Berufsleben. Ein Zufall, von dem sie nicht wusste, wie sie ihn einordnen sollte. Im Grunde aber kamen sie ihr entgegen, diese Zwischenstationen. Seit sie denken konnte, seit sie von zu Hause weggegangen war und ihren Führerschein gemacht hatte, war sie mit nichts anderem mehr befasst gewesen als dem Umstand, unterwegs zu sein. Und was hatte Hanna ihr damals in den Ohren gelegen und darüber geklagt, dass sie Laetitia nichts würde mitgeben können. Als Vertriebene, die sie waren, hätten sie ja damals alles verloren.

Besitz! Laetitia schüttelte sich. Das Wort allein reichte schon aus, Fluchttendenzen auszulösen. Besitz brachte nichts weiter als Verpflichtungen mit sich, wie sich an

Galanthea nur zu gut beobachten ließ, selbst wenn ihre Stiefschwester ihnen nicht nachkam. Besitz konnte einen Menschen das ganze Leben lang verfolgen. Er war ebenso klebrig wie gefährlich. Und der Umstand, jederzeit ihre sieben Sachen packen und mitnehmen zu können, gab Laetitia das bodenständigste Gefühl im Leben überhaupt. Nur Ungebundenheit war wirklich sicher und hinter dem Steuer ihres Bullys fühlte sie sich daheim. Wenn der Boden ihres Wagens unter ihren Sohlen sanft vibrierte und die Räder rollten, wenn die Landschaft an ihr vorüberzog, kam sie zur Ruhe.

Auch Erinnerungen kamen einem Besitz gleich und niemandem tat es gut, sich mit ihnen oder den Gespenstern der Vergangenheit zu beschäftigen.

Ihr Domizil wirkte kühl. Nicht, dass sie es nicht gewohnt gewesen wäre, in kahlen Zimmern zu nächtigen. Im Gegenteil, sie liebte den Minimalismus von Einrichtungen, die nur auf das Notwendigste beschränkt waren, sehr, ebenso wie die frischbezogenen Betten mit steifen Laken. Und so war sie an diesem Abend froh darüber, eine recht funktionale Einrichtung vorzufinden. Ein Spartanismus, wie sie ihn schätzte. Ein heilsamer Kontrast zu den Üppigkeiten der Hochzeit. Keine Rüschen. Keine Troddeln. Nur Schlichtheit. Morgen früh würde sie sich mit Mabel zu einem Waldspaziergang treffen und dann nach Ebermünde zurückfahren.

Laetitia stand vor dem Spiegel, atmete ein und versuchte zu summen. Überraschenderweise fiel es ihr leicht und es fühlte sich an wie immer. Wie früher. Wie vor der Autofahrt auf der E28. Laetitia räusperte sich und ihr Blick schweifte langsam durch den Raum. Dieses Zimmer war nicht nur kahl und sauber. Es war kalt. In einer ganz besonderen Art. Die Kälte, die von ihm ausging, war von

Verlassenheit geprägt. Als wäre jemand hier nicht nur mit einem Putzlappen durch das Zimmer gegangen und hätte sämtliche Lebensspuren vorangegangener Durchreisender getilgt, sondern es war, als wären zugleich alle lebendigen Schwingungen, die oft wie ein Nachhall in der Luft hingen, absorbiert worden.

Sie blieb lange im Türrahmen des Bades stehen. Der Boden aus Linoleum und das glatte Holz des Kleiderschrankes waren nicht der Ursprung dieser Sterilität. Ihr Blick schweifte weiter über den hinteren Teil des Raumes. Dort stand ein Bett unter der Dachschräge, gleich hinter einem Holzbalken. Es wirkte ebenso abgestorben wie alles Übrige. Und mit einem Mal spürte sie, wie sich von hinten die vertraute Schwäche heranschlich. Ein heimtückischer Gast. Das hohle Echo des Vormittages. Es kehrte zurück.

Dieses Gefühl war ihr Feind und es kehrte mit ungebrochener Zähigkeit immer wieder zu ihr zurück. Sie musste dringend lernen, es vor Ausbruch zu unterbinden. Bevor es sich weiter einnistete. Festsetzte. Bevor es sie gänzlich okkupierte. Der Ausfall der Autobatterie am Morgen war nur ein erneuter Startschuss für eine Kette von Einbrüchen. Kleinigkeiten waren es gewesen, die sie zunehmend ins Wanken brachten. Lauter zusammenhanglose Anlässe: die Stimme ihrer Mutter. Der Stromausfall in Holtenhagen. Die sich schließenden Türen des Zuges, ein warmes Hotelzimmer, ein kaltes Hotelzimmer, was würde als Nächstes kommen?

Ich muss duschen, dachte sie. Warmes Wasser. Das Badezimmer teilte zwar die Aura des restlichen Apartments, aber dennoch war die Duschzelle recht vielversprechend. Schnell zog sie sich aus und schlüpfte in die Kabine. Ein Blick in die Unterwäsche verriet, dass sie noch immer nicht geblutet hatte. Fröstelnd drehte sie den Duschkopf in die Mitte. Der Regulator für kaltes und warmes Wasser, ein faustgroßer Knopf, ließ sich in seiner Fassung nur ruckartig bewegen. Hoffnungslos verkalkt. Sie musste sich entscheiden. Ruck nach rechts: eiskalt, Ruck nach links: brühend heiß. Dazwischen gab es nichts. Sie wählte heiß und kauerte sich in die kleine quadratische Wanne. Nirgends fand sie einen Stöpsel, um wenigstens ein provisorisches Halbbad zu nehmen. Also lehnte Laetitia sich an die geflieste Wand und duschte im Dunstkreis des heißen Dampfes, während sie mit ihrer rechten Ferse den Abfluss verstöpselte. Angenehm warm nebelte die kleine Kabine langsam zu. Geht doch, dachte sie. Als der Wasserpegel die obere Kante erreichte, stellte sie es ab und und glitt langsam nach unten. Das Wasser schwappte über den Rand. Es war ihr egal. Sie wechselte die unbequeme Stellung und drückte statt der Ferse ihre rechte Gesäßbacke auf den Abfluss. Sehr funktional. Erneut schwappte es über. Laetitia schloss die Augen, rutschte langsam in eine angenehmere Stellung und dachte nach.

Es gab keine logische Erklärung für ihre Schwäche. Vielleicht war das Aussitzen eine mögliche Strategie. Wahrnehmen, aushalten und an sich vorüberziehen lassen. Wie ein Unwetter. Sie war keine Meteorologin, die sich damit befasste, Prognosen für morgen aufzusagen oder die Gründe für ein Tief von gestern zu eruieren. Sie würde in Zukunft einfach nur verhindern müssen, dass sich dieses Gefühl wie ein Farbfilter vor ihr ganzes Leben schob. Wenigstens das. Sie musste die Gespenster, wann immer sie auftauchten, orten, umzingeln und eingrenzen.

Allmählich kehrte Ruhe in sie ein. Das Alleinsein tat ihr gut. Der Nebel, der sich langsam an den Wänden absetzte und in feinen Rinnsalen herunterlief, beruhigtesie. Laetitia wusch sich den Tag ab. Die Menschen, die Eindrücke. Das Gute wie das Schlechte. Auch Mabel.

Nach einer knappen halben Stunde trat sie aus der Dusche, trocknete sich ab und betrat das Zimmer. Über ihrem Bett befand sich eine schmale, rechteckige Lampe, die Neonlicht absonderte. Sie sah sich um und ihr Blick fiel auf die geöffnete Tasche. Der rote Slip. Daneben die Einlagen. Sie griff nach dem Höschen, dehnte den Gummi und streifte ihn über die Lampe. Das Dreieck passte perfekt über die Verschalung. Prompt war der Raum in ein warmes Licht getaucht. Geht doch, frohlockte sie. Sie hatte gewonnen, hatte wieder Oberwasser. Mit dem Gefühl eines kleinen Triumphes und dem Bild einer orangefarbenen Wolke, aus der sich allmählich Mabels Gesicht schälte, schlief sie ein.

„Ich werde gleich losfahren." Mabels Blick suchte erst den Fußabtritt, dann den bewölkten Himmel nach etwas ab, das es nicht gab. Ihre Augen waren rot gerändert und ihre Haut spannte sich über die Wangenknochen. Zwei zarte, halbmondartige Rötungen ließen ihren Teint noch empfindlicher wirken. Laetitia verwirrte der Anblick dieser verheulten Mabel sehr. Unentschlossen stand sie in der halb geöffneten Tür. Mabels krauses Haar, ihre Locken, gestern noch ein Ausdruck feuriger Lebendigkeit, hingen herab. Laetitia war eben gerade mit dem Frühstück fertig gewesen, als es klingelte und der Wirt sie zur Haustür rief. Nun stand dort Mabel, traurig und aufgelöst. „Der Spaziergang. Es geht nicht. Es tut mir leid, Laetitia. Ich möchte lieber fahren. Ich bin nicht besonders gesprächig."

„Sprechen wir eben nicht. Überhaupt kein Problem von meiner Seite aus."

Laetitia wunderte sich über die prompte Reaktion ihrer Hände. Sie hatte sie schneller in der Luft gehabt, als sie denken konnte. Mit einem munteren Eigenleben plauderten sie weiter. „Gehen wir einfach ein bisschen? Nur ein kurzes Stück. Bitte." Es war das erste Mal, dass sie Mabel um etwas bat.

Mabels Blick schnellte zum Himmel. Einen kurzen Moment war sie versucht abzulehnen, aber Laetitia war schneller. Flink hatte sie nach ihrem Mantel gegriffen und die Tür hinter sich zugezogen. Bald endete das harte Klappern ihrer Absätze auf dem Asphalt und ging in ein Knirschen über. Einmal knickte Laetitia auf dem Schotterweg um; dann verschwand auch das Knirschen und der Waldboden dämpfte den Schall ihrer Schritte. Er saugte die Echosplitter auf, die harten, hämmernden Regelmäßigkeiten, die Zeichen der Zivilisation. Und immer noch schwiegen sie.

Es hatte in der Nacht zu tauen begonnen. Der Wald war kurz vor dem Aufbruch, roch nach Moder und die eisige Luft trug einen Duft mit sich, dem nicht zu entnehmen war, ob es der des vergehenden Winters oder der des noch nicht begonnenen Frühlings war. Ein jahreszeitlicher Embryo. Er wuchs heran unter Blattgerippen, faulem Holz und unverwüstlichem Moos. Im Uterus einer Mutter, die vier Kinder hat. Den Frühling, den Sommer, den Herbst und den Winter. Das alte Kinderlied. Laetitia wollte es summen. Dieses Lied. Es überkam sie. Plötzlich war es in ihr gewesen. Ein Husten.

Mabel schreckte hoch und hielt inne. Sie schauten sich an. Laetitia lächelte unter heftigem Schlucken und Prusten.

„He", sagte Mabel erstaunt und als Laetitia nichts darauf erwiderte, gingen sie weiter. Laetitia ließ sich ein winziges Stück zurückfallen. Sie wollte Mabel betrachten. So wie gestern. Von der Seite. Unerkannt und in Ruhe. Im Waldlicht wirkte ihre Haut noch weißer. Sie trug eine Kappe aus brauner Schafswolle, unter der ihre widerborstigen Locken hervorquollen. Schön sah sie aus. Traurig. Fast noch schöner, als wenn sie lächelte. Ein Wunsch erwachte in Laetitia, ein alter, fast vergessener Wunsch. Sie wollte sie fotografieren, sie wünschte sich, die bewegte Durchsichtigkeit der Stimmung einzufangen. Die vielen Farbnuancen, die sich im graubraunen Bereich tummelten, und in dessen Mitte schimmerte es wie ein Licht aus der Düsternis, Mabels Profil. Weiß und orange. Doch so licht es auch wirken mochte, es war kein Hoffnungsschimmer; die Helligkeit trog. Es war das gläserne Licht der Enttäuschung. Durchsichtig, klar und doch unendlich traurig.

„Ich stecke in einer unglücklichen Beziehung fest." Mabels Worte vertrieben das Foto aus ihrem Kopf. „Seit einiger Zeit. Noch nicht sehr lange. Es zerreißt mich, aber ich mag sie einfach nicht aufgeben."

Der Wald schwieg und Laetitia wusste nichts zu erwidern.

„Gestern Abend hatte ich einen Anruf. Ich hätte nicht drangehen sollen. Ich habe mir den ganzen Abend kaputt telefoniert. Von der Nacht ganz zu schweigen. Wir hätten uns beide einfach betrinken sollen. Du und ich. Hätte dir vielleicht auch gutgetan, oder, Laetitia? Glück sieht doch irgendwie anders aus."

Laetitia blieb stehen und hob zögerlich die Hand. Sie wollte Mabel berühren, aber ein Starrekäfig hielt sie gefangen, in dem sie weder ihre Hand noch ihren Arm bewegen konnte. Vielleicht den kleinen Finger. Wie Hänsel im Märchen.

„Entschuldige. Bin gerade etwas sarkastisch."

Laetitia versuchte Mabel durch einen Blick aufzumuntern.

„Weißt du, als ich heute Morgen zerschlagen aufgewacht bin und meinem Gastgeber einen guten Morgen wünschte, musste ich an dich denken. Ich mag ihn ja wirklich, er ist ein alter Schulfreund von mir. Seit Ewigkeiten Förster und er liebt seinen Wald abgöttisch. Lädt mich dauernd ein. Und nun kommt in seine Einsamkeit endlich Besuch. Zu blöd, wenn ausgerechnet der heißersehnte Gast nicht reden will. In diesem Moment habe ich dich kurz beneidet."

Laetitia blieb stehen. Sie fühlte sich durchschaut.

„Was ist?" Mabel runzelte die Stirn.

Gretel war gekommen, Hänsel zu befreien. Sie selbst war Hänsel und musste herauskommen. Sie öffnete den Mund.

„Ja?" Mabels Augen wurden groß.

Es war wie verhext! Irgendwo hier im Wald saß die Hexe. Unsichtbar schnürte sie Laetitias Kehle zu und vergiftete alle Worte, noch ehe sie sie aussprechen konnte. Stümpfe blieben zurück. Tote Stümpfe im Wald und sie stand mit halboffenem Mund da.

„Ach, komm!", sagte Mabel und nahm sie in den Arm.

„Ich quatsche dich hier mit meinem Mist zu und du hast ja ganz andere Probleme!" Mabel war so dicht. So nah. Sie spürte ihr Haar im Mund, sah Mabels Augen vor ihren Augen, und dann küsste sie sie. Kurz und flüchtig. Ein Stoßseufzer entschlüpfte Laetitia. Mabel löste sich überrascht aus der Umarmung und trat einen halben Schritt zurück.

„Habe ich gerade das gehört, was ich gehört habe? Einen Laut? Hast du gerade einen Laut von dir gegeben?"

Laetitia hielt sich die Hand vor den Mund. Eine intensive Röte flutete ihr Gesicht.

„He, Laetitia! Ein Ton! Ist das ein Zeichen?"

Sie nickte verwirrt und schüttelte zugleich den Kopf.

„Ein Zeichen der Besserung! Laetitia, willst du reden?" Aber Laetitia bestand nur aus Kopfschütteln und dann nahm Mabel sie noch einmal in die Arme. Plötzlich ging alles wie von selbst und Laetitia begann, leise und mit heiserer Stimme, stockend, davon zu erzählen, wozu sie noch nie in ihrem Leben einem Menschen gegenüber in der Lage gewesen war. Über ihren Alltag mit Eric, über die unvermittelte Abneigung, ihre eigene Stimme zu gebrauchen, über das, was zwischen Hanna und ihr war und nicht war. Mabel verstand nicht, denn sie kannte nicht das eigenartige und unbestimmbare Gefühl, das Laetitia überwältigte, jedes Mal, wenn sie in der Nähe ihrer Mutter war.

„Ich kann es dir nicht erklären", sagte Laetitia daraufhin. „Es ist eben so."

„Beschreib mir das Gefühl."

„Wie soll ich ein Nichts beschreiben? Die Beziehung zwischen meiner Mutter und mir ist wie ein Loch. Eine Nichtbeziehung. Das Gefühl ist für mich zu diffus, um es konkret zu beschreiben. Vielleicht ist es auch eher ein klebriger Film, der sich nicht wegwäscht, der nicht abgeht."

Mabel nickte. Ja, dachte Laetitia. Das Gefühl war wie ein Film zwischen ihnen, der dick geworden war, der Staub ansetzte, bis eine neue Schicht entstand, die neuen Staub anzog. Und später, als Laetitia herangewachsen war, dass sie Hanna in die Augen blicken konnte, hatte sie außer der Anwesenheit des Films zwischen ihnen schon gar nichts mehr gespürt, nicht einmal die Erinnerung an eine warme Berührung war da, die es sicher gegeben hatte, als sie klein gewesen war. All das war verschüttet und versteckt.

„Ich verstehe es selbst nicht", sagte sie nur und blieb Mabel eine Antwort schuldig. Sooft sie sich fragte, weshalb sie Hannas Nähe so schlecht ertrug, bildete sich als Antwort nur das Bild von Hannas entgegenwachsender Massigkeit heraus.

„Und deine Mutter, merkt sie das nicht? Redet ihr denn darüber?"

Laetitia schüttelte den Kopf.

„Was denkst du", erwiderte Laetitia ärgerlich, aber sie wusste sehr gut, Hanna spürte es auch. Und Hanna konnte sich ebenso wenig erklären, warum dies so war. Hanna arbeitete einfach nur offensiv daran, diesen unaushaltbaren Zwischenraum zu überwinden. Als könnte sie durch das viele Arbeiten eine Schuld wiedergutmachen, von der sie noch nicht einmal wusste, worin diese bestand. Und Hanna arbeitete hart.

„Wenn ich da bin, ist sie dauernd am Machen. Sie kocht, sie bäckt, sie näht. Hauptsächlich aber bäckt sie."

Hannas Liebe war ein ewig neu entstehender Frankfurter Kranz, der viel zu groß, viel zu süß und vor allem viel zu sahnig war. Alles an ihm war überzuckert und alles an Hannas Liebe war Laetitia zu fett.

„Ich weiß gerade nicht mehr weiter, Mabel. Mich überkommen merkwürdige Zustände. So kenne ich mich nicht."

„Dann lernst du dich eben neu kennen."

Laetitia verstand nicht und Mabel winkte ab.

„Blöder Spruch, entschuldige, ist eigentlich nicht meine Art."

Laetitia zuckte nur mit den Schultern. Sie schämte sich. Sie schaute nach unten. Ihre Hände machten sich plötzlich auf den Weg. Vorsichtig näherten sie sich Mabel, strichen an den Ärmeln des Mantels hinauf und legten sich auf ihre Schultern. Sanft. Wie Tauben im Märchen. Meine Hände sind Sehnsuchtsvögel, dachte sie, sie breiten ihre Schwingen aus und ziehen die verlorenen Kinder aus dem Dunkel. Laetitias Hände glitten weiter, verfingen sich in Mabels Locken und wanderten ihren Nacken empor. Sie hörte das Rufen der Vögel. Zum ersten Mal in ihrem Leben hörte sie es selbst. Wie oft hatte sie den Sehnsuchtsvogel bei anderen gesehen, auch gespürt, aber gehört hatte sie seinen Ruf noch nie.

Ihre Hände wurden forscher und drängten nach mehr. Und endlich wusste sie, was dieses Mehr, nach dem sie sich schon bei der allerersten Begegnung mit Mabel gesehnt hatte, bedeutete. Sie nahm Mabels blasses Gesicht in die Hände, küsste sie. Wieder und wieder. Mitten auf den Mund. Eine Grenze war da. Weich und biegsam, Mabel hielt inne und vorsichtig, sehr vorsichtig, als könnte sie sie mit einer zu schnellen Bewegung zerbrechen, schob Mabel Laetitia von sich.

„Ich bin nicht offen im Moment, Laetitia. Es tut mir leid. Sehr leid sogar."

Laetitia verstummte, erstarrte innerlich und gebärdete mit tauben Händen eine Entschuldigung, die sie nicht meinte.

„Komm, lass gut sein, Laetitia. Es ist okay. Heute ist einfach nicht mein Tag." Mabel hakte sich bei ihr ein und zog sie auf den Waldweg zurück.

Der Arzt las ihren handgeschriebenen Bericht aufmerksam, ehe er aufblickte. „Eine Schwangerschaft kommt nicht in Frage?", vergewisserte er sich, obwohl sie es ihm bereits gesagt hatte. Sie schüttelte missbilligend den Kopf.

„Gut, dann schauen wir mal. Wenn Sie sich bitte freimachen würden."

Laetitia brachte das Auskleiden so schnell wie möglich hinter sich und bestieg hastig den Stuhl.

„Sie waren seit Jahren nicht mehr hier." Er schaute durch seine Hornbrille erst in ihre Patientenakte, dann wanderte sein Blick zwischen ihren gespreizten Beinen hindurch mitten in ihr Gesicht. Er runzelte die Stirn und schaute noch einmal in die Akte.

„Nicht einmal zu den Vorsorgeuntersuchungen." Sie nickte schuldbewusst. Seit Erics Geburt hatte sie keine Praxis mehr betreten außer ein einziges Mal. Sie hatte sich kurz nach dem Umzug nach Ebermünde eine Infektion eingefangen. „Stress", sagte Dr. Kröger damals und verschrieb ihr ein Medikament. Sie erinnerte sich gut. Der kleine Raum hatte sich seit damals kaum verändert. Nur an der Decke waren drei riesige Mohnblumen zu sehen. Klebefolie, die echte Malerei simulieren sollte. Herr Dr. Kröger wirkte nicht wie ein Mensch, der künstlerische Ambitionen hegte oder gar ausführen ließ. Und dass er selbst auf eine Leiter stieg, um zu malen – undenkbar. Er war weit über sechzig.

„Die Applikation? Gefällt sie Ihnen?"

Sie nickte in Richtung Mohnblumen und mied den Blick zwischen ihre Schenkel hindurch in sein Gesicht.

„Ich teile mir die Praxis jetzt mit jemandem, da ich nicht mehr Vollzeit arbeite. Meine junge Kollegin peppt die Räumlichkeiten ein wenig auf, wie sie sagt. Manchmal musste ich sie schon bremsen. Schließlich praktiziere ich hier auch noch. Und es ist immerhin noch eine Praxis und kein Wellnesshotel." Er lächelte abfällig. „Aber die Blumen sind schon eine ganz gute Idee. Genau zehn Jahre ist es her, dass ich Sie das letzte Mal behandelt habe. Seitdem haben Sie sich nicht mehr blicken lassen."

Wozu?, dachte sie, es war ja nie etwas gewesen. Es war nicht lebensnotwendig. Sie drehte ihr Gesicht zur Wand.

„Nicht erschrecken, jetzt wird es etwas kalt", hörte sie ihn sagen. Wie sie sich an diesen Satz nur zu gut erinnerte! Sie musste schmunzeln bei dem Gedanken, dass er diese Worte sicher schon tausendmal und seit Jahrzehnten mit der immer gleichen Intonation gebrauchte. Laetitia hatte sich nie erschreckt. Sie blickte auf den Monitor, froh, dem Arzt zwischen ihren Beinen nicht ins Gesicht schauen zu müssen. Das farblose Bild verstärkte die Illusion einer Sache, in die sie nicht direkt verwickelt war. Dass es sich dabei um ihre Gebärmutter handelte, spaltete sie ab. Der weißhaarige Arzt schallte eine ganze Weile schweigend jeden Winkel ihres Unterleibes aus. Manchmal hielt er hier oder da inne und klickte. Dann blieben auf dem Bildschirm kleine Kreuze in schwarzen Löchern zurück, deren Abstände er ausmaß. Nach geraumer Zeit, die Laetitia wie eine Ewigkeit vorkam, zog er den Stab heraus und reichte ihr das Papierhandtuch herüber, um die Reste des Gleitmittels abzuwischen.

„Bleiben Sie bitte noch einen Moment liegen. Ich möchte einen Abstrich vom Muttermund machen", sagte er, als Laetitia sich aufrichtete. Sie erschrak.

„Sie sind absolut gesund. Reine Vorsorge, wo ich Sie schon einmal hier habe!" Und während er ohne Vorwarnung den Muttermundabstrich machte, der nun wirklich wehtat, murmelte er: „Rossnatur, wie man früher sagte." Dann strich er den feinen Stab, mit dem er den Muttermund berührt hatte, auf der Glasoberfläche eines Objektträgers ab, zwinkerte ihr zu und entließ sie vom Stuhl. Während sie sich anzog, hallten die Worte des Arztes in ihr nach: Rossnatur. Galanthea hatte ihr einmal erzählt, dass trächtige Stuten den Zeitpunkt ihrer Entbindung selbst regulieren könnten. Im Umfang eines ganzen Monats war das möglich. So viel Spielraum ließ die Natur den Tieren unter freiem Himmel. Man sagte dazu: Sie schiebt auf. Das war üblich und notwendig, denn alles andere wäre für das Fohlen und die Stute lebensgefährlich. Aber dass Laetitia sogar den Zeitpunkt ihrer Regel selbst bestimmen konnte? Sollte so etwas möglich sein?

Laetitia zog den Reißverschluss ihrer Jeans hoch und kam hinter dem Paravent hervor.

„Machen Sie sich keine Sorgen wegen Ihres Zyklus. Sie sind zwar noch weit von den Wechseljahren entfernt, aber es gibt durchaus so etwas wie Vorwechseljahre. Manchmal ist es einfach nur Stress. Sollte es aber noch länger dauern, ordne ich demnächst eine Hormonspiegeluntersuchung an. Und wegen Ihrer Schwächezustände sollten Sie unbedingt einen Internisten aufsuchen. Mal die Blutwerte untersuchen lassen. Ich gehe davon aus, dass Sie Ihren Hausarzt mit der gleichen Regelmäßigkeit wie mich in Anspruch genommen haben?" Sein schulmeisterliches Zwinkern war ihr zuwider und trotzdem errötete sie.

„Haben Sie überhaupt einen?"

Sie schüttelte den Kopf und erwiderte, sie ginge immer zu irgendeinem Arzt, der gerade in der Nähe war, und selbst das nur im Notfall. Der Gynäkologe schwieg. Dann schwang er sich auf seinem Drehstuhl herum und sagte: „Also gut, Frau Klänger, bevor Sie weitere zehn Jahre einen Bogen um alles schlagen, was nach Medizin riecht, mache ich ausnahmsweise die Blutuntersuchungen selbst. Beeilen Sie sich, gehen Sie nach vorne. Das Labor wird gleich abgeholt." Er kreuzte eilig auf einem Formular herum und drückte es ihr in die Hand. „Einmal großes Blutbild, Leber- und Nierenwerte fürs Erste."

Mit diesen Worten schob er sie hinaus. Die Tür klackte ins Schloss. Erleichtert wandte sie sich um. Die Schwester kam auf sie zu und willenlos ließ sie sich zur Blutentnahme abführen.

Der Untersuchungsbefund zwei Tage später ergab nichts außer einem leichten Überschuss an einer bestimmten Art von Blutzellen: Eosinophile Leukozyten. Der Arzt hatte sie aufgeklärt, dass dies unerheblich sei und in keinem Zusammenhang mit ihren Schwächeanfällen stehe. Leichte Allergien oder Wurmbefall seien die Ursache dafür. Manchmal auch nichts. Nichts Dramatisches. Also alles im grünen Bereich. Zur Hormonspiegeluntersuchung solle sie, sofern sich nichts ändere, noch einmal vorbeikommen.

Laetitia verließ die Praxis mit dem sicheren Gefühl, für die nächsten Jahre nirgendwohin mehr freiwillig zu gehen, was, wie der Gynäkologe so treffend gesagte hatte, irgendwie nach Medizin roch.

Kann am Freitag nicht bei dir einspringen, habe zwei Aufträge und muss danach bei Mutter aufkreuzen. Leider. Bis bald. Dank dir für die Nachfrage. LG.L.

Laetitia klickte auf Senden, wartete und rauchte. Wie sie Mabel kannte, würde sie umgehend antworten, sollte sie online sein. Mit einer Mischung aus warmer Erregung und leiser Furcht öffnete Laetitia die Mail:

Schade, aber nicht schlimm. Schön, dass die dicke Marie mal wieder über dich gekommen ist ;-) Die Agentur wird schon jemanden für mich finden, hätte es aber gern mit dir getan ;-). Was läuft sonst? Bist du gesund? Mabel ;-X

Mabel schien sie von Weitem zu durchleuchten wie jemand mit einer Taschenlampe durch die blinde Scheibe eines Schaufensters. Immer wollte sie mehr wissen. Aber da war nichts. Eric war der Einzige, mit dem sie in letzter Zeit Schwierigkeiten hatte. Ungeduldig war er geworden und brach oft das Gespräch ab. Sein Part war immer kurz. „Bin weg“, „Bis dann“, „Ciao.“ Ihre Antworten brauchten dafür Zeit, die er nicht mehr hatte. „Wo gehst du hin?“, „Wann kommst du wieder?“, „Was macht ihr zusammen?“ – „Zu Pablo“, „Gegen acht“, „Keinen Peil“ Er wartete nur widerwillig, bis sie endlich mit dem Fragen fertig war. KurzKurzKurz LangLangLang Kurzkurzkurz. Ihre Kommunikation war ein modifizierter Notruf. Eric entzog sich ihr mehr und mehr. Sie bekam ihren Sohn seltener zu greifen. Sie tippte in die Tastatur: *Alles bestens. Eric ist in einer schwierigen Phase, wie hunderttausend Fünfzehnjährige auch.*

Es ist aber deiner, du musst so was nicht alleine schaffen.

Schon okay. Mir geht es auch gut. Gesundheit ist doch das Schweigen der Organe.;-) Insofern … Danke der Nachfrage.

Und Eric?

Mabel war zäh. Laetitia seufzte und schrieb, dass sie sich frage, für wie lange sie noch die stolze Besitzerin „der Arschlochkarte für Eltern" sein werde und dass sie ihrem eben abgesagten Arbeitsauftrag mit Mabel sehr hinterhertrauere. Da sitze sie leider bei ihrer Mutter auf der Couch, weil Eric das eingefordert hatte.

Geburtstag?

War schon, nur eine Nachfeier bei Mutter.

Und was, wenn wir uns mal ohne Arbeit vergnügen? Nach deiner Nachfeier? Montag und Diestag hätte ich frei. Ich weiß von einem hübschen Waldhaus. Du kennst die Gegend übrigens. Und ich den Förster … ;-)

Plötzlich war er wieder da. Der Sehnsuchtsvogel. Bunt und schillernd. Ich schau mal, was sich machen lässt, schrieb sie zurück. Melde mich bald. Doch schon als Laetitia ihr Mailprogramm schloss, wusste sie bereits, was sie tun würde.

„Wo willst du hin, Eric?"

„Weiß nicht, raus!"

„Komm zurück, wenn's dunkel wird, Junge!"

Wieder dieses rollende R in ihren Worten. Es hatte etwas von einem prasselnden Feuer oder einem bullernden Ofen.

Es war Samstag. Er wollte bei Hanna Mittag essen, nach Hause gehen und auf seine Mutter warten. Am Sonntag würden sie zusammen Kaffee trinken und Omas Geburtstag nachfeiern, der eigentlich am Montag gewesen war. Am Samstagabend musste Laetitia schon wieder für zwei Tage verreisen. Es störte ihn nicht, er war gern bei Hanna, nur ihre ständige Nachfragerei stieß ihm seit geraumer Zeit, genauer gesagt, seit er fünfzehn geworden war, massiv auf. Das, was seine Großmutter an Zuwendung zu viel hatte, war bei seiner Mutter gar nicht vorhanden. Die beiden erinnerten ihn an zwei entgegengesetzte Pole. Elektronenmangel auf der Plus- und Überschuss auf der Minusseite. Hanna war die positive Seite und ihr Mangel bestand aus seiner Anwesenheit, was in etwa bedeutete, dass er gar nicht genug in ihrer Nähe sein konnte. Sie hatte permanenten Eric-Mangel. Laetitia hingegen war die Minusseite. Bei ihr hatte er oft das Gefühl, zu viel oder zu nahe zu sein. Und beide Frauen auf engem Raum zusammengenommen waren für Eric fast unaushaltbar, denn ein halbwegs spannungsfreies Mittelfeld, wie es zwischen Calla und Thea existierte, gab es nicht. Oma und Mama – zwei entgegengesetzte Ladungen und er ständig dazwischen. Wäre er eine Glühbirne und an beide angeschlossen, würde er dauernd flackern.

Seine Mutter beschwerte sich oft. Nicht direkt bei ihm. Wenn sie sich über Hanna ausließ, dann schaute sie ihn nie an, sondern meist über ihn hinweg und immer sah es aus, als ob sie sich bei einem Punkt an der Wand beschwerte. Laetitia war der Meinung, Hanna bekochte und betüterte ihn zu viel, und sie behauptete, Hanna flechte ihn ein in ein Gespinst aus kleinen Abhängigkeiten. Aber Eric wusste nicht, ob Laetitia wirklich recht damit hatte. Er mochte seiner Großmutter nicht wehtun. Selbst dann nicht, wenn seine Mutter es ihm erlaubte.

Eine Begebenheit bei Tisch fiel ihm ein. Fünf Jahre war es her.

„Du musst das nicht aufessen!“ Es klang fast wie ein Befehl. Laetitias Stimme war gereizt gewesen.

Hanna hatte kurz die Küche verlassen und Eric war mit seiner Mutter vor seinem Teller mit den drei übriggebliebenen Kartoffeln sitzen geblieben.

„Doch“, hatte er geantwortet.

„Wer sagt das?“ Laetitia war wütend geworden.

„Niemand sagt das, Oma wünscht sich das.“

„Du musst das aber nicht tun, auch wenn Oma sich das wünscht!“, erwiderte Laetitia nachdrücklich.

„Ich weiß das, Mama. Aber ich ess das doch lieber auf.“

„Warum?“

„Sie ist traurig sonst und denkt, dass ich sie nicht mag.“

„Blödsin, Eric, du bist einfach satt. Das ist alles, sonst nichts weiter! Lass es stehen.“

„Ja, aber das versteht Oma nicht.“

„Hast du ihr denn gesagt, dass du satt bist?“

„Ja, hab ich.“

„Dann ist jetzt gut, Eric. Lass stehen und geh!“

„Ach, du verstehst mich nicht, Mama!“

„Doch ich versteh dich schon, aber ich hab es auch satt!“

„Ich ess das jetzt auf, Mama, so schlimm ist es ja nicht. Das sind nur noch die drei Kartoffeln.“

Laetitia reichte es. „Gib her!“, hatte sie schroff geantwortet. „Ich esse das jetzt, geh endlich spielen.“ In dem Moment war Hanna wieder in der Küche erschienen.

„Ach, Laetitia, sag doch was, dann bekommst du einen eigenen Teller. Hungern braucht hier niemand!“

So war das bei Hanna. Früher hatte ihn das nicht so gestört. Heute schon. Und seine Mutter hatte es noch nie gemocht. Sobald die beiden aufeinandertrafen, wollte er am liebsten weg. Eines Tages würde er der Spannung entkommen.

„Ich geh mit Pablo raus“, sagte er.

„Wohin?“

„Zum Park, vielleicht. Vielleicht zum Weiher. Keine Ahnung.“

„Zur Alten Furt? Aber es ist kalt, Junge.“

„Weiß ich.“

„Und es hat gefroren.“

„Ja.“

„Du gehst nicht aufs Eis, hörst du?“

„Sicher.“

Er zog die Tür ins Schloss, hörte Hanna seufzen, dann stiefelte er die Treppe hinunter.

Eigentlich wollte es Hanna nicht, den Jungen so verhätscheln. Doch wenn er bei ihr wohnte, weil Laetitia unterwegs war oder Zeit für sich brauchte, konnte sie nicht anders. Es trieb sie regelrecht.

In der letzten Zeit war der Junge schroff geworden. Ängstlich beobachtete sie, wie Eric ihrer Tochter immer ähnlicher zu werden schien. Hanna hatte Angst, ihn zu verlieren. Ihre Tochter hatte sie nie so behüten können wie ihn. Als Laetitia noch sehr klein gewesen war und schon damals ihre Umarmungen nicht ertrug, als sie Hanna stetig wegstieß, sich losriss und wegrannte, hatte es ihr wehgetan. Und vielleicht hatte es Hanna anfangs nicht wahrhaben wollen, zu Beginn, gleich nachdem Laetitia geboren worden war.

Sie hätten beide unterschiedlicher nicht sein können. Von Natur aus. An sich war das kein Hindernis, aber dieses Problem wuchs heran und machte sich breit zwischen ihnen. Und weil Hanna mit der Andersartigkeit ihrer Tochter nichts anzufangen wusste, war da zuerst ein großes Staunen in ihr, eine Hilflosigkeit, die schließlich in eine leise Furcht mündete, Laetitia könne ihr nur noch fremder werden. Hanna glaubte zu spüren, dass es nicht gut sein konnte, wenn das eigene Kind zu fremd, zu anders war als man selbst. Sie ängstigte sich, Laetitia könne ihr zwischen den Fingern zerrinnen wie schmelzendes Eis, das Rinnsale bildet, und dass ihr nur die kalten, nassen Hände zurückbleiben würden.

Hanna wollte nie wieder etwas verlieren, was zu dicht an ihrem Herzen gesessen und zu plötzlich fortgerissen worden war. Und so versuchte sie lange, die Andersartigkeit ihrer Tochter zu übersehen. Und als sie nicht mehr zu übersehen war, begann Hanna sie zu überdecken. Mit Gänsedaunendecken aus Zuwendung. Mit gekränzten Schichten aus Haselnusscreme, Butter und gerösteten Haferflocken. Aber es nützte nichts, denn schließlich geschah das, wovor sie sich am meisten gefürchtet hatte. Es passierte trotz und wegen dem, was sie so vehement tat. Es passierte zwischen den Kuchenkrümeln auf den Tellern aus Porzellan, es passierte während der Sonntagnachmittage auf dem Sofa, es passierte zwischen den Liedern, die sie nur und ganz besonders innig für Laetitia sang. Es geschah beim Verbot, aufs Eis zu gehen, und beim eiligen Trocknen der Tränen. Und so kam es, dass ihre Tochter langsam und sehr sorgfältig lernte, das Weite zu suchen.

Und doch stimmte selbst das nicht, denn Laetitia suchte durchaus Hannas Nähe. Nur anders. Unglücklicherweise war Hanna nicht imstande gewesen, dies zu deuten. Laetitia rieb sich, sie stritt sich, sie forderte ihre Mutter heraus, wo sie nur konnte. Und während Hanna ein Zuhause herrichtete, sehnte sich Laetitia nach dem freien Himmel. Und wenn Hanna ein hübsches und regelmäßiges Muster an Essensritualen aufbaute, schlug Laetitia dazwischen und zerstörte es. Wenn Hanna kochte, blieb sie absichtlich länger weg. Wenn es pünktlich um zwölf Uhr Mittag gab, kam ihre Tochter frühestens halb eins, weil sie, wie sie sagte, nicht nach einer Uhr Hunger hätte.

Mit Eric war das etwas völlig anderes. Als er klein gewesen war, hatte er es geliebt, ihr dabei zuzusehen, wenn sie Pudding kochte. Wie andächtig er wartete, bis sie die braune, dickflüssige Masse in Schalen gefüllt und den Topf mit dem Rest auf einen Schemel gestellt hatte, so dass er hineinschauen konnte.

„Vorsicht! Heiß. Eric. Heiß!"

Die Warnung war überflüssig gewesen. Eric war von Natur aus ein vorsichtiges Kind. Verzückt stand Hanna daneben und beobachte, wie er völlig versunken den Topf betrachtete, in dem die glänzend braune Flüssigkeit langsam von einer stumpfen Patina überzogen wurde. Ihr Enkelsohn war so fasziniert von dem Geschehen gewesen, dass er kaum atmete.

„Bleibt hart", hatte er damals gesagt.

„Das ist nur Haut, Eric. Was kleben bleibt. Die wird jetzt kalt und fest. Und nachher kannst du alles auskratzen."

Aber Eric wollte den Topf nicht auskratzen.

„Haut. Der Topf hat braune Haut", hatte er immer wieder und in einem Atemzug „Pablo" gesagt. Sie hatte gelacht. Drei war er gewesen und Pablo hatte er auf dem Spielplatz an einem Sonntag vor ihrem Haus kennengelernt. Wann immer Eric sie besuchte, bestand er darauf, auch Pablo zu treffen. Aber inzwischen war er fünfzehn und Pablo ebenfalls. Da ging es teilweise laut zu. Jungs eben. In letzter Zeit wurde es ihr zu viel. Erics Veränderung. Seine Verschlossenheit. Der Umstand, dass er öfter, ohne zu sagen, wohin er ging, einfach wegblieb. Und dann war er ebenso schnell wieder da, manchmal mit neuen Jungs. Laut, unbeherrscht, nicht einschätzbar.

Anders als früher. Ihr Nervenkostüm war filigran geworden. Alt und brüchig. Als ob über eine sehr lange Zeit viel zu viel Volt hindurchgejagt worden waren. Der starke Widerstand hatte ihre Nervenbahnen glühend gemacht und über die Jahrzehnte dünn werden lassen. Und nun erzitterten sie bei jeder noch so kleinen, kaum spürbaren Ladung. Allein schon, dass Eric die Tür so heftig ins Schloss geworfen hatte, machte sie zitternd, so dass sie einfach nicht mehr zur Ruhe kam. Auch nachts nicht. Schon wollte sie zurück in die Küche, als es plötzlich unerwartet an der Tür klopfte. Sie zuckte zusammen.

„Hallo, Oma, ich bin's noch mal! Machst du auf? Hab nur den Schlüssel vergessen."

Sie öffnete und Erics Arm langte durch den Türspalt ans Bord und angelte sich den Schlüssel vom Haken.

„Wann kommst du denn nun zurück, Junge?", fragte sie vorsichtig.

„Weiß nicht, muss mal Pablo fragen. Vielleicht bringen wir noch Leute mit."

„Nicht heute, Eric. Bitte. Ich will noch in Ruhe den Kuchen backen für morgen, wenn du und Laetitia zu Besuch kommen."

„Okay, dann nicht."

Wieder fiel die Tür ins Schloss. Und dann war es von einem Moment auf den anderen wieder zu still. Hanna wusste einfach nicht mehr, was ihr lieber war. Weder vermochte sie es, Eric loszulassen, noch ertrug sie die Anwesenheit seiner Freunde. Am liebsten hätte sie ihnen Schlaftee gekocht. Die Erinnerung daran, Eric still und friedlich neben sich zu haben wie früher, überkam sie dann oft.

„Warum hast du nur ein Kind, Oma?" Es war ihre Heinzelstunde, die Stunde vor dem Zubettgehen. Eric schmiegte sich an ihren großen, weichen Körper und sie hatte die Arme um ihn gelegt, dass er gut aufgehoben war.

„Der liebe Gott hat mir nur eins gegeben."

„Meine Mama?"

„Ja, mein Junge, die Laetitia."

„Meine Mama hat keinen Bruder und keine Schwester?"

„Ja, das stimmt. Du ja auch nicht."

„Hast du noch einen Bruder oder eine Schwester?"

„Ich hatte."

„Und was?"

„Ich hatte zwei Brüder."

„Wie heißen die?"

„Albrecht und Emil."

„Wo wohnen die?"

„Der liebe Gott hat sie bei sich haben wollen."

„Hast du sie ihm gegeben?"

„Nein, er hat sie sich genommen."

„Wo sind Albrecht und Emil?"

„Im Himmel."

„Und wenn der Gott mich auch einfach holt, ohne dich zu fragen, wohne ich dann auch im Himmel?"

„Er holt dich nicht. Eric, du brauchst keine Angst zu haben."

„Ich hab keine Angst. Ich war doch schon mal im Himmel."

„Ach ja?"

„Mit Mama in der Boeing."

„Ach, Gott, ja."

„Ich hab sie nicht gesehen."

„Wen hast du nicht gesehen?"

„Albrecht und Emil und den Gott habe ich auch nicht gesehen."

„Man kann den lieben Gott nicht sehen, Eric. Und nun ist gut. Genug geredet. Sei nicht so neugierig. Schlaf!"

Sie zog die Decke über ihn und drehte sich ein Stück zur Seite. Es tat ihr so weh. Die Erinnerung vor allem an Albrecht. Eric sollte es nicht bemerken. Sie stopfte die Decke unter seinem Kopfkissen rechts und links fest. Er liebte das. So eingepackt zu sein.

„Oma?", fragte er schläfrig.

„Ja?"

„Du hast es gut."

„Warum?"

„Du hast zwei unsichtbare Brüder."

Die Erinnerung war tröstlich und schmerzlich zugleich. Hanna stand noch immer gedankenverloren vor der Wohnungstür, die Eric eben so vehement zugeschlagen hatte. Durch die Ritze zog es. Er musste die Haustür unten offengelassen haben. Sie wandte sich ab, ging in die Küche. Mit einem Mal überkamen sie stechende Kopfschmerzen. Sie legte sich im Wohnzimmer auf die Couch und schaltete den Fernseher ein. Doch nach der ersten Werbepause waren sie wieder verschwunden, ebenso schnell, wie sie gekommen waren. Was schnell kommt, das schnell vergeht, dachte Hanna, stand auf und ging backen.

Widerwillig erhob sich Laetitia vom Küchentisch und suchte ihre Zigaretten. Eine würde sie sich noch gönnen und dann müssten sie los. Sonntag Kaffee trinken. Nachfeier bei Hanna.

„Was ist das eigentlich immer mit dir und Oma?", fragte Eric. Er hatte sie eine ganze Weile von der Küchentür aus beobachtet.

„Was soll schon sein?“, sagte sie.

Missbilligend blickte er weg. „Du erzählst nie was über euch, egal, was ich dich frage. Und wenn ich das Gleiche bei Oma tue, zuckt sie bloß mit den Schultern. Wieso könnt ihr nicht einfach mal locker zusammen sein? Ganz normal Kaffee trinken? Wie andere auch?“

„Was findest du auf einmal am Kaffeetrinken spannend?“, antwortete sie.

Eric runzelte die Stirn. Er war schlecht gelaunt. Vielleicht lag es auch an seinen Kopfschmerzen, die ihm seit ein paar Tagen zu schaffen machten. Vielleicht aber wollte er sie auch nur provozieren. Nie würde es ihnen gelingen, ein entspanntes Sonntagsnachmittagstreffen zu dritt. Er wusste so gut wie sie, dass es nicht funktionieren würde. Ihr Sohn sah aus wie ein Raubtier kurz vor dem Sprung.

Ein diffuser Wunsch war es, wiederkehrend, aber diffus. Wenn Eric seine Augen schloss, stellte er sich vor, wie Hanna und Laetitia sich laut stritten. Wie sie aufeinander losgingen, bis es krachte. Und danach wäre die Luft endlich rein. Diese unausgesprochene Spannung ging ihm auf die Nerven. Laetitia musterte ihn vom Küchentisch aus und wartete geduldig auf eine Antwort.

„Keine Ahnung, warum ich das will!“, sagte er unwirsch, aber sie bohrte weiter. Mit Blicken.

„Es nervt mich eben immer, wie du schon guckst, egal, was Oma sagt oder tut.“ Laetitia hob die Augenbrauen. „Ach, komm! Meinst du, ich merk das nicht?“ Es ärgerte ihn, wie sie so ahnungslos tat.

„Du gehst doch ab wie ein Geschoss mit Schalldämpfer. Man hört nichts, aber man merkt trotzdem alles. Und Oma bewegt sich brutal angespannt. Wie zwischen lauter Tretminen, damit bloß keine hochgeht. Ihr habt doch Dauerkrieg.“

Zögerlich fabrizierte sie eine beschwichtigende Geste und fragte: „Welche Situation meinst du genau?"

„Ach!" Erics Augen verengten sich. Er war wütend. Mit ihren Fragen gelang es ihr gut, sich herauszulavieren. „Egal", sagte er und wollte verschwinden. Hastig rief Laetitia ihm hinterher

„Du hast ja recht, Eric. Wir kommen nicht so gut klar. Wir haben uns früher oft gestritten. Aber das ist längst begraben."

Er lachte rau. „Toter als tot?"

Sie blickte überrascht auf. „Ja, vielleicht", erwiderte sie.

Eric blinzelte. „Das klingt, als würde ich gleich zwischen zwei Zombies Kuchen essen. Ich habe keine Lust mehr. Oma tut mir nur leid." Er schlenderte aus der Küche, lief zum Telefon und wählte Hannas Nummer. „Oma, ich komm heute Nachmittag doch nicht mit, Mama kommt alleine. Ich hab eine Verabredung." Laetitia beobachtete ihn misstrauisch. „Was?", fragte er nach einer Pause in den Hörer. „Zum Abendessen komm ich zu dir, okay. Ja. Auf jeden Fall. Mama fährt ja abends auch weg. Was? Ja. Mach ich. Ja."

Er stellte den Hörer in die Ladestation und nahm seine Jacke vom Haken. Laetitia packte ihn am Ärmel. Unwirsch blieb er stehen und wartete. „Geschlafen wird aber zu Hause", sagte sie vehement.

„Wozu? Du bist doch sowieso wieder unterwegs. Bin ich jetzt dein Wohnungshüter?"

„Es wäre mir einfach lieber", erwiderte sie leise.

Eric fluchte eine Antwort. Dann ging er.

Laetitia saß angespannt allein auf der Couch. Hanna hatte Kuchen gebacken und bemühte sich, die Enttäuschung über Erics Abwesenheit zu verbergen.

„Schön, dass du wenigstens da bist", schwatzte sie hilflos. „Aber Jungens in dem Alter sind halt so." Sie schob das Stück Frankfurter Kranz vorsichtig auf Laetitias Teller. Es schmeckte sahnig und wie immer leicht nach Metall. Kaum, dass sie aufgegessen hatte, legte Hanna nach. Laetitia wehrte ab.

„Du hast aber abgenommen", sagte Hanna.

Laetitia rollte die Augen und aß weiter. Der Metallgeschmack wich langsam der cremigen Süße. Bald war es nur noch fettzuckrig in ihrem Mund. Würde sie weiteressen, bekäme sie Kopfschmerzen. Als sie fertig war, stand Hanna automatisch auf und ging in die Küche, um nachzuholen, ohne sich zu erkundigen. Laetitia fragte sich, wie Eric mit dieser Stopfsucht klarkam. Ob er ihr Kontra gab? Vielleicht hörte sie ja auf ihn. Auch wenn Eric erst fünfzehn war, war er immerhin ein Mann. Und bei Männern hatte Hanna sich schon immer anders verhalten. Offensichtlich kamen die beiden besser klar. Strikt hob Laetitia die Hand, als ihre Mutter ihr das dritte Stück auf den Teller schieben wollte, und zog mit der anderen den Teller weg. Das Stück klatschte breit auf die bestickte Decke. Hanna verstand, wie sie immer verstand, schüttelte den Kopf und schob es stumm von der Decke auf ihren Teller. Sie kann unmöglich noch Hunger haben, dachte Laetitia und beobachtete, wie Hanna es aufaß.

Früher hätte sie ihr eine Szene gemacht. Wenigstens das war vorbei. Meine Mutter ist alt genug, dachte sie. Nach anderthalb Stunden, in denen Laetitia in diversen Zeitschriften der Boulevardpresse blätterte und Hanna in der Küche herumwirtschaftete, schaltete ihre Mutter endlich das Radio ein. Das Zeichen, dass es nun genug war. Laetitia konnte sich verabschieden. Der Bully wartete auf sie ebenso wie Mabel.

„Mach's gut, Mutter", sagte Laetitia.

„Mach's gut, Kind", antwortete Hanna.

Drei Stunden später stand Hanna vor dem Spülbecken und ließ Wasser ein. Sie war gerade im Begriff, den Kurzzeitwecker zu stellen, als ihr schlagartig schwarz vor Augen wurde.

„Hier atmet alles auf, von ganz alleine!", sagte Mabel, als Laetitia aus dem Bully gestiegen war, die Tür zuschlug und sie ihr half, durch das schlecht beleuchtete Grundstück über den Hof den Weg zum Hauseingang zu finden. Vor einem kaputten Zaun blökte im Dunkeln ein Schaf. Es traute sich nicht herüber.

„Es hat den Drahtzaun noch im Kopf, deshalb kann es nicht", sagte Mabel. Sie steuerten auf einen Anbau des Forsthauses zu, das der Förster ihnen aufgeschlossen hatte. Es war der sonst unbewohnte und den zumeist Jagdgästen vorbehaltene Teil des Gebäudes. Die Mauern waren fast vollständig mit dem Unterholz verschmolzen. Ihr Gastgeber hatte sich entschuldigt und war noch unterwegs zu einem Treffen im Vereinshaus. Er würde spät in der Nacht zurückkommen, aber nicht weiter stören, sie sollten sich wie zu Hause fühlen, Mabel kenne ja alles und Betten aufteilen könnten die Frauen sich ja auch selbst.

Es war leicht für Laetitia gewesen zuzusagen. Und Mabel hatte alles Weitere in die Wege geleitet. Nun waren sie hier allein. Zum ersten Mal mit Mabel allein. Sie standen im Zimmer, dessen Holzboden ausgekühlt war, und es knarzte unter ihren Füßen. Eine Maus lief aufgescheucht unter den Dielenbrettern hin und her. Der Ofen knackte und bullerte, aber es würde noch eine Zeit brauchen, bis sich das hohe Zimmer erwärmte. Vielleicht sogar Tage. So lange würden sie nicht bleiben.

Laetitia schlang fröstelnd die Arme um sich und trat an die verglaste Fensterfront, die gleichzeitig eine Flügeltür war und einen Ausblick auf ein winziges, bereiftes Wiesenstück vor dem Haus bot, das von Büschen und Unterholz gesäumt wurde. Der Frost war zurückgekommen. Hinter dem Wiesenstück erstreckte sich ein schmaler Streifen brachliegendes Land und dahinter Wald. Rechts bog zweispurig ein sandiger Feldweg ab und geradeaus führte ein Trampelpfad mitten in die Dunkelheit des Waldes hinein. Ein schwarzer Saum am Ärmel des Horizontes.

Mabel stand hinter ihr im Raum, stieß Atemwölkchen aus, drehte sich einmal um sich selbst, lachte und mimte überdreht einen Poeten.

„Die Nacht atmet frostig ..." Mit einer Geste voll Pathos wandte sie sich zu Laetitia um, die noch immer am Fenster stand und vom seltsam aschigen Licht des aufsteigenden Mondes wie gebannt war.

„... und der Ofen stöhnt ihr lustvoll seinen glühenden Odem entgegen ..." Mabel schwadronierte fröhlich weiter, lachte kurz auf und schwieg verwundert, weil Laetitia nicht antwortete. Mabel mochte die schlanke, spröde Frau mit dem blonden, kurzen Haar, das am Halsansatz wie mit einem Lineal abgeschnitten und fransig ausgezackt worden war. Sie mochte sie mehr, als sie es sich im Moment leisten konnte. Doch an diesem Abend war es ihr gleich. Zwei Tage Auszeit hatte sie sich verordnet und hatte vor, sie mit Laetitia zu verbringen. Entgegen aller Vernunft. Aber Laetitia reagierte nicht auf Mabel. Hochgewachsen stand sie am Fenster und ihre schlanke Statur, ihr knabenhaftes Becken, ihre ganze Ausstrahlung wirkten in diesem Moment fein und ruhig. Laetitia war bei sich, in einer Art, die Mabel noch nie an ihr beobachtet hatte.

Plötzlich musste sie husten. Der Reflex wurde ausgelöst durch den Qualm des Holzofens, den sie eben mit frischen Scheiten vollgestopft und sich halbtot gelacht hatten, weil sie die Klappe am oberen Ende übersehen und stattdessen alle Scheite mühsam zersägt und dann durch das kleine Brennloch gezwängt hatten. Blöde Stadtweiber sind wir, hatten sie gealbert.

Mabel musste noch mehr husten und ihr Husten vermischte sich mit dem Lachen. Laetitia rührte sich noch immer nicht. Versunken stand sie am Fenster.

„Laetitia? Ich kann an gar nichts anderes mehr denken als ans Atmen."

Sie trat an Laetitia heran. Durch die Scheiben konnten die beiden Frauen den Vollmond sehen. Wie Laetitia dastand, schien es, als wäre sie mit etwas tief unter sich verbunden, das ihre übliche Unruhe, ihre Angespanntheit verschluckt hatte. Vielleicht sogar mit dem Erdmittelpunkt. Keine ihrer Gesten war mehr fahrig. Und selbst wenn sie nur dastand, so wie jetzt, war etwas in ihr in feinster Bewegung. Wie eine Seeoberfläche bei Windstille.

„Suchen wir uns eine Decke und quetschen wir uns beide auf die Stachelcouch?" Mabel war kalt und als Laetitia noch immer nicht antwortete, trat sie näher heran. „Laetitia, ich friere", flüsterte sie und beugte sich vor, als wollte sie über ihre Schulter spähen. Und dann kam endlich Bewegung in Laetitia und sie wandte sich um. Mabel zuckte zusammen, trat zwei Schritte zurück und kicherte.

„Lass uns auf die Couch", sagte Laetitia und ihre Stimme kam ihr dunkel vor und warm wie die Ofenhitze.

Mabel ahnte nichts von dem übernatürlichen Sog, den sie auf Laetitia ausübte. Er war dagewesen, seit sie sie zum ersten Mal gesehen hatte. Am Café-Tischchen war es passiert, als ihr der selten köstliche Milchkaffee die Kehle hinuntergeronnen war, als die Sonne auf Mabels Haar kupferne Spielereien betrieben hatte, als sie ihr Tableulachen lachte. Laetitia hatte in Mabels Augen gesehen wie durch zwei Fenster in eine unbekümmerte Weite.

Der Ofen knackte. Das Holz fiel zusammen, der letzte Satz hing noch im Raum und gesellte sich zu der feuchten Luft, die nach uraltem Mauerwerk und Schwelrauch roch.

„Lass uns endlich eine Decke suchen", sagte Mabel.

Nach einer Viertelstunde entdeckten sie im Chaos des Badezimmers eine angeschmutzte Plastikkiste, in der sich zwei alte Schlafsäcke mit kaputten Reißverschlüssen befanden.

„So was kenn ich noch!", rief Laetitia überrascht. „Ich hatte genau die Gleichen als Kind, nur in einer anderen Farbe."

Sie hielt die Schlafsäcke, deren Ränder winzige Zähnchen säumten, in die Luft wie wertvolle Trophäen.

„Dann stimmt das Klischee."

„Welches Klischee?"

„Na, dass es bei euch in der DDR von allem nur eine Sorte oder höchsten zwei gab."

Laetitia lachte. „Reicht doch auch, zumindest jetzt. Das ist sogar mehr, als wir wollten."

Übermütig griff Mabel nach den Decken und stolzierte damit in Richtung Sofa.

„Ich mag das", sagte Laetitia unvermittelt.

„Was magst du?"

„Du machst alles so leicht."

Und als Mabel unbeholfen lächelte, hielt sie ihrem Blick stand.

„Wirklich."

Mabel errötete, grinste und breitete schnell die Decken aus.

Das Sofa war schmal und schief, die Rotweinflasche neben dem Ofen halb leergetrunken. Die beiden Frauen rutschten auf die linke Seite und kicherten dabei.

„Was vom Tage übrigblieb …", sagte Mabel nach einer Weile und hob die halbvolle Flasche gegen das matte Kerzenlicht. „Willst du noch? Ich habe schon zu viel." Sie goss, ohne auf eine Antwort zu warten, den Wein in ein Glas, das einmal ein Senfglas gewesen war. Die Decke aus glattem Polyester verrutschte. Dauernd glitt sie herunter.

„Das Ding hat Fluchttendenzen!", spöttelte Mabel.

„Findest du das verwunderlich?" Mit einem gekonnten Griff stopfte sich Laetitia die Decke wieder unter das Gesäß.

„Hiergeblieben, Flüchtlinge des VEB Matratzenkombinats!", alberte Mabel und zog am anderen Ende. Dabei streifte sie wie zufällig über die muskulösen Oberschenkel von Laetitia. Laetitia schaute auf und Mabel tat so, als wäre nichts weiter, seufzte wohlig müde und ließ sich gegen die Armlehne sinken. Laetitias Hände begannen sich ihren Weg unter der Decke entlang an Mabels Beinen zu suchen.

„Wolltest du eigentlich auch weg? Damals, aus der DDR?", fragte Mabel und griff unvermittelt nach ihrer Hand. Sie war warm und ein bisschen rissig.

„Ich wollte weg. Immer wollte ich weg, aber das hatte nichts mit dem Land zu tun." Ein enges Gefühl beschlich sie. Mabel ließ ihre Hand nicht los.

„Wie zerbrechlich sie aussieht und trotzdem streng und sehnig und ein bisschen wie Porzellan …", flüsterte Mabel und war völlig in Laetitias Hand vertieft. Jedes einzelne Gelenk, jeden Zentimeter ihrer kühlen Haut, so schien es Laetitia, betrachtete und befühlte sie. „Und so kalt."

„Ja."

„Ich behalte sie ein wenig bei mir."

„Ja."

Mabel formte eine Schale aus ihren warmen Händen und führte sie an ihren Mund, hauchte hinein, blies Leben in sie. Und mit einem Mal wussten Laetitias Hände wieder, was sie zu tun hatten, und Laetitia folgte ihnen. Wie von selbst legten sie sich an Mabels Wangen. Mabel schloss die Augen. Laetitias Fingerspitzen wanderten über ihre Nasenwurzel und zeichneten die Augenbrauen nach. Ganz langsam. Zwei schmale Teppiche für Fingerkuppen. Bögen aus winzig-weichem Gras. Mabel blieb still. Die Decke rutschte herab. Laetitias Hände glitten weiter auf die Schultern, drehten Mabel zu sich, so dass sie in ihren Schoß sinken konnte, und Mabel ließ es geschehen. Es war wie Ein- und Ausatmen. Ihre Fingerspitzen streichelten Mabels hohen Wangenknochen bis hin zur Stirn, malten den Haaransatz nach, der in leichten rostroten Wellen verlief, und begaben sich, als wollten sie untertauchen, in ihr lockiges Haar hinein.

Vor dem Fenster knackte es. Ein Tier, das durch das Unterholz tapste.

Laetitia roch an Mabels Haaren. Es duftete. Sie wollte sich in diesem unergründlich wilden Haar verlieren. Ihr Mund öffnete sich, während sie Mabels Geruch einsog. Es roch mild, nach Mabel, nach Frauenhaut und nach Luft von draußen. Es roch wie Kamille und nach etwas Vertrautem. Es roch nach Heimkehren. Nach Ankommen. Und dann sanken ihre Lippen auf Mabels Stirn und bedeckten sie. Eine weite Landschaft, die nicht aufhörte zu sein.

„Mabel?" Sie hielt inne. Mabel schlug die Augen auf und lächelte sie fragend an.

„Geht das?"

Das Herz schlug ihr bis zum Hals und Laetitia spürte, wie sich die leise Zärtlichkeit in ihr auswuchs zu etwas

Größerem. Wilderem. Etwas, das nicht nur ihre Hände beherrschte, sondern ihren ganzen Leib, das langsam und stetig zu einem lodernden Flächenbrand wurde und außer Kontrolle geriet.

Sie hatte Angst.

„Darf ich das?“, fragte sie noch einmal und ein leichter Anflug von Panik ließ ihre Stimme höher rutschen.

Mabel schloss die Augen. „Du darfst.“ Sie legte ihre Hand an Laetitias Hals und fühlte ihren Puls schlagen. Welle um Welle. Ihre Hand strich warm über Laetitias Nacken. „Es ist alles gut. Es ist schön. Es ist richtig.“ Ihr Drängen wurde forscher. Laetitias Hände glitten an Mabels Hals hinunter, schoben sich unter den Rand ihres V-Ausschnittes, hielten inne, zeichneten ihn nach und legten sich auf Mabels Brüste, die fest und trotzdem weich waren. Beinahe konnte sie die erbsengroßen Knospen erahnen. Meine Hände berühren sie nicht, dachte sie, sie wachsen einfach drumherum. Und es dauerte nicht lange, da schoben sich Laetitias Hände weiter bis zu Mabels Mitte. Ihr Herz raste. Noch nie hatte sie sich so atmen hören. Mabel lag still. Fast zu still.

„Mabel?“ Ein Seufzen.

„Was?“

„Ich möchte mich wie Wasser auf dir ausbreiten, Mabel. Ich bin lauter Wellen!“

Wieder lachte Mabel und dann richtete sie sich auf und zupfte an ihrem violetten Wollpulli herum.

„Was ist?“

„Mir ist immer noch kalt, lass uns noch mehr zusammenrücken, komm schon!“

Mabel rutschte dichter, nahm Laetitias Hände und legte sie dorthin zurück, wo es lila war, und küsste sie. Mit diesem Kuss sog Laetitia alles ein, was in jenem Augenblick im Raum hing, den Geruch des fast erkalteten Rauches vermischt mit dem Dunst der wurmstichigen, feuchten Holzbalken. Den herben Duft der Holzwolle, der aus den Poren des staubigen Sofas kam. Den Rotweingeschmack auf Mabels Zunge. All das drang ungefiltert in ihre weit offenen Poren hinein. Dieser Kuss wurde zu einer Fotografie in ihrem Kopf. Für immer würde sich dieser Moment dort einbrennen. Mabels Lippen waren weich und die Küsse wild. Ihre Hände fassten nach den Brüsten und wurden gieriger. Der Ofen bullerte, während draußen der Nachtwind an den losen Türen rüttelte, und plötzlich wand sich Mabel sachte, aber bestimmt zur Seite und schlüpfte mit einer eleganten Drehung unter Laetitia hinweg.

„Ich muss kurz mal für große Mädchen", sagte sie und grinste. Laetitia nickte mit verschwommenem Blick. Ihr schwindelte. Mit einem Zug leerte sie ihr Glas, indem sie den Kopf mit einer ruckartigen Bewegung nach hinten warf, als würde sie Wodka kippen. Eigentlich brauche ich nichts zu trinken, dachte sie, ich bin so betrunken von ihr. Sie wollte Mabel. Alles von ihr. Jedes einzelne Haar. Wildes Begehren wollte sie auskosten. Sie sehnte sich danach, jede Sekunde, jeden Augenblick dieser vollen Nacht mit Mabel zu zelebrieren. Endlich ganz sein. Da sein. Bleiben. Sie öffnete die Augen. Der Vollmond stand mitten im Fenster. Durch das Rauschen in ihren Ohren hörte sie Mabel leise und von sehr weit etwas sagen, was sie nicht gleich begriff.

„Laetitia? Ich muss mich leider hinlegen. Allein. Mir ist furchtbar übel. Es tut mir so leid." Sie stand in der Badezimmertür und war bleich wie der Kalk zwischen den hölzernen Balken.

„Ich gehe jetzt schlafen. Gute Nacht. Gute Nacht, Laetitia."

Weg war sie und Laetitias Hände blieben halbgeöffnet zurück.

„Bleib", flüsterte sie. Aber es war zu spät. Wie ein Schatten war Mabel hinausgeglitten.

Lange noch lag sie auf der Couch. Versunken in dem Geruch, gefangen in einer Zeitschleife. Nichts anderes blieb ihr übrig, als sich dem kratzenden Sofa zu ergeben, das eingebrannte Bild des Kusses noch einmal heraufzuholen und sich die eben erlebte Szene wieder und wieder anzuschauen. Sie wollte nicht weg. Sie wollte bleiben. Zum ersten Mal.

Sie träumte, ihr Zug wäre im Schnee steckengeblieben. Es bestand eine winzige Chance, ihn zu erreichen. Deutlich spürte Laetitia die Kraft ihrer Beine und den übermenschlichen Willen, ihn einzuholen. Zwei riesige Koffer aus Holz, jedoch ganz ohne Gewicht, schaukelten wie dünnwandige Schränke in ihren Händen. Einer in ihrer linken und einer in der rechten. Die Rücklichter des Zuges waren deutlich durch das Schneegestöber zu erkennen. Grün. Grün bedeutete Hoffnung. Sie rannte. Doch ihre Stiefel fanden im Schnee keinen Halt. Der Harsch unter ihren Sohlen löste sich auf und wurde zu pulverigem Treibsand. Ein starker Sog spülte ihr die feinkörnige Substanz unter den Füßen fort. Der Zug war so nah und sie kam nicht voran. Sie wollte rufen. Sie öffnete den Mund, um einen langen Schrei in die Dunkelheit zu stoßen.

Sie erwachte. Jemand hatte laut geschrien. Mabel? Sie sah neben sich die leere Couch und bemerkte, dass sie auf dem Holzboden lag. Das Feuer im Ofen war erloschen. Ihr eigener Schrei war es gewesen. Jetzt erst nahm sie das pulsierende und leuchtende Handy auf dem Sessel wahr. Gehetzt griff sie danach. Ihr Hals tat weh. Sie hatte einen

Pelz in der Kehle, als ob sie ununterbrochen geschrien hätte.

„Hallo? Hören Sie mich?", rief jemand in ihr Ohr hinein und Laetitia hustete. „Ich kann Sie ganz schlecht verstehen! Spreche ich mit Frau Klänger?"

„Ja", krächzte sie. Ihr Herz schlug bis zum Hals. Sie schnaufte. Das Schneegestöber vor ihren Augen verwandelte sich in kleine, tanzende Lichtsplitter. Zu rasch war sie aufgestanden. Der Schwindel wurde übermächtig und zwang sie auf das Sofa zurück.

„Entschuldigen Sie bitte, ich weiß, wie spät es ist", drang die Stimme durch den Hörer. „Mein Name ist Hinrich. Ich bin froh, Sie endlich persönlich zu erreichen."

Es war eine Frauenstimme und sie klang routiniert. Doch trotz ihrer Benommenheit spürte Laetitia etwas Unheilvolles darin. Ein Zittern. Ein Vibrieren, als ob jemand von der Mitte her über die Platte eines zugefrorenen Sees ginge. Die Stimme am anderen Ende der Leitung glich den dünn beeisten Rändern am Ufer, die unter den Schritten zitterten. Sie schüttelte die Traumreste ab.

„Was ist los?"

„Sind Sie krank? Ich verstehe Sie wirklich ganz schlecht, Frau Klänger. Ich bin die diensthabende Ärztin der Neurologie des August-Zinn-Krankenhauses. Es geht um Ihre Mutter." Das unheilvolle Vibrieren verschwand. Die Stimme klang nun fest und bestimmt und eine Klammer legte sich um Laetitias Hals, drückte ihn zu und statt einer Frage entfuhr ihr ein Pfeifen.

„Sie hatte einen Schlaganfall."

Mechanisch kam ihr das Wort „tot" über die Lippen. Sie hatte es als Frage gemeint. Das Blut rauschte ihr in den Ohren. Fest presste sie das Handy an den Kopf, aus lauter Angst, etwas zu überhören.

„Ihre Mutter lebt, reagiert aber nicht auf Ansprache. Wir können aktuell nichts weiter tun, außer zu warten. Im Moment ist sie stabil." Das Rauschen in ihrem Kopf hörte auf.

„Danke", sagte sie. Jetzt war da nur eine Wand aus dichtem Nebel.

„Wann?", hörte sie sich fragen. Ihre Stimme bekam einen Klang, der brüchig war wie von Rissen durchzogenes Eis.

„Heute Nachmittag. Eine Nachbarin hat sie gefunden."

„Ja, danke." Laetitia bemühte sich, sehr langsam und deutlich zu sprechen, doch dann glitt ihr das Handy aus der Hand, sie torkelte ins Badezimmer und übergab sich.

Januar 1945

Plötzlich war es dunkel und die Kälte umklammerte Hanna wie Stahl. Sie war mit so viel Schwung in das Eisloch geschlittert, dass sie gar keine Zeit gehabt hatte, darüber nachzudenken. Sie hatte nur deshalb so viel Anlauf genommen, weil die Großen sie unentwegt riefen. Dabei war Hanna doch nur ganz kurz vor der Kutsche unter dem Eis stehengeblieben. Aber die Stimmen waren so dringend und so wütend gewesen, dass sie sich von dem faszinierenden Anblick losgerissen hatte.

Zwei-, dreimal war sie hinter ihnen hergeschlittert und ein paar fremde Arme aus dem Treck hatten sie weiter nach vorne geschoben und dann, als alle schon ganz dicht am Ufer waren, war Hanna unvermittelt ins Eisloch gerutscht. Das Wasser war kalt. Nicht einmal Angst fühlte sie. Der Atemreflex war eingefroren, ebenso wie die Eisdecke über ihr, die sie nicht sehen konnte, weil sie ihre Augen fest zugekniffen hielt. Hanna war eine pelzige kleine Kugel, die immer weiter in die Tiefe sank. Ewigkeiten, wie ihr schien. Doch dann spürte sie den Boden, und mit ihm kam die Panik. Die Pelzkugel öffnete sich wieder und mit beiden

Füßen, so fest, wie Hanna es vermochte, stieß sie sich vom sandigen Untergrund ab und schoss pfeilschnell nach oben. Jemand griff nach ihr und bekam sie am Kopf zu fassen, glitschig wie ein Seehundbaby war Hanna. Wieder rutschte sie ab, aber noch bevor sie zurückgleiten konnte, packte dieser Jemand beherzt dort zu, wo sie am besten zu halten war. Bei den Ohren. Hanna schrie wie am Spieß, aber sie war gerettet. Zum zweiten Male geboren, wie ihre Mutter Olga später immer wieder sagte.

„Der liebe Gott hat dich einfach noch nicht wollen zu sich nehmen", murmelte Olga oft. „Janz anders als wie deine Brüder."

Hanna schlotterte am ganzen Leib und durfte die Nacht und den darauffolgenden Tag in einem der überdachten Planwagen verbringen, wo ihr heißer Tee mit einem Schuss selbst gebrannten Schnaps eingeflößt wurde. Ob es dem Alkohol oder ihrer starken Natur zu verdanken war, dass sie all dies lebend überstand, grenzte an ein Wunder. Aber nichts blieb, wie es war. Und der liebe Gott wollte Hanna weder zwanzig und noch sechzig Jahre später bei sich haben. Sie war einfach zu robust. Ganz anders als wie ihre Brüder.

Mein Haus hat keinen Giebel

Es sah aus wie ein Schaufenster. Ein Schaufenster aus Eis. Nur, dass sie nicht senkrecht davor, sondern mit beiden Beinen direkt auf der Scheibe stand. Das Eis war so dick wie ihr Kinderstiefel und Hanna blickte fasziniert auf etwas, was sie unter ihren Füßen sah. Die Welt schien auf den Kopf gestellt. Doch das Schönste daran war diese Kutsche hinter dem Eis. Aber wieso waren ihre Füße plötzlich nackt und so groß, wie angeschwollen? Warum hatte sich die Schwerkraft mit ihr zusammen in einem Winkel von neunzig Grad gedreht? Und das Wagenrad mit dem Beschlag, der eben noch golden schien, war ein Stahlrohr. Nicht mehr geschlossen, sondern halbrund. Außerdem verlief die silberne Metallröhre nach beiden Seiten rechtwinklig und endete in weißen Falten. Wo war oben, wo war unten? Hinten und vorne waren zu beliebigen Größen mutiert.

Das Kopfende war so gestellt, dass Laetitia ihre Mutter in einer Dreißig-Grad-Stellung vorfand. Die überstürzte Rückfahrt durch die Nacht war eine Tortur gewesen. Sie war müde und aufgeputscht zugleich. Im Forsthaus hatte sie Mabel nicht wecken wollen und ihr daher einen Zettel hinterlegt. Sie war ohne Pause durchgefahren, hatte den Bully im Parkverbot stehenlassen, den Fahrstuhl gemieden, die Treppe zur Neurologischen Station zu Fuß genommen und sich von der diensthabenden Schwester das Zimmer zeigen lassen. Jetzt suchten ihre Augen den kleinen Raum nach einem Stuhl ab, sie zögerte und setzte sich schließlich auf die linke Seite des Bettes.

Hannas Blick war starr und geradeaus auf das gegenüberliegende Metall-Rohrgestänge an ihren Füßen gerichtet. Etwas Fragendes, Dringliches lag in ihren Augen. Das glänzende Metall spiegelte verzerrt die geschwollenen Füße wider. Den Galgen zum Greifen, der direkt vor Hannas Gesicht hing, wickelte Laetitia sofort über die Stange. Ein dünner Speichelfaden glänzte rechts unter Hannas Mundwinkel, suchte sich seinen Weg und befeuchtete das Oberbett, während die linke Seite ihrer Lippe schon auszutrocknen begann.

Es war ruhig im Zimmer. Ungewohnt, diese Stille. Zwischen ihr und ihrer Mutter war nichts. Nichts, was sie bedrängte. Aber auch nichts anderes. Laetitia betrachtete sie. So etwas hatte sie noch nie getan: Hanna betrachten. Immer war es umgekehrt gewesen. Ihre Mutter hatte sie angesehen. Ihr Leben lang. Laetitia hatte sich so an die Übermacht mütterlicher Blicke gewöhnt, dass sie ihr schließlich in Fleisch und Blut übergingen.

Laetitia schaute Hanna noch immer an. Sie empfand weder Schmerz noch Trauer. Wenn irgendetwas dem nahekam, wie sie sich fühlte, so wäre das ein Gefühl von Zeitlosigkeit. Da war nichts mehr, das sich ihr entgegendrängte. Hannas Fleisch wirkte leblos, ebenso ihre Hände. Herabgefallen rechts und links neben ihren Körper. Alles an ihr erschien Laetitia seltsam flach. Nur die wächserne Nase ragte spitz aus dem Gesicht hervor.

Als kleines Mädchen hatte sich Laetita oft gewünscht, das Tempo des Lebens anhalten zu können. Sie allein wäre davon ausgenommen. Sie ginge zwischen all den angehaltenen Menschen umher und betrachtete sie wie Schaufensterpuppen. Ohne Störung und in aller Stille, bis sie sich satt gesehen hätte. So wie jetzt. Das Betrachten reichte.

Ihr Blick glitt über Hannas Gesicht. Die Augen, aus denen sich der Schreck von vorhin verflüchtigt hatte, waren wieder ruhig. Aber vielleicht irrte sie sich auch. Vielleicht war da gar kein Ausdruck gewesen. Sie betrachtete den kaum merklich geöffneten Mund mit dem Speichelfaden, der in unermüdlich stiller Regelmäßigkeit abriss, um sich immerfort neu zu bilden. Meditierende Spucke. Sie blickte auf Hannas breiten Leib, der an einen zusammengefallenen Hefeteig erinnerte. Er hob und senkte sich. Sie ließ ihren Blick über die weißen Zehen an den prallen Füßen mit der kräftigen gelblichen Hornhaut gleiten, durch die deren Blässe besonders intensiv hervorstach. Eine ledrige Sohle unter blutleeren Füßen. Ob ihre Mutter kalte Beine hatte? Laetitia stand auf und zog mit einer schnellen Bewegung das Laken über die Füße. Dabei stieß sie mit dem Fuß an das Bett. Hannas Pupillen zitterten.

Januar 1945

Ihre Füße waren plötzlich verschwunden! Wo waren ihre Füße? Hanna schaute an sich herab. Sie war mit einem weißen Leibchen bekleidet, das bis zum Boden reichte, und stand im Korridor. Es war dunkel. Die Großen schliefen. In einer kleinen Holzkiste lag Albrecht aufgebahrt auf der Kommode. Rechts und links von seinem Köpfchen flackerten zwei fast heruntergebrannte Kerzen. Als Hanna sich leise und auf nackten Füßen durch den Türspalt gezwängt hatte, um in aller Ruhe nach ihm zu sehen, war alles still gewesen. Albrecht würde vielleicht nur noch heute Nacht hier sein. Sie hatte Onkel Friedrich zu ihrer Mutter sagen hören, morgen müssten sie über das Eis im Haff. Und wenn sie drüben wären, könnten sie ihn endlich begraben.

Den ganzen Tag waren die Großen bemüht, den Anblick des toten Säuglings vor Hannas und Emils neugierigen Blicken zu verbergen. Aber sie hatte es trotzdem gewusst. Schon im Zug hatte sie es gewusst. Denn dort hatte es einen Streit mit dem Schaffner gegeben. Hanna hatte nicht ganz genau mitbekommen, worum es ging. Sie hörte das Wort „hinauswerfen“ und sie hatte Angst gehabt, alle müssten nun den überfüllten Waggon verlassen und zu Fuß weitergehen. Aber draußen war es doch so kalt. Schließlich deutete der Schaffner auf ein heruntergeklapptes Zugfenster und schien zu warten. Dann warf er einen auffordernden Blick zu Hannas Mutter Olga, die Albrecht fest im rechten Arm hielt. Sie schaute den Schaffner nicht an, blickte einfach weg. Eine fremde Frau nahm Hanna bei der Hand und fragte sie, ob sie vielleicht mit ihr kommen und sich auf ihren Schoß setzen wolle. Vorne wäre es nicht so eng. Hanna durfte. Die Frau schob sie an vielen Beinen von Menschen vorbei. Emil, ihr großer Bruder, musste nicht mit. Vorne war es auch voll. Sogar noch voller. Als sie eine Stunde später zurückgeschoben wurde, hatte ihre Mutter mit starren Augen und leeren Händen im Abteil gesessen. Das Bündel mit ihrem Bruder war verschwunden. Und dann hatte Onkel Sepp den großen Holzkoffer getragen, ihn ganz vorsichtig behandelt und nicht mehr aus den Augen gelassen.

Es zog empfindlich an Hannas nackten Füßen, trotz des viel zu großen Nachthemdes, aber sie blieb vor der Kommode stehen. Es war so schön wie Weihnachten! Hanna konnte ihren Blick einfach nicht von Albrecht abwenden. Er war ein schöner Bruder. Albrecht war ein Engel. Heiligabend war er geboren. Ganz weiß war seine Stirn wie das Tuch, in das er gewickelt war. Sie hätte für immer da stehen und ihn betrachten können. Ihre kalten Füße bemerkte sie nicht. Sie war nicht traurig. Sie stand einfach nur da wie das Mädchen mit den Schwefelhölzchen aus ihrem Lieblingsmärchen und schaute andächtig auf den kleinen hellen Kreis. Das Gesicht ihres Bruders. Albrecht sah aus, als ob er schliefe. Sie hatte ihn lieb und in diesem Moment der Stille im Flur, die nur sie und Albrecht umgab, war die Welt ganz. Und heil. Und schön. Ein Stück Himmel. Vielleicht die Eingangspforte davon. Und sie hatte sich herausgenommen, mit Albrecht zusammen vor dieser Pforte zu warten. Das war Glück genug. Sie hatte es sich gestohlen. Es wäre bestimmt genauso schlimm, als wenn sie heimlich nach einem versteckten Weihnachtsgeschenk geschaut hätte. Schläge würde es geben, wenn man Hanna jetzt erwischte. Trotzdem, bis hierher hatte sie sich getraut. Bis zur Eingangspforte des Himmels. Weiter durfte sie nicht mit. Das wusste sie. Und deshalb fühlte Hanna in diesem Moment auch nicht, dass sie am ganzen Leib zitterte. Sie wollte sich nicht vorstellen, wie die Großen Schnee auf ihn schütten würden. Wozu? Onkel Friedrich hatte gesagt, die Erde sei noch zu hart. Albrecht könne doch mitkommen!

Ein Geräusch ließ Hanna erschrecken. Sie duckte sich hinter die Kommode, lauschte, wartete und huschte schnell zurück in die Kammer, wo sich ihre Mutter mit Tante Erika das Bett teilte. Rasch schlüpfte sie zwischen die beiden Frauen. Niemals würde sie auf den Gedanken kommen, ihre Mutter danach zu fragen, ob Albrecht vielleicht bei ihnen bleiben könnte. Bei ihr und den anderen. Solche Fragen stellte man nicht. Sei froh, dass du noch lebst, wäre die einzige Antwort, die Hanna erhalten würde.

Morgen würden sie weiterziehen. Aber irgendwann würden sie endlich bleiben. Dann könnte Hanna Albrecht beerdigen. Und auch besuchen und im Frühling aufpassen, wenn Blumen auf ihm wachsen. Kleine weiße. Und sie hätten einen Ort, an dem Papa sie bestimmt fände, weil auf Albrechts Grabstein ja der ganze Name stünde. Aber wenn nicht? Wenn der Vater nun aus dem Krieg heimkam und nach ihnen suchte? Und da wäre nichts. Kein Stein. Keine Schrift. Und sie wären auch nicht mehr hier. Sie – Hanna – müsste morgen vorsichtig die Großen daran erinnern, dass sie Albrechts Namen auf einen Stein schrieben, damit Papa, wenn er auf diesen Stein stöße, wüsste, dass sie in der Nähe gewesen waren. Ein Grabstein ist ja so etwas wie eine Hausnummer und ihr Vater würde sie finden, ganz bestimmt.

„Kann ich etwas für Sie tun?"

Die Schwester im gelben Kittel stand in der Tür. Laetitia zuckte zusammen, dann schüttelte sie den Kopf.

„Die Tochter?"

Sie nickte.

„Wir hatten telefoniert."

„Frau Klänger, können Sie sich ausweisen?"

„Natürlich."

Das Gelb des Kittels war penetrant. Als wäre sie gezwungen, mit den Augen Vanillesoße zu essen. Trug man auf den Stationen heutzutage gelb? Laetitia war ewig nicht mehr in einem Krankenhaus gewesen. Die Schwester reichte ihr den Ausweis zurück.

„Es geht Ihrer Mutter den Umständen entsprechend. Haben Sie eine Patientenverfügung oder wissen Sie, ob ihre Mutter so etwas besitzt?" Hatte sie nicht und sie wusste ebenso wenig, ob Hanna so etwas je bedacht hätte. Außerdem wollte sie nicht länger bleiben. Der nächste Tagesordnungspunkt war Eric. Sie musste es ihm sagen. Aber noch war es zu früh.

Als Laetitia ins Freie trat, ließ die feuchte Kühle sie frösteln. Benommen schnürte sie den Gürtel ihres graugrünen

Trenchcoat enger um die Taille, aber es brachte nichts. Mechanisch suchten ihre Finger nach dem Autoschlüssel in der Manteltasche, der aber in das Zwischenfutter gerutscht war. Ungeduldig langte sie nach dem äußeren Zipfel ihres Mantels, ertastete ihn und schob ihn vorsichtig in Richtung Loch. Das Futter zerriss endgültig. Unwirsch steckte Laetitia den Schlüssel in das Schloss ihres Wagens, öffnete die Tür, startete und fuhr durch den bleichen Morgen stadtauswärts. Vielleicht gab es bei ihrer Mutter irgendetwas, das einer Patientenverfügung gleichkäme, welche die Formalitäten, die die Schwester angedeutet hatte, erleichtern würde. Bis acht Uhr gab sie sich Zeit. Eric brauchte seinen Schlaf.

Hannas Haus, ein Block aus den fünfziger Jahren, in dem sich ihre Wohnung linker Hand befand, lag am Stadtrand von Ebermünde in der Nähe der Alten Furt. Etwa zehn Minuten Fahrzeit entfernt. Der Montagmorgenverkehr schlief noch und lediglich ein paar verwaist wirkende Ampeln hielten Laetitia auf. Sie nahm das zerrissene Innenfutter ihrer Tasche als Mahnung, vorsichtig zu sein – schließlich war genug Unglück geschehen –, und hielt geduldig an allen Kreuzungen an, obwohl weit und breit kein Auto zu sehen war. Das Rot der Ampel hob sich gegen den orangefarbenen Morgenhimmel ab. Statt der Sonne die tief hängende Ampelscheibe, dachte sie, surreal, und als der Motor absackte, überwältigte sie die grenzenlose Stille dieses frühen Morgens. Plötzlich durchzuckte sie ein Gedanke. Eric! Ob er wirklich bei ihnen zu Hause war? Sie waren im Streit auseinandergegangen, darüber, wo er schlafen würde. Die Schwester hatte nur von einer Nachbarin gesprochen, die ihre Mutter gefunden hätte. Wieso die Nachbarin? Eric war doch zum Abendessen bei Hanna verabredet gewesen, das hatte er, soweit sie sich erinnerte, am Telefon mit ihrer Mutter abgesprochen. Laetitia rutschte angespannt auf ihrem Sitz herum. Die Ampel schien im Rot erfroren. Vielleicht war Eric schon auf dem Heimweg gewesen, als es passierte? Ihre Augen verengten sich, sie missachtete die Ampel, wendete und gab Gas.

Eric war nicht bei ihr zu Hause. Auch seine Tasche war fort und ein paar Kleidungstücke. Genau konnte Laetitia das nicht eruieren. Sie hatte keine Übersicht mehr über seine Sachen. Ihr Blick fiel auf die Uhr. Die Zahlen und Striche auf dem kreisrunden Weiß erschienen ihr als einziger und unverrückbarer Halt. Sieben Uhr drei. Laetitia verließ überstürzt ihre Wohnung, lief zurück zum Bully und fuhr erneut in Richtung Alte Furt. Ihre Befürchtung wurde Gewissheit. Eric war verschwunden. Die Wohnung war leer und ihre Mutter unerreichbar. Laetitia stand in der Diele und erstarrte. Auf einen Schlag hatte sie zwei Menschen verloren. Sie schwankte. Musste sich am Türrahmen festhalten. Alles wirkte wie nach einer überstürzten Flucht.

Ein Windzug. Ein Krachen. Laetitia zuckte zusammen. Sie hatte die Haustür offengelassen. Ihr wurde schwindlig. Nichts mehr war unter Kontrolle. Die Angst packte sie am Hinterkopf wie eine eiserne Kralle und rastete dort ein. Sie schaute auf Erics unbenutztes Bett. Auf dem Nachttisch daneben lag sein Handy. Sie griff danach. Vielleicht hatte er versucht, anzurufen, doch der Akku war leer. Ihr zitterten die Knie. Weiße Flecken tanzten vor ihren Augen wie ein Schneesturm aus Pünktchen. Hinsinken. Liegenbleiben. Ein Gefühl schälte sich langsam heraus. Es war ihr gänzlich fremd und trotzdem uralt. Wie aus einem anderen Leben gerissen und in ihres hineingeworfen. Sie hatte dieses Gefühl noch nie gespürt, doch plötzlich war es da und hatte einen Namen. Verlassenheit. Sie fühlte sich ausgesetzt. Dem Dunkel. Der Kälte. Es war das Gefühl, nichts mehr ausrichten zu können und gänzlich verloren zu sein.

Laetitia stand noch immer in der Tür zu Erics Zimmer. Die Lichtpünktchen vor ihren Augen verdichteten sich. Nein. Nicht, befahl sie sich, doch die verlockende Schwerkraft zog sie abwärts. Dem Schwindel nachgeben. Aufgeben, vergessen.

Sie schwankte. Nein. Einen Rest an Kraft rang sie sich ab. Vehement schüttelte sie den Kopf, wollte den Schneesturm aus Lichtpunkten vertreiben. Nur etwas Konzentration, ein wenig Selbstkontrolle brauchte sie, einen halben Atemzug noch. Nicht auf Erics Bett schauen. Umdrehen. Weggehen.

Unter Aufbietung ihrer letzten Kräfte schob sich Laetitia nach oben und stieß sich vom Türrahmen ab.

Sie wusste nicht, wie viel Zeit an ihr vorübergezogen war. Sie saß in der Küche und rauchte. Die Uhr zeigte an, dass es halb acht war, es bedeutete nichts. Sie rauchte weiter. Die Lungen taten ihr weh. Sie müsste etwas tun. Etwas Sinnvolles. Laetitia zählte nicht, wie oft sie aufstand oder stehenblieb, und sie bemerkte nicht, wie lange sie vor sich hin starrte. Sie spürte nicht das Gewicht des gehäuften Kaffeelöffels in ihrer Hand, merkte nicht, dass sie sich das Pulver in einem Bierglas aufbrühte, als sie keine Tasse fand, weil sie im Wäscheschrank suchte.

Mühsam aufgerichtet saß sie am Küchentisch und versuchte sich zu sammeln. Trank und rauchte. Ruhig und wach bleiben, sagte sie sich, warten, bis die Zeit wieder eine Bedeutung hat. Sie starrte den Rauchschwaden hinterher. Eine fadenfeine Landschaft sich verändernder Muster aus Nebelstreifen. Überall dominierte ein leichter Durchzug. Die Wohnung war nicht gut isoliert. Ihre Mutter hatte nie geklagt. Jetzt war es zu spät. Vielleicht sollte sie doch schlafen, dachte sie. Die Tretmühle ihrer Gedanken war zermürbend. Laetitia dachte an die Polizei und verwarf sogleich die Idee. Zu verfrüht. Das brachte Eric nicht zurück, verschaffte ihr vielleicht einen mitleidigen Blick. Jugendliche verschwanden ja oft. Eric war nicht mehr elf oder zwölf. Sie musste einfach davon ausgehen, dass er unversehrt war. Sie musste funktionieren. Irgendwo irrte er sicherlich herum. Vielleicht vor der Schule. Bestimmt. Sie schaute auf die Uhr. Endlich. Kurz vor acht. Laetitia drückte ihre Zigarette aus und brach auf.

Pablo stand an der Treppe. Von Eric nirgends eine Spur. Auf ihre heisere Frage, ob Eric gestern bei ihm gewesen sei, schüttelte er verwundert den Kopf. Nach ihrem besorgten Drängen wurde Pablo unruhig und versprach, sich zu melden, sobald Eric bei ihm auftauchte. Sie wartete noch eine Weile auf der breiten Schultreppe und lehnte sich an einen der schmutzig grauen Steinlöwen, in dessen Maul eine Coladose klemmte. Die Sonne war inzwischen höher geklettert und begann, leicht zu wärmen. Doch die Wärme erreichte lediglich ihre äußere Hülle. Laetitia war es bitterkalt. Sie zitterte noch immer, und als der Rektor am Eingang erschien, ging sie geradewegs auf ihn zu und erklärte kühl und in wenigen Sätzen, was passiert war. Der ältere Mann reagierte mit dem gleichen ratlosen, ein wenig schuldbefangenen Blick, den sie auch an Pablo beobachtet hatte. Nein, sagte er leise und ausweichend auf ihre Frage, ob irgendetwas in der letzten Zeit vorgefallen wäre. Nicht viel mehr als bei einem halben Hundert seiner Mitschüler auch. Seit der Sache damals, dem Unfall, und aus heutiger Sicht sei es ja wahrscheinlich einer gewesen, schob er nach, seit dieser Sache wäre Eric nie auffällig geworden.

Die Sache. Zwei Jahre war sie her. Laetitia seufzte. Viel hatte sie aus Eric damals nicht herausbekommen. Aber wenigstens hatte sie ihren Sohn begleiten können, selbst wenn sie ihn nicht verstanden hatte.

Zwei Jahre zuvor, 2005

„Eric, Junge, hast du deine Schulbrote eingepackt?"

„Ja, Oma."

„Und was du nicht isst, bringst du wieder, hörst du?"

„Kann ich mir nicht irgendwas kaufen? Wir haben doch eine Cafeteria in der Schule." Eric bettelte und hoffte, sie würde einlenken und ihm wie üblich einen Fünfer in die Hosentasche schieben. Wenn er nur lange genug bat, würde sie irgendwann weich werden und nachgeben, das wusste er aus Erfahrung.

„Schmecken dir die Brote nicht?" Das rollende R in ihren Worten machte die Stullen fast lecker, dachte Eric. Aber eben nur in Gedanken. Eigentlich mochte er die belegten Brote wirklich nur gern essen, wenn sie absolut frisch waren. Am besten warm und dick geschnitten. Und am allerliebsten ohne etwas drauf. Diese Leidenschaft teilte er mit seiner Großmutter. Oft standen sie, gleich nach dem Besuch beim Bäcker, zusammen in der Küche, holten den frischen Laib aus der Tüte und futterten drauflos. Während sie mit einem Messer den Kanten absäbelte und ihn Eric herüberreichte, duftete das Brot. Danach schnitt sie sich selbst eine Scheibe ab. Immer erst er, dann sie. Das tat sie dann noch bedächtiger und sorgfältiger. Ein leises und zufriedenes Lächeln lag auf ihrem Gesicht, als würde sie etwas Heiliges verrichten. Früher hatte Eric geglaubt, ein Engel würde aus dem Brotlaib flattern, so andächtig, wie sie es tat. Und einmal fragte er auch danach. Hanna hatte innegehalten und ihn angeschaut. Er dachte, sie würde gleich zu weinen anfangen. Aber sie lächelte nur und sagte: „Das hast du aber schön gesagt."

Ein andermal bettelte er, ob er schon im Treppenhaus den Knust haben könne, denn das Brot duftete, als hätten sie die ganze Bäckerei in ihrem Einkaufsbeutel mitgenommen, und sie hatte es erlaubt. Und dann brach er das Brot. Hellbraune Watte mit würziger Kruste drumherum. Er hatte hineingebissen und die Augen geschlossen. Diese Brotwatte liebte er sogar mehr als Zuckerwatte. Und wenn alles alle war und Wochenende, buk sie. Das machte sie am liebsten. Nur wegwerfen durfte er das Brot niemals. Auch nicht, wenn es alt war. Dann konnte Hanna hart und böse werden oder unwirsch so wie jetzt, als er fragte, ob er nicht lieber in der Cafeteria der Schule essen könne.

„Schmeckt es dir denn nicht, Eric? Sag doch was, dann bekommst du einen anderen Belag!"

Nein, daran lag es nicht, die Stullen waren einfach nur alt und sauer.

„Ich mag gerade kein Brot, ich möchte mir lieber ein Müsli kaufen", log er.

„Was ist denn das für ein Essen, Junge!", schimpfte sie. „Du brauchst was Richtiges zu beißen in deinem Alter. Hier, nimm die Dose mit! Komm schon und steck ein und keine Widerrede." Schon hatte sie ihm die alte Aluminiumbüchse, die wie eine dicke, matt-silberne Niere aussah, in die Hand gedrückt.

Die Dose. In der Ersten war er noch stolz gewesen, so etwas Tolles zu besitzen. Und Hanna hatte sich mit ihm gefreut und ihm ins Ohr geflüstert, seit sie nicht mehr umherziehen müsse, besäße sie diese Dose schon. Und immer hätte sie darin Brote gehabt. Ein Erbstück sozusagen. Das war etwas außergewöhnlich Wertvolles. In der ersten Klasse. Niemand hatte so etwas gehabt. Doch jetzt war das

Ding nur noch peinlich. Aber bei so etwas blieb Hanna hart. Er hatte sich geschlagen gegeben, weil er sie nicht verletzen wollte, und stopfte die Alubox in seinen Rucksack.

„Hier, mein Junge!"

Und da spürte er plötzlich, wie ein kratziges Stück zusammengefaltetes Papier so hastig in seine Faust geschoben wurde, dass es ihm fast wehtat.

„Sollst noch was haben", sagte sie schnell. Eric öffnete die Faust und traute seinen Augen nicht, als er das zerknüllte Papier auseinanderfaltete. Fünfzig Euro! Einfach so mal zwischendurch. Ungläubig schaute er auf. Hanna grinste.

„Von der reichen Rentnerin", sagte sie stolz und zwinkerte ihm zu. Wieder die vier R in ihren Worten. Diesmal klangen sie wie rollende Rubel. So viel auf einmal hatte es bislang höchstens an Weihnachten oder zum Geburtstag gegeben.

„Hast du im Lotto gewonnen oder so?", fragte er, denn er kannte Hannas Vorliebe, an Gewinnspielen teilzunehmen.

„Nein, aber was nicht ist, kann ja noch werden."

Er starrte auf den Schein.

„Nun steck schon wech, Junge, aber nicht in deinen Schultornister. Das stehlen die dir sonst nur. Kaufst du dir später was Schönes von."

Nachdem Eric wie angewurzelt im Flur stehengeblieben war, rannte er in sein Zimmer zum Bücherregal, zog ein kleines Heft mit laminierten Seiten heraus und schob den Geldschein zwischen die Klarsichtfolie und das einzige Foto von seinem Vater, das er besaß. Es beulte sich schon und sah fast aus, als würde Gernot lächeln. Doch das täuschte.

„Danke, Oma!", rief er, sprintete zurück und gab ihr einen überschwänglichen Kuss auf die Wange. „Danke schön!“ Dann griff er nach seinem Rucksack. Er musste sich beeilen. In zehn Minuten fing die Schule an.

Hanna stand noch lange in der offenen Wohnungstür und schaute ihm nach. Ihre Knie schmerzten, obwohl sie noch nicht lange auf den Beinen war. Sie musste die Füße hochlegen. Gerne hätte sie mit dem Jungen am Nachmittag Schuhe gekauft. Aber die Knieprobleme schränkten sie schon sehr ein. Ein paar Kilo weniger auf den Rippen wären entlastend für die Gelenke, hatte ihr Hausarzt empfohlen und so sachlich und freundlich dabei getan, als wäre es das Normalste auf der Welt. Dabei war Hanna sein hintersinniges Lächeln in Richtung der jungen Assistenzärztin nicht entgangen. Der zarten Frau im weißen Kittel war diese Anspielung auf Hannas Übergewicht genauso unangenehm wir ihr, denn sie wurde rot.

„Ich bin, wie ich bin!“, hatte Hanna gesagt und sich mit einem kräftigen Abstützen beider Arme aus dem Stuhl erhoben. „Andere haben andere Zipperlein und jeder kümmert sich um sich selbst.“

Der Arzt, der an ihr vorbeiblickte, hatte eine Gesichtsfassade hochgezogen, wie er es immer tat, wenn uneinsichtige Patienten meinten, seine Ratschläge in den Wind schlagen zu müssen. Und da hatte sie sich plötzlich sehr allein gefühlt. In der Kabine, als ihr Blut abgenommen wurde, sagte die sommersprossige Ärztin zu ihr: „Verstehen Sie es nicht falsch, Frau Klänger, Sie müssen ja nicht gleich eine Diät machen, manchmal ist es nur ein wenig mehr Bewegung, die alles ins Lot bringt. Wassergymnastik oder Radfahren. Das täte Ihren Knien auch gut.“

„Geben Sie sich keine Mühe, Kindchen!“ Hanna winkte ab. „Das krieg ich nicht mehr runter, das ist vererbt.“ Danach war auch die Assistenzärztin still geworden.

Hanna schloss die Wohnungstür und legte sich mit einem leisen Seufzen auf das Sofa. Erst gegen sechzehn Uhr würde Eric aus der Schule zurückkommen.

Hätte er sie doch dabei gehabt. Hätte er die fünfzig Euro bloß dabeigehabt und sich etwas am Schulkiosk davon gekauft. In der Tiefe seines Herzens saß zwar noch immer das Gefühl, richtig gehandelt zu haben, doch in den Augen der anderen hatte er sich völlig daneben benommen. Nicht nur in denen des Rektors oder denen seiner Schulkameraden, sondern vor allem in Pablos Augen.

Eric stand auf der Schultreppe. An dem Zettel zerrte der Wind. Die Mitteilung darauf war eine Viertelseite lang. Er brauchte sie nicht zu lesen. Er ahnte auch so, dass er einen oder zwei Tage vom Unterricht suspendiert und dass sicher eine Klassenkonferenz anberaumt werden würde. Er wusste genauso gut, dass auch seine Mutter dabei sein müsste. Ein flaues Gefühl in der Magengegend breitete sich aus bei dem Gedanken daran, wie Hanna reagieren würde, falls sie davon erfuhr. Wie zum Teufel hatte nur alles so schiefgehen können?

Viel zu lange und zu oft hatten sie ihn wegen dieser Dose aus Alu gehänselt. Er verstand selbst nicht, warum er sich das Ding immer wieder von Hanna aufschwatzen ließ. Hänseleien waren Standard an der Schule. Vom Mobbing war er allerdings noch weit entfernt. Er hatte immer ganz gut weghören können, doch heute war nicht so ein Tag gewesen. Es begann nach der vierten Stunde in der Cafeteria. Er hatte noch den letzten Bissen im Mund und die Dose schon längst wieder in den Tiefen der Tasche verstaut.

„Eric, hast du meinen Füller eingesteckt? Kannst du mal gucken?“

Pablo hatte den gleichen wie er. Als Freund war das okay. Sonst fand er das ziemlich blöd. Gleiche Sachen und so.

„Ja, warte."

„Beeil dich, ich brauch den für die Hausaufgaben jetzt."

„Ja, mach ich. Mann, Scheiße, was ist denn das hier!"

Eric hatte keinen Überblick mehr. In seinem Rucksack herrschte das übliche heillose Gemenge an Papieren, Stiften und Turnschuhen. Er schüttete kurzerhand den Inhalt der Tasche auf den Boden in der Cafeteria. Das blöde Aluding eierte heraus, zersprang in zwei Hälften und blieb auf dem Gang liegen. In diesem Moment bogen Neuntklässlerinnen um die Ecke und ein ziemlich großes Mädchen mit wippendem Pferdeschwanz trat in die Blechdose.

„Mist, verdammt!", schrie sie auf. „Was ist das denn?"

Sie blieb stehen und bückte sich. Hinter ihr gab es eine Kollision, gefolgt von einem Kreischen. Der Pulk erregter Mädchen stand um das handtellergroße Ärgernis aus Blech.

„Was ist das denn?", fragte die zweite, kräftigere Blondine herablassend. An genau dieser Stelle hätte er am liebsten Stopp geschrien und auf Anfang zurückgeskippt.

„Sieht aus wie was aus 'm Überlebenscamp", sagte eine dünne, kurzhaarige Schwarze und kicherte.

„Ich bin ein Star, holt mich hier raus!", rief die Große mit dem Zopf durch die Cafeteria. Sie hielt das zertretene Ding mit zwei spitzen und drei abgespreizten Fingern in die Luft. Es schaukelte und jeder, wirklich jeder, der es noch nicht mitbekommen hatte, wurde gezwungen hinzusehen.

„Holt mich denn keiner hier raus! Man hat mir übelst mitgespielt", echote sie und wedelte nonstop mit dem Deckel herum.

„Ich bin eine alte Schachtel und suche meinen Mann!"

Alles kreischte, grölte, kicherte. Der ganze Pulk starrte in Erics Richtung. Und ganz besonders Dania. Die große Blonde. Eric spürte, wie sein bester Freund sich versteifte. Pablo war verliebt in Dania. Heimlich. Oder jedenfalls schleppte er so etwas wie einen Anfang von diesem Gefühl in sich herum. Pablo hatte nie mit Eric darüber gesprochen, aber Eric erkannte es daran, dass sein bester Freund ihrem dunkelbraunen, spöttischen Blick nicht standhalten konnte. Am liebsten wäre er selbst zu Dania gerannt, hätte ihr das Ding aus der Hand gerissen und sie angeschrien. Sollte sie sich doch um ihren eigenen Scheiß kümmern. Doch weil Pablo hinter ihm stand, ging es nicht. Die Wut gefror in seinen Armen und Beinen. Er stand genauso steif wie Pablo vor dem ausgekippten Rucksack. Am schlimmsten aber war die Demütigung. Die Mädchen übertrumpften sich in ihrem Schlagabtausch.

„Schmiert seine Mami ihm noch die Brötchen?", fragte eine schmale Dunkle, ohne ihn eines Blickes zu würdigen. Stattdessen schickte sie ihre Worte direkt an Pablo. Betont gelangweilt zuckte der mit den Schultern. In diesem Moment stieg Wut in Eric auf. Seine Hände zitterten. Noch hätte er sich beherrschen können, aber die Katastrophe nahm ungehindert ihren Lauf.

„Wenn Mutti ihm noch die Brötchen schmiert, wieso nimmt sie dann kein Tupperdöschen, sondern so was hier?" Das blasse, dünne Mädchen mit Bürstenhaarschnitt und pinkfarbenem Lidschatten zerrte Dania triumphierend die Dose aus der Hand und warf sie in die Luft.

„Hartz-IV würd ich sagen!" Dania grinste.

„So was? So was kriegst du bei KiK noch nicht mal geklaut!"

„He, Pablo!"

Pablo zuckte zusammen.

„Du weißt doch bestimmt über deinen Asi-Freund Bescheid, oder?“

Pablo wollte weg. Erics Wut arbeitete sich über die Fäuste in die Unterarme hinauf bis in die Schultern. Wegen Pablo, nur seinetwegen hatte er den Ranzen ausgeschüttet. Pablo musste ihm doch helfen, aber er tat und sagte nichts.

„Gib her!“, schrie Eric. Blitzartig schoss er auf die dünne Schwarze zu. Das Mädchen stolperte und fiel hin.

„Spinnst du?“, schrie sie. „Halt gefälligst dein Testosteron unter Kontrolle, Pickeldi!“

Dania half ihr hoch, schickte einen Blick zu Pablo und schüttelte den Kopf. Ihr Pferdeschwanz wippte. Das dünne Mädchen humpelte und verzog schmerzhaft das Gesicht.

„Kommt.“ Dania drehte sich um. „Lass uns gehen, das ist ja wohl voll proll. Aber wer aus so einem Blechding frisst, von dem kann man ja nichts anderes erwarten.“

Eric hatte bebend vor Wut seine Sachen aufgesammelt. Zum Heulen war ihm. Aber er brachte keinen Ton heraus und mied strikt Pablos Blick. Den Füller, um den es gegangen war, fand er unter dem Stuhl und reichte ihn wortlos, ohne seinen Freund anzusehen, hoch. Eine dicke, unsichtbare Wand stand plötzlich zwischen ihnen. Pablo nahm den Füller entgegen.

„Mach dir nichts draus“, versuchte er Eric aufzumuntern. „Mann, Eric, schmeiß das Ding doch endlich weg. Das macht nur Ärger. Mit so was kannst du ja nur peinlich auffallen.“

Sicher hatte es Pablo anders gemeint, aber das kam bei Eric nicht mehr an. Seine gerade Linke machte sich selbstständig und blitzschnell, ohne dass Eric hätte darüber nachdenken können, war es passiert. Seine Faust traf mitten in das Gesicht seines besten Freundes. Pablo stöhnte auf, stolperte über das Tischchen und hielt sich die Nase.

Seine Augen waren weit aufgerissen. Als er die Hand vom Gesicht nahm, sah Eric das Blut. Aber da war kein Bedauern. Da war nur Wut in ihm. Grenzenlose Wut. Und das Gefühl, absolut im Recht zu sein. Stille beherrschte den Raum und sogar der Pulk der Mädchen war stehengeblieben. Sie waren an der Tür und hatten den Vorfall nicht gesehen, aber als Dania sich umdrehte und den dünnen Blutfaden an Pablos Nase erblickte, rief sie: „He, Leute, es reicht. Jetzt gehen wir ins Sekretariat."

Es war kalt und windig auf der Treppe vor dem Schulgebäude. Erics Blick wanderte gen Himmel. Die anderthalb Stunden im Sekretariat hatten aus seiner Wut eine mürbe Zerschlagenheit gemacht. Eine Lehrerin hatte vergeblich versucht, Laetitia zu erreichen, und Eric war froh darüber, dass es nicht geklappte hatte. Dass er zeitweise bei seiner Oma wohnte, die mit Schulkram nichts am Hut hatte, wusste nur Pablo. Gereizt hatte ihm die Sekretärin nach neunzig Minuten das Schreiben mit den Worten in die Hand gedrückt: „Glaub ja nicht, dass das kein Nachspiel haben wird!" Er konnte gehen.

Wie betäubt schaute Eric den rasenden Wolkenfetzen am Himmel hinterher und der Wind zerrte an dem Blatt in seiner Hand. Vielleicht würde es Sturm geben. Das Papier schlug um sich wie ein gefangener Vogel. Er ließ es los. Sah zu, wie es davontanzte. Erst zwischen den Papierkörben hin und her, dann nahm es Anlauf und trieb schließlich in hohem Bogen über die Dächer der Kleingaragen davon. Wolken rasten über die Dächer. Eric stand da und begriff noch immer nicht, weshalb er seine verbeulte alte Aludose so verteidigt hatte wie andere ihren iPod. Und auch wenn es nicht zu verstehen war, so blieb in ihm das tiefe Bauchgefühl zurück, richtig gehandelt zu haben.

Laetitia glaubte ihren Ohren nicht.

„Auch wenn Pablo meint, es wäre nicht schlimm, und auch wenn sich die Aussagen der Schülerin nicht mit denen von Pablo decken, möchte ich trotzdem, dass Sie auf unserer Klassenkonferenz erscheinen, Frau Klänger."

„Wann?", fragte sie.

„In drei Wochen. Pablo kann von Ihrem Sohn als Schüler seines Vertrauens ausgewählt werden, wenn er unbedingt meint, sich schützend vor ihn stellen zu müssen!" Der Rektor lachte trocken auf und Laetitia schaute zornig zurück.

Sie war in den frühen Nachmittagsstunden nach Hause gekommen und hatte noch nicht einmal ihre Schuhe ausgezogen, als sie die Nachricht abhörte. Sie war sofort in die Schule gefahren. Noch nie hatte es Ärger mit Eric gegeben. Der Rektor schloss die Tür des Sekretariates ab und begleitete sie hinaus.

„Danke, dass Sie gekommen sind. Wir können unser Gespräch leider nicht fortsetzen. Ich habe gleich einen Termin." Er faltete ein Papiertaschentuch sorgfältig zusammen und steckte es sich in die Brusttasche seines Hemdes. „Und mehr kann ich Ihnen auch nicht dazu sagen, als dass Pablo das Ganze herunterzuspielen versucht und Viktoria jetzt beim Arzt ist, um ihre Knieverletzung abzuklären." Laetitia schaute beschämt und völlig perplex weg. Eric hatte Pablo geschlagen und ein Mädchen verletzt. Sie kämpfte mit einem Reflex, der ihr die Kehle zusammenschnürte, und verkniff sich die Tränen. Eric schlug nicht. Nie.

„Wo ist Ihr Sohn jetzt?" Er war kein Schläger. „Wo ist Eric?" Die Worte streiften sie und drangen nur langsam zu ihr durch. Sie antwortete dem Rektor in Gebärde, ohne es zu merken, indem sie ihre rechte flache Hand parallel zum Unterkörper schob, um dann am Hinterkopf einen Haarknoten anzudeuten. Bei Oma. All das passierte sehr schnell. Reiner Automatismus. Der Rektor schüttelte verständnislos den Kopf, runzelte die Stirn, wandte sich ab und ging rasch den Gang hinunter.

„Wir bleiben in Kontakt, Frau Klänger."

Erics Blick streifte sie flüchtig von unten herauf, bis er sich einen neuen Punkt auf dem Teppich zu suchen schien. Laetitia hatte die Tür seines Zimmers in Hannas Wohnung hinter sich zugezogen, um ihn unter vier Augen zu sprechen. Es hatte einiges an Kraft gekostet, Hanna aus dem Zimmer zu schieben. Ihrer Mutter Kontra zu bieten und ihr klarzumachen, dass sie für einen kurzen Moment fernbleiben möge, war anstrengend. Wenn es um Eric ging, besonders. Natürlich war Hanna nicht entgangen, dass etwas mit ihrem Enkel war. An seinem rechten Ärmel klebte Blut, und als Laetitia in die Wohnung stürmte, war sie völlig außer sich.

„Der Junge redet nicht", sagte sie immerzu. „Ich weiß nicht, was ich noch tun soll." Laetitia war an ihr vorbei geradewegs, ohne anzuklopfen, in Erics Zimmer hineingegangen. Im Flur herrschte nun Stille. Ob Hanna an der Tür lauschte oder sich in die Küche zurückgezogen hatte, wusste sie nicht.

„Warum?", fragte sie ihn.

„Das verstehst du nicht!", sagte er.

„Auf der Klassenkonferenz werde ich es wohl dann verstehen?"

„Ist doch alles egal. Du kannst sowieso nicht helfen."

Eric starrte weiter den Teppich an.

„Ich will es ja nur verstehen." Laetitia musste sich zusammenreißen. Ihr Sohn blockte so stark, dass es ihr schwerfiel, ihre eigene Wut zu beherrschen. Wenn sie ihr nachgäbe, würde sie ihn gar nicht mehr erreichen.

„Die Tussen haben mich gemobbt und ich bin ausgerastet."

Sie wartete eine Weile, ob er noch mehr sagen würde, doch der Augenblick des Schweigens zog sich hin. Nichts passierte, außer dass Eric weiter den Teppich fixierte.

„Warum? Was ist passiert?"

„Ach, das war wegen … wegen, wegen nichts eigentlich!" Kurz sprang sein Blick zur Decke, dann wieder zurück auf den Boden. Sie merkte, dass er log. Da war eine Mauer.

„Okay", sagte sie und gab sich geschlagen. „Wir kriegen das irgendwie hin." Ein Klopfen auf die Schultern. Eric nickte. Sie ging hinaus. Umarmen konnte sie ihn nicht.

Er wusste nicht, warum er es seiner Mutter nicht erzählt hatte. Vielleicht hätte sie ihn verstanden. Er konnte es nicht, weil die Dose Hanna gehörte. Es hätte nur neuen Zündstoff geliefert. Bestimmt einen Familienkrach. Dann lieber Schweigen. Das tat sie ja auch. Sogar länger und besser als er. Jedenfalls, wenn es um bestimmte Themen ging.

Eric ging zum Regal und holte das Foto von seinem Vater heraus. Das Gesicht lächelte nicht mehr. Gar nichts tat es. Er tastete nach dem Geld, einiges hatte er angesammelt. Aber die fünfzig Euro von Hanna auf einen Schlag waren schon etwas Besonderes.

Zwischen heute früh und jetzt lagen Welten. Eric verspürte keine Lust, darüber zu reden, und wenn Pablo ihn auf der Klassenkonferenz verteidigen wollte, bitte sehr! Sollte sein Freund doch für ihn reden. Das war er ihm schuldig, wenigstens das. Pablo hätte hinter ihm stehen und ihm nicht in den Rücken fallen müssen. Noch heute würde er das Blechteil entsorgen. Das war sein fester Entschluss. Spätestens morgen. Bevor Oma es sah. In diesem zerbeulten Zustand. Und wenn sie nach der Büchse fragen sollte, würde er behaupten, sie sei ihm geklaut worden.

„Frau Klänger ist Mutter des Schülers und wird heute als Zeugin der Klassenkonferenz auftreten", sagte der Rektor und nickte in Laetitias Richtung. Sie nickte zurück, während sich dreizehn Augenpaare auf sie richteten. Elternvertreter, Lehrer, Schüler. Der Rektor lächelte. Sein Tonfall ließ darauf schließen, dass er eine Art innere Genugtuung empfand.

„Ich schlage vor, Dania und Viktoria schildern den Vorfall in kurzen Worten." Die beiden Mädchen standen auf. Sie waren ein Kontrastpaar, wie Eric es nicht besser hätte zeichnen können, dachte Laetitia. Sie wunderte sich darüber, dass die beiden anwesend waren. Kurz überlegte sie, Einspruch zu erheben, denn laut Verordnung hätten lediglich ihre schriftlichen Zeugenaussagen vorliegen sollen. Einerseits ärgerlich, so ein Verstoß. Andererseits war sie froh darüber, denn nun sah sie, mit wem sie es zu tun hatte.

Dania war groß und körperlich deutlich reifer. Neben ihren runden Formen und ihrem offenen, blonden Haar wirkte die um fast zwei Köpfe kleinere Viktoria unterentwickelt. Schon der Name war Hohn. Viktoria. Die Siegesgöttin. Das Mädchen lugte unter dem dunklen Bürstenhaarschnitt hervor, als wäre sie es bereits. Mit ihrer Lederjacke hatte sie etwas Provokantes. Keine Brüste wölbten sich unter ihrem engen Shirt. Das muss für eine Neuntklässlerin fast schon demütigend sein, dachte Laetitia. In diesem Moment warf ihr Viktoria einen dunkel geschminkten Blick zu und ergriff das Wort.

„Ich konnte anderthalb Wochen nicht am Sportunterricht teilnehmen!"

Dania blickte rasch nach unten und Laetitia entging nicht, dass sie lächelte.

Eric saß blass und teilnahmslos neben ihr. Das Ganze ging an ihm vorbei. Er hatte sich eine Haut wachsen lassen. Zentimeterdick. Viktorias Stimme drang wie gefiltert zu ihm durch. Taube Worte. Sie bediente sich einer coolen Masche, um die Sachverhalte zu verdrehen. Es muss die Hölle sein, so jemanden in seiner Klasse zu haben, dachte Eric. Er schaute hinüber. Pablo war sehr blass. Niemand außer ihm, Oma Hanna und Pablos Eltern würden es je bemerken. Man musste Pablo schon kennen, um zu sehen, wenn das dunkle Braun zu einem aschigen oder gelblich-grauen, fast ockerfarbigen Ton wurde. Wie jetzt. Eric ahnte, dass Pablo ihn schützen würde, obwohl sie seitdem kaum ein paar Worte gewechselt hatten.

„Eric?" Er blieb sitzen. Er sah das Feuer in den Augen seiner Mutter, die ihn aufforderten, endlich in die Offensive zu gehen. Mühsam drückte er sich in die Höhe. Kaum, dass er stand, setzte er sich schon wieder und winkte ab. Er hatte keine Lust. Aus den Augenwinkeln sah er, wie seine Mutter mit geballter Faust verhalten auf die Schulbank schlug und einen wütenden Blick zu Pablo schickte. Sein Freund stand auf. Während der ganzen Zeit, die Pablo redete, versuchte Dania, seine Aufmerksamkeit auf sich zu lenken. Und Eric sah ebenso, wie schwer Pablo es fiel, sie zu ignorieren.

„Eric hat mich nicht geschlagen. Er wollte an mir vorbei, weil er wütend war. Ich bin ihm nicht ausgewichen, sondern stehengeblieben. Er hat mich einfach umgerannt. Ich bin gestolpert und auf den Tisch gefallen. Mit dem Gesicht."

Der Rektor blinzelte skeptisch. Pablo setzte sich wieder und schaute nach unten.

„Gut. Diese Version kenne ich schon, aber das ist noch nicht alles. Die Frage ist: Wieso wurde Eric aggressiv, dass er so auf dich und die Mädchen losgegangen ist?"

Die taube Haut um Eric wurde dünner. Jetzt, sag es, Pablo, dachte er, wieso schweigst du? Pablo wirkte unruhig. Winzige Schweißperlen traten auf Erics Stirn. Er rieb die Handflächen nervös aneinander, während alle auf Pablo starrten, bis er es nicht mehr aushielt und aufstand.

„Sie haben mich provoziert."

Stille. Alle Augenpaare richteten sich jetzt auf Eric.

„Was genau ist denn passiert?" Eine Elternvertreterin hatte das Wort ergriffen.

Eric stockte. „Ich hatte …"

Dann brach er ab. Jetzt musste die Sache mit der Dose raus. Niemand würde das ernst nehmen können. Wegen einer Brotdose schlägt sich kein Siebtklässler. Sie würden lachen. Und es würde nicht er, nicht Eric sein, es wäre Hanna, die sie auslachten.

„Nichts." Eric setzte sich, schüttelte den Kopf und starrte auf die Bank. Die Haut um ihn wuchs wieder.

„Pablo", hörte er die Frauenstimme ungehalten fragen, „haben die Mädchen Eric provoziert? Mobbing ist ja kein Fremdwort für euch, oder?"

Das Lächeln im Gesicht der Mädchen erstarb zu einem gleichgültigen Ausdruck. Gefahr war im Verzug. Pablo drückte sich mühsam in die Höhe und die Augenpaare wechselten die Richtung.

„Es war so, wie Dania gesagt hatte. Eric hat Viktoria einfach falsch verstanden. Sie wollte nur wissen, wer ihr den Ranzen vor die Füße geschüttet hat." Pablo blickte zu Eric, dann fuhr er fort: „Ich war das. Ich habe den Ranzen in den Gang gekickt. Und weil ich Viktoria nicht gesagt hatte, dass ich es gewesen war, ist Eric wütend geworden, ist zu seiner Tasche gerannt und dabei gegen sie gerempelt, glaub ich. Genau hab ich es nicht gesehen."

Eric wusste nicht, was er fühlen sollte. War das Verrat oder nicht? Vielleicht etwas dazwischen.

„Hm", war die Antwort des Rektors. Eric hörte genau, dass es ihm nicht passte, aber die Zeit zwang ihn zum Abschluss des Verfahrens.

„Gut. Ich bitte jetzt Eric, Frau Klänger, Pablo, Dania und Viktoria, den Raum zu verlassen und zu warten, bis eine Entscheidung gefallen ist."

Die Mädchen erhoben sich.

„Ihr beiden könnt gehen", sagte er zu ihnen. „Es war eine große Ausnahme, dass ich euch eingeladen habe, und das wisst ihr auch." Die Mädchen nickten und Laetitia entschied sich dafür, nicht nachzuhaken, weshalb er diese Ausnahme gemacht hatte.

Stimmt das alles?, fragten Laetitias Augen Eric skeptisch. Sie standen schon ein paar Minuten auf dem Korridor und warteten noch immer. Eric zuckte mit den Schultern. Seine Mutter konnte ihm nicht helfen. Wieder warteten sie. Dann rief endlich der Rektor und bat sie herein. Die Konferenz brachte das Ergebnis, dass Eric drei Tage vom Unterricht suspendiert wurde und Aufgaben für die Stillarbeit zu Hause bekam. Zehn Minuten später liefen sie zu dritt schweigend nebeneinander her. Pablo, seine Mutter und er. Es war ein unheilvolles Schweigen. Ein Blindgänger-Schweigen. Als Pablo um die Ecke bog und Ciao sagte, ohne sich umzudrehen, krampfte sich in Eric etwas zusammen. Laetitia holte seine Schulsachen bei Hanna ab und er durfte die Tage zu Hause verbringen. Ausnahmsweise war er einmal froh darüber. Um unangenehmen Fragen vorzubeugen, sagte Laetitia zu Hanna, sie müssten jetzt dringend neue Turnschuhe kaufen gehen. Hanna hatte damals nur geschluckt, weil nicht weiter über die Sache geredet werden sollte, und es weggesteckt. Danach war nie wieder etwas mit Eric in der Schule gewesen.

Aber nun war ihr Sohn verschwunden und Laetitia stand wie vor zwei Jahren dem Rektor gegenüber. Er wich ihrem Blick aus und schlug ihr vor, am Nachmittag miteinander zu telefonieren, er habe jetzt Unterricht und sei sowieso schon zu spät dran. Seine Vorbildfunktion, sie verstehe schon. Dann nickte er und hechtete die Stufen hinauf. Weitere fünfzehn Minuten des Frierens und Wartens vergingen, ohne dass Eric sich zeigte. Laetitia gab auf und beschloss, ins Krankenhaus zu fahren. Ein Hoffnungsschimmer blitzte auf. Vielleicht war ihre Mutter inzwischen erwacht. Als sie jedoch eintraf, war das Krankenzimmer leer. Kaum, dass ihr der Schreck in die Glieder fahren konnte, rollten zwei Schwestern ein Bett ins Zimmer.

„Wir bringen sie Ihnen wieder!“, sagte die Schlanke unangebracht fröhlich. Laetitia antwortete nicht. Der Bettgalgen wackelte und das Gestänge zitterte. Hanna musste zusammen mit dem Bett ein unglaubliches Gewicht auf die Waage bringen. Ein paar Mal rollten die Schwestern das Krankenbett hin und her, bis es sich endlich in der gewünschten Position befand. Dann drehte die Kräftigere der beiden die Heizung im Zimmer höher und warf Hanna eine zweite Decke über das Laken. Die kräftige Schwester verbreitete dabei einen intensiven Schweißgeruch und dann gingen die beiden mit der gleichen Geschäftigkeit, mit der sie aufgetaucht waren, wieder hinaus. Ruhe kehrte ein.

Gott sei Dank. Sie würden bleiben. Hanna fühlte ein aufsteigendes warmes Gefühl im Bauch. Sie waren heil über das Eis gekommen und Hannas Rutschpartie, wie die Großen es nannten, hatte sie überlebt. Aber das Beste war, sie hatten Albrecht mitgenommen und weitere Verwandte getroffen. Alle waren geschäftig. Die hintere Achse des Planwagens, mit dem sie weiterreisen sollten, war angebrochen. Die Großen hatten es eben erst entdeckt. Just in dem Moment, als Mutter, Tante Erika und Tante Erikas Cousin aufladen wollten, rief Onkel Sepp aufgebracht: „Nix da, Olga! Komm weg, wir müssen erst zum Stellmacher!"

Und da hatten sie die Holzkoffer wieder herunterheben müssen. Ganz alleine, denn Onkel Sepp musste ja weg, weil er erst beim Schmied vorbei wollte. Emil drängte so lange, bis Onkel Sepp und der Cousin von Tante Erika ihn mitnahmen. Und Onkel Friedrich war mit dem toten Albrecht zugange. Hanna wollte auch dabei sein, aber der Onkel war streng geblieben.

„Was willst du mit? Da, wo ich hingeh, das ist gar nichts für dich. Sei nicht so neugierig, Hanna, das gehört sich nicht."

Hanna hatte sich nicht getraut, ihre Mutter zu fragen, warum sie denn nicht mitgehen würde zu Albrechts Beerdigung. Sie wollte nicht mehr neugierig sein, aber sie schaffte es nicht. Es trieb sie. Sie hatte ein furchtbar schlechtes Gewissen, als sie Onkel Friedrich auf dem Weg zu den Wiesen hinterherschlich. Aber sie konnte ihren Bruder nicht alleine lassen.

Warum hatte ihn der liebe Gott nicht vor zwei Tagen aus dem Flur mit zu sich genommen? Die Großen sprachen zwar davon, dass Albrecht begraben werden müsse, aber sie hatten genau so gesagt, vielleicht auch nicht. Bestimmt war sie es gewesen, sie, Hanna, die den Gott dabei gestört hatte, ihren Bruder gleich in den Himmel zu holen, weil sie spät abends noch zu Albrecht an die Kommode gegangen war. Er sah ja schon fast wie ein Engel aus. Vielleicht hatte sie den lieben Gott verjagt. Und vielleicht war ihre Mutter deshalb so böse und schweigsam.

Heute in der Früh wollte Olga sie nicht einmal anschauen, den ganzen Morgen lang. Und nun musste Albrecht erst den Umweg über die dunkle Erde machen, um in den Himmel zu kommen. Ein Klumpen, der dicker wurde, drückte dem Mädchen die Kehle zu und Tränen stiegen ihr in die Augen. Wenn sie schuld war, dann durfte sie ihn jetzt erst recht nicht alleine lassen. Es war die Strafe für ihre Neugier.

Hannas Herz klopfte bis zum Hals, als sie die Seewiesen erreichte. Sie lief immer nur so weit hinterher, dass Onkel Friedrich wie ein Käfer groß blieb. Ein Maikäfer. Oder so groß wie ihr Daumen, wenn sie ihn am ausgestreckten Arm vor sich hielt, ein Auge zukniff, den Daumen neben Onkel Friedrichs kleine Gestalt am Ackerrand hielt und ihn abmaß. Diesen Trick hatte er ihr selbst beigebracht. Jetzt hielt er inne, sah aus wie ein zweiter Daumen neben ihrem Daumen. Hanna versteckte sich flink hinter einer kleinen Erhebung.

Onkel Friedrich legte das Bündel ab und schaute sich um. In der anderen Hand hielt er einen Spaten. Kraftvoll holte er aus und stieß den Spaten in den Acker. Hanna hörte es krachen. Das Eis splitterte. Eine Pfütze zwischen den Furchen. Onkel Friedrich fluchte so laut, dass Hanna, obwohl er nur käfergroß war, es mit der Angst zu tun bekam. „*Jabitvajumat*!“, wütete er. Und wenn Onkel Friedrich diesen Fluch ausstieß, dann war er sehr ärgerlich. Dann steckten ihm die Schläge schon ganz vorn in den Händen und man musste sich ducken, damit man verschont blieb, und Hanna machte sich klein.

Die Schattengestalt am Rande der Seewiesen gab nicht auf. Der Onkel versuchte mehrmals, den Spaten in die gefrorene Erde zu stoßen. Dann wurden seine Stöße schneller und kleiner. Er begann mit der scharfen Spatenkante zu hacken und hörte endlich auf zu fluchen. Es dauerte eine ganze Weile, bis er sich aufrichtete und sich die Stirn wischte. Ihr Onkel schwitzte; sie aber fror. Aber noch wollte sie nicht fortgehen. Sie sah weiter zu, wie er das Bündel aufhob und zu der Stelle legte, auf die er zuvor eingehackt hatte. Das Bündel verschwand im Acker. Onkel Friedrich bückte sich wieder und schob viel Erde über die Stelle.

Als er damit fertig war, ergriff er den Spaten und drehte sich in Hannas Richtung. Dann hielt er inne. Wieder duckte sie sich, machte sich krumm. Unsichtbar. Hielt den Atem an. Lange. Als Hanna es nicht mehr aushielt und Luft holen musste, lugte sie hervor und sah, dass der Onkel noch immer vor der Stelle stand. Er hatte jetzt die Mütze abgenommen und hielt sie mit beiden Händen fest vor sich. Es sah aus, als ob er im Stehen eingefroren wäre. Endlich bewegte er sich. Sie drückte sich so flach, wie sie nur konnte, auf die gefrorene Erde und blinzelte. Hörte seine Schritte durch den Schnee stapfen, kniff ihre Augen noch fester zusammen. Die Kälte spürte sie nicht. Sie fühlte nur das Pochen ihres Herzens. Es klopfte so laut, dass sie meinte, Onkel Friedrich müsste es hören, aber das Stapfen verging.

Als Hanna es wagte, den Kopf zu heben, war alles still. Ein paar Krähen zankten sich. Sie sprang auf und knickte um. Die Beine waren ihr eingeschlafen. Aber es störte Hanna nicht. Es störte sie weder, dass sie dreimal hinfiel, noch, dass es kalt war und glatt. Sie lief so schnell sie konnte zu der Stelle am Acker, wo Albrecht lag. Enttäuscht hielt sie an. Es war noch nicht einmal ein Hügel. Aber sie erkannte die Stelle sofort. Der Boden darum war weiß. Nur der Flecken Erde selbst schwarz. Kein Grabstein. Kein Kreuz. Es gab nichts, auf dem geschrieben stand, dass hier ihr toter Bruder Albrecht Klänger lag. Onkel Friedrich hatte den Stein vergessen. Hanna hockte sich hin und legte die Hand auf die aufgehackte Erde. Scharf und kantig war sie und voller Eisbröckchen.

„Frierst du?", fragte sie leise. Eine Krähe antwortete ihr. Sie zuckte. „Gleich muss ich fort!", flüsterte sie. Das Mädchen ordnete die gefrorenen Brocken Erde zu einem Rund, da bemerkte sie mehrere weiße Steine zwischen den Erdklumpen. Mit steifen Fingern sammelte sie sie auf. Es waren aber gar keine Steine, sondern Muscheln. Die meisten davon kaputt. Hanna streute die Splitter zu einem Muster. Engelssplitter. Gerne hätte sie seinen Namen mit den Splittern in die Erde gedrückt, aber Hanna konnte nicht schreiben

Eine Muschel behielt sie bei sich. Sie war ganz geblieben. Die Krähe ließ sich in Hannas Nähe nieder, krächzte, legte den Kopf schief und schaute aus Knopfaugen zu ihr herüber.

„Sei nicht so neugierig!", verscheuchte sie sie. Die Krähe flatterte auf. Als der Vogel im nahegelegenen Gehölz verschwand, drehte sich Hanna ein letztes Mal zu der kleinen Grabstelle um.

„Ich weiß jetzt, wo du bist", sagte sie und umschloss die Muschel ganz fest mit ihrer Hand. Dann lief sie, so schnell ihre Beine sie trugen, zur Kaplanei zurück, in der sie Quartier bezogen hatten.

Es gab Ärger und schlimme Schläge. Die Mutter hatte sich Sorgen gemacht. „Wo bist du jewesen!", klagte Olga immer wieder. „Du musst horchen, hörste?“ Aber Hanna sagte trotz der Schläge nicht ein einziges Wort, sie dachte an Albrecht dabei. Und nach jedem Schlag stellte sie sich vor, wie er ein Stück dichter an den Himmel herankam.

Am Abend, nachdem Hanna den ganzen Tag umhergelaufen war und sich nicht hinzusetzen wagte, weil es so furchtbar wehtat, nahm Onkel Friedrich sie beiseite. Er hob sie bei den Hüften vorsichtig hoch und legte sie sich bäuchlings über die Knie. „Komm mal her“, brummte er leise. Dann strichen seine großen, hohlen Hände sanft über die brennende Stelle. Hanna schloss die Augen und ließ sich trösten.

„Du darfst nicht davonlaufen. Du musst bleiben.“ Die Hände von Onkel Friedrich waren unberechenbar. So heftig, wie sie schlagen konnten, so gutmütig konnten sie streicheln. Nicht oft, aber manchmal, wenn es gar so schlimm war wie heute.

Als die Hände sie wieder hochhoben und auf den Boden stellten, entdeckte Onkel Friedrich ihre zur Faust geballte Hand.

„Was hast du da?“, drängte er. Sie war verstört, doch er bog ihre Hand auf und entdeckte die Muschel. Sie war an den Rändern blutig.

„Warst du etwa bei den Seewiesen?“, murmelte er und schaute Hanna vorwurfsvoll an, aber sie wich seinem Blick aus. Hinter der Türschwelle erblickte sie Emil. Er lauschte und grinste.

In der Nacht darauf bekam Hanna Fieber und eine Lungenentzündung. Wieder drohte sich die Weiterreise zu verzögern, denn Hanna fieberte ununterbrochen. Die Großen beschlossen, höchstens einen Tag zu warten, bis ihr Fieber nicht mehr stieg. Das Rad war in Windeseile repariert worden. Onkel Sepp hatte dem Stellmacher als Gegenleistung für die Reparatur ein paar Brocken Russisch beigebracht. Es ging das Gerücht um, wer russisch könne, bliebe verschont. Mit seiner kranken Frau im Hinterzimmer war der Stellmacher an das Haus gebunden und er konnte nicht mit, selbst wenn er gewollt hätte. Onkel Sepp hatte ihm eine Flasche Äther dagelassen und gesagt, er solle die ganze Wohnung damit ausspritzen, dass es überall ordentlich danach röche, und dann hatten er ihm die Worte, die er sagen müsste, aufgeschrieben und beigebracht. Es war vormittags, sie waren alle in der Küche versammelt und Onkel Sepps Gesicht war rot, als er das erzählte. Sie warteten in der Küche, denn dort stand ein Ofen. Alle waren da. Onkel Sepp, Onkel Friedrich, Tante Erika, zwei Cousinen von ihr, die aber noch warten wollten, ein fremder Junge aus der Kaplanei, der Emil gezeigt hatte, wie man feuerte, Emil, ihre Mutter Olga und sie.

Emil heizte kräftig ein mit Papier, Torf und Holz. Eigentlich mit allem, was er draußen zusammengeklaubt hatte, bis das Wagenrad endlich repariert war. Und schließlich war Onkel Sepp mit seiner Erzählung gerade an der Stelle angelangt, wo er die Flasche Äther ausgepackt hatte. Dann gab es einen Knall. Ein Krachen, das so laut und so heftig war, dass sie meinten, die Trommelfelle zerplatzen ihnen. Niemand hatte auf das Brummen der Tiefflieger geachtet. Es geschah so plötzlich, dass Hanna meinte, der Himmel über ihnen risse auf. Und dahinter war das Ende. Ein Ende aus Gebrüll. Steine und Metallsplitter flogen durch die Küche. Hanna grub sich in die Decke ein. Die Wärmflasche aus Blech polterte auf den Küchenboden, aber Hanna konnte sie nicht hören, nur sehen, denn die ganze Luft war ein einziges Brummen und Brüllen. Und dann war das Ende verschwunden, so plötzlich, wie es gekommen war. Er folgte die große Stille, die sie nie vergessen würde.

Schlagartig war sie da und breitete sich aus wie ringförmige Wellen auf einem See. Alle schauten auf die Mitte der Küche. Dort lag Emil. Und dann schrie Olga. Und der Schrei war schlimmer und lauter als alles vorher und nachher. Hanna wurde ohnmächtig. Sie fiel und fiel. Olgas Schrei wurde immer leiser und und leiser und eine Nebelwand verschluckte Hannas Entsetzen.

Als sie wieder erwachte, war es Nacht. Das Erste, woran sie sich erinnerte, war die Schwere der Wärmflasche auf ihrer Brust vor dem Knall. Aber jetzt war die Wärmflasche weg.

„Mutter?" Niemand antwortete ihr. Hanna wickelte sich aus den Decken, stand auf und tastete sich durch den Raum. Ihr war schwindelig. Sie hielt sich aufrecht und ging auf die Tür zu, die in einen überdachten Vorhof führte. Der helle Türrahmen schimmerte im Dunkel. Links davon ging es in die Küche.

Die Küche. Eine furchtbare Angst packte sie, aber Hanna erinnerte sich nicht, weshalb.

„Tante Erika?"

Da war der Tisch. Sie fühlte die Kante und der Tisch – das wusste sie – stand nur ein paar Schritte entfernt von der anderen Tür, der Tür, die nicht in die Küche führte. Die Tür öffnete sich.

„Hanna! Kind! Mach, dass du ins Bett kommst! Es hat schon genug Unglück heute gegeben!" Wie sie dastand und schimpfte! Tante Erika hatte die Tür aufgerissen und eine kalte Wolke mit hereingebracht. Barsch kam sie auf Hanna zu und schob sie zurück ins Bett. Ihre Hand drückte sich hart in ihren Nacken und Hanna musste an einen frostigen Fisch denken.

„Wo ist Mutter?", fragte Hanna. „Im Krankenhaus. Bei Emil. Er hat einen bösen Splitter abbekommen, als die

Bombe in den Schornstein fiel. Mach du uns nicht noch mehr Kummer. Geh."

Kummer wollte Hanna nicht machen, genauso wenig, wie sie neugierig sein wollte. Deshalb fragte sie auch nicht mehr. Sie fragte auch später nicht, als Emil fortblieb und sie weiterfuhren. Sie fragte nie mehr. Hanna hatte an diesem Abend gelernt, damit aufzuhören.

Laetitia schreckte auf und sah sich irritiert um, ehe sie begriff. Ihr Kopf lag auf einer zusammengerollten Decke auf dem Gestänge des Krankenbettes. Jemand musste ihr, nachdem sie sich zu Hanna ans Fußende gesetzt und eingenickt war, die Decke unter den Kopf geschoben haben. Sie schaute auf die Uhr. Drei Stunden waren bereits vergangen, seit sie hier war. Benommen fiel ihr Blick auf das Bett. Alles war unverändert. Vielleicht sollte sie Thea anrufen. Kurz entschlossen nestelte sie ihr Handy hervor und tippte eine Nachricht: *Ist Eric vielleicht bei Dir?*

Thea antworte prompt: *Nein, warum?*

Laetitia sah ihre Stiefschwester vor sich. Wie sie in der Küche auf und ab lief. Aber sie war zu müde, um eine weitere SMS zu schicken. Eigentlich müsste sie zur Polizei gehen. Es klingelte. Erschöpft nahm sie das Gespräch an.

„Laetitia, was ist los? Was ist mit Eric? Hattet ihr Streit?"

Sie schluckte und musste husten.

„Sorry, Laetitia, bist du noch heiser? Ich hatte vergessen, dass du nicht sprechen kannst. Pass auf, ich stelle dir jetzt einfach nur Ja- oder Nein-Fragen und du pustest für Ja einmal und für Nein zweimal in den Hörer, okay?"

„Thea, wir brauchen dieses Tamtam nicht, ich kann reden", sagte sie schlicht und räusperte sich kurz. Ihre Stimme war sensibler geworden und sehr nachtragend, wenn sie sie einen halben Tag nicht benutzt hatte. Dann war Stille am anderen Ende und eine ganze Weile brauchte es, ehe Thea antwortete.

„Ist er etwa abgehauen?“

„Ich weiß es nicht. Deswegen ruf ich ja an.“

„Was sagt denn deine Mutter?“

„Gar nichts. Mutter liegt hier im Krankenhaus im Koma. Schlaganfall.“

„O Gott, Laetitia, das ist ja schrecklich und Eric ist seitdem weg? Hängt das zusammen?“

„Thea, ich weiß es nicht! Diese Fragen stelle ich mir auch ununterbrochen!“

„Hat er was geschrieben?“

„Nein, nichts. Ein paar Sachen hat er vielleicht mitgenommen und wahrscheinlich Geld. Ich weiß noch nicht einmal, wie viel und ob er überhaupt Geld hatte.“

Sie hörte Thea schwer atmen. „Und sein Handy?“, fragte sie.

„Hat er nicht mitgenommen.“

„Soll ich Calla anrufen? Sie macht gerade ihr freiwilliges ökologisches Jahr in Berlin, weißt du? Ich glaube zwar nicht daran, aber möglicherweise weiß sie was.“

„Ja, das wäre gut.“

„Ich melde mich, sobald ich sie erwischt habe.“

Eine halbe Stunde später war es so weit.

„Hallo, Lätti? Hörst du?“

„Ja.“

„Also“, hob Thea an, „ich habe Calla erreicht, sie war ganz aufgelöst. Sie sagte, sie hätte sich damals schon gewundert, als Eric das letzte Mal hier war. Das war ja zu ihrem siebzehnten Geburtstag. Wir hatten die Bude voll hier, du weißt doch?“

Laetitia schüttelte den Kopf und vergaß, dass Thea es nicht sehen konnte. Eric hatte ihr nichts erzählt. Callas

Geburtstag? Sie überlegte fieberhaft, wann das gewesen sein sollte.

„Bist du noch dran?", fragte Thea.

„Ja, natürlich, entschuldige."

„Calla hatte doch vorletzte Woche Geburtstag und Eric kam mit so einem Jungen hier an. Wir haben die beiden abends vom Busbahnhof abgeholt und hierhergefahren."

Laetitia verschluckte sich. Vorletzte Woche?, überlegte sie, ja, glaubte sie sich zu erinnern, er hatte wohl gesagt, er würde das Wochenende mit Pablo verbringen. Von Calla oder Thea hatte er nichts gesagt.

„Alles war ganz lustig, aber ich habe die Bagage dann doch allein gelassen und mich nicht weiter gekümmert. Sind ja alt genug. Irgendwann muss man sie ja auch mal loslassen. Calla hat ihren ersten Freund mitgebracht. Jonas. Was richtig Ernstes, glaub ich." Theas Stimme ging eine Oktave in die Höhe. „Und, Lätti, ich hab mir ja auch nichts dabei gedacht, aber Calla hat gemeint, als Eric Jonas gesehen hat, hätte er den ganzen Abend nichts mehr gesagt, fast wie beleidigt, und er sei ihr nur noch aus dem Weg gegangen. Und ich dummes Weib hatte die beiden bislang eher als Geschwister gesehen."

Laetitia schnaufte wieder und schluckte.

„Vielleicht war da mehr bei deinem Sohn und wir haben das nicht gemerkt. Jungs sind ja in dem Alter genauso sensibel wie Mädchen."

Eric und unglücklich verliebt? Das Thema hatte sie bislang weit von sich geschoben. Verdammt. Auch das noch. Sie fühlte sich unendlich hilflos und dachte an Mabel.

„Magst du vielleicht herkommen, Laetitia?"

„Nein!" Barsch rutschte es heraus. Doch Thea überhörte es.

„Calla sagt, in ihrem Zimmer lägen noch ein paar Sachen von Eric, die er immer bei ihr geparkt hätte. Sie wäre da nie drangegangen, aber du bist ja die Mutter, und wenn Gefahr im Verzug ist. Vielleicht finden wir etwas, was uns weiterhilft."

Und als Laetitia noch immer nicht antwortete, fuhr Thea fort.

„Ich kann auch gerne alleine nachsehen, obwohl es mir sehr unangenehm ist, in seinen Sachen zu wühlen."

„Thea?" Laetitia räusperte sich.

„Ja?"

„Warte auf mich."

Bevor sie losfuhr, klingelte Laetitia Sturm bei allen Nachbarn, aber niemand öffnete. Sie beschloss, es abends, wenn sie zurück wäre, noch einmal zu versuchen. Zwei Stunden später nahm sie die letzte Rechtskurve vor Holtenhagen und erblickte von Weitem schon den vertrauten Anblick des alten Gehöftes. Es beruhigte sie. Sie war zwischenzeitlich einen kleinen Umweg gefahren, hatte das Polizeigebäude in Ebermünde gemieden, eine andere Ausfahrt genommen und den Gedanken, Anzeige zu erstatten, beiseitegeschoben. Vielleicht war es die Endgültigkeit, der eine Vermisstenmeldung gleichkommt, die Laetitia davon abhielt. Es hätte das Ende ihrer Möglichkeiten, es hätte Aufgeben bedeutet. Totalversagen. Keine Panikmache, wo kein Grund zur Panik ist, befahl sie sich. Momentan war sie nur etwas dünnhäutig und viel zu überempfindlich. Erst die Sache mit Mabel, dann Hannas Schlaganfall und nun das. Erics Verschwinden würde sich bald aufklären. Noch nicht einmal vierundzwanzig Stunden war er weg. Das schaffte sie schon allein. Notgedrungen auch mit Hilfe von Thea. Und später, später würde sie irgendwann Mabel anrufen.

„Hier, das einzig Schriftliche von ihm." Der dramatisierende Tonfall in Theas Worten stieß Laetitia auf. Sie riss sich zusammen, keine spitzfindige Bemerkung zu entgegnen. Thea hielt ein Heft in die Höhe, das sie aus seiner Sporttasche gezogen hatte. Außer ein paar Klamotten, verdreckten Sportschuhen und einer Regenjacke hatten sie in der letzten halben Stunde nichts weiter von Eric gefunden. Das Heft hatte Thea erst nach mehrmaligem Ausschütteln entdeckt. Es war in der Sporttasche verklemmt gewesen, leicht zerfleddert und an den Ecken stark eingeknickt.

„Da ist ja noch eine Schleife drum herum." Thea wunderte sich und reichte es ihr herüber. Laetitia wendete das Heft unschlüssig hin und her und schob die gelbe Schleife vorsichtig ab. Ein selbstgezeichneter Comic. *Für Calla von Eric* stand hinten ganz klein und mit Bleistift an den äußersten Rand geschrieben.

„Ein Geburtstagsgeschenk?", fragte Thea. Laetitia nickte.

„Er hat es für sie gezeichnet, ihr wohl aber nicht gegeben."

Vorne auf der Umschlagseite waren zwei merkwürdig verzerrte und glubschäugige Gestalten zu sehen. Sie sahen aus wie eine Kreuzung der Aliens mit den Simpsons. Laetitia blätterte.

Siam und Zwilli

Der Titel war im Graffiti-Stil gehalten. Sie schlug die erste Seite auf. Der Comic erzählte von zwei miteinander verwachsenen Wesen ohne Beine in einer fremden Welt. Siam und Zwilli. Die Sprechblasen waren riesig gezeichnet, während sich der Erzähltext in winzigen Großbuchstaben darunterquetschte. Wie ein Running Gag schien sich eine immer wiederkehrende Fragerei zwischen den beiden durch die ganze Bildgeschichte zu ziehen.

„Zwilli?“, fragte Siam, wenn er Zwilli nicht mehr spürte. Und Zwilli antwortete dann immer: „Ich bin hier, Siam!“

Offenbar war Siam der Ängstlichere von beiden und Zwilli die Mutige. Es war Laetitia unangenehm, in Erics Geschenk zu blättern. Trotzdem zwang sie sich dazu. Siam und Zwilli waren an den Köpfen zusammengewachsen. Sie hatten jeweils zwei Münder und deshalb konnten sie miteinander reden. Sie hatten zwei Arme, die aber eher aussahen wie durchsichtige Schläuche. Laut Erics Geschichte teilten sie sich ein Gehirn, so dass Siam mit links und Zwilli mit rechts dachte.

„Rechtsdenker haben immer den Überblick!“, sagte Thea. „Schau mal, Zwilli trägt eine Yin- und Yang-Kette wie Calla.“

Laetitia runzelte die Stirn. Diese Wesen faszinierten sie. Sie las:

Eines Tages schwappte eine riesige Welle sie an Land.

„Zwilli! Wo bist du?“, rief Siam.

„Ich bin da, Siam.“

„Ich kann mich nicht mehr bewegen!“, schrie Siam panisch.

„Das ist nur die Schwerkraft, Siam, daran wirst du dich noch gewöhnen.“

„Ich möchte zu Mama!“ Siam weinte.

„Gut“, maulte Zwilli. „Suchen wir sie eben, denn deine Mutter ist auch meine.“ So zogen sie los.

Laetitia blätterte um. Auf den nächsten Seiten wanderten die Gestalten durch Wüstensand, riesige Schilfrohrwälder und kamen schließlich an einen Wald. Mit der Zeit waren aus ihren vier Stummeln offensichtlich lange Beine geworden. Vor einer Höhle trafen sie eine in ihre eigenen schrumpelnden Falten versinkende Alte, die Theodora hieß.

Laetitia erkannte sofort die überzeichneten Züge ihrer Stiefschwester wieder. Galanthea schüttelte schmunzelnd den Kopf.

„Wo hat er dieses Talent bloß her?“, murmelte sie. Laetitia ärgerte sich über diese rhetorische Frage. Gernot war zwar kein Künstler, aber ein recht passabler Webdesigner gewesen. Noch bevor sie ihn kennenlernte und er seinen Erstberuf an den Nagel gehängt hatte, war er sogar ganz gut im Geschäft gewesen. Aber wenn es um Kreativität ging, so blieb Gernot ein richtiger Dilettant. Ein guter Handwerker wohl, und eine zeichnerische und grafische Kompetenz, aber letztlich wurde er in seiner Branche von anderen, viel kreativeren Köpfen überflügelt. Eric zeigte sich da anders. Er war Schöpfer und Handwerker zugleich. Seine Comics wirkten wie Rohdiamanten, die noch geschliffen werden mussten. Aber selbst in ihrer Unfertigkeit schon höchst unterhaltsam. Laetitia blätterte weiter. Die hässliche Alte wies auf die Frage nach der Mutter den beiden einen Rundweg, den die armseligen Geschöpfe einschlugen. Auf der vorletzten Seite teilte ein umstürzender Wegweiser brutal ihren Kopf, so dass Zwilli und Siam sich das erste Mal in ihrem Leben in die Augen blicken konnten.

„Wow, bist du aber hässlich!“, staunte Zwilli, „sehe ich etwa auch so aus?“

Die beiden Frauen lachten gleichzeitig auf.

Der Rundweg aber führte die Wesen auf der letzten Seite an den Rand eines Waldes.

„Pass auf, jetzt kommst du auch dran, Laetitia. Erst verwurstet er Calla, dann mich und jetzt dich!“ Laetitias Mundwinkel versteiften sich und sie las konzentriert, was Eric in eng aneinandergedrängte Buchstaben über die Bilder geschrieben hatte.

In der Talsenke hinter dem Wald lag ein Teich. Inmitten des Teiches ragte ein Stein aus dem Wasser, auf dessen Oberfläche eine fette Tümpelkröte saß und sich sonnte.

Die gezeichnete Kröte trug keinerlei Anzeichen von Laetitia. Sie war enttäuscht. Sie hatte keine Bedeutung, tauchte nicht auf. So wie Thea vorgekommen war, zwar nur als Randfigur, aber immerhin. Aber sie, seine Mutter, zeigte sich nirgends. Nicht in Erics Geschichte und nicht in seinem Leben. Nicht einmal als alte Kröte. Sie wollte das Heft am liebsten zerreißen, beherrschte sich jedoch, überwand die aufsteigenden Tränen und hoffte, Thea würde es nicht bemerken. Im letzten unteren Viertel des Blattes hüpften die kleinen, froschartigen Wesen laut „Mama" rufend auf die Kröte zu, die sich jedoch nur zu einem „Hat man euch ins Gehirn geschissen, oder was?" herabließ.

„Das wäre ja noch schöner, wenn alle, die ich irgendwo einmal in die Welt gesetzt habe, zurück in meinen Tümpel wollen?! Meint ihr etwa, ich laiche umsonst so weit ab? Verschwindet und sagt den anderen da auch gleich Bescheid!"

Auf dem letzten Bild sahen sie die verdutzten Gesichter der beiden Protagonisten in Großaufnahme. Sie hatten sich umgedreht und schauten nun auf eine vielköpfige Schlange aus vielen anderen wartenden Kaulquappen und Jungfröschen.

Die beiden Frauen waren perplex. Keine wollte zuerst etwas sagen. Thea versuchte Laetitia vorsichtig das Heft aus der Hand zu nehmen. Vergeblich.

„Das darfst du nicht überbewerten."

„Das tue ich auch nicht. Bestimmt nicht. Es ist … es ist einfach alles zu viel auf einmal."

Sie setzten sich in die Küche. Thea brühte Tee. Laetitia starrte vor sich hin und hielt noch immer das Heft auf ihrem Schoß fest, als ihr der Geruch von frisch geschnittenem Ingwer in die Nase stieg.

„Hier, der tut immer gut."

„Woher hast du plötzlich frischen Ingwer?", versuchte Laetitia zu spötteln. Galanthea zwinkerte.

„Ein blindes Huhn findet auch mal eine Knolle." Sie setzte sich zu Laetitia und streichelte ihr über die Hand. Eine zarte Geste. Laetitia zog die Hand weg und legte das Heft weg. Schon das war ihr zu viel.

„Geht dir die Sache mit Hanna nahe?", fragte Thea.

Laetitia zuckte mit den Schultern. „Schwer zu sagen. Mir geht es diesbezüglich gar nicht. Ich bin taub." Sie seufzte erschöpft. Zögerlich und ganz entgegen ihrer Gewohnheit, nicht über Hanna zu reden, fuhr sie fort.

„Das erste Mal, als ich bei ihr war und noch glaubte, Eric wäre zu Hause in seinem Bett, fand ich es nicht schlimm. Merkwürdig. Du hältst mich bestimmt für kalt, was?"

Thea schüttelte den Kopf.

„Ich war zum ersten Mal in der Lage, länger als zehn Minuten in ihrer Gegenwart auszuharren, ohne dass es mich aggressiv machte."

Das mitfühlende Lächeln von Thea war kaum zu ertragen. Thea hatte eine andere Einstellung zu Hanna. Auch wenn Hanna damals mit ihrer Stieftochter nicht allzu viel anzufangen gewusst hatte, weil sie ihr zu schillernd und zu fremdartig vorgekommen war, so mochte Thea ihrerseits Hanna schon immer gern leiden.

„Als ich heute vor ihrem Krankenbett saß, bin ich sogar eingeschlafen." Laetitias Worte schleppten sich. Die Konzentration begann ihr zu entgleiten.

„Ich habe die ganze Zeit, seit Eric weg ist und Mutter im Krankenhaus liegt, das Gefühl, ein Gespenst in meinem Schädel zu haben, das meine Gedanken schockfrostet. Ich kann kaum planen. Geschweige denn vernünftig denken."

Thea nickte. „Ob sie was merkt?"

„Ich glaube nicht. Wahrscheinlich ist es auch besser so."

„Wie sieht sie aus?"

Erschöpft suchte Laetitia nach einem passenden Vergleich, fand aber nichts. „Bleich", sagte sie nur. „Und ich spüre gar nichts. Nicht nur bei mir, auch bei ihr nicht."

„Arme Hanna", erwiderte Thea und dann sagte sie nichts mehr.

Sie mag sie wirklich, dachte Laetitia und versuchte sich für einen Moment ihre Mutter in den Augen von jemandem vorzustellen, der sie als herzlich empfand. Sicher war Hanna herzlich in dem Sinne, dass sie laut und fröhlich sein konnte, im Gegensatz zu Theas leiblicher Mutter. Aber diese Herzlichkeit wirkte immer zu bunt, immer lag zu viel Druck in ihrem Lachen. Thea mochte das nie aufgefallen sein, aber vielleicht passten sie, Laetitia und Hanna, als Menschen, einfach nicht zusammen. Nirgendwo außer in der Bibel stand geschrieben, dass man gezwungen wäre, seine Eltern zu lieben. Und Hannas Verhalten bei Eric bewies doch nur, wie sehr sie sich wünschte, wenigstens eine gute Oma zu sein. Eine verspätete Abtragung von Schuld. Aber kann denn ein Mensch ichbezogen und gleichzeitig herzlich sein?

„Woran denkst du?", fragte Thea.

„Daran, dass ich los muss", antwortete sie. „Es ist spät und ich will die Nachbarn noch erwischen. Irgendwer hat Mutter gefunden. Vielleicht hat jemand ja auch Eric gesehen."

An jenem Abend kam Laetitia zu spät zurück, zu spät, um jemanden zu stören. Sie heftete mit Tesafilm einen Zettel an die Tür des Hauswartes mit der Bitte, sich telefonisch bei ihr zu melden.

„Mutter, Eric ist verschwunden. Kannst du mich hören?“

Hanna reagierte nicht. Weder mit einem Augenzucken noch mit einer anderen körperlichen Regung, die Laetitia als Ausdruck des Erwiderns hätte deuten können. Ihre blauen Augen fixierten unablässig einen Punkt an der Wand, der etwa drei Meter von ihrem Bett entfernt lag, ohne ihn jedoch zu fokussieren. Laetitia schaute zu dem Fleck und hatte das Gefühl, die Stelle an der Wand müsse vom ständigen Anblicken schon ganz abgenützt sein.

„Er ist weg, Eric ist weg“, insistierte sie. „Ich habe keine Ahnung, wo er sein könnte. Mutter, hörst du irgendetwas? Was ist denn bloß passiert?“

Aber Hanna lag da und glich einer Skulptur ohne stabile Form. Laetitia erhob sich wieder, kaum dass sie sich gesetzt hatte. Sie hielt es einfach nicht aus. Nicht das Sitzen und nicht das Stehen.

„Mutter, kannst du mich hören? War er bei dir? Gib mir ein Zeichen, bitte!“ In ihre Stimme schlich sich etwas Weinerliches, das ihr gänzlich unbekannt war. Noch nicht einmal bei Hanna hatte sie je so etwas vernommen.

Laetitia begab sich auf halbe Höhe hinter das Fußende des Krankenbettes und versuchte ihr Gesicht in den Bereich des Punktes an der gelben Wand zu schieben, den ihre Mutter so unentwegt anstarrte. Doch der Blick, der sie traf, war leer. Das einsame, kalte Zimmer kam ihr in den Sinn; die Totenstille, dieselbe Aura. Schnell trat sie aus dem Radius heraus. Was sah Hanna, wenn sie sie ansah und doch nicht ansah? Laetitia griff nach der Bettumrandung und rüttelte.

„Wach auf. Bitte.“ Hannas Kopf schwankte leicht mit. „Wo ist er?“, flüsterte Laetitia unentwegt. „Ich will doch einfach nur wissen, wo er ist.“

April 1945

„Wo ist er?", hörte Hanna die Stimme ihrer Mutter. Olga drängte Onkel Sepp, der neben ihr im hinteren Teil eines LKW hockte, welcher über das Kopfsteinpflaster holperte. Auf der Ladefläche, die zwar überdacht, aber dennoch kalt und feucht war, lagen eng aneinandergedrängt Menschen, die Hanna nicht kannte. Sie hatte sich daran gewöhnt, dass es völlig Fremde waren, die ihr manchmal den Rücken wärmten, wenn sie im Halbschlaf auf den Kleiderpäckchen und Säcken, die als notdürftige Matratzen dienten, unruhig vor sich hinmurmelte, aber woran sie sich nicht gewöhnt hatte, war der stinkende Rauch und dass die Straßen und Wege manchmal voller Dinge waren, die dort nicht hingehörten. Schmutzige Bündel zusammengeknoteter Wäsche, ein umgekippter Kinderwagen mit nur drei Rädern, die in die Luft ragten, oder ein totes Pferd. Sie schaute absichtlich weg, bevor sie genauer erkennen konnte, was dort lag. Noch immer waren sie unterwegs. Wochen waren inzwischen verstrichen. Die schrecklichen Tage in der Kaplanei und den Bombenangriff des Tieffliegers hatten sie hinter sich, ebenso wie einzelne Nächte und Tage auf Bahnhöfen und den harten Ladeflächen von Lastern wie diesem hier.

„Verdammt, wo ist er?" Olga fluchte erneut und Hanna reckte den Kopf aus den Decken.

„Emil?", fragte sie verschlafen. Rief Mutter nach ihm? Hanna konnte sich einfach nicht daran gewöhnen, dass er für immer weg sein sollte.

„Nein, Hanna, ich meine nicht Emil. Halt den Mund."

„Wo ist er denn, verdammt noch mal?", schimpfte sie ununterbrochen.

Onkels Sepp reichte Olga den Schnaps.

„Hier."

Ihre Mutter hatte nach Schnaps gesucht. Hanna sah, wie Olga einen großen Schluck nahm, sich schüttelte und die Flasche an Onkel Friedrich weiterreichte. Für einen kurzen Moment des Halbschlafes hatte Hanna geglaubt, ihre Mutter hätte nach ihrem toten Bruder gerufen. So laut wie sie damals auch nach ihr riefen, als sie in das Eisloch geschlittert war.

Immer hatte ihre Mutter viel öfter nach ihrem großen Bruder als nach ihr rufen müssen. Emil musste mehr laufen. Und obwohl er viel älter war, war er immer langsamer gewesen. Deswegen war Hanna stolz gewesen. Manchmal aber hatte Emil ihr leidgetan, weil ihm immerzu schwindelig war. Und dann kam die Zeit, in der ihn das Fieber heimsuchte. Auf einem der Höfe, noch bevor sie über das Eis gekommen waren, hatte Emil von einer Bäuerin Sahne zu essen bekommen. Sie war neidisch gewesen und wollte auch davon haben, aber die rotgesichtige Frau erklärte ihr, dass Emil die Sahne nicht zum Spaß bekäme, sondern weil er krank sei.

„Du hast deine roten Backen noch", sagte sie. Dann streckte Emil ihr die Zunge heraus und wurde dabei nicht geschimpft. Hanna hatte sich gereckt, um zu sehen, was die Bäuerin da so genau anschaute, und Emils Zunge war in der Mitte fast weiß und an den Rändern rot gewesen. Hanna wünschte sich von da ab auch so etwas Schlimmes wie diese Sahnekrankheit. Aber sie hatte nur Läuse. Sonst nichts.

Hanna zog das feuchte und nach Keller riechende Sackleinen wieder über sich und schloss die Augen. Emil war tot und sie lebte. Sie horchte auf das Brummen des Motors, dachte an die Glöckchen, die zu Beginn ihrer Reise an den Pferdegeschirren geklirrt hatten, und erinnerte sich an das Furzen der Pferde im Takt ihres Trabes. Lange war das her. Nun war sie das einzige Kind. Doch jedes Mal, wenn Hanna aufwachte, meinte sie, es wäre alles wie vorher, als Emil noch bei ihnen war.

Manchmal überholten sie Fremde. Viele hatten weder Pferde noch Wägen. Soldaten waren auch dabei und das Mädchen reckte sich jedes Mal, wenn sie eine Uniform sah. Einmal war da ein Augenpaar mit einem freundlichen Faltenkranz. Ihr Herz hatte geklopft. Aber als der Mann an ihnen vorbeilief und ihre Mutter nicht ein einziges Mal zu ihm aufblickte, erlosch auch das freudige Flackern in ihrem Bauch.

Am späten Nachmittag erreichten sie endlich ein Dorf. Die Nacht brach herein, aber es wurde nicht still. Nie mehr wurde es still. Sie gingen in ein Schulgebäude. Man hatte ihnen einen Platz in der Küche neben dem Ofen zugewiesen, aber Hanna schrie. Sie wusste selbst nicht, warum sie plötzlich so heftig schreien musste. Es war ein Anfall. Sie strampelte und bäumte sich auf. Onkel Friedrich schlug zu. Zweimal, mitten ins Gesicht. Damit sie wieder zu sich käme, sagte er. Ihre Wangen brannten und Tante Erika nahm sie bei der Hand und suchte für sie zum Schlafen einen anderen Platz. Am nächsten Morgen, als Hanna vor dem Scheunentor auf und ab lief, um die Soldaten zu sehen, kam ein Junge auf sie zu und stieß sie am Ellenbogen.

„Ich bin schon elf", sagte er. „Ich heiße Hermann. Bist du das Mädchen, das gestern so gebrüllt hat? Willst du, dass ich dir unser Haus zeige?"

Hanna nickte.

„Was willst du zuerst sehen, unsere Stube oder lieber die schwarze Räucherkammer?" Er sprach das Wort Räucherkammer so fürchterlich aus, dass Hanna sich für die Stube entschied.

Als sie den Raum betraten, rempelte ein Soldat sie fast um. Er zog einen Geruch hinter sich her, den Hanna auch bei den anderen Uniformierten gerochen hatte. Kalter Rauch und feuchter Filz. Der große Mann wollte an ihnen vorbei, blieb plötzlich stehen und drehte sich um. Sein Blick glitt über die Kinder hinweg zu der Gipsbüste, die auf dem Klavier gegenüber der Tür stand. Sie fand, dass der Gipskopf sehr schön aussah, sehr vornehm auf dem dunklen Klavier. Der Männerkopf aus Gips war ganz weiß, aber für einen Engel zu alt. Vielleicht war das Gott. Aber Gott hatte bestimmt nicht solche Haare und so wenig Bart unter der Nase. Der Gipskopf auf dem Klavier trug einen Scheitel, wie ihn Onkel Friedrich getragen hatte, und der Bart sah aus wie eine rechteckige kleine Schachtel. Hanna beobachtete, wie der Soldat zurückging, die Büste vom Klavier herunternahm und sich unter den Arm klemmte. Wieder streifte er die Kinder mit einem Blick. Sie konnten ihm ansehen, dass er nichts Gutes dabei dachte. Unauffällig liefen sie ihm hinterher. Leise. Hermanns Hand war heiß. Der Soldat ging in den Garten und stellte die Büste auf einen kleinen Hügel. Dann trat er zurück. Eins, zwei, drei, vier große Schritte. Mit einem undurchdringlichen Blick und einem Kopfnicken winkte er Hanna und Hermann zu sich herüber. Obwohl sie leise gewesen waren, hatte der Soldat sie die ganze Zeit bemerkt.

„Stellt euch da hin!“ Er wies auf einen Platz hinter seinem Rücken. Sie taten, wie ihnen geheißen. „Passt gut auf“, sagte der Soldat. „Jetzt erschieße ich den Hitler.“ Er hob seinen Karabiner und drückte ab. Unter seiner Salve zerplatzte die Büste – sie war hohl. Hanna schrie, als die Splitter herumflogen, und klammerte sich an Hermann. „Keine Angst!“, hörte sie ihn rufen. Hermann war groß. Er war elf. Hanna beruhigte sich nur langsam. „Du brauchst keine Angst haben, das ist ja gar kein Mensch“, sagte Hermann. Der Soldat lachte und ging davon.

Laetitia hatte aufgehört, am Gestänge von Hannas Bett zu rütteln. In der Zwischenzeit war eine Nasensonde gelegt worden. Es hatte keinen Sinn. Sie musste endlich einen Arzt finden, der sich mehr Zeit für sie nahm. Jemanden, der Bescheid wusste. Jemanden, der ihr einen Hinweis geben oder wenigstens eine vage Prognose stellen konnte. Bislang waren alle Gespräche mit dem Personal zwischen Tür und Angel verlaufen. Es musste doch irgendetwas zu machen sein.

Die Hilflosigkeit brachte Laetitia fast um. Alle zehn Minuten kontrollierte sie ihr Handy. Aber niemand meldete sich. Sie schaute zu Hanna hinüber. Als Eric vor fünfzehn Jahren geboren worden war, hatte etwas zwischen ihr und Hanna aufzureißen begonnen. Der taube Film zwischen ihr und ihrer Mutter war dünner geworden, als hätte er sich über manchen Stellen mehr gespannt, wäre dort trocken und spröde geworden, bis er aufgerissen war. Eine Sehnsucht hatte sich damals bei Laetitia gezeigt, kurz und plötzlich wie das Aufglühen eines Scheites. Ein warmes, schnelles Licht, das sofort verloschen war und verschwand, als wäre nichts weiter geschehen. Und dieser flüchtige Moment der Wärme mit dem starken Wunsch nach Geborgenheit, der Laetitia an Mabel denken ließ, war ihr damals vorgekommen wie ein kitschiges Bild, zu dem sie keinen Zugang gehabt hatte. Eine heile Familie, bestehend aus Großmutter, Mutter und Enkel.

Das warme Gefühl war immer dann zerplatzt, wenn Hanna leibhaftig auf der Bildfläche erschien. Die dicke Haut zwischen ihnen war wieder angeschwollen und hatte sich bald zu dem bekannten Ekel verdichtet. Dieses Hin-

und Hergerissen-Sein zwischen Sehnsucht und Abwehr war anstrengend. Aber sie hatte Hanna gebraucht. Damals sogar mehr als je zuvor. Sie brauchte sie für ihren Sohn und Hanna wiederum brauchte Eric. Nach der Trennung von Gernot umso dringender.

Laetitia war damals aus Hamburg zurückgezogen nach Ebermünde und es kam ihr entgegen, Eric jederzeit, wenn ihr danach war, bei ihrer Mutter abgeben zu können. Oft wusste sie nicht genau, wann dieser Umstand eintreffen würde außer bei beruflichen Anfragen, aber es konnte durchaus sein, dass sie von einem Moment auf den anderen ein großes Bedürfnis nach Stille verspürte, nicht nach akustischer Stille, sondern nach Stille überhaupt. Dann geschah es mitunter, dass Laetitia einfach hinauslief in die fahle Dämmerung, frühmorgens, nachdem sie Hanna wach geklingelt und Eric bei ihr abgeladen hatte. Dass sie dann schnellen Schrittes bei Tagesanbruch an den Weiher mitten in den Dunst der aufsteigenden, kalten Feuchte gelaufen war, um dort für eine Weile unsichtbar zu werden.

An diesen Morgen war ihr trotz der frühen Kälte, als wäre sie eins mit dieser speziellen Mischung aus Wasser und Luft. Als wäre sie der Nebel selbst. Konturlos, kühl und amorph. Ein Nebelkind auf Zeit. Bis der Tag das Wasser zurück in den Himmel holte, das restliche Licht ausschüttete, den Bäumen ihre Knorrigkeit und den Häusern ihre Kanten zurückgab. Dann lief Laetitia zurück, klingelte bei Hanna und holte Eric ab. Sie konnte sich letztlich ganz gut damit arrangieren, durch Eric an Hanna gebunden zu sein. Vielleicht, weil seine Freude über Hanna seit jeher von seinem Gesicht abzulesen war. Es erleichterte ihr schlechtes Gewissen, wenn Laetitia sah, dass Hanna und Eric fast eins sein konnten, so wie sie es mit ihrem Sohn nie war. Mabel schlich sich erneut in ihre Gefühle. Laetitia schob den Gedanken beiseite und nahm sich vor, sie bald anzurufen.

Es hatte die Situation damals um einiges leichter gemacht, Eric abzugeben. Vor allem, weil sie sich noch immer schuldig fühlte, eine so anstrengende Tochter gewesen zu sein. Vielleicht hoffte sogar ein verschütteter Teil in Laetitia, dass es durch Eric wiedergutzumachen war. Dass mit ihm etwas Neues keimen würde, zwischen ihr und Hanna. Lieber ertrug sie das Spannungsfeld, in dem sie sich auskannte, und nahm dieses Zerrissensein in Kauf, als dass sie bereit gewesen wäre, den Kontakt zu Hanna für immer zu kappen, so wie sie es letztlich bei Gernot getan hatte. Und obwohl der Wunsch, endlich wieder weit fortzugehen, Laetitia oft übermannte, tat sie es nicht. Denn mit dem Drang kroch ebenso stark das Gefühl, bleiben zu wollen, hervor, als gehörten Weglaufen und Dableiben genauso zusammen wie Tag und Nacht. Eines zog das andere nach sich.

„Ich verwahre mich gegen den Begriff Wachkoma. Er ist schlicht und ergreifend irreführend", sagte der Arzt und hob abwehrend die Hände. Weder Laetitia noch die anwesende Krankenschwester hatten ihm durch irgendeine Äußerung Anlass gegeben, sich zu verteidigen. Laetitia hatte den jungen Mann lediglich gefragt, ob eine Chance bestünde, dass ihre Mutter aus diesem Zustand erwachte. Aber der junge Arzt gebärdete sich, als stünde er vor einem unsichtbaren Auditorium.

„Das Koma entstand durch eine massive Störung der Hirnfunktion, ausgelöst durch einen Schlaganfall." Seine ruhelosen Augen wirkten übernächtigt. Der hochaufgeschossene Neurologe fuhr seinen linken Zeigefinger wie eine Antenne aus und bewegte ihn senkrecht vor Hannas

Augen hin und her. Wie der Sendezeiger eines alten Radios, dachte Laetitia.

„Eine Gehirnstrommessung könnte Auskunft darüber geben, ob es sich bei einer Reaktion der Augen …“ Er hielt inne und bewegte seinen Finger. „… nur um einen reinen Reflex handelt oder ob die Patientin in der Großhirnrinde Reize aufnehmen und verarbeiten kann.“ Er ließ die Hand sinken und schob sie in die Kitteltasche. Laetitia glaubte, ein leichtes Missfallen auf dem Gesicht der rundlichen Schwester zu bemerken, die links neben ihr stand. *Dunja Kleebusch*, las sie auf ihrem Namensschild. *Physiotherapeutin*. Dunja Kleebusch schien verärgert. Bei sich spürte Laetitia nichts dergleichen. Die medizinische Sicht auf ihre Mutter verschaffte ihr Erleichterung und eine angenehme Distanz zu dem Vorfall. Der junge Neurologe erwies sich als ein erster, wenn auch recht schmal gebauter Fels in der Brandung, der mit klaren Informationen aufwarten konnte. Sie hörte ihm aufmerksam zu.

„Haben Sie diese Messungen denn schon durchgeführt?“ Es war der erste hoffnungsvolle Lichtstreifen am Horizont.

„Ach, wo denken Sie denn hin?“, begehrte der Neurologe auf. „Es ist überaus schwierig, eine genaue Diagnose zu stellen. Und natürlich eine Kostenfrage.“

„Soviel ich weiß, ist ein EEG in diesem Haus Standard“, mischte sich Dunja Kleebusch ein. Er lachte hüstelnd.

„Ich habe den Befund der Patientin noch nicht vorgelegt bekommen. Und das scheint in diesem Hause auch ein Standard zu sein.“

Unter seinen schmalen Augen bildeten sich Fältchen. Laetitia musste an Elefantenaugen denken. Die schattige Färbung seiner dunkelzarten Haut stand im Gegensatz zu seiner Jugend.

„Aber um noch einmal auf Ihre eingangs erwähnte Frage bezüglich des Wachkomas …“, er dehnte den Begriff absichtlich in die Länge, „… zu sprechen zu kommen. Es gibt nicht das Wachkoma an sich, sondern eher eine Vielzahl von unterschiedlichen Stufen des Bewusstseins, in denen sich ein Patient wie Ihre Mutter befinden kann.“

Er schob die Brille zurück auf die Nasenwurzel und die bräunlichen Ringe verschwanden hinter den Gläsern.

„Inwieweit sich ein Mensch von seinem bewussten Selbst entfernt hat, ist sogar messbar.“

Eine Spur fieberhafter Begeisterung verstärkte die flackernde Wirkung seines Blickes. Laetitia schaute ihm direkt in die Augen.

„Und, können Sie das?“

Der Neurologe ließ sich nur ungern in seinen Ausführungen unterbrechen. Dunja Kleebusch neben ihr machte ebenso einen ungeduldigen Eindruck.

„Wie gesagt, den genauen Befund habe ich noch nicht vorliegen“, erwiderte er kurz angebunden und referierte weiter. „Ein besonderer Fall, den man vom sogenannten Wachkoma unterscheidet, der also davon abgegrenzt werden muss, ist das Locked-in-Syndrom.“

„Was ist das?“

Lässig sonnte sich der junge Arzt in ihrer Unwissenheit. Laetitia wurde zunehmend gereizt. Es wäre hinderlich gewesen, sich mit ihm anzulegen, also blendete sie ihre Abneigung aus, als würde sie einen Schalter umlegen. Es ging um wertvolle Informationen und es musste ihr egal sein, wer sie absonderte. Den konsequenten Schnitt zwischen ihre eigenen Befindlichkeiten und einen wichtigen Auftrag zu setzen, beherrschte sie aufgrund ihres Berufes perfekt.

„Menschen mit dem Locked-in-Syndrom können sich weder bewegen noch sprechen. Ihr bewusstes Selbst hingegen ist noch intakt. Es gab einen Fall in Köln, von dem ich in einer Vorlesung vor geraumer Zeit hörte. Der Patient, dessen Kleinhirn durch einen Schlaganfall geschädigt war, wurde bereits für tot erklärt. Er war nicht in der Lage, Laute von sich zu geben oder auch nur zu blinzeln."

„Ein Gefangener im eigenen Körper", unterbrach ihn Dunja Kleebusch. Sie dreht sich um. Laetitia hatte sie fast vergessen. „Und er lag in Berlin", fügte sie hinzu. Ein angenehmer Duft ging von der Physiotherapeutin aus. Der Neurologe schaute auf, tat aber so, als bemerkte er sie nicht.

„Es kann durchaus sein, Frau Klänger, dass Ihre Mutter uns wahrnimmt oder dass sie Sie mit mir sprechen sieht. Vielleicht kommen aber auch gar keine Worte bei ihr an. Oder aber die Worte erreichen sie und sie versteht ihre Bedeutung nicht. Ich bedauere sehr, Ihnen im Moment nichts Genaueres sagen zu können. Vielleicht nächste Woche. Auf Wiedersehen."

Hastig verließ er den Raum. Vielleicht befürchtete er, Dunja Kleebuschs Zwischenkommentar wäre nur der Auftakt einer weiteren Salve von Unterbrechungen, von denen er sich nicht sicher sein konnte, ihnen standzuhalten. Dunja Kleebusch lächelte gelassen.

Januar 1947

Wohlig räkelte sich Hanna unter den Federbetten. Das Gemurmel der Großen hing über ihr wie eine Dunstglocke. Wortwolken, die sie einhüllten, die sich auf sie herabsenkten und sie schläfrig machten. Auch wenn Hanna kein einziges Wort begriff, denn die Großen redeten ja immer litauisch, wenn Stromsperre im Dorf war und die Kerzen im Zimmer angezündet wurden, auch wenn Hanna rein gar nichts verstand, war es herrlich. Litauisch war die Geheimsprache für Große. Sie hatten sie ihr nie beigebracht. In dem Dorf, in dem Hanna geboren wurde und aus dem sie fliehen mussten, als sie vier war, wurde im Haus selbst nur deutsch geredet. Auch wenn Hanna niemals erfahren würde, worüber sich die Erwachsenen gerade am Fuße ihres Bettes unterhielten, war es trotzdem schön. Von ihr aus könnte immer Stromsperre sein. Den ganzen Tag. Nicht nur abends.

Wenn doch Albrecht neben ihr im Bett liegen würde! Sie drehte sich auf die Seite und machte mit ihrem Körper ein Hörnchen. Ein Nest. Sie stellte sich vor, ihr Bruder würde in dem kleinen Hohlraum dicht bei ihr liegen und ihn ganz und gar ausfüllen. Vielleicht würde er jetzt schon „Hanna“ sagen können. Sie konnte zwar noch nicht richtig rechnen, wohl aber an den Fingern abzählen. Seit der Winternacht, in der sie Albrecht zwischen den Kerzen auf der Kommode besucht hatte, war zweimal Sommer und zweimal Winter vergangen. Keinen davon hatte Hanna mehr als so schlimm und so kalt empfunden wie jenen, in dem sie in das Eisloch gerutscht war. Obwohl die Großen etwas anderes sagten. Aber sie hatte in einem Eisloch gebadet und wer in einem Eisloch badet, der übersteht alles, dem kann nichts mehr passieren. Damit hatte Onkel Sepp sie aufgemuntert, wenn sie unterwegs nicht mehr weiterlaufen konnte und ihre Füße nicht mehr gespürt hatte.

Es roch jetzt nach Schnaps. Hanna brauchte die Augen nicht zu öffnen. Sie wusste, die Männer, die neben ihrer Mutter saßen unweit vom Doppelbett, tranken ihn aus kleinen Puppengläsern. Herr Rodewaldt war auch dabei. Herr Rodewaldt wohnte hier. Von Anfang an. Und den Schnapsgeruch kannte Hanna gut. Scharf und brennend war er. Ihre Wangen glühten. Die Federbetten rochen schimmelig, waren feucht und lasteten schwer auf ihrem Leib wie dicke, riesige, alte Gänse, die brüteten. Ob Albrecht das unter dem Schnee auch so fühlte?

Sie mochte den Geruch der alten Gänsedaunen. Dieser Geruch war träge, konnte nicht fort. Es war ein schwerer Geruch, der Bleiben bedeutete. Seit sie in diesem alten Schloss wohnten, sprach niemand mehr vom Aufbrechen und die Mutter packte keine Koffer mehr. Auch tagsüber war es ruhiger geworden. In den Blicken ihrer Onkel wurde es manchmal heller und sie lächelten sogar, wenn Hanna etwas sagte oder tat. Früher hatten sie kaum gelächelt. Manchmal schauten sie Hanna auch länger an, viel länger, als sie es gewohnt war. Dann war es kaum auszuhalten, dann fühlte sie sich als etwas ganz Besonderes und wagte keinen Schritt mehr vorwärtszugehen, aus Angst, etwas falsch zu machen.

Doch immer noch war dieses Loch in ihr. Ein Loch, das sich auftat, wenn sie an Papa, an Albrecht oder an Emil dachte. Das Loch war eisig und bodenlos. Am liebsten hätte sie gar nicht daran gedacht, aber es gelang ihr nicht. Ihre Mutter Olga konnte das besser. Es wurde nicht darüber geredet.

Tagsüber war endlich Ruhe eingekehrt. Tagsüber gelang es auch Hanna gut: Das Nicht-an-das-Loch-Denken. Aber während der Stromsperre, wenn die Großen litauisch redeten, veränderte sich die Ruhe mit dem flackernden Kerzenschein und den unruhigen Schatten an den Wänden. Die Großen sprachen viel aufgeregter miteinander als am Tage. Manchmal kam es Hanna vor, als würde sie den Namen ihres Vaters aus den fremden Sätzen heraushören: Paul. Und manchmal weinte auch eine der Frauen plötzlich. Dann gab es noch einen Schnaps oder sie gingen schnell in die Küche. Torf nachlegen. Es kam aber auch vor, dass sie laut auflachten, so wie jetzt. Hanna blinzelte und sah, wie Herr Rodewaldt ihrer Mutter seinen Arm um die Schultern legte. Aus seiner Haut wucherten krause, schwarze Haare wie wildes, störrisches Gras. Hanna sah auch, wie er Olga zu sich heranzog. Aber ihre Mutter stand auf, machte sich los und wischte schnell mit den Händen an ihrer Schürze herum, obwohl sie gar nicht gekrümelt hatte.

„Hanna?“, fragte sie so unvermittelt und laut, dass Hanna zusammenzuckte. Olga beugte sich über das schwere Bettgestell aus geschnitztem Eichenholz. Das Holz knarrte. Hanna schloss schnell die Augen und machte sich steif. Durch die Decke hörte sie dumpf die Schritte ihrer Mutter in die Küche gehen. Und immer, wenn sie dorthin ging und die Tür öffnete, zog ein dünner Essensgeruch herein. Es waren die Reste des längst verzehrten Abendessens, die kalt in der Luft hingen. Gierig sog Hanna sie zusammen mit dem Geruch der alten Federbetten ein und dann stellte sie sich vor, wie es wäre, richtig satt zu sein.

„Lassen Sie sie doch ruhig auf!“, unterbrach die Physiotherapeutin Laetitias entschiedenen Gang zur Krankenzimmertür.

„Es riecht“, erwiderte Laetitia und schloss sie. „Wenn man sich während seiner Dienstzeit schon unbedingt Pizza bestellen muss, braucht man nicht alle Türen offenlassen, so dass es gleich über die Gänge zieht. Ich finde das ekelhaft. Wozu gibt es unten eine Kantine?“

Dunja Kleebusch lächelte. „Cafeteria“, korrigierte sie Laetitia. „Die Station ist schlecht besetzt. Zum Hinuntergehen ist kaum Zeit. Und jeden Tag belegtes Brot ist trostlos, finden Sie nicht? Was haben Sie eigentlich gegen den Duft einer frisch gebackenen Pizza? Ich finde ihn durchaus lecker. Und Ihre Mutter kann ihn auch riechen.“

„Wozu sollte sie das denn?“ Laetitia lachte trocken. „Sie wird doch über die Sonde ernährt. Aber gut, wenn Sie drauf bestehen. Sie sind ja wohl hier der Profi.“ Energisch drehte sie sich um. „Bitte!“

Und während sie der Tür einen Stups gab, bemerkte sie, dass Dunja Kleebusch sie unentwegt im Blick behielt. Die Physiotherapeutin schien sich durch Laetitias schroffe Art nicht verschrecken zu lassen. Im Gegenteil, sie wirkte sogar, als mochte sie es. Ihre Blicke verunsicherten Laetitia. Wenn es etwas an Laetitia gab, was jemandem gefallen könnte, so war es versteckt wie ein rohes Ei unter vielen Wolldecken. Unwillkürlich dachte sie an Mabel.

„Warum sind Sie eigentlich so wütend?“, fragte Dunja Kleebusch.

„Ich bin nicht wütend, ich stehe nur unter Zeitdruck und habe eine Menge Schwierigkeiten am Hals“, erwiderte Laetitia ungehalten.

„Ihre Mutter bekommt das alles mit.“

Wieder musste Laetitia lachen. Unfreiwillig. Es ärgerte sie. „Ihr Hirn bekommt das mit. Und auch nur gegebenenfalls. Das habe ich schon verstanden, dank der umfangreichen Ausführungen vom Herrn Doktor.“

Dunja Kleebuschs Lächeln blieb standhaft und war noch immer schwer zu deuten. Ihr schwindelte, Laetitia hielt sich am Bettgestänge fest.

„Setzen Sie sich doch.“

Mit routinierter Umsichtigkeit schob ihr die Physiotherapeutin den einzigen Stuhl herüber, den es im Zimmer gab.

„Danke“, sagte Laetitia. „Es ist nichts. Ich habe nur noch nicht gegessen und zu wenig geschlafen.“ Dann setzte sie sich. Ihre Knie zitterten.

„Sie sollten etwas zu sich nehmen.“

Laetitia spürte die flüchtige Berührung von Dunja Kleebuschs Hand zwischen ihren Schulterblättern und roch ihren Duft. Eine ausgesprochen dezent gehaltene Mischung aus Bestandteilen, die nicht zu unterscheiden waren. Flüchtig streiften sie ihre Geruchsnerven und vermengten sich mit dem Pizzageruch. Umgehend nahm das Schwindelgefühl zu. Laetitia war versucht, die Augen zu schließen, nur für den kurzen Moment der Schwäche. Sie durfte sich nicht gehenlassen. Nicht jetzt. Später, später vielleicht, wenn alles gut geworden war, wenn Eric gefunden wäre, wenn Hanna all ihre Sinne wieder beisammen hätte, wenn sie mit Mabel in Ruhe telefoniert hätte.

„Geht es wieder?"

Die Stimme von Dunja Kleebusch war warm.

„Geben Sie mir Ihre Hand."

„Was?"

„Ihre Hand, geben Sie mir Ihre Hand."

Zögernd reichte sie ihr die Hand. Die Physiotherapeutin nahm sie, drehte ihre Handinnenfläche nach unten und legte sie auf Hannas Brustbein. Laetitia zuckte, als hätte sie sich verbrannt.

„Ist gut", beruhigte sie Dunja Kleebusch, ließ ihre Hand aber nicht los, sondern legte noch ihre darüber. Auf Herzhöhe. Gefangen.

Laetitia wagte es weder, sie zurückzuziehen, noch traute sie sich, der dunkelhaarigen Frau in die Augen zu schauen. Die Furcht vor Entdeckung hielt sie davon ab. Dunja Kleebuschs Hand über der ihren war sehr bestimmend und etwas löste sich in Laetitias Brust. Es fühlte sich an, als ob jemand schallgedämpft eine Waffe in ihrer Lunge entsicherte. Ihr eigener Atem machte sich los. Er glich einem Schuss in Zeitlupe. Einem Seufzen, das ihr bekannt vorkam. Wie lange hatte sie ihre Mutter nicht berührt?

„Ich kann das nicht!“ Abrupt zog Laetitia ihre Hand zurück. „Was soll das? Das geht zu weit.“ Aufgebracht war sie. Erregt. Dunja Kleebuschs Hand lag noch immer ruhig auf Hannas Brustkorb.

„Ihre Mutter kann nicht mit uns reden und trotzdem wissen wir nicht genau, ob sie versteht, was wir sagen.“

Laetitia zuckte mit den Schultern. „Belehren Sie mich nicht. Ich habe vorhin genau zugehört.“

„Sie kann uns nicht antworten, Frau Klänger. Weder mit Worten noch mit Blicken.“

„Was wollen Sie eigentlich von mir?“, fragte Laetitia unwirsch. Mit unverhohlener Wut starrte sie die Physiotherapeutin an. „Nichts kann ich tun! Meine Mutter ist doch völlig außer Gefecht gesetzt.“

Dunja Kleebusch blickte auf. Ihre linke Hand, die eben noch bei Hanna war, wanderte nun über das Bettlaken weiter zum Gestänge, während die Therapeutin um das Fußende herum auf Laetitia zuging. Laetitia aber schaute stur auf die Hände. Anfangs, um den direkten Blick zu meiden. Dann, weil sie nicht anders konnte. Dunja Kleebuschs Hände ließen keine Unterbrechung zu. So, wie sie sich bewegten, waren sie in einem ständigen Fluss von Berührungen und kleinen Wiederholungen dieser Berührungen begriffen. Sie bewegten sich erzählend über Hanna hinweg, anschließend über das Gestänge, dann über den Stuhl. Wie nebenbei wanderten sie über alles mit einer Selbstverständlichkeit, als würden sie plaudern. Mit der Decke, mit den Wänden, mit allem. Hätte man diese Hände hören statt sehen können, so wären sie vielleicht am ehesten einer improvisierten Melodie von Philip Glass nahegekommen. Die Hände endeten an Laetitias Oberarm. Es war ihr weder unangenehm noch in irgendeiner Art zu viel. Ähnlich den Berührungen zwischen ihren Schulterblättern zuvor.

Diese Frau benutzte ihre Hände so selbstverständlich wie andere Worte. Und so schnell, wie Dunja Kleebusch sie berührt hatte, so schnell war diese Berührung vorbei.

„Es sieht aus, als hätten wir nur den Körper Ihrer Mutter. In ihre Innenwelt können wir nicht so ohne Weiteres gelangen. Vielleicht könnten Sie versuchen, mit Ihrer Mutter über die Haut zu kommunizieren."

„Was?"

Laetitia suchte nach einer Antwort, dabei gelang es ihr nicht, den spöttischen Ton zu unterdrücken. Sie versuchte sich zu sammeln.

„Frau Kleebusch, seien Sie mir bitte nicht böse, aber ich halte nicht allzu viel von diesem esoterischen Kram. Mir sind Fakten lieber, auch wenn das altmodisch oder konservativ klingt. So schnell gebe ich mich nicht geschlagen. Ich werde mich noch einmal bei einem anderen Arzt erkundigen, ob da nicht noch mehr zu machen ist als dieses Handauflegen. Ich gebe meine Mutter nicht auf."

Dunja Kleebusch hatte sich abgewandt und richtete Hannas Kopfkissen. Laetitia nahm den deutlichen Anflug von Resignation wahr und blickte zum Fenster hinaus. Die Wärme der Heizung hatte eine kondensierte Feuchtigkeit entstehen und die Scheibe bis zur Hälfte beschlagen lassen. Vor dem Fenster wuchs ein zweigabliger Baum ohne Blätter, der zur Scheibe hinragte, als wollte er nach dem Fensterkreuz fassen, um sich daran festzuhalten. Tot sah er aus. Als wäre er inmitten dieser Greifbewegung verstorben.

Lange würde Laetitia die grauenhafte Atmosphäre dieses gelb fröhlichen Krankenzimmers nicht mehr ertragen.

„Von Machbarkeit müssen Sie sich verabschieden", hörte sie Dunja Kleebusch sagen.

„Wie bitte?" Laetitia blinzelte skeptisch, als hätte sie nicht verstanden.

„Sie können nichts machen. Im üblichen Sinne."

„Wie? Habe ich Sie richtig verstanden: Sie schieben meine Mutter aufs Abstellgleis und das Einzige, was Sie noch tun könnten, ist ...", sie musste schlucken, „... was ich hier tun soll, ist Handauflegen? Das ist doch nicht Ihr Ernst. Ich muss jetzt raus." Laetitia hatte die Klinke bereits in der Hand.

„Basale Stimulation, meine ich."

„Was?", fragte sie und drehte sich um.

Dunja Kleebusch sah unverwandt nach draußen.

„Wir nennen es basale Stimulation. Mag sein, dass es Ihnen banal vorkommt oder esoterisch, wie Sie sagen, aber Ihre Mutter steht an einem Punkt, an dem die normalen Kommunikationsmittel nicht mehr greifen." Es fiel Laetitia auf, wie sehr sie das Wort normal betonte.

„Belehren Sie mich nicht wie ein kleines Kind. Ich bin Gebärdensprachdolmetscherin, ich weiß, dass es andere Formen der Kommunikation gibt!"

„Gebärdensprachdolmetscherin?" Etwas Angriffslustiges huschte über das Gesicht von Dunja Kleebusch. Laetitia ging in Hab-Acht-Stellung. „Nun", erwiderte Dunja Kleebusch munter, „gesetzt den Fall, dass Sie für gehörlose Menschen übersetzen müssten, und jemand sagt zu Ihnen: Hören Sie mal, da muss es doch andere Wege geben als dieses lächerliche Gehampel und das übertriebene Grimassieren."

Laetitias Nackenhaare stellten sich auf. „Jetzt überspannen Sie den Bogen aber! Dieser Vergleich ist doch an den Haaren herbeigezogen. Gehörlos zu sein, bedeutet noch lange nicht hirntot!"

„Ihre Mutter ist nicht hirntot und komatös bedeutet noch lange nicht, ohne Gefühl zu sein."

Der Streit vertrieb die Sanftheit aus den Gesichtszügen der Therapeutin.

„Versuchen Sie doch mal, die Sicht der Dinge zu vertauschen. Stellen Sie sich vor, Sie wären blind."

„Ich? Wieso?"

„Stellen Sie es sich einfach vor. Hier am Bett Ihrer Mutter sind Sie eine Blinde. Ihre Mutter aber sieht genau, wo es langgeht. Sie kann es Ihnen nur nicht sagen. Sie ist stumm. Und Sie sind blind."

Laetitia versuchte, auf den Vorschlag einzugehen, so schwer es ihr auch fiel. Wortlos nickte sie und die Therapeutin fuhr fort.

„Sie haben trotz Ihrer Blindheit einen Vorteil: Sie können gehen. Was bleibt Ihnen also noch, wenn Sie gemeinsam mit Ihrer Mutter einen Weg finden wollen? Was wäre denn machbar, um in Ihren Worten zu bleiben?"

Laetitia fühlte sich überrumpelt. Der Vergleich erschien ihr zu weit hergeholt.

„Wir drehen uns im Kreis", erwiderte sie. „Auch wenn ich verstehe, worauf Sie hinauswollen. Die Metapher des Huckepacks: Fühlen, Handauflegen und dergleichen. Mir fehlen aber im Moment die Radare dafür. Es ist mir gerade unmöglich herauszufinden, wohin meine Mutter will. Mir platzt der Schädel auch ohne das. Ich kann sie nicht tragen."

Dunja Kleebusch lächelte resigniert. „Das meine ich nicht. Es geht nicht ums Denken. Denken steht eher dem im Wege, was ich Ihnen zu erklären versuche."

Unwirsch drückte Laetitia abermals auf die Klinke.

„Ich muss jetzt wirklich gehen. Vielen Dank für Ihre Bemühungen."

Die Therapeutin wirkte nicht mehr, als hätte sie vor, Laetitia aufzuhalten.

„Ich wäre sehr froh“, sagte sie nur, „wenn Sie es in den nächsten Tagen einrichten können, hier vorbeizuschauen. Handauflegen ist nicht alles, was meine Arbeit ausmacht. Wäre das machbar?“

Etwas in Laetitia wollte Ja sagen, wurde aber von einem Überfallkommando aus Gegenwehr überrollt.

Schnellen Schrittes flüchtete sie hinaus. Sie verstand sich selbst nicht. Im Angesicht ihrer Mutter, die gefangen war in einer Welt, die niemand kannte, verspürte sie nur diesen Drang, der sie hinaustrieb. Fort. Fort von hier. Sie konnte noch nicht einmal weinen. Nie würde sie es können. Da war nicht der geringste Ansatz von Traurigkeit in ihr. Und dennoch strengte es sie an. So sehr, dass sich die Anspannung in allen Fasern ihres Leibes bemerkbar machte. Getrieben ging Laetitia den Flur auf und ab. Sie stellte sich hinter einen eckigen Pfeiler, der eine Sitzgruppe vom Flur trennte, und beobachtete die Tür zum Zimmer. Endlich öffnete sie sich. Verstohlen hielt sie inne, drängte sich hinter den Pfeiler und wartete ab, bis die gleichmäßigen Schritte der Physiotherapeutin verklungen waren. Dann schlich Laetitia sich zurück.

Da lag sie. Wie aus einer anderen Zeit gefallen. Nicht mehr in dieser Welt zu Hause. Vielleicht verging die Zeit in Hannas Augen, die so starr geradeaus blickten, anders. Vielleicht erschien ihrer Mutter das Geschehen um sich herum in einem Zeitraffer. Vielleicht nahm sie nur vorbeihuschende Schatten wahr, denen sie kein Gesicht zuordnen konnte, weil diese schemenhaften Umrisse viel zu schnell auftauchten und wieder verschwanden.

Die Infusion tropfte. Laetitia war, als hinge sie selbst an so einem Beutel, dessen Inhalt eine Flüssigkeit fasste, die sehr langsam in ihren Gefäßen erstarrte, dass es schmerzte. Ein feiner, ziehender Krampf. Es war nicht die Trauer, die sie so zermürbte, es war das, was die Trauer verhinderte.

Wie befreiend wären Tränen. Tränen um eine vertrackte oder verpatzte Situation, Tränen um ein verlegtes Anlasserkabel, manchmal sogar Tränen der Erschöpfung, das war das Einzige, was Laetitia sich zugestehen konnte. Sie wusste selbst, die Heftigkeit dieser Tränen war befreiend. Aber Laetitia war noch nie der Situation ausgesetzt gewesen, einen Menschen zu beweinen. Oder eine Liebe. Das lag außerhalb ihrer Erfahrung. Schon den Gedanken daran verbot sie sich. Etwas in ihr würde zusammenbrechen, unwiderruflich. Nie mehr würde sie zurückfinden oder aufstehen können, wenn sie sich nur einmal der traurigen Heftigkeit ergeben würde, die dem Verlust eines Menschen folgte. Ein Tor wäre aufgestoßen und sie würde fortgeschwemmt werden. Zerbrochen, in Stücke, zerteilt, verloren. Sie wusste: Nur wenn sie sich im Griff behielte, bliebe sie da. Auf ihrer Scholle. Ihrer Insel. Isoliert und kühl, aber oben. Wenigstens am Leben, wenn auch nur halb.

Und plötzlich zuckte Hanna.

Oktober 1948

Olga fuhr zusammen, als Hanna wie aus dem Nichts Albrechts Namen aussprach. Olga zuckte, als hätte sie sich verbrannt. Als wäre das Wort an sich heiß. Dann wandte sich ihre Mutter unwirsch ab.

„Musst du mich jetzt abhalten mit deiner Fragerei?"

Sofort fühlte Hanna sich schuldig, die Mutter verärgert zu haben. Es war ihr einfach herausgerutscht. Aber sie vermisste Albrecht so sehr. Emil auch. Aber während Albrechts Fehlen ein warmes, ziehendes Fehlen war, blieb der Verlust von Emil nur ein Umriss. Eine Schablone. Und während Albrechts Abwesenheit mit der Zeit ganz langsam zu einem brennenden und wunden Punkt zusammengeschrumpft war, blähte sich Emils Fehlen immer mehr auf und wurde zu einem großen grauen Zelt, in dem alle wohnen mussten. Niemand sprach in diesem grauen Zelt über Emil und doch war er da. Und ganz gleich, welche Vorstellung an jedem Abend gegeben wurde, das Licht in diesem Zelt wurde niemals mehr so bunt wie früher. Die Dumpfheit des farblosen Segeltuchs schluckte alles.

Hanna ging zu Bett und beschloss, die Namen ihrer Brüder fortan lieber für sich zu behalten. Vielleicht half das Nicht-daran-Denken. Vielleicht würden sich die Zeltwände irgendwann auflösen, wenn Hanna nur lange genug schwieg. Jede Träne war sie bereit zu unterdrücken, in der Hoffnung, das Vergessen würde alles leichter und lichter machen, aber in ihr brannte es weiter. Sie verband den wunden Punkt, wickelte ihn ein und summte ihm ein Lied, wie sie es getan hätte, wäre Albrecht noch ein schreiendes Bündel und kein weißer Engel. Das Zelt und der Punkt. Emil und Albrecht. Hätte Olga es jemals erlaubt, hätte Hanna einfach weinen dürfen, das ganze alte Eis aus dem Haff wäre dahingeschmolzen. Die große, verzauberte Kutsche im Schnee hätte Hanna mit ihren Tränen freigeweint. Die Pferde hätten sich aufgerappelt, hätten ihre Nüstern gebläht, wild geschnaubt und sich die Schneekruste vom Fell geschüttelt. Und dann wären sie auf und davon galoppiert. Weit weg. Sie hätten Hannas Tränen fortgenommen und ihre ganze Verzweiflung hinter sich hergerissen wie einen eisigen Nebelschweif.

Unsicher berührte Laetitia die Hand, die gezuckt hatte. Sie war hinausgelaufen, um einen Arzt zu finden. Der aber hatte lediglich einen Reflex festgestellt, eine, wie er sagte,

„ungezielte Spontanmotorik" infolge eines möglichen Regenerationsprozesses.

Die Haut war dünn. Und obwohl Laetitia sie spürte, kam nichts in ihrem Gehirn an außer der Information: kühl. Laetitia blieb auf ihrer Insel. Wie Hanna. Sie drehte sich um und verließ das Zimmer.

Die Wohnung war immer noch leer. Eric war nicht zurückgekommen. Jede Spur hätte Laetitia bemerkt. Die ständige Alarmbereitschaft sensibilisierte ihre Wahrnehmung. Viel taube Zeit war an ihr vorübergezogen, seit Eric spurlos verschwunden war.

Nach ihrem Besuch im Krankenhaus war Laetitia in ihre Wohnung gefahren und hatte den AB abgehört. Aber lediglich der Schulleiter hatte eine kurze Nachricht hinterlassen, die aus der Frage bestand, ob Eric inzwischen aufgetaucht wäre. Im Mitteilungseingang ihres Handys tummelten sich inzwischen zahllose SMS, die abwechselnd die Rufnummern von Thea und Mabel trugen. Antworten konnte Laetitia nicht. Und obwohl sie unendlich müde war, schaffte sie es nicht, sich hinzulegen und einzuschlafen. Immer wieder glitt sie in die flüchtigen Ebenen eines Dämmerzustandes. Ständig schreckte sie auf. Auch wenn nichts Äußeres Anlass dazu gegeben hätte.

Stunden hatte sie nach einer Patientenverfügung gesucht. Schubladen auf- und zugeschoben, nur, um etwas zu tun. Sie hatte das Gefühl, in einem Dauerwachzustand zu sein. In einer Art entgegengesetzter Ohnmacht. Im Negativkoma. Die einzigen zwei oder drei Stunden tiefen Schlafes hatte sie im Krankenhaus an Hannas Fußende verbracht. Ihre Wahrnehmung verzögerte sich. Sie wusste, wie gefährlich es in diesem Zustand wäre, sich hinter das Steuer zu setzen. Selbst bei den einfachsten Kopfbewegungen, wie jetzt, als sie die aufgerissenen Schubladen ansah und sich zur Tür wandte, kam das Bild der Möbel sämig hinterher, als klebte es mit unsichtbaren Strängen auf ihrer Netzhaut fest.

Was wollte sie an der Tür? Sie wusste es nicht mehr. Vergessen.

Ihren Gehirnzellen gelang es nicht, auch nur einen wichtigen Gedanken festzuhalten. Alles verflog wie der Rauch der American Spirit, die sie sich angesteckt hatte. Ihr Blick folgte den Schwaden und kehrte zurück zur Anrichte. In einer Reihe drängten sich die Fotoalben in einem der oberen Fächer dicht aneinander. Vergangenheit auf einem knappen Meter. Ein Dutzend Bände. Sie hatten Laetitia nie besonders interessiert. Fotografieren schon. Sehr sogar. Bilder einfangen: ja. Jagen: ja. Auf Pirsch nach einem guten Motiv sein: ja. Aber sammeln, horten und einkleben: nein. Um so etwas hatte sich Hanna gekümmert.

Laetitia ging zu den Alben und zog eines heraus. Der Einband bestand nicht aus Leinen, sondern aus einem grob gestrickten, ockerfarbigen Garn. Sie strich mit ihren Fingern darüber. Ein Miniatur-Kamelhaar-Teppich. Manche Alben erkannte sie an ihrem Buchrücken von früher wieder. Dieses nicht. Sie setzte sich auf das Ecksofa und suchte eine Untertasse zum Abaschen. Als sie keine fand, griff sie nach dem Untersatz einer Topfpflanze.

Laetitia lehnte sich zurück und schlug das Album auf. Ein Heftchen fiel ihr entgegen. Den Stil erkannte sie sofort. Es war eines von Erics gezeichneten Comics. Er musste es Hanna zum Geburtstag geschenkt haben. Die Art der Zeichnungen verriet, dass Eric noch recht klein gewesen war. Zweite oder dritte Klasse vielleicht. Es hatte den Charakter einer naiven Bildgeschichte und unterschied sich deutlich von seiner jetzigen Malart. Laetitia schmunzelte traurig über den Titel und die knollnasige Figur mit der runden Brille, über der die Titelzeile *Toni Knobel kriegt es raus!* geschrieben worden war.

In seiner rundlichen Hand hielt Toni Knobel, die Hauptfigur, eine Lupe hoch, deren Linse gleichzeitig das O des Wortes Knobel darstellte. Behutsam strich sie über das Papier, das von vielen Radiergummispuren aufgeraut war. Er hatte es ordentlich machen wollen und war nicht zufrieden gewesen mit seiner erfundenen Figur. Hatte so lange daran herumradiert, bis sie ihm gefiel. Das Papier war Eric egal gewesen. Hauptsache, Toni Knobel war perfekt. Sie blätterte weiter. Auf der nächsten Seite stand Toni Knobel vor einem übertrieben langen und dünnen Menschen, der ein Nachthemd und einen Bart trug. Er fragte ihn mittels einer Sprechblase: „Bist du Gott?"

„Nein, ich bin nur Herr Krüger und du hast mich geweckt", antwortete der Mann ebenfalls in einer langen Sprechblase. Eric hatte immer nur ein Blatt vollständig bemalt. Auf der nächsten Seite saß Toni Knobel neben einem Flugzeugpiloten im Cockpit. Gespannt blätterte Laetitia weiter. Dieses Heftchen hatte ihr Hanna vorenthalten. Auf der dritten Seite stand Toni Knobel vor einer älteren Dame, die ihrer Mutter nicht unähnlich war. Dann auf der letzten Seite saßen Toni und die Hanna-Frau zusammen auf zwei Stühlen und jeder hatte ein Stück Stulle in der Hand.

„Gott schmeckt gut!", sagte die Sprechblase von Toni Knobel und die alte Frau lachte. Es war eindeutig Hanna. Sie erkannte es an einigen Gegenständen ihrer Küche, die Eric abgezeichnet hatte.

Sie mochte das Heft gar nicht aus der Hand legen und betrachtete lange die Rückseite. Da bemerkte sie, dass da noch etwas stand, klein und winzig, wie ein Signum. Genauso wie auf dem Heft für Calla. Sie drehte es um neunzig Grad und las.

Von Eric für Dich und Deine unsichtbaren Brüder. Diese Zeile verwunderte sie. Was meinte er? Laetitias Onkel, Hannas Brüder, waren, soweit Laetitia wusste, schon als Kinder umgekommen. Aber darüber hat Hanna nicht gern geredet. Was wusste Eric? Er hatte Hanna sicher Löcher in den Bauch gefragt. Laetitia kannte aus dem Leben ihrer Mutter nur ein paar Fakten, verbunden mit rückwärtsgewandten Vorwürfen. Mutters Vorfahren waren Vertriebene, Deutschrussen, tüchtige Landwirte, wie sie mit Stolz betonte. In Litauen hatten sie wohl viel besessen. In Deutschland nichts mehr. Nach ihrer Flucht hatten sie sich niedergelassen. Irgendwo, zufällig und aus Unwissenheit. Niemand konnte damals etwas vorhersagen. Hannas Familie war einfach zu früh und auf der falschen Seite, wie Hanna leise und mit Bitterkeit betonte, sesshaft geworden. Sie glaubten damals, sie hätten es geschafft, glaubten, sie hätten Glück gehabt. Zu Beginn schien alles gut: Alle bekamen Land. Trügerisches Land. Land, das ihnen wieder genommen wurde. Und dann hatte sich die Verwandtschaft aufgeteilt, denn ein Rest zog weiter westwärts. Weshalb sie das taten, hatte Hanna nicht erzählt. Sorgsam legte Laetitia das Heftchen beiseite und schlug die erste Seite des Albums auf. Es roch nach muffigem Papier und eine gepresste Blume war notdürftig mit Tesafilm in den Umschlag geklebt. Das Pflänzchen war bereits so vertrocknet, dass Teile einzelner Blütenblätter abgesplittert waren. Aber dennoch war es am herzförmigen Basisblatt ersichtlich: ein Veilchen. Daneben ein Gedicht, ausgeblichen und in Sütterlinschrift geschrieben.

Dem kleinen Veilchen gleich,
das im Verborgenen blüht,
sei immer fromm und gut,

auch wenn dich niemand sieht.
Sei wie das Veilchen im Moose,
bescheiden, sittsam und rein
und nicht wie die stolze Rose,
die immer bewundert will sein.

Stolze Rose, eitle Rose, Galantheas Schau-mich-an-Gehabe blitzte als Assoziation in ihr auf. Wenigstens diesbezüglich war Laetitia sich mit ihrer Mutter immer einig gewesen. Aber nur im Stillen, heimlich und unsichtbar.

Wie das Veilchen im Moose, dachte sie abschätzig. Offen und in Hannas Gegenwart zuzugeben, dass sie auch nur in einem Punkt übereinstimmten, hatte Laetitia zutiefst widerstrebt. Sobald Hanna über ihre Stieftochter Galanthea mit viel Unverständnis hergezogen war, hatte Laetitia Thea sogar verteidigt, so paradox es auch war.

An einem Ferienwochenende zum Beispiel, als Hanna angeboten hatte, ihren Enkel über die Feiertage zu versorgen, hatte Laetitia es abgelehnt und Eric zu Galanthea gebracht. Ein geteiltes Übel erschien ihr kleiner, weil es halb war. Sich abwechselnd und für begrenzte Zeit mit Galantheas neugieriger Penetranz und Hannas Vereinnahmung abzufinden, hatte die Sache auf zwei Schmerzpunkte verschoben. Aber seit ihrem letzten Besuch in Holtenhagen war etwas zwischen ihr und Thea anders geworden.

Sie blätterte weiter. Ein Foto. Ein einziges, ein kleines, aber es klebte in der Mitte einer ganzen Seite. Hanna war darauf zu sehen als Schulanfängerin. Die ausgeblichene Fotografie zeigte sie lächelnd. Maskenhaft und angestrengt.

August 1948

Sie hatte sich so gewünscht, ein Weißbrot in ihrer Schultüte vorzufinden. Ein geflochtenes Weißbrot, wie Emil es bekommen hatte, als er in die Schule kam. Als er noch lebte. Aber in Hannas Tüte war keines. Sie wollte sich trotzdem freuen, aber sie konnte nicht. Da stand der Fotograf und in ihrem Hals wurde es eng, bis es schmerzte. Hanna schluckte und schluckte, packte die Tüte noch fester.

Sie hatte einen dummen Fehler begangen! Sich an Emil zu erinnern. Es war ihr doch nur wegen des Brotes passiert, das sie sich in der Tüte erhofft hatte. Hanna versuchte sich schnell etwas Schönes vorzustellen, damit sie lächeln konnte, wie der Fotograf es verlangte. Hinter ihm standen Tante Erika und ihre Mutter Olga. Onkel Sepp und Onkel Friedrich waren am Morgen zum einzigen Dreschkasten des ganzen Dorfes gegangen, wie alle Bauern von Grunow. Das Korn war wichtig.

„Mä'chen, nun mach jefälligst ein anständiges Jesicht!", rief Olga in ihrem leidlichen Deutsch. „Sonst jefällst dem Lehrer nich nachher. Und der setzt dich nach janz hinten, wo du nicht richtig mitbekommst sein Jerede."

Sie wandte sich zu Erika: „Gib mich mal die Kamm."

Hanna reckte sich. Etwas Schönes, sie musste schnell an etwas Schönes denken. Hanna bemühte sich, aber so recht wollte ihr diesmal nichts einfallen. Oft stellte sie sich vor, sie sei das Mädchen mit den Schwefelhölzchen aus dem Märchen. Wie das Kind im Schnee nahm sie einfach ein Hölzchen und zündete es, statt an einer Mauer, an ihren Gedanken an. Und wenn das Hölzchen aufflackerte, kamen direkt aus der leuchtenden Wärme die schönen Bilder heraus. Manchmal war es der warm beleuchtete Dielenboden zu Weihnachten und ein andermal das große Bett, in dem sie gelegen hatte, als Stromsperre war. Oder der Geruch des gebackenen Brotes.

Sie versuchte es heute mit dem Bild ihres Vaters Paul. Das war ein starkes, ein schönes Bild. Ein dickes Schwefelhölzchen mit recht viel Wärme, wenn es brannte. Aber heute brannte es nicht. Dabei war der Krieg doch längst vorbei. Vielleicht suchte ihr Vater sie noch.

Hanna stellte sich vor, ihr Vater würde in diesem Moment um die Ecke des Gehöftes biegen, zu ihr laufen, sie hochreißen und in die Luft werfen. Und immerzu würde er „Hanna, Hanna!" rufen.

Vergeblich. Heute, hier vor dem Fotografen, wollte es ihr nicht gelingen. Das Bild wurde einfach nicht warm, es blieb ein Wunsch hinter der Mauer. Hatte Hanna alle Hölzchen bereits verbraucht wie das Märchenmädchen? Aber dann wäre sie ja schon erfroren an der Steinmauer. Nein. Sie hatte überlebt. Lediglich das Bild wollte nicht kommen. Und dabei sollte es doch ein schönes Foto werden. Hanna schimpfte sich selbst und stampfte leicht mit dem Fuß. Der Fotograf wartete und die Großen auch. Hanna strengte sich noch mehr an und lächelte. Es tat weh.

Wie lange war es her, dass sie sich überhaupt ein Fotoalbum angeschaut hatte? Niemals war Ruhe in Laetitia gewesen. Auch jetzt nicht, da sie so furchtbar müde war. Sie saß in der Falle, musste warten. Konnte nichts anderes tun, als weiterzublättern. Die Fotos zeigten Bauern an Landmaschinen, vermutlich ihre Großonkel. Sie sahen recht fröhlich aus. Nicht nach Verlust oder Enteignung, wie Hanna immer lamentiert hatte.

Sie blätterte weiter. Da war ein winziges Foto von zwei Männern in Uniformen oder Arbeitsanzügen. Sie kannte sich nicht gut genug aus, um es unterscheiden zu können. Der Rechte schaute zur Seite und sein Gesicht war unkenntlich, der andere blickte in die Kamera. Die Männer waren ihr unbekannt. Sie beugte sich dichter über das Foto, um die Gesichter besser ausmachen zu können, da entdeckte Laetitia noch etwas. Der Sechs-mal-sechs-Zentimeterabzug war bearbeitet worden. Mit einem feinen, spitzen Gegenstand. Einer Nagelschere vielleicht. Oder einer Nadel. Aber sehr unauffällig. Beim flüchtigen Hinschauen würde man darüber hinwegsehen. Trotzdem konnte sie die aufgeraute Stelle spüren, wenn sie mit dem Zeigefinger über die Armbinden der Männer fuhr. Die Hakenkreuze waren entfernt worden. Sie klemmte den Fingernagel hinter das Foto. Es haftete fest, doch der Kleber war brüchig. Vorsichtig löste Laetitia es heraus und bemühte sich, die Rückseite unbeschädigt zu lassen. Ihre Finger arbeiteten wie von selbst. Endlich gab es einen letzten Widerstand und sie hielt das Foto in den Händen, drehte es um, hatte Glück. Auf der Rückseite stand mit Bleistift geschrieben:

9. August 1944 Titowka

Liebe Olga! Ein Heimatschuss hat mich verschont. Wenn die Frontlage es zulässt, komme ich Weihnachten auf Urlaub, um vielleicht ein Christkind zu wiegen …?

Laetitias Gehirn arbeitete sehr langsam, aber das Puzzle setzte sich nicht zusammen. Ihr erschöpftes Denken fand keinen Bezug zum Text. Sie legte das Foto zurück in die Seiten und klappte das Album zu. Dabei blieb sie unglücklicherweise mit dem Fingernagel am fasrigen Einband hängen. Es schmerzte. Der Garnfaden hatte ihr den Nagel angerissen.

Zwischen dem Einband und dem Papier, das die Innenseite des Deckels verkleidete, war ein großer Riss entstanden. Sie befreite zitternd und schimpfend ihren Nagel vorsichtig aus der Schlaufe des groben Gewebes. Da fiel ihr ein Zwischenraum auf; unter dem Riss gab es eine Tasche.

Die schwarze Pappe hatte als doppelte Verkleidung fungiert. Sie stutzte und griff hinein. In dieser Geheimtasche fand sie ein vierfach zusammengefaltetes Papier. Beschrieben in Kinderhandschrift.

Mein lieber Albrecht. Ich kann nun schreiben. Ich gehe jeden Tag in die Schule. Der Weg dauert eine Stunde. Ich könnte Dir nun Deinen Namen richtig und in Schreibschrift auf einen Stein schreiben. Aber den hast Du ja nicht. Emil hat auch keinen bekommen. Ich weiß jetzt, dass er tot ist. Ist er bei Dir? Sag ihm, dass ich nicht mehr böse bin, weil er gelacht hat, als es Schläge gab, wo ich heimlich bei Dir bei den Seewiesen war. Ich bin ihm nicht böse. Ich bin traurig, weil er weg ist und ich nicht weiß, wo. Es ist anders als bei Dir, wo ich es genau weiß. Das ist schon merkwürdig, jetzt im Himmel bist Du ja der Große, weil Du viel länger tot bist als er. Streitet ihr euch deshalb? Ich weiß, dass es nicht recht ist, aber Dich habe ich lieber. Aber sag es Emil nicht. Jetzt, wo er der Jüngere ist, musst Du auf ihn aufpassen. Ich stell mir vor, ihr seht zu mir herunter. Papa ist immer noch nicht da. Wenn er käme, dann könnte ich ihm den Brief geben und vielleicht wüsste er, wie man es macht, dass er zu Dir kommt. Der Papa ist weit herumgekommen, der muss doch wissen, wie das geht. Bald ist wieder Weihnachten. Dann hast Du Deinen fünften Geburtstag. Ich habe immer noch die Muschel aufgehoben für Dich. Wenn Papa kommt, wird alles gut. Mutter sagt, wieso sollte er denn nicht kommen, die anderen kommen doch auch. Deine Hanna.

Hannas Wohnung erschien Laetitia wie ein Gefängnis. Mit unsichtbaren Fesseln war sie daran gebunden. Wache halten. Bis jemand kommt. Bis jemand anruft. Sie könnte das Lager wechseln. In ihre eigene Wohnung übersiedeln. Dort in

Deckung gehen. Vor der Vergangenheit. Aber wenn Eric zurückkäme, vermutete Laetitia, dann mit Sicherheit hierher.

Sie ging vor die Tür, tigerte rauchend unter der Straßenlaterne auf und ab, schrieb eine SMS an Mabel, in der sie ihr mitteilte, es ginge ihr nicht gut und sie würde sich später ausführlicher melden, sie könne jetzt nicht reden. Dann kam sie zurück, in der Hoffnung, Eric würde auf der Treppe sitzen. Aber es empfing sie nichts anderes als der typische Geruch von Hannas Wohnung. Er war wie ein Hund, der das verlassene Besitztum seines Frauchens beschützt. Und so viel sie auch geraucht hatte, der Geruch war geblieben.

Sie erinnerte sich an die kurze Zeit, in der sie mit Gernot zusammengelebt hatte. Damals war seine Mutter plötzlich verstorben. Sie selbst war zu dieser Zeit schon schwanger, wusste es aber noch nicht. Agathe Paulsen hatte zwar viele lästige Leiden, war aber nie ernsthaft krank. An einem Dienstagmorgen jedoch war sie einfach umgefallen. In jenem Moment, als sie dem Paketboten die Tür öffnete. Der überraschte Mann hatte sich nicht anders zu helfen gewusst, als den Hausmeister wach zu klingeln. Er musste sehr durcheinander gewesen sein, weil er ihn fragte, ob er das Päckchen für Frau Paulsen annehmen und unterschreiben könne. Daraufhin ging der Mann wortlos nach oben. Agathe lag da und es war nichts mehr zu machen gewesen. Vermutlich hatte sie noch nicht einmal den Aufprall ihres leichten Körpers wahrgenommen. Was für ein glücklicher Tod, dachte Laetitia.

Gernot hatte alle Möbel und Sachen nach Hamburg geholt, um in Ruhe Zeit zu finden zu entscheiden, was damit geschehen solle. Sooft ihn Laetitia auch drängte, er brachte es nicht über sich, ein Entsorgungsunternehmen zu beauftragen. Zu viel Lebensenergie hatte Agathe in die

Anschaffung ihrer Möbel gesteckt. Es war ein ganzes Leben darin gebunden. Jeder Sessel, jedes Deckchen hatte einen Schritt weiter weg von Armut und Hunger bedeutet. Mit jedem Sonntagskaffee bei Kuchen oder Torte wurde der Frieden gefüttert und verblasste ein Stück mehr die Erinnerung an die Zeiten, über die Agathe ebenso ungern wie Hanna sprach.

Laetitia schimpfte, sie könne diesen Altfrauengeruch nicht mehr ertragen. Ihr würde schlecht werden. Ein fremder Mensch würde zwischen ihnen wohnen. Es tat ihr sofort leid, als sie seine Tränen sah. Das war ihr erster größerer Streit gewesen, dem noch viele kleine und schließlich der endgültige folgen sollten.

Laetitia stand auf und ging die Treppe hinunter zur Wohnung des Hauswartes. Nach dem dritten Klingeln hörte sie Schritte.

„Wer da?“, fragte eine ängstliche höfliche Stimme hinter dem Spion.

„Ich bin es, die Tochter von Frau Klänger.“

Beim ruckartigen Öffnen der Tür fiel unvermittelt der Schmuck aus künstlichem Efeu herunter, der durchsetzt war mit dunkelroten Beeren, die den Spion umrahmt hatten. Der Kranz rollte einen halben Bogen um Laetitia herum und legte sich auf ihre Füße. Rasch bückte sie sich und hob ihn auf.

„Ach, das tut mir leid, der hätte sowieso schon längst abgemusst“, entschuldigte sich die Nachbarin.

„Frau Michaelis, ist Ihr Mann daheim?“

„Nein. Sie kommen sicher wegen Ihrer Frau Mutter?“

„Ja.“

„So eine schreckliche Geschichte. Mögen Sie hereinkommen?“

Laetitia tat, als hätte sie die Aufforderung nicht gehört.

„Ich hatte Ihnen eine Nachricht hinterlassen."

„Ja, mein Mann und ich haben uns noch nicht gemeldet, weil wir Schwierigkeiten hatten, Sie zu erreichen. Auf der Nachricht, die Sie uns an die Tür geheftet hatten, fehlte Ihre Telefonnummer. Aber jetzt sind Sie ja endlich da. Mögen Sie vielleicht eintreten?"

Die Mittsechzigerin wiederholte ihre höfliche Einladung so selbstverständlich, als hätte sie gar nicht bemerkt, dass Laetitia sie überhörte.

„Nein, danke, ich bin sehr in Eile. Es geht um meinen Sohn."

„Ach, den Eric? Der arme Junge, er hatte bei mir geläutet, als es passierte. Der war ja vollkommen durch den Wind. Wie geht es ihm denn? Und vor allem Ihrer Frau Mutter?"

„Meine Mutter lebt. Aber mein Sohn ist verschwunden, deshalb muss ich unbedingt wissen, ob Sie ihn gesehen haben."

„O mein Gott. Wie schrecklich! Das Ganze war sicher zu viel für ihn."

„Haben Sie ihn gesehen?"

„Wollen Sie nicht endlich hereinkommen? Das ist wirklich kein Gespräch für die Treppe."

Laetitia überwand sich, blieb aber im Wohnungsflur stehen.

„Ja. Es war so. Der Eric klingelte bei mir. Der Junge war leichenblass, brachte kein Wort raus. Ich nehme an, er hat sie gefunden. Ich bin dann hoch und sofort rein. So etwas zu sehen, ist schockierend, glauben Sie mir. Deshalb habe ich im ersten Moment auf den Eric auch nicht weiter geachtet, ich war ja selbst ganz durcheinander. Ich kenne Ihre Frau Mutter ja nun schon so lange. Und mit einem Male liegt sie dort und …"

Sie kämpfte mit einem Schluchzen. Laetitia ließ ihr Zeit. Innerlich aber vibrierte sie.

„Danach habe ich den Notarzt verständigt. Aber der Junge? Ich weiß nicht. Wirklich nicht. O mein Gott, wenn ich das gewusst hätte, hätte ich doch ein Auge auf ihn gehabt." Wieder drohte sie in Tränen auszubrechen.

„Ist schon gut, Frau Michaelis. Es ist ihm ja bestimmt nichts passiert", erwiderte Laetitia und wunderte sich, wie leicht sich das sagte.

„Hoffentlich, meine Liebe, hoffentlich. Hat er sich denn gar nicht bei Ihnen gemeldet?"

„Noch nicht."

„Waren Sie schon bei der Polizei?"

„Nein, ich wollte zuerst alle Bekannten und Freunde aufsuchen, um sicherzugehen, dass er wirklich verschwunden ist."

„Tun Sie das bloß. Mein Gott. Hätte ich doch nur …"

„Nein, Frau Michaelis, es ist Ihnen wirklich hoch anzurechnen, wie geistesgegenwärtig Sie reagiert haben, wirklich, Sie müssen sich nichts vorwerfen."

„Ihr Wort in Gottes Ohr!"

„Ich muss jetzt los." Laetitia nahm Kurs auf die Tür. Die Frau des Hauswartes nickte.

„Ihrer Frau Mutter gute Besserung", rief sie mit gepresster Stimme hinterher. Mit dem Beerenkranz in beiden Händen wirkte sie im schlecht beleuchteten Flur wie die Figur eines Wetterhäuschens, die Dauerregen anzeigte.

„Thea?"

„Ja?"

„Die Nachbarin hat ihn gesehen, er muss von Hannas Wohnung aus völlig kopflos weggelaufen sein."

„War er etwa dabei, als es passiert ist?"

„Ich habe keine Ahnung. Fakt ist nur, dass er noch da war, als der Notarzt eintraf. Danach fehlt jede Spur von ihm."

„Calla ruft mich auch schon ununterbrochen an. Und Hanna? Was ist mit deiner Mutter?"

„Unverändert. Ich halte das kaum noch aus. Diese Starre. Ich kann überhaupt nichts tun. Verstehst du das, Thea?"

Thea schwieg und das war ungewöhnlich.

„Laetitia?"

„Ja?"

„Geh endlich zur Polizei. Du musst eine Anzeige machen."

Seit Stunden schob sie die Entscheidung vor sich her, ging in ihrer Wohnung auf und ab, ging ins Netz. Zwang sich dazu. Zwei Anfragen zu Arbeitsaufträgen warteten mit unzählbaren Nachrichten in ihrem Postfach. Viele davon trugen Mabels Absender. Dazwischen Spam, den sie langsam und einzeln löschte. Nicht Unwille hielt sie davon ab, die Kopfzeilen anzuklicken, um die gesamte Nachricht herunterzuladen. Es war die fehlende Kraft. Die Kraft, sich auf irgendetwas anderes außerhalb von Erics Verschwinden und von Hannas momentanem Zustand zu konzentrieren. Oben bleiben, ermahnte sie sich. Nicht untergehen. In Bewegung sein. Sie unternahm einen Versuch, eine kurze Notiz an Mabel zu schreiben. Es misslang ihr. Auch ihr zweiter Versuch, eine Abwesenheitsnotitz zu verfassen, blieb auf der Strecke. Schon der Eintrag für das Datum war ihr zu viel.

Erschöpft griff sie nach ihrem Handy, um eine Nachricht zu tippen. Das Gerät wog plötzlich Tonnen. Sie ließ die Hand sinken und legte es auf den Tisch. Zu viele Worte, die nötig wären, all das im Telegrammstil zu umreißen, was bislang geschehen war. Kraftlos starrte Laetitia auf ihren Laptop.

Sie saß und rauchte. Bald war die Packung leer und der Rauch vernebelte ihr die Sicht. Immer noch starrte sie die Tastatur und ihre arbeitsunfähigen Hände an. Nicht das Programm war abgestürzt. Sie war es. Die aufputschende Wirkung des Nikotins hatte sich schon nach der ersten Zigarette abgenutzt. Ihr Körper trotzte, hatte genug. Quoll über wie ihr E-Mail-Konto und ihr Aschenbecher. Sie raffte sich auf, markierte sämtliche Mails und befreite sich durch einen letzten Druck auf die Löschtaste, und als endlich alles leer war, sah Laetitia sich mit einem Mal in der Lage, eine Mail an Mabel zu verfassen.

Hi. Ich kann im Moment nicht arbeiten. Ich kann gar nichts. Familiär vieles ungeklärt. Sei nicht böse, dass ich mich nicht melden konnte. Tue es später, wenn alles im Lot ist.

Die letzten fünf Worte löschte sie sofort wieder und drückte auf Senden. Danach hatte sie das Gefühl, Steine geschleppt zu haben. Mabel würde sich melden. Gleichzeitig fürchtete sie es und sehnte es dennoch herbei.

Mabels Anruf erreichte sie gegen zweiundzwanzig Uhr dreißig. Ohne Umschweife ging Laetitia ans Telefon. Zögerlich, aber direkt antwortete sie auf Mabels behutsam gestellte Fragen. Sprach in Bruchstücken. Fragte sich nicht mehr, ob sie das Richtige sagte. Schämte sich, als es in ihrer Kehle eng wurde. Geriet ins Stocken, als Mabel fragte, wo sie gerade sei.

„Hier“, sagte sie, „zu Hause.“

„Ich komme“, erwiderte Mabel. „Ich weiß, dass du es mir nicht erlaubst. Mach mir einfach die Tür auf, wenn ich da bin. Ich komme und dann sehen wir weiter.“

Als Laetitia drei Stunden später die Tür öffnete, stand sie da. So vertraut. Sie umarmte sie. Lange. Und doch fühlte sie sich einsam.

„Hast du Hunger?“, fragte sie.

Mabel aber hatte eine Thermoskanne mit Hühnerbrühe parat. Die heiße Suppe floß wie ein kräftigender Strom durch Laetitias Kehle und breitete sich im Magen aus. Sie trank, bis ihr warm wurde und eine wohlige Schwere einkehrte. Müdigkeit überkam sie.

„Ich muss mich hinlegen, Mabel. Es tut mir leid, wenn ich unhöflich bin.“

„Ist schon in Ordnung. Wo soll ich schlafen?“

Laetitia führte Mabel in Erics Zimmer. Das Bett war noch immer ungemacht und Mabel bemerkte die Zerrissenheit in ihr.

„Es muss nicht hier sein, Laetitia. Ich habe meinen Schlafsack dabei, ich brauche wirklich nur eine Matratze.“

Die beiden Frauen bauten im Wohnzimmer auf dem Boden etwas zusammen. Mabel ging schnell hinunter zu ihrem Wagen. Als sie mit dem Schlafsack unter dem Arm zurückkehrte, war Laetitia bereits eingeschlafen.

Es war hell, als sie erwachte. Sie erschrak und begab sich ins Wohnsimmer. Mabels Bett war ordentlich zusammengefaltet und auf der Decke hatte sie einen Zettel hinterlassen.

Du hast über zehn Stunden geschlafen. Bin kurz laufen, dann Frühstück kaufen und dann zur Post. Wartest du noch? Oder gehst du gleich zur Polizei? Ich habe mir sicherheitshalber den Schlüssel vom Bord geklaut. Darf ich heute an deinen Computer? Bis gleich oder später. Kuss, Mabel

Laetitia wollte los. Schnell zog sie sich an, schaltete den Wasserkocher ein, warf sich zwei Handvoll kaltes Wasser ins Gesicht, kritzelte ein Ja auf den Zettel. Dann trank sie eine halbe Tasse türkisch aufgebrühten Kaffee und stürzte aus dem Haus.

„Haben Sie ein Foto von Ihrem Sohn?"

„Nein. Das heißt, nicht dabei."

„Können Sie es vielleicht mailen?"

„Ja."

Der Mann vor ihr ging die Angelegenheit zügig, fast schon zu routiniert an, dachte sie, nachdem sie sich bis zur zuständigen Polizeidienststelle durchgefragt und nun dem Beamten gegenüber Platz genommen hatte. Alle Fragen nach Aussehen, Größe und Vorfällen am Tage des Verschwindens hatte sie bereits, so gut sie es konnte, beantwortet. Aber was Eric an jenem Nachmittag nach ihrem Streit anhatte, wollte ihr einfach nicht in den Sinn. Es musste etwas Dunkles gewesen sein. Seine Turnschuhe konnte sie problemlos beschreiben, sie waren neu gekauft. Jeans hatte er wohl an. Anderes kam ihm nicht auf den Leib. Im Prinzip war das, was ihr Gedächtnis ausspuckte, für die Ermittlung nicht besonders ergiebig. Hunderte solcher Jugendlicher liefen so herum. Eric war kein bunter Vogel, kein Außenseiter, jedenfalls nicht der Kleidung nach.

„Wenn ich Ihnen etwas raten dürfte?", fragte er nach längerem Ausharren und blickte Laetitia an, bis sie nickte. „Sie sehen sehr müde und unkonzentriert aus. Legen Sie sich ein paar Stunden hin und kommen Sie morgen wieder."

„Danke für Ihr Einfühlungsvermögen, aber ich habe ausgeschlafen. Sagen Sie mir einfach, was ich noch tun kann."

„Also gut." Der Beamte schnaufte genervt. „Wenn wir dann alle Daten beisammen haben, wird Ihre Vermisstenmeldung zur weiteren Bearbeitung an die Kripo weitergeleitet. Dann erst können wir eine Fahndung rausgeben und vielleicht einen Pressebericht erstellen, falls Ihr Sohn Eric sich bis dahin nicht von selbst gemeldet hat."

Sie schaute verunsichert.

„Ich mache alles so weit fertig", beruhigte er sie. „Alles, was Sie bisher zu Protokoll gegeben haben, die Details und die Fotos, fügen wir dann ein, sobald Sie uns eines geschickt haben. Ist es denn das erste Mal, dass Ihr Sohn weggelaufen ist?"

Laetitia nickte.

„Ich will ja nichts bagatellisieren, aber viele Jugendliche werden von ihren Eltern als vermisst gemeldet. Möglicherweise hat sich Ihre Sorge übermorgen erledigt."

„Wie viele Jugendliche?"

„Hier Buch zu führen, wäre Sisyphusarbeit. Ihr Sohn ist in einem problematischen Alter. Auf die Art und Weise, wie er verschwunden ist, denke ich aber, hat das ja in keinster Weise etwas mit einem Verbrechen zu tun. Eher ein Ausbruch aus der Familie." Er schaute sie an. Forschend. Sie reagierte nicht.

„Hatten Sie außer der Tatsache, dass Ihr Sohn seine Großmutter bewusstlos vorgefunden hat, irgendwelche Spannungen in der Familie?"

Sie rutschte unbehaglich auf dem Stuhl hin und her, zögerte etwas, doch dann antwortete sie: „Vielleicht. Ich weiß nicht. Ich dachte immer, so was wäre normal."

„Na, wenigsten antworten Sie nicht wie die meisten mit ihrer Bei-uns-ist-doch-alles-in-Ordnung-Litanei. Wissen Sie, viele wollen solche Differenzen gar nicht wahrhaben. Oft ist es ein langer schwelender Konflikt und der berühmte Tropfen, der das Fass zum Überlaufen bringt." Wieder ließ er eine Pause, in der Laetitia nicht wusste, was sie sagen sollte.

„Frau Klänger. Gehen Sie nach Hause. Morgen lässt es sich besser sortieren. Glauben Sie mir einfach."

Sie erhob sich. „Danke. Bis morgen. Auf Wiedersehen."

Mabel saß an ihrem Rechner. Die Wohnung war erfüllt von frischem Duft nach Gebäck und gebrühtem Kaffee.

„Danke, dass ich randurfte. Ich bin auch schon fertig", sagte Mabel und schickte ihre Mails ab. „Und was sagt die Polizei?"

Laetitia zuckte mit den Schultern.

„Nichts. Außer dass sie noch ein Foto brauchen."

„Hast du Lust auf ein ordentliches Frühstück? Und danach helfe ich dir bei was auch immer. Wenn du magst."

Laetitia hatte Magenschmerzen bekommen, die sich in dem Moment verdichteten, als sie ihre Wohnung betrat.

„Ich glaube, ich habe Hunger", antwortete sie.

„Du hast sehr unruhig geschlafen."

„Wirklich?"

„Dein Atem ging furchtbar schnell. Du hast etwas gerufen und dich ein paar Mal hin und her geworfen."

„Habe ich dich geweckt?"

„Nein, ich konnte sowieso nicht schlafen. Es ist wieder einmal Vollmond."

„Wie im Forsthaus", schob sie nach und verzog den Mund zu einem verschmitzten Grinsen. Ein warmer Schauer überlief Laetitia.

„Ich träume manchmal von Zügen", erwiderte sie nur.

Dann frühstückten die beiden Frauen schweigend. Hin und wieder schickte Mabel einen besorgten Blick zu ihr. Ihre Anwesenheit bewirkte, dass Laetitia sich wie ein Kind fühlte. Alle Eindrücke waren stärker. Der Kaffee schmeckte bitterer, die Marmelade süßer und die Gedanken um Eric nahmen eine Intensität an, die schmerzte.

„Es sind Züge, die ich verpasse. Immer", beendete sie das Schweigen. „Und es macht mich fertig", setzte sie leise hinzu.

„Seit wann träumst du diese Träume denn?", fragte Mabel.

„Dauernd. Keine Ahnung. Seit ich denken kann. Schon als Kind."

„Hast du mal einen in echt verpasst?"

„Nein, noch nie!" Laetitia stockte. „Nein, warte, das stimmt nicht, den zu dir. Aber das war mein Erster." Jetzt musste sie sogar lachen. „Mein erster real verpasster Zug. Schlimmer als jeder Traum war das. Vielleicht habe ich immer in die Zukunft geträumt. Manche glauben ja an so was."

Mabels Blick glitt zum Küchenfenster. „Oder in die Vergangenheit."

„Was?"

„In eine Vergangenheit, in eine, die existierte, bevor du da warst. Vielleicht ist es gar nicht deiner."

„Meiner was?"

„Dein Traum."

„Sondern?"

„Der Traum von jemand anderem."

Beinahe hätte sie aufgelacht und „Du spinnst doch, Mabel!" gerufen. Sie verkniff es sich, als sie Mabels Mimik sah.

„Eine Botschaft oder so was. Schau dir mal deine Familie an. Oder die Familie von deiner Familie", fügte sie hinzu.

Mabel sah, dass Laetitia gar nichts damit anfangen konnte. Sie wischte mit der Hand ein paar Krümel zusammen. Dann sagte sie: „Es muss ja nicht so sein. War nur eine Idee. Komm, lass uns das Foto von Eric suchen, bevor ich zu einer Küchentischpsychologin mutiere."

Sie standen auf, wuschen ab und suchten nach einem Foto. Aber alles, was Laetitia fand, war über zwei Jahre alt. Damit konnte sie unmöglich zur Polizei. Sie warf den Computer an. Vielleicht hatte sie Glück. Mitunter war Eric an ihrem PC zugange gewesen. Trotz des langen Schlafes hatte sie das Gefühl, ihre Augen nicht richtig aufzubekommen. Es schienen sich über Nacht die Flüssigkeiten ihres gesamten Körpers dort angesammelt zu haben. Ungenutzte und vom Warten schal gewordene Tränen. Am Morgen hatte sie absichtlich den Blick in den Spiegel gemieden. Sie trank noch eine Tasse Kaffee, die Mabel ihr aufgebrüht hatte.

„Tu lieber Milch rein. Er ist echt heftig geworden", sagte sie.

„Geht schon", antwortete Laetitia. „Ich trinke ihn doch immer schwarz."

Sie schlürfte und dachte zurück an die mildwürzige Köstlichkeit im Café vor ein paar Wochen. Ewigkeiten lagen dazwischen. Und auch die Forsthaus-Erinnerung mit Mabel an jenem Vollmondabend schien einer anderen Wirklichkeit zu entstammen.

Sie klickte sich durch die Dateien. Nirgendwo hatte Eric einen Ordner angelegt. Nicht eine einzige frei umherschwirrende Fotodatei war zu finden. Auch ihr Computer erinnerte sich nicht. Sie war noch nie eine Archivarin gewesen, hatte keine Ordner angelegt oder Fotos einsortiert so wie Hanna. Vielleicht zeichnete Eric deshalb. Aus Ermangelung an Fotos.

In ihrem E-Mail-Fach war ebenfalls nichts zu finden. Eric hatte bei seinem Online-Verkehr ein eigenes Konto benutzt. Laetitia klickte nach dem Öffnen des Postfaches auf Abrufen und sah die lautlos ratternden Aufstapelungen der Betreffzeilen im Fenster ihres Postkastens. Nichts, was sie interessierte. Nach drei Minuten gab sie sich geschlagen und fuhr den Rechner herunter.

„Nichts“, sagte sie zu Mabel, die inzwischen auf der Couch Platz genommen hatte, ebenfalls eine Tasse dampfenden Kaffees in den Händen.

„Lass uns das Lager wechseln.“

„Was meinst du?“

„Ich fahre zur Wohnung meiner Mutter. Willst du mit?“

„Gerne. Sehr gerne“, antwortete Mabel und sprang auf.

Auch bei Hanna wurden sie nicht fündig. Ungeduldig klappte Laetitia ein Album nach dem anderen auf, ohne auf das zu stoßen, wonach sie suchte. Mabel schlenderte langsam durch die Wohnung.

„Verdammt!“, sagte Laetitia unvermittelt heftig.

„Was?“, fragte Mabel.

„Im Krankenhaus hatte man mich nach einer Verfügung gefragt.“

„Und?“

„Ich habe gesucht, aber meine Mutter hat bestimmt nie im Leben so etwas aufgesetzt. Und wenn, ich wüsste gar nicht, wie ich damit umgehen sollte.“

„Ist vielleicht im Moment auch nicht so wichtig, oder?“, fragte Mabel.

„Nach einer Vollmacht haben sie mich auch gefragt.“

„Laetitia, lass uns am besten eins nach dem anderen machen. Hast du mal in Erics Sachen geschaut, wegen dem Foto?“

„Noch nicht.“

Mabel legte den Arm um ihre Schulter und zusammen gingen sie in Erics Zimmer. Auf der Schreibtischplatte sah Laetitia angefangene Kritzeleien. Jetzt bei Tageslicht und einer halbwegs durchgeschlafenen Nacht ertrug sie den Anblick seines Zimmers besser. Zögerlich wagte sie sich vor, suchte weiter, während Mabel im Türrahmen stehenblieb.

Bei Hanna schien Eric ordentlicher zu sein. Sie wendete jeden Gegenstand, jedes Kleidungsstück und öffnete sämtliche Schubladen. Jetzt, da Mabel zuschaute, fühlte sie sich besser. Es war legitimer. Als sie nichts von Bedeutung fand, nahm sie sich sein Bücherbord vor und zog ein Buch nach dem anderen heraus. Teile von Fotos fielen heraus. Abgerissen, ausgeschnitten. Aber keines davon zeigte Eric.

Auf einem dieser Schnipsel erkannte sie den griechischen Teich und ein Stück Picknickdecke. Der Urlaub im Süden. Weit weg. Verloren in Raum und Zeit. Das Foto war mit ihrer Kamera gemacht worden. Laetitia hatte das Bild ihres kleinen Sohnes mitsamt den zwei Dutzend Kröten, die ihre Köpfchen aus dem Tümpel streckten, einfangen wollen. Ihr einziger Urlaub zu dritt, in dem sie das kleine Wunderbiotop ein paar hundert Meter abseits einer griechischen Landstraße gefunden hatten. Keksfressende, gierige Schildkröten mit faltigen Hälsen, die plötzlich aus dem sumpfigen Gewässer aufgetaucht waren und Eric auf der Picknickdecke zum Juchzen gebracht hatten. Irgendwo auf diesem Foto musste auch Gernot eine Ecke besetzen. Es war der Urlaub gewesen, als Gernot schon lange eine heimliche Beziehung zu einer anderen Frau unterhielt. Kurz vor ihrer endgültigen Trennung.

Laetitia hatte sich nicht aus Eifersucht getrennt. Schon damals war sie erleichtert gewesen. Sogar froh. Alles war seitdem besser geworden, was ihre damalige Beziehung betraf. Die Trennung war ohne Schmerzen verlaufen.

Erst in den Wochen danach hatte sie gemerkt, wie sehr sie Gernots Wünsche nach Haus, Heim und Heirat bedrängt und ihr Fesseln angelegt hatten. Sie war froh gewesen, dass die neue Frau an Gernots Seite darauf bestanden hatte, den Kontakt zu Laetitia und Eric komplett abzubrechen. Melissa war eifersüchtig gewesen, vielleicht, weil sie merkte, was Laetitia nicht wahrhaben wollte. Dass Gernot sie und Eric noch immer liebte. Aber Melissa hatte darauf bestanden: keinen Kontakt. Sie war sich im Klaren darüber, Gernot auf keinen Fall mit zwei Familien teilen zu wollen. Seine neue Freundin wollte genau das, was er sich immer erträumte und wovor Laetitia floh. Und er hatte sich Melissas unmissverständlicher Forderung gefügt. Wie er sich immer fügte. Seitdem hatte sie Gernot nie wieder gesehen.

Von Thea wusste sie, dass die Ehe mit Melissa kinderlos geblieben war, dass auch sie nach etlichen Jahren aus seinem Leben verschwand und dass Gernot einen dritten Versuch mit einer Frau unternommen hatte, deren Namen Laetitia nicht mehr kannte. Sie wusste nur, dass dieser Versuch wohl glücklicher zu verlaufen schien.

Sie war froh darüber, nicht um Eric streiten zu müssen. Andererseits aber wütend, dass Gernot so über sich bestimmen ließ. Mit Erics ersten naiven Fragen nach dem Verbleib seines Vaters baute sich eine Bitterkeit in ihr auf, die Ursache dafür war, dass Laetitia immer häufiger so tat, als wäre Gernot aus ihrem Leben gefallen wie ein Foto aus dem Rahmen. Später hatte sie sich nie mehr gefragt, weshalb Gernot sich auch nach der Trennung von Melissa nicht meldete. Seine Anwesenheit zeigte sich lediglich in Zahlen auf Erics Sparkonto. Laetitia warf die nichtssagenden Schnipsel in den Papierkorb.

„Hast du was gefunden?“, fragte Mabel.

„Nein“, antwortete Laetitia.

Schließlich bekam Mabel die erlösende Idee: die Schule. Zu Beginn eines jeden Schuljahres wurden Klassenfotos gemacht. Der Rektor am Telefon war froh, Laetitia endlich behilflich sein zu können. Er besorgte ihr noch am selben Vormittag einen Abzug.

„Ich mache jetzt einen ausgiebigen Spaziergang und schau mir mal Ebermünde an, außerdem habe ich noch zu telefonieren. Schaffst du das alleine mit der Polizei?“, fragte Mabel Laetitia auf der breiten Schultreppe und Laetitia nickte.

Als sie am frühen Vormittag das Präsidium betrat, fand Laetitia eine Beamtin vor. Die wusste bereits Bescheid und winkte nur ab, als Laetitia sich entschuldigte, keine Mail gesendet zu haben.

„Kein Problem, wir haben ja alles hier“, sagte sie und bot ihr an, sich zu setzen, während sie das Foto einscannte.

„Meistens setzen sich die Jugendlichen in einer der Metropolen ab. Je größer die Stadt, desto kleiner die Chancen, gefunden zu werden. Wissen Sie, ob und wie viel Geld Ihr Sohn dabei hat?“

Sie überlegte. „Eher wenig. Aber ich habe keine Ahnung, wie viel Bargeld er in der Wohnung meiner Mutter hatte. Ich meine, sie hat ihm dann und wann schon etwas zugesteckt. Aber der Überblick fehlt mir.“

„Mhm“, murmelte die Polizistin. „Das ist schon ein entscheidender Punkt. Wenn nicht sogar der entscheidendste. Die Kinder brauchen Geld und eine Unterkunft.“

„Aber so lange ist Eric doch nicht verschwunden“, lenkte Laetitia ein.

„Aber Zeit, um in eine Szene abrutschen zu können, allemal. Ich will nichts pauschalisieren. Es kommt wirklich sehr darauf an, wie er beieinander ist. Wir werden vielleicht das Jugendamt einschalten müssen. Das nur zu Ihrer Kenntnis. Sie kennen Ihren Sohn doch am besten. Was meinen Sie denn?“

Sie hatte keine Antwort darauf und erschrak. Eric war noch nie in einer derartigen Ausnahmesituation gewesen. Im Prinzip hätte sie sich alles vorstellen können.

„Er ist eher introvertiert“, sagte sie hilflos.

„Gut. Ich will Ihnen kein grausiges Bild zeichnen, aber auch nichts schönfärben. Wir werden, wenn sich gar nichts tut, das LKA und das BKA informieren. Sie müssten eben nur noch die Meldung unterzeichnen.“

Erst jetzt drang das Wort durch. Vermisst. Verschollen. Stempel drunter. Sie wurde blass.

„Um eines würde ich Sie noch bitten, Frau Klänger.“

„Ja?“

„Falls Ihr Sohn wieder auftaucht, informieren Sie uns und vor allem reden Sie mit ihm. Wenn Sie nicht sofort oder in naher Zukunft darüber reden, bleibt er allein damit. Und Sie auch. Und dann geht meist alles von vorne los. Es ist nur eine Frage der Zeit. Viele Familien sprechen darüber nicht gerne. Die Aufregung war ihnen genug, sie wollen noch nicht einmal wissen, wo ihr Kind geschlafen hat. Und die meisten sind einfach heilfroh, dass alles vorbei ist. Aber keine Samthandschuhe! Ich sage das, weil ich mir vorstellen könnte, Sie wären da ein wenig anders.“ Wortlos nickte Laetitia und las, was auf ihre Unterschrift wartete.

Ort: Ebermünde. Pressemitteilung

Seit Montag 12.03.2007 wird der 15-jährige Eric Klänger aus Ebermünde vermisst. Die Kripoabteilung des PK 42 führt die Ermittlungen. Der Junge war vorher bei seiner Mutter in Ebermünde in der Erichstraße 7 und hatte das Haus um ca. 17.00 Uhr nach einem familieninternen Streit verlassen. In der Wohnung der Großmutter Hanna Klänger, ebenfalls wohnhaft in Ebermünde, Waldauer Chaussee 44, wollten sie sich wieder treffen. Dort war er gegen 19.00 Uhr nach einem eingetretenen Schlaganfall, dem Frau Hanna Klänger zum Opfer fiel, von der Nachbarin Frau Gudrun Michaelis kurz gesehen worden. Seitdem fehlt jede Spur vom Jugendlichen.

Eric war zuletzt mit einer grauen Jeanshose, einem dunklen Langarmshirt, einer winterfesten Sportjacke und weiß-blau-gemusterten Turnschuhen der Marke Reebok bekleidet. Ein Foto des Vermissten ist dieser Pressemeldung als Datei angehängt. Hinweise bitte an die Verbindungsstelle im Landeskriminalamt.

Schnell unterschrieb Laetitia die Meldung.

In Hannas Wohnung angekommen, räumte sie weiter auf. Mabel war noch nicht zurück. Sie kam sich vor wie eine Ermittlerin in einer privaten Hausdurchsuchung. Die Alben rochen, sobald sie sie aufschlug. Wie der Mundgeruch von Menschen, die lange geschlafen hatten. Muffiges Papier, das so lange schwieg, wie es der Dunkelheit verhaftet war. Immer wieder hielten die Alben Laetitia bei der Suche nach dem Eigentlichen auf. Als es früher Nachmittag war, wurde ihr klar: Eine Verfügung oder eine Vollmacht existiert nicht. Wenige aus Hannas Generation dachten darüber nach, was sein würde, falls der Tod sie auf Raten abrief, wenn man nicht, wie Agathe Paulsen, einfach umfiel, sondern in Zwischenwelten gefangen war. Einem Leben in fremden Händen. Ohne die Verfügung war sie machtlos. Und auch ohne eine Vollmacht würde sich das amtliche Vorgehen in Zukunft schwierig gestalten. Selbst ein Testament war nirgends zu finden. Laetitia hatte nicht die geringste Ahnung, ob Hanna Vermögen oder sogar Schulden hatte.

In einer Schublade stieß sie auf ein schwarzes Buch. Es war liniert. Sie blätterte. Nichts Amtliches. Schade, dachte sie. Über der verdickten Linie am Kopf jeder Seite stand fein bläulich kursiv in Großbuchstaben: *Notizen.* Der am Rücken schlecht verleimte Band war weder Tagebuch noch Kalender. Seine Seiten waren vergilbt und was auffiel, war, dass ein ganzer Block an Blättern mittig herausgerissen worden war. Andere Seiten waren mit Sütterlinschrift oder mit kyrillischen Buchstaben in ausgeblichener blauer Tinte beschrieben. Russisch vermutlich. Sie konnte es zwar lesen, doch half ihr das jahrzehntelang ungenutzte Schulrussisch nicht weiter. Obwohl ihr einzelne Worte vertraut vorkamen, blieb lediglich die Erkenntnis zurück, dass sie sie zwar einstmals gelernt, aber in ihrer Bedeutung vergessen hatte. Mal schwungvoll geschrieben in schräger Gleichmäßigkeit, dann wieder gekritzelt, verwackelt und aus den blassblauen Linien herausgefallen. Andere waren zwischen die Zeilen gerutscht. Wie betrunken. Vielleicht waren sie auf dem Schoß geschrieben worden während einer Fahrt.

Einzig die rot unterstrichenen Daten thronend über dem Schriftgemenge auf jeder neuen Seite konnte Laetitia entschlüsseln. Lesbare Trägerbalken. Auf jedem ein neues Datum. 25.VII.44. Davor ein Wort, ein Ortsname, nicht mehr als zehn Buchstaben, dahinter ein weiteres kürzeres. Es war alles sehr ordentlich begonnen worden. Dann kam plötzlich ein Bruch, Gekrakel. Schließlich wurden die Einträge von Seite zu Seite knapper. Bald fielen selbst die roten Unterstreichungen der Datumsangaben weg und die Zeitangaben wurden tabellarischer. Das Letzte waren vier Spalten gefüllt mit fünfzehn Zeilen. Dann nichts mehr. Vier Spalten mit Zahl, Monat, Uhrzeit und Ortsname. Alles hübsch untereinander datiert. Eine Reise in Tabellenmanier. Ein Fluchtprotokoll. Festgehalten zwischen den Zeilen. Laetitia sah, wie sorgfältig das datierte Verzeichnis vieler Stationen aufgeschrieben worden war. Nichts vergessend, nichts auslassend. Und auch wenn die Orte wohl keine weitere Bedeutung gehabt hatten, als dass sie passiert und nur Durchgangsmarker waren, sprach eine überaus akribische Sorgfalt aus den Aufzeichnungen. Während sich die Wirklichkeit damals überstürzt hatte, wollte die Schreiberin doch wenigstens den Weg nicht vergessen. Es waren Meter, die zählten und zu Kilometern wurden. Weiter, immer nur weiter. Daten waren das Letzte, was ihnen geblieben war, dachte Laetitia angesichts der Aufzeichnungen. Namen, Zahlen und geografische Markierungen. So blieb ein schwarzes Heft. Für dann, wenn sie zur Ruhe kommen würden. Für später. Immer nur für später.

August 1944

„Jetzt sind wir schon über die Grenze, jetzt sind wir in Deutschland. Jetzt haben wir es geschafft, jetzt sind wir gerettet!" Ein fremder, großer Junge saß Hanna noch nicht allzu lange gegenüber. Schräg, auf der anderen Seite des Zuges. Auf seinem Schoß lag eine Karte. Sein Finger fuhr ruckelnd komplizierte Linien entlang. Die Holzbalken drückten sich mit harten Kanten in ihr Gesäß. Mehr aber waren es die Lücken zwischen den Brettern, die schmerzten. Pochend, regelmäßig und im Takt des ratternden Zuges.

Endlich hielt der Zug an.

„Eine Pause", seufzte Olga und verstaute das schwarze Buch, vor dem sich Hanna so ängstigte, in einem Koffer. Sie fürchtete es, weil es so dunkel und unheimlich aussah und weil Olga immer dann darin schrieb, wenn etwas anders wurde. Hanna wollte im Zug bleiben trotz des eingeschlafenen Pos, aber die Großen müssten sich die Beine vertreten, und Onkel Friedrich klemmte sie sich einfach unter den Arm.

Die Beine vertreten. Vertreten. Ver. Auch später noch, viel später, löste diese Vorsilbe bei Hanna immer wieder

Furcht aus und den dringenden Wunsch sitzenzubleiben. Lange Zeit und bis Hanna es besser wusste, meinte sie, alles, was ein „Ver" am Wortanfang hatte, bezeichne schlimme Dinge. Ver- … wie verlaufen, verachten, verirren. Und vertreten klang wie vertrieben, verlassen und verloren. Und selbst, als Hannas Verstand all das zu unterscheiden anfing, blieb der Geschmack dieser Vorsilbe konserviert. Als Vorbote unheilvoller Ereignisse wie das schwarze Buch. Als tückische Verheißung hereinbrechender Katastrophen. Selbst der hintere Wortteil des Zustandes „verliebt" hatte der Schwere seiner Vorsilbe nur wenig Gewicht entgegenzusetzen. Ein Wort mit „Ver" am Anfang blieb immer verhängnisvoll. Vertreten. Nur die Beine vertreten.

Sie saß mit einem fremden Kind im Gras und spielte. Doch dann war da plötzlich das grelle Rufen der Mutter und Hanna hörte, wie Emil schrie. „Weiter, wir müssen weiter!" Sie spürte den schmerzhaften Griff des großen, fremden Mannes in ihre Seite und wurde hochgerissen. Wie sie alle liefen! Sepp, Emil, Friedrich. Wie Hanna durchgeschüttelt wurde, dass ihr übel wurde, dass sie schreien musste, weil die fremde Hand ihr den Leib so zudrückte. Und immer wieder hatte Hanna auch Jahre später dieses Bild. Das Bild, das sie sehr lange und bis in ihre Träume hineinverfolgen würde: Der langsam anrollende Zug. Die schlagenden Räder, die Hinterfront des letzten Waggons. Der Junge mit der Karte, der Hanna gerade noch auffangen konnte. Lauter Hände um sie. Krallende, derb zufassende Hände, ein ganzes Meer aus Händen, ein Wald, ein Handgemenge, ein Kreischen, ein Fluchen und schließlich ein erschöpftes Lachweinen und dann das Sitzen neben Olgas dickem Bauch, als endlich alle obenauf und wieder beieinander waren.

Der hintere Teil des schwarzen Buches war leer. In der Mitte klaffte noch immer diese Lücke. Wie ausgefressen. Als hätte jemand gewütet. Mindestens ein Drittel der gesamten Seiten fehlte. Es schien wie mit einem Ruck herausgerissen. Aus Wut oder in Not. Es kam Laetitia vor, als ob etwas dazwischen läge. Ein Zeitumbruch. Die verbliebenen Seiten wirkten wie ein Neuanfang. Laetitia schlug das Buch zu und steckte es in ihre Tasche. Sie wollte noch einmal zu Hanna. Allein. Ohne Mabel. Sie schrieb ihr eine Nachricht auf einen Zettel und ging.

Im Krankenhaus angekommen, fand sie keinen Arzt. Nur das Pflegepersonal klapperte geschäftig auf den Gängen. Laetitia winkte der Schwester durch die Stationsscheibe zu. Es war inzwischen schon später Nachmittag. Leise öffnete sie die Tür zu Hannas Zimmer, trat ein und setzte sich auf den Stuhl. Weit entfernt vom Bett ihrer Mutter, die noch immer dalag, als wäre zwischen ihrem ersten und letzten Besuch keine Zeit verstrichen. Laetitia holte das schwarze Buch heraus und legte ihre Hände darüber, wie auf ein Gebetbuch. Ihr Blick fiel auf Hanna.

September 1953

Hanna stellte sich vor, jemand beobachte sie. Obwohl sie es längst besser wusste. Aber die Illusion vertrieb ein wenig die Kälte. Das Schloss, in dem sie nun schon viele Jahre wohnten, wurde nicht warm, da konnte sie heizen, wie sie wollte. Die Öfen zogen zu viel Nebenluft, sogen sie ein wie halb verhungerte, nimmersatte Lindwürmer. Die Kohlen glühten viel zu schnell herunter, aber der Montag würde sicher wärmer werden.

Das Abendrot war zartrosa gewesen. Da freute sie sich. Montag war Waschtag. Die Kessel standen schon bereit. Kohle und Holz waren aufgeschichtet. Die große Wäsche war eingeweicht in drei massigen Holzzubern. Bettwäsche, Leibwäsche, Handtücher links. Arbeitswäsche rechts. Sandseife und Soda warteten auf dem Schemel. Hanna schrubbte den Küchenboden. Danach sortierte sie die Gewürzgläser und putzte sie. Der klebrige Kitt auf den Borden, dem Rückstand – einem Gemisch aus Gasdünsten, Staub und feuchter Luft – war mit einmaligem Scheuern nicht beizukommen. Olga war das gleichgültig. Hauptsache, man fand, was man suchte, und Zeit zum pingeligen Putzen war nicht. Wichtig war das Vieh, das gefüttert und gemolken wurde. Und der Acker. Der Acker war wichtig. Das Land. All das musste versorgt werden, damit es einen versorgte.

Früher hatte Tante Erika das Kochen allein verrichtet. Nun war Hanna damit beauftragt. Und Hanna kochte gut. Aber sie wurde weder gelobt noch getadelt. Es freute Hanna trotzdem, denn sie sah, wie Friedrich das Gekochte in sich hineinschob. Ein wenig anders tat er es, wenn Olga oder Erika das Essen zubereitet hatten. Und das machte sie stolz.

Sie putzte die Kartoffeln. Und obwohl sie es wirklich besser wusste, stellte sie sich vor, jemand würde ihr dabei zusehen. Sie hing diesem Wunsch nach, dem ein Backfisch wie sie längst entwachsen sein sollte. Ein Traum, der, hätte sie ihn preisgeben müssen, wie der Glaube an den Klapperstorch anmutete. Während ihrer ganzen Arbeit stellte sich Hanna nämlich eine große unsichtbare Kamera vor, die ausschließlich auf sie gerichtet war, und sie lief ununterbrochen. Für alle Zeit würde diese Kamera all das, was Hanna tat, für immer einfangen. Es war eine schöne Vorstellung. Es machte ihre Verrichtung warm und wichtig. In einer Filmdose mit unendlichem Fassungsvermögen lagerten schon kilometerlange Filme von ihr. Hanna, wie sie putzte, Hanna, wie sie kochte. Hanna, wie sie aufpasste, und Hanna beim Waschen. Hanna bei der Rübenernte. Sie dachte nie darüber nach, warum sie sich so etwas vorstellte. Es tat einfach nur gut. Sie machte sich auch keine Gedanken darüber, wer sich wohl all diese Filme ansehen oder warum diese Verrichtungen, die sie tat, aufgezeichnet werden sollten. Es reichte zu glauben, dass in ihrer Vorstellung ein großes, mildes Auge über sie wachte, das nichts vergaß.

Seit Tante Erika und Onkel Sepp nicht mehr da waren, war es noch stiller geworden im Schloss. Nicht richtig still. Denn da waren noch die anderen Frauen, die sich ständig aus ihrer Küche Wasser holten, weil es im ganzen Schloss nirgends sonst fließendes gab. Diese Frauen merkten nicht, was Hanna merkte. Die neue Stille und wie anders sie war. Ein Teil aus ihrem gemeinsamen Leben war abgebrochen wie ein Stück von einer Packeisscholle im Meer, das nun weg, weit weg und westwärts trieb.

Es war immer zu tun. Immer. Es gab auch immer zu reden. Nur über diese neue Stille nicht. Über anderes. Über andere. Und nicht immer Gutes. Hanna verstand nicht, warum sich die wenigen, die geblieben, die hier gestrandet waren, das Leben gegenseitig so schwer machten. Selbst Olga war so. Da war zum Beispiel die Irmtraud mit den Zwillingen. Die waren jetzt gerade acht geworden. Vorgestern. Hanna hatte jedem von ihnen ein Stück Schokolade geschenkt. An Olga vorbei. Obwohl es ja ihre eigene war. Aber ihre Mutter sah das nicht gerne, wenn sie mit den Zwillingen zugange war. Niemand sah es gern. Auch die anderen im Dorf nicht. Dabei konnten die doch am allerwenigsten dafür. Bastarde wurden sie gerufen. Russenpack. Vergewaltigungskinder. Böse Sachen wurden da geredet, aber die Mädchen traf doch gar keine Schuld.

Als Onkel Sepp und Tante Erika gegangen waren, da standen die Zwillinge in ihren blau-karierten Kleidern vor dem Haus und trauten sich nicht zu fragen, warum die großen Koffer hinausgetragen wurden. Aber die Fragen standen in ihren Augen geschrieben und Hanna sah es.

Onkel Sepp hatte der Hafer gestochen. Er war unstet geworden. Schon gleich nach der Bodenreform, noch nicht ein Jahrzehnt war das her, da hatte seine Unruhe begonnen. Onkel Friedrich hingegen war immer ein stolzer Neusiedler gewesen. Einer, der froh und tüchtig zusammen mit Olga und ihr seinen Acker bewirtschaftete. Aber Sepp hatte dem Frieden nicht getraut. Und zu Recht, wie er schimpfte. Neubauern waren sie gewesen, und viel fleißiger als die Einheimischen. Es war, als wollten sie als Flüchtlinge all das, was sie hinter sich gelassen hatten, in einem doppelten Tempo wieder erschaffen. Zehn Hektar Land hatten sie zugesprochen bekommen, ein Pferd, dreihundert Mark und zudem noch einen Kredit von eintausend Mark. Eigenes Land hatten sie gehabt. Und alles, was sie nicht an den Staat abgeben mussten, die „Freien Spitzen", war ihres. Da rollte der Rubel wieder, da lächelte Olga das erste Mal, da fingen sie alle endlich wieder an, glücklich zu sein.

Nur Sepp nicht. Er war schon immer der Unruhigere. Der Misstrauische. Immer schaute er weg, wenn von Paul, ihrem Vater, die Rede war. Und das war sie nicht oft. Einmal hatte Hanna ihn sogar abwinken sehen. Das war wie ein Stich im Herz. Und als er sie dann zusammen mit Erika verlassen hatte, gab es einen zweiten Stich. Die Ernte so schlecht wie nie. Sepp hatte es gereicht. Er fluchte von früh bis spät. Über die wenigen Geräte, über die Abgabeerhöhung, über die LPG, die inzwischen das eigene Land wieder aufgefressen hatte. Er fluchte über Olgas Essen und letztlich auch über Hanna.

Nach dem Streit mit Onkel Friedrich waren sie fortgegangen. Hasserfüllte Worte wie Russenregime und Satzfetzten wie „Abstimmung mit den Füßen“ hatte Hanna aufgeschnappt beim Lauschen an der Tür.

Sepp wollte unbedingt, dass alle zusammen noch einmal aufbrächen. Er hatte sich mit Onkel Friedrich angelegt, der partout nicht fortwollte. Friedrich verbot seiner Schwester Olga mitzugehen, als er bemerkte, dass Erika sie zu überreden suchte. Auf Männer muss man horchen. Und so blieb Olga mit Hanna und mit Friedrich zurück. Dann waren sie fort. Aufgebrochen. Weggebrochen. Abgetrieben, wie Packeis. Nur das Schweigen blieb in der Küche hocken. Keine Zeit für Trauer. Die Arbeit rief und die neue Stille. Lauter und lauter. Und Hanna fühlte sich nur halb. Und als sie sich schon fast an diese neue Halbheit gewöhnt hatte, kamen Pakete. Manchmal auch ein Brief. Wenn Olga Glück hatte, konnte sie ihn abfangen, bevor Friedrich ihn zerriss. Päckchen, mit Schokolade!

Hanna hörte auf zu putzen und sah an sich herunter. Sie fand sich zu dünn. Besonders die Beine. Wenn sie ins Dorf ging, zog sie sich immer mehrere Paar Strümpfe an, damit es dicker aussah. Von der Schokolade hatte sie noch zwei Stück und gestern war der Thies bei ihr gewesen mit dem kleinen Baldur. Dem hatte sie eines davon gegeben. Der Thies war schon verheiratet. Sie musste lachen bei der Vorstellung. Als kleines Mädchen war sie selbst einmal in den Thies verliebt gewesen. Sie waren gerade angekommen, da hatte sie auch schon den großen Thies kennengelernt. Der Thies mochte sie sehr. Er hielt Hanna auf dem Schoß, schaukelte sie und wippte. Lachte, wenn ihre Zöpfe auf- und abhüpften. Fast jeden Tag stahl sich Hanna aus dem Schloss davon, lief über die einzige Dorfstraße in das Gehöft hinüber und verbrachte dort einen oder auch zwei

Augenblicke, die sie nur mit dem großem Thies teilte. Eines Tages aber war Hanna traurig nach Hause gekommen.

„Was?“, hatte Olga gefragt. „Biste nicht beim Thies?“

„Nein“, hatte Hanna geantwortet und ihre Mutter nicht angesehen. „Da geh ich nicht mehr hin.“

„Was? Was hat der dir denn jetan?“

„Der hat jetzt eine große Freundin.“

„Ach, Herjeechen. Die Männer, Hanna! Verjiss man die Männer.“

Dass Olga so laut lachte, nahm Hanna ihr übel. Aber wie lange war das her? Der kleine Baldur sah schon genauso aus wie der große Thies. An seinen Fingern klebte damals ihre Schokolade.

„Ich geh mal raus, Hanna“, hatte der Thies oft zu ihr gesagt. Sie nickte dann immer. Sie hatte verstanden. Sie passte gerne auf. Sehr gerne.

August 1964

Etliche Jahre waren nun schon ins Land gegangen. Hanna hatte mit der neuen Halbheit gut umzugehen gelernt, da kamen sie wieder. Auf Besuch. Geld hatten sie geschmuggelt, Erika und Sepp. Ihre Koffer waren zwar durchleuchtet worden, aber das Geld war zusammengerollt im Griff versteckt gewesen. Der Griff war aus Metall, also hatte niemand es bemerkt. Erika schob es Olga in die Hand. Gleich bei der Begrüßung. Schnell und fahrig. Sie umarmten sich. Friedrich aber schaute Sepp nicht in die Augen, als der ihm zur Begrüßung auf die Schulter klopfte. Später redeten sie über das Land, und als Sepp über die LPG herzog, hielt Friedrich dagegen, sagte ihm, er wäre ja im Einser-Typ und könne sein Vieh behalten. Er wär gut dran.

„Wie viel springt raus?“ Sepp blinzelte.

„10.000 Ostmark im Jahr.“

„So, so.“ Sepp zog an seiner Pfeife.

„Und wie geht's bei euch?“ Friedrich fragte eher aus Höflichkeit.

„Besser als hier allemal.“ Der Schnaps wurde geholt. Friedrich räusperte sich und trank. „Hier machen sie sich Probleme mit der Abschaffung und bei euch haben sie Probleme mit der Landbeschaffung für die Neuen. Aber Probleme haben wir alle. Es gibt keine Seite ohne. Wie eine Medaille. Aber jeder denkt, er hat die goldene erwischt.“

Sepp blickte düster vor sich hin und nickte nach dem dritten Schnaps.

„Zu viele Leute, zu wenig Land. Kein Zuckerschlecken für uns Zuwanderer. Die Einheimischen wurden bevorzugt und manche von uns haben zurückgeschielt. Liebäugelten mit euren Handtuchäckern. Aber die Zeit ist ja nun auch vorbei. Dieses Hin und Her. Erst Enteignung, dann Bodenreform, dann Neuzuteilung.“ Sepp gestikulierte wild, während er sprach. „Hier habt ihr was, nun macht mal, und übermorgen kommen wir und holen's uns zurück! Ich hatte die Schnauze voll davon. Wie oft haben wir das hinter uns? Dreimal, viermal? Land verloren, Land bekommen, verloren, bekommen, bekommen und weggenommen. Nun bist du alles wieder los! Und keiner hatte die Absicht, eine Mauer ...!“

Er hob die Faust zum Symbol. Dann setzte er sich wieder und trank.

„Eine einzige Verarschung, Friedrich, wenn du mich fragst. Letztlich haben sie euch hier doch über 'n Tisch gezogen. Dann lieber mit offenen Karten. Fang ich eben noch mal ganz klein an. Klein ist auch schön. Lieber jetzt als gar nicht mehr. Muss ich zusehn, dass ich den großen Fischen was abluchs. Außerdem hab ich 'n Darlehen bekommen. Bin steuerbefreit.“

Jetzt war alles wieder wie am Anfang. Friedrich schwieg und schaute Sepp nicht mehr an. Hanna erhob sich und ging zu Olga in die Küche.

„Mutter, was machst du da?"

Olga hockte auf dem Boden und war gerade im Begriff, ein schwarzes Buch zu zerreißen.

„Heizen, Hanna, steck deine Nase nicht in meine Sachen."

Hanna erkannte das schwarze Buch, vor dem sie sich als kleines Mädchen so gefürchtet hatte, sofort.

„Aber das Heft ist doch noch gut."

„Nix da, Mädel, wir kaufen neu. So arm sind wir nicht mehr. Der alte Plunder kann wech."

Als es plötzlich an der Tür klopfte und jemand laut rief, ließ Olga mit einem Mal alles stehen und liegen. Auch das Heft. Immer, wenn jemand unerwartet pochte, lief Olga sofort los, und Hanna ging jedes Mal das eine Wort durch den ganzen Körper: Vater. Nur ein Reflex, der in ihnen steckte. Sie zuckten zusammen, obwohl beide es besser wussten. Niemals würde Paul kommen. Und dann hörte Hanna die Stimme des Mannes an der Tür. Es war Thies. Sie wandte sich wieder zum Ofen. Das Buch lag noch da, wie Olga es hatte liegenlassen. Vor dem Kamin. Sie bückte sich und griff nach dem Feuerhaken, nebenbei blätterte sie. Sie tat es so, dass sie jeden Moment aufstehen und vortäuschen könnte, als ob sie nur die Glut schüren würde. Olga durfte ihre Neugier nicht bemerken.

Sie blätterte. Es war Emils altes Schulheft. Seine allerersten Schreibübungen hatte Olga herausgerissen und in den Ofen geworfen. Vor dem Kamin lagen noch vereinzelte Blätter, die sie aufsammelte. Emil hatte eine schöne Bubenschrift gehabt. Gleichmäßig und gestochen. Burg, stand da, Burg, Burg, Burg, Burg, und darunter, Westwall,

Westwall, Westwall. Dazwischen Adjektive wie: schön, anmutig und tapfer. Dann folgten zwei Seiten: „Ich soll nicht Gegenrede halten“ und zehnmal „Bollwerk“. Auf einem der herausgerissenen Blätter las Hanna das Wort „tot“, das sich in Regelmäßigkeit über eine Dreiviertelseite erstreckte. Sie knüllte die losen Blätter in ihrer Faust zusammen und verbrannte sie. Auf den verbliebenen Seiten des Buches las sie die Eintragungen von Orten.

Harte Schritte näherten sich. Olga kam zurück. Schnell warf Hanna die restlichen wie ein einziger Block herausgerissenen Seiten ins Feuer und hörte, wie Olga zur Tür hereinkam.

„Hast du den Plunder verbrannt?“, fragte sie. Verstohlen nickte Hanna und fühlte nach dem Buch in der breiten Brusttasche ihrer Schürze. Gesenkten Hauptes ging sie rasch an Olga vorbei in die Schlafstube.

Es wurde Abend. „Lasst gut sein.“ Olga und Erika trugen Essen herein. Kohlroulade.

Sepp schaute auf.

„Wohin, Hanna?“, fragte er. Hanna stand in der Tür und schnürte sich den Mantel enger um die Taille. Sie werde erwartet, antwortete ihm schnell, sie wolle ausgehen.

„Wer?“, fragt Friedrich. „Etwa der Bodo?“

„Ja, der Bodo“, sagte Hanna.

„Doch nicht der Bodo“, sagte Onkel Friedrich „Der doch nicht!“ Der Apfel fällt nicht weit vom Stamm und der Vater vom Bodo, das müsse sie doch einsehen … Wütend warf Hanna die Tür ins Schloss. Friedrich lachte ihr hinterher. Hanna konnte es genau hören. Sie redeten weiter hinter der Tür über Bodo. Der Verdruss über das verlorene Land wandelte sich zu einem allgemeinen Verdruss und wurde nun über den Bodo ausgeschüttet wie schmutziges Wasser aus dem Zuber. Hanna wollte es nicht hören. Niemand war gut genug. So viele Anwärter hatte sie, aber in Onkel Friedrichs Augen reichte es nicht. Nie. Sogar Olga hatte ihm in die Seite gekniffen und gesagt: „Du kannst dem Mä'chen nicht alle schlechtmachen, irjendwann muss mal einer jut jenug sein ..."

Hanna ging jetzt mit dem Bodo und Schluss. Der Bodo war anders als sein Vater. Ganz anders.

Hanna lief in die Dorfkneipe. Da saßen sie alle. Bodo, Arthur, Gregor, Ehrhard und Bodos Vater Karl.

„Komm", sagte Hanna zu Bodo. „Jetzt bin ich da."

„Warte", sagte Bodo. „Warte, noch ein Bier. Setz dich."

Sie tranken. Bodos Vater war sternhagelvoll. Er kippte vornüber. Bodo beschimpfte ihn. Die Männer lachten und erzählten wie immer die alte Geschichte. Karl soll einmal sein bestes Stück auf den Tisch gelegt haben, um eine zornige Bäuerin zu vertreiben, die ihren Mann aus dem Krug holen wollte. Das hat den Männern damals und besonders dem Karl ganz und gar nicht gefallen und er hoffte, die ungebetene Frau damit zu vergraulen. Die Bäuerin lief aber nicht weg, wie Karl erwartet hatte, sondern haute kräftig mit der Faust auf den Tisch, mitten auf Karls Stück. Die Männer erzählten sich diese Geschichte immer wieder und grölten. Karl lachte nicht. Er lag auf dem Tisch und bekam nichts mehr mit.

„Komm", sagte Hanna. „Bodo, jetzt komm doch endlich."

Aber Bodo trank weiter.

„Heute nicht", sagte er dann. „Ich bin müde. Morgen, Hanna, morgen gehen wir aus. Zusammen. Morgen. Ich möchte noch ein bisschen bleiben. Verstehst du?"

Hanna verstand. Bleiben. Das gefiel ihr. Sein Kuss schmeckte nach frischem Bier. Er streichelte Hanna und schaute ihr in die Augen. Er hatte Zeit für sie. Bodo war anders. Anders als sein Vater.

Laetitia saß noch immer in der Ecke des Krankenzimmers auf dem Stuhl. Es war dämmerig geworden. Die Zeit war ein grauer Strom, der sich schmutzig und dunkel verfärbt hatte. Die Nacht hing wie ungewaschen vor dem Fensterkreuz. Vorhin hatte sie versucht, noch einmal zu Hanna zu reden. Es war wie immer, als wären all ihre Worte durch ihre Mutter hindurchgegangen und würden im Raum hängen. Laetitia saß da, als wüsste sie nicht, wohin. Bleiben wollte sie nicht und gehen auch nicht. Sie fühlte sich heimatlos. Noch weniger wollte sie, dass Mabel sie so sah. So jämmerlich und hilflos. Sie wollte nicht mehr.

November 1970

Sie wollte nicht mehr. Sie konnte nicht mehr. Die Schleuder war kaputtgegangen, die Windeln zu nass. Der Wasserhahn tropfte und ging nicht mehr zu, so sehr sie ihn auch drehte. Der Bodo. Aber Bodo war im Dorfkrug. Ihr Mann war Klempner, aber seinen eigenen Wasserhahn zum Schweigen zu bringen, schaffte er nicht. Seit Wochen tropfte der Hahn.

Das Kind war ruhig. Laetitia schlief in der Wiege und hörte die Tropfen nicht. Aber sie, Hanna, sie hörte die Tropfen umso deutlicher und sie taten ihr weh. Die Tropfen hämmerten in ihrem Kopf umso lauter und umso schmerzhafter, seit die Schleuder verstummt war. Die Tropfen klopften. Die Tropfen pochten, obwohl Hanna längst aus der Küche gegangen war. Sie stolperte über den Flur der Zweiraumwohnung im vierten Stock, lief an der Garderobe vorbei, stieß mit dem Fuß gegen Glas. Hinter dem Vorhang fielen die Schnapsflaschen um. Bodos leere Flaschen. Sie hatte nicht aufgepasst. Hanna hielt inne und horchte nach Laetitia, aber das Kind schlief. Hinter ihr rollten die Flaschen quer durch den Flur. Sie hatte keine Kraft mehr, sich umzudrehen, um sie aufzustellen. Keine Kraft, sie wieder einmal zu verstecken.

Hanna konnte nicht mehr. Wenn jetzt die Kinder der Nachbarn klopften, würde sie nicht mehr aufmachen. Und wenn Hanna aus Versehen doch aufmachen würde und die Kinder sie nach Altstoffen fragten, würde sie nur den Kopf schütteln. Sie hätte leider nichts, würde sie ihnen sagen, ihr wart doch vorgestern schon da, wer könne denn so viel auf einmal trinken? Hanna würde die Tür wieder schließen und sich schämen.

Immer noch hörte sie den Wasserhahn in ihrem Kopf, obwohl sie längst schon im Badezimmer war. Hanna hielt sich die Ohren zu. Das Pochen und Klopfen wurden unerträglich. Es trieb sie zurück in die Küche. Mit aller Kraft schlug sie auf den Hahn ein. Dann hörte sie damit auf. Sie ging aus der Küche. Sie ging in die Küche zurück. Aus der Küche. In die Küche. Immer und immer wieder. Immer schneller. Wie die Tropfen in ihrem Kopf. Sie ging zum Fenster. Sie blieb davor stehen. Dann öffnete sie es und sprang.

Hanna öffnete die Augen. Sie lag auf dem Rücken. Alles war weiß. Olga stand neben ihr.

„Glück haste jehabt, Mä'chen. So viel Glück." Der Arzt kam und schickte Olga raus. Alles wurde wieder dunkel.

Hanna öffnete die Augen. Alles war weich. Alles war hell. Bodo stand da. Bodo hob die Hand zum Schwur, weinte und gelobte, mit dem Trinken aufhören. Es machte Hanna weder froh noch traurig. Sie schlief wieder ein. Sie wachte auf. Diesmal tat alles so weh, dass sie jammerte. Die Schwester kam herein, brachte Tabletten. Die Tabletten brachten Nebel. Der Nebel brachte Erlösung von den

Schmerzen. Ärzte standen um ihr Bett herum. Im weißen Dunst. Sie sahen Hanna nicht. Sie schauten in ihre Mappen, wechselten Worte und Zahlen. Einundzwanzig. Einundzwanzig Knochenbrüche. Sie schüttelten die Köpfe, schauten sie an. Sie, die kaputte Hanna. Wie ein Weltwunder, dass sie noch lebte. Ein Fremdwort sagten sie, das Hanna nicht kannte. Wochenbettpsychose. Psycho. War sie geisteskrank? Sie würden sie in eine Anstalt stecken. Wo war das Baby? Hanna schrie die Frage heraus. Sie beruhigten sie: bei Olga Klänger. Sie solle sich ausruhen, alles würde gut werden.

„Gehen Sie doch nach Hause."

Die Nachtschwester weckte Laetitia und blickte ihr freundlich in die Augen. Sie sah es Laetitia an. Dass sie nicht mehr konnte. Dass sie nicht mehr weiterwusste. Die Schwester schaute kurz auf die Uhr, dann auf den leeren Platz neben Hannas Bett.

„Sie könnten für diese Nacht hierbleiben. Ich schiebe Ihnen eine Liege herein." Laetitia war zu müde, um abzulehnen. Ja, sie möchte, einfach hinfallen, schlafen und bleiben.

März 1970

Laetitia schlief im Korb. Hanna saß bei Olga in der Küche.

„Nimm sie wieder zu dir. Hier im Schloss ist es zu kalt, es zieht."

Olga drängte. „Ich konnte bei dir nicht wohnen, Hanna, die Treppen. Du weißt."

„Ich besorge dir eine Wohnung im Erdgeschoss in der Stadt", sagte Hanna zu Olga. „Ich weiß, wo jemand gestorben ist. Ich rufe beim Amt an. Dann ziehst du um." Olga hörte nicht zu.

„Wir haben einfach kein Jlück mit den Mannsleuten. Du nicht und ich auch nicht. Noch nicht einmal der liebe Herrjott will uns haben."

Wie Olga das so sagte, war es fast zum Schmunzeln. Aber das Schmunzeln war ihr verlorengegangen. Olga blickte auf und schickte Laetitia mit dem Säugling nach Hause. „Das darfst du nich wieder tun, Hanna. Du musst noch bleiben, hörste? Deine Zeit is noch nicht jekommen. Du hast doch das Mädelchen. Bleiben musst du."

Hanna nickte, natürlich wusste sie, was ein Kind bedeutete. Sie liebte Kinder. Schon immer. Aber wo war ihr Gefühl für Laetitia geblieben? Wieso war es ihr abhanden gekommen? Sie spürte einfach nichts. Noch immer nicht. Das Gefühl der Liebe war weg, seit Laetitia auf der Welt war. Weg. Sie hatte sich die ganze Zeit unbändig auf das Baby gefreut. Dass Bodo zu viel trank, war Nebensache geworden, sie hatte sich nur auf das Kind konzentriert. Ihre Vorfreude war vergleichbar mit dem Glücksgefühl von damals, als sie bei Albrecht vor der Kommode stand. Fast ein halbes Jahr lang hatte Hanna dieses Gefühl gehabt. Schön, wie vor Weihnachten. Warum fühlt sie es nicht mehr? Wohin war es abgetrieben? Sie hätte sich nach der Geburt beherrschen, sie hätte das Tropfen des kaputten Wasserhahns überhören müssen. Dem Kind zuliebe. Sie fühlte sich schuldig. Nie wieder würde sie ihre Tochter allein lassen.

Laetitia erwachte. Bei Hanna im Nebenbett wurde irgendetwas gewechselt. Sie blinzelte. Sie wollte es gar nicht wissen. Nicht sehen. Sie drehte sich weg. Es musste noch sehr früh sein. Die Schwester hatte das grelle Licht angemacht. Das sandige Gefühl hinter ihren Lidern sagte Laetitia, dass es sicher gegen drei Uhr war. Das Licht wurde wieder gelöscht und Laetitia dachte an Mabel und daran, ihr eine Nachricht zu schicken. Doch die Müdigkeit war stärker.

April 1972

Laetitia rannte, rannte Hanna entgegen. Spreizte die Arme ab. Sprudelte los, redete wie ein Wasserfall.

„Die kann ja sprechen!" Die Krippenfrau schüttelte verwundert den Kopf. In der Krippe redete das Kind nicht. Von Anfang an nicht. Sobald Hanna wegging, verstummte Laetitia. Nur an ihren aufmerksamen Blicken erkannten die Frauen, dass das kleine Mädchen mit den weizenblonden Haaren alles genauestens verfolgte. Hanna war hilflos, was sollte sie tun? Sie musste doch arbeiten und das Geld für sich und das Kind verdienen. Im Büro. So großes Glück, wie sie damit hatte. Der Bürgermeister mochte sie. Auch er war einmal ein Anwärter gewesen, der ihr damals nachgestellt hatte beim Gemeindefest. Den durfte sie erst recht nicht nehmen, hatte Onkel Friedrich gesagt, der wäre zu rot. Und jetzt war er verheiratet. Und sie geschieden. Vom Bodo. Das hatte sie durchgesetzt und auch, dass sie ihren Mädchennamen wiederbekam. Aber während sie arbeitete, musste das Kind doch in die Krippe. Olga wohnte zu weit weg. Hanna überlegte. Fragte. Fragte am nächsten Tag in der Krippe nach, ob sie eine Aushilfe bräuchten. Sie sagten, sie bräuchten niemanden für die Kinder, aber jemanden, der kochen könnte. Sie könnte kommen. Sie würde da sein. Für Laetitia. Immer.

Das Handy klingelte. Vor den Fenstern stand der Morgen. Laetitia schreckte auf und nahm an. Es war die Polizei. Ob sie kommen könne. Vielleicht gäbe es da etwas. Könnte aber auch reiner Zufall sein. Natürlich kommt sie, sagte sie, sofort.

Zerbrochen sind die Riegel

Der zerbeulte Aludeckel baumelte wie ein Talisman an seinem Rucksack. Eric hatte mit seinem Taschenmesser ein Loch hineingebohrt, einen Schlüsselring hindurchgezogen und ihn an einem Karabiner befestigt, den er von Gunni bekommen hatte.

Sein Zeigefinger fuhr suchend die Spalten des Telefonbuches ab. Vergeblich. Der Name seines Vaters war nicht zu finden. Langsam wanderten seine Pupillen von Spalte zu Spalte, als könnte er es nicht glauben. Zwischen dem Eintrag von Gerlinde Paulsen und Gertrude Paulsen zauberte sein konzentrierter Blick keinen Weiteren hervor. Gernot. G. oder einfach nur Paulsen. Nichts. Alles hatte Eric schon versucht. Es blieb aussichtslos. Sein Vater könnte den Namen geändert haben.

Resigniert schlug Eric das Buch zu und trottete aus der Postfiliale. Hinter der Scheibe blickte ihm eine Postangestellte irritiert hinterher. Er bemerkte es nicht. Vielleicht gab es hier in der Nähe ein Internetcafé. Googeln wäre einen Versuch wert, dachte er. Eric irrte durch die Innenstadt von Berlin. Die Idee, seinen leiblichen Vater zu finden, war erst nach einem Tag aufgewühlten Umherirrens entstanden. Dieser Gedanke hatte dem überstürzten Fortlaufen ein klar umrissenes Ziel gegeben.

Zu Beginn war nur ein großes Loch da gewesen, dem er entkommen wollte. Er war nicht mehr derselbe, seit er in Hannas Wohnung aufgetaucht war. Zuvor war er noch am Weiher gewesen. An der Alten Furt. Er liebte diesen Ort, auch wenn Hanna es nicht gern sah, dass er sich dort herumtrieb. Deshalb hatte er ihr auch nichts davon erzählt, bevor sie sich zum Abendessen treffen wollten. Überhaupt mied Oma Gewässer. Hatte sie gemieden.

Das Bild von seiner Großmutter, liegend auf dem Küchenboden, stieg aus einem Abgrund herauf, sobald er nur einen Moment innehielt. Er hatte noch nie eine Tote gesehen. Außer im Film. Wäre er vor zwei Tagen stehen geblieben vor der Tür und später vor dem Fenster, es hätte ihn mit hinabgerissen in einen Schlund. Er konnte noch nicht einmal weinen. Gar nichts konnte er. Nur weglaufen.

Zuerst hatte er das Rauschen gehört, als er die Tür aufschloss. Der Wasserhahn lief, aber es war kein Stöpsel im Waschbecken. Das Gluckern des abfließenden Wassers war wie die Hintergrundmusik zu einem Bild, das sich in ihn eingebrannt hatte. Hanna lag dort. Er war auf seine Großmutter zugestürzt und hatte sie geschüttelt, war zurückgetaumelt, hatte sie angeschrien, aber Hanna reagierte nicht. Und dann war es, als wäre sein Kopf eine gelöschte Festplatte. Er hatte auf das Telefon in seiner Hand gestarrt und die Notrufnummer wählen wollen, aber sie fiel ihm nicht ein. Auch seine Finger verweigerten ihm den Dienst. Dann Filmriss.

Mit seinen Fäusten trommelte er gegen die Tür nebenan, aber Vogths öffneten nicht. Unten auf der Treppe stieß er mit Frau Michaelis zusammen. Er packte sie und zerrte an ihren Armen, redete auf sie ein. Vor der Wohnung blieb er stehen, während die Frau des Hauswartes hineinging.

Als die Sanitäter kamen, sah er das kalkweiße Gesicht von Hanna auf der Trage. Die Männer in aggressivem Orange forderten ihn unwirsch auf, den Weg freizumachen, und Eric war in die Wohnung ausgewichen. Die Nachbarin weinte und lief den orangefarbenen Männern hinterher. Er war taumelnd durch die Wohnung geirrt. Da lag plötzlich seine Tasche im Weg und er hob sie auf. Er stand wie neben sich und sah sich wahllos alles hineinstopfen, was ihm zwischen die Finger geriet. Hastig wie ein Dieb. Er sah sich weiter zu, wie er Dinge einsackte, alles, was er mitnehmen konnte. Als wollte er etwas aus einem Leben stehlen, das es nicht mehr gab. Als ob er nie wieder zurückkommen würde. Er hatte es so eilig getan, als würde ihm keine Zeit mehr bleiben, und ein Teil in ihm hatte sprachlos dabei zugesehen. Filmriss.

Dann stand er vor seiner eigenen Haustür. Oben in der Wohnung war kein Licht. Es war schon dunkel geworden. Wo war er zwischendurch gewesen? Eric wusste es nicht mehr. Vielleicht noch einmal am Fluss. Er hatte dagestanden und auf das starre Rechteck aus Dunkelheit geschaut. Kein Schatten war auszumachen. Sie war nicht zu Hause. Sie war ja weggefahren. Etwas hinderte ihn daran, sie anzurufen. Er konnte es ihr nicht sagen, wollte sie nicht sprechen, nicht Zeuge dessen werden, wie sie auf die Nachricht reagieren würde, für die er keine Worte hatte. Er stand unter Schock und wollte nur eins: weg. Erst ein paar Schritte. Ein wenig Abstand nur. Bis das Rechteck des Fensters kleiner wurde. Bis es schrumpfte und schließlich von der Dunkelheit verschluckt wurde, während Eric die Straßenflucht rückwärtsging. Es verschwand inmitten der hellen Vierecke, die langsam zu Lichtpünktchen wurden. Dann drehte er sich um und rannte. Rannte, bis sich jegliches Gefühl seinem keuchenden Atem und dem Ringen nach Sauerstoff untergeordnet hatte.

Eric schaute sich um. In dem Schaufenster hinter dem kleinen indischen Schnellimbiss konnte er durch die verklebten Scheiben die Aufschrift *Networld* erkennen. Bevor er sich jedoch dazu entschloss einzutreten, roch er an seiner Kleidung. Die Nacht bei Gunni hatte einen unverwechselbaren Geruch an ihm hinterlassen. Der Dunst von kaltem Rauch klebte an ihm. Ob sie ihn in das Café ließen? Er hatte keinen blassen Schimmer, ob seine Mutter nach ihm suchte. Ob sie die Polizei einschaltete? Er verscheuchte den Gedanken, nein, er war nicht mehr so jung, dass er nicht in der Lage gewesen wäre, ein paar Tage auf sich selbst aufzupassen, aber seine Mutter schob mit Sicherheit Panik. Einerseits. Andererseits hatte Eric sie auch oft sehr beherrscht erlebt, so dass er sich ebenso vorstellen konnte, dass sie keinem davon erzählte. Und Hanna? Laetitia hatte längst erfahren, was passiert war. Sein Magen rebellierte, sobald er auch nur daran dachte.

Kurz entschlossen öffnete Eric die Tür zum Internetcafé, ging geradewegs zum Tresen und bezahlte im Voraus. Der ihm zugewiesene Computer stand in der hinteren Ecke. Von dort aus konnte Eric den Eingangsbereich gut im Auge behalten. Er setzte seinen Rucksack ab und ging online. Die Kapuze behielt er sicherheitshalber auf. Da seine Flucht nun ein Ziel hatte, wollte Eric lieber nichts riskieren. Nicht auffallen. Gunni hatte ihm eingebläut, er solle sich besser nicht nachts herumtreiben, und wenn man ihn aufgriffe, einen falschen Namen und ein falsches Alter angeben. Zu diesem Zweck hatte er ihm einen Zettel zugesteckt. Zum zwanzigsten Mal zog er ihn heraus, um sich die Daten einzuprägen. Sebastian Klöppel. Geboren am 12.5.1991. Das war für den Fall, dass irgendjemand sich amtlich für ihn interessierte.

Gunni war schon in Ordnung. Er hatte Eric nicht gefragt, woher er kam oder wohin er wollte. Gunni hatte ihn einfach zu sich mitgenommen, bei sich schlafen lassen und gesagt: „Höchstens zwei Nächte noch, dann biste wieder draußen." Inzwischen war sein Gastgeber weniger schroff geworden und hatte ihm freigestellt, wie lange er bei ihm wohnen wolle. Gunni war über dreißig, sah aber viel älter aus. Hin und wieder lieh sich jemand, der bei ihm wohnte, den Zettel mit dem Namen aus. Gunni war schwer in Ordnung. Aber in seiner Wohnung stank es nach kaltem Rauch und Bier, was seine ständigen Kopfschmerzen verschlimmerte.

Eric blickte sich um, ob jemand in seine Richtung starrte. Niemand. Also konzentrierte er sich wieder auf seine Suche. Das elektronische Telefonbuch brachte auch nichts Neues. Dann gab er in das Feld der Suchmaschine den Namen seines Vaters ein. Der Blick auf den Bildschirm überraschte ihn. Gleich mehrere Einträge zu Gernot Paulsen. Der erste Link führte auf die Seite einer Hotelkette in Südtirol. Gernot Paulsen war dort der Inhaber. Aufgeregt klickte Eric sich durch die Menüs. Endlich fand er ein Foto. Der Mann, den es abbildete, war sehr klein, untersetzt und trug einen riesigen Schnauzer. Obwohl Eric nur ein einziges, zehn Jahre altes Foto von seinem Vater besaß, war ihm sofort klar, dass es sich bei diesem Mann nicht um seinen Vater handelte. Enttäuscht ging er zur Ausgangsseite zurück.

Der nächste Link führte auf eine PDF. Ziemlich veraltet. Erstellungsdatum 2002. Es war ein wissenschaftlicher Bericht über den Einfluss des Golfstroms und die Klimakatastrophe auf die niedersächsische Kartoffelernte. Institut für Geoinformatik und Fernerkundung in Osnabrück. Gernot H. Paulsen. Eric überlegte. Was war sein Vater von Beruf? Hanna hatte einmal etwas erwähnt, aber nichts Konkretes. Seine Großmutter war von Laetitia immer dazu angehalten worden, nicht in seiner Gegenwart über Gernot zu reden. Und erstaunlicherweise waren die beiden in dieser Ansicht

Verbündete. Nur einmal war ihr herausgerutscht, dass Eric ein begabter Kopf wäre wie sein Vater. Institut für Geoinformatik. Und was sollte das H? Eric fluchte leise. Nichts war logisch, doch Logik spielte im Web nur eine untergeordnete Rolle. Es blieb eben ein Glücksspiel.

Der dritte Link führte zu einer ERROR-545-Seite, die nicht mehr angezeigt werden konnte. Aber auf der Ergebnisliste von Google las Eric im Kurztext in grau den Teil eines abgebrochenen Satzes.

Am 27. Juni 2004 erstellt von Gernot Paulsen, alle Rechte beim … Angestachelt durch die verheißungsvolle Zitatspur, versuchte Eric wieder und wieder, auf die Website zu kommen, die es nicht mehr gab. Er fluchte lauter. Da stand der Name seines Vaters zum Greifen nahe, aber er blieb nichts weiter als ein Echo. Gelöscht aus dem WWW. Eric wollte auf keinen anderen Link mehr gehen. Instinktiv spürte er, dass er richtig lag.

Wütend war er. Auf seine Mutter und ihre Heimlichtuerei. Jahrelang hatte sie ihn bevormundet, indem sie schwieg. Wie eine Glucke hockte sie auf einem Ei, das seine Vergangenheit war. Nicht ein Stück rutschte sie beiseite, um auch nur einen winzigen Blick freizugeben. Das Kapitel Papa hatte einfach aufgehört. Laetitia hatte es nicht zu Ende gelesen, sondern es mittendrin zugeklappt. An der spannendsten und der schmerzvollsten Stelle zugleich. Sie hatte immer nur an sich gedacht. Und jetzt dachte er an sich.

Er schlug mit der Faust auf die laminierte Tischplatte. Gut, dass er weggelaufen war. Das Unterwegssein, ohne eine Spur zu hinterlassen, fühlte sich richtig an. Bei diesem Gedanken kamen Ruhe und Genugtuung in ihm auf. Außerdem hatte er ein Ziel. Der Mann hinter dem Tresen blickte kurz auf, musterte den Jungen, nahm aber keine weitere Notiz von ihm. Offenbar war er es gewohnt. Erst als Eric zu ihm aufsah, fragte er: „Probleme?“ Und als der Fünfzehnjährige den Kopf schüttelte, wandte er sich wieder seinen Verrichtungen zu. Eric musste sich beeilen, die halbe Stunde war bald um. Außerdem musste er sein Geld zusammenhalten und der dumpfe Druck in seinem Schädel wurde auch nicht besser.

Ein letzter Klick war noch drin. Er schrieb in die Suchmaschine: „Gernot Paulsen – Webmaster“ und landete auf einer Website, diesmal auf einer aktuellen und intakten. Lediglich der Nachname seines Vaters befand sich im Impressum. Eric wusste nicht, ob es eine Privat- oder Geschäftsadresse war. Egal, dachte er, holte sein Skizzenbuch heraus und notierte sich die Adresse. Der Ort unter der Anschrift, die Herrn Paulsen als Verantwortlichen verzeichnete, hieß Strausberg.

„Strausberg?“ Gunni schnaufte. „Ist zwar nicht um die Ecke, aber ooch nicht so weit entfernt. Was willste denn da?“

„Nichts eigentlich, ich kenn da vielleicht wen.“ Eric war müde. Die beiden Rüden Goliath und Viktor leckten ihm beidseitig das Gesicht ab. Unwillig stieß er sie beiseite.

„Ab, marsch, verschwindet!“, schallte Gunnis Stimme durch das möbellose Zimmer, während er hart mit der flachen Hand auf den Dielenboden schlug. Die Tiere verkrochen sich hinter dem kaputten Fernseher.

„Vielleicht kennste da wen?“ Gunni schüttelte die dünnen Locken. „So wat gibt et nich. Oder ick versteh dich nicht. Entweder kennste jemanden oder du kennst keenen.“

Eric schaute weg. Er wollte nicht mehr preisgeben, als er sowieso schon erzählt hatte. Das mit seinem Vater war sein Geheimnis.

„Ein Onkel", log er schnell „Aber ich weiß nicht, ob er das wirklich ist, weil ich ihn ewig nicht mehr gesehen habe."

„Und wat denkste, wat de dir von deinem sogenannten Onkel versprichst, wenn de den schon so lange nicht mehr gesehen hast, dass der sich gar nicht mehr an dich erinnert?"

„Weiß nicht."

„Glaubste etwa an Blutsbande?" Gunni lachte. „Na ja, ick will dir ja nich die Hoffnung nehm'n, aber von Verwandten hab ick mich schon in jungen Jahren verabschiedet, die sind mir fremder als allet andre. Meine Brüder und Schwestern, das sind die Durchläufer, so wie du einer bist."

Eric sagte nichts. Er starrte vor sich hin, während Gunni rauchte und die Hunde wieder zu spielen begannen. Gulli, der kleine Jack Russel, biss Vicki am Knickohr, was zur Folge hatte, dass dieser jaulend aufsprang. Der Fernseher geriet ins Wanken. Gunni herrschte die Hunde an: „Mensch, seid ihr bekloppt! Ab, marsch, in die Ecke! Macht mir noch das Letzte kaputt, wat ick habe."

„Aber der ist doch sowieso Schrott."

„Na und?", höhnte Gunni. „Ick gloob, ick kenn da vielleicht wen, der mir den repariert für 'n Bier."

„Ich denke, ‚vielleicht' gibt's bei dir nicht?"

„Man! Ick hab'n Witz gemacht. Vielleicht kenn ick ja morgen wen. Wer weiß, wer nach dir hier vorbeikommt. Haste Hunger?"

Eric schüttelte den Kopf, obwohl er riesigen Hunger hatte. Seit zwei Tagen lebte er schon auf Gunnis Kosten.

Gunni war „Exstadtstreicher", wie er sich selbst nannte, und bewohnte dieses Zimmer in einer besetzten Ruine. Draußen am Maschendrahtzaun war eine Konservendose befestigt, die früher ein eimergroßes Behältnis für saure

Gurken gewesen war. Jetzt fungierte sie als Briefkasten. Im Grunde aber war sie nur einer von Gunnis vielen Scherzen, denn er bekam nie Post. Auf der Büchse klebte ein Schild: „B. Trunken – Brechzeit: Ab 23.30 Uhr.“ Weiter unten am Zaun hatte er aus Sperrholz ein weiteres Schild angebracht, auf dem eingebrannt stand: „Keine Angst, wir wollen nur spielen!“ Darunter zwei zähnefletschende Fratzen, die seine Hunde darstellten.

Eric hatte ihn gefragt, ob er ihm eine richtig gute Zeichnung von Vicki und Gulli machen solle. Als Bezahlung oder so. Damit hatte er Gunnis Stolz verletzt. Er hatte bitter gelacht, abgewinkt und sich weggedreht. Auf keinen Fall wollte Eric jetzt zugeben, dass er Hunger hatte. Der Rauch und der feucht-fischige Gestank der Hunde machten sowieso, dass ihm dauernd übel wurde. Das half gegen seinen aufkommenden Hunger.

„Ich bin müde“, murmelte er. „Ich gehe schlafen.“

„Mach det“, erwiderte Gunni. „Ick geh noch mal raus. Falls hier die Chaoten auftauchen sollten, verhältste dich still. Du bist einfach nicht da. Wennse brüllen, zeig dich nich am Fenster un sach nüscht. Rin könnse nicht, dafür sorg ich. Die Hunde nehm ich mit.“

„Was wollen die denn von dir?“

„Bloß Randale, sonst nichts. Ick hab gestern mal wieder mein Maul zu weit aufgerissen und besoffen wie ick war, hab ich dumm rumgequatscht. Hab gesacht, ick fühl mich hier zu Hause in meinem Wohnkomplex, in meene vier Wände. Aber die sind so angestochen, da darfste auf keen Fall das Wort Heimat sagen. Jetzt bin ick die halbe Woche wieder ’n Fascho, den man bekämpfen muss. Mann, Mann. Die Zeiten ham sich geändert, ick geh jetzt. Solange wie ick weg bin, kannste dir mein Schlafsack nehm.“

Gunni ging und Eric zog sich das blaurote, an den Rändern zerschlissene Steppbett herüber und deckte sich zu. Draußen fiel zweimal eine Tür ins Schloss. Unten hörte er Gunni werkeln. Sicherheitsvorkehrungen für seinen Gast und seine vier Wände. Danach trat Stille ein.

Eric war müde. Am Abend zuvor hatte Gunni die halbe Nacht geredet. Der Boden war hart und roch säuerlich. Alles tat ihm weh. Eric wälzte sich ein paar Mal hin und her, bis er eine Lage gefunden hatte, in der er nicht so extrem die Auflagestellen seiner Knochen spürte. Am gestrigen Vorabend, als er schon nicht mehr gewusst hatte, wie er am besten sitzen oder liegen sollte, hatte Gunni ihm erläutert, dass eine Hausbesetzung früher noch was bedeutete. Damit sei es nun vorbei. Die neuen Jungautonomen würden einfach immer nur dagegen sein und sie hätten überhaupt keine Ahnung, was es bedeutet, sich eine alternative Lebensform zu suchen.

Eric sank in einen leichten Schlaf, durchbrochen von chaotischen Traumfetzen.

Schweißnass erwachte er. Von draußen schrie jemand. Taumelnd stand er auf und stolperte zum Fenster. Zu spät fiel ihm ein, was ihm Gunni gesagt hatte. Schnell duckte er sich, aber seine Silhouette war am Fenster schon zu sehen gewesen. Angestrengt lauschend kauerte er unter dem Fenstersims und versuchte auszumachen, ob das Geschrei etwas mit ihm zu tun hätte. Plötzlich mischte sich Hundegebell in die Rufe. Dann Gunnis Stimme: „Verpisst euch!"

„Spießer!", kam es zurück.

„Geht heim und lasst euch neue Springerstiefel kaufen, bevor ihr euch mit mir anlegt!" Gunni schien betrunken. Die Hunde bellten noch aufgebrachter. Eric hatte Angst. Wenn er jetzt hinunterginge, würde er überhaupt helfen können? Erneut kam sich Eric vor wie ein Riesenbaby, das keinen Schimmer hatte. Wie vor anderthalb Tagen.

„Bist du 'n Touri?“, fragte die Blonde.

„Nein“, hatte Eric geantwortet.

„Klar ist er 'n Touri. Solche seh ich doch auf hundert Kilometer.“

Eric verstand nicht. Die Mädchen misstrauten ihm. Erst schnorrten sie ihn vor dem Hauptbahnhof an und dann wurden sie zickig. Schließlich sagte Zombie zu ihm: „Okay. Ich bin Zombie.“ Das musste eine Art Freundschaftsangebot sein. Sie war dunkelhaarig und dreizehn.

„Ich bin Eric“, sagte Eric. „Ich bin nicht von hier, aber ein Touri bin ich auf keinen Fall.“

„Abgehauen?“

Erst begriff er es nicht, aber bald wurde ihm klar, dass Touris welche waren, die einen auf Penner machten, die nicht wirklich von der Straße waren. Die nur mal gucken wollten, wie es so ist.

Die Mädchen nahmen Eric mit, fragten ihn dauernd, ob er Geld hätte. Er holte nur sein Kleingeld raus. Dann trafen sie einen langen Jungen, der etwas älter war. Die Mädchen gaben dem Jungen Geld. Der lange Dünne ging daraufhin in den Supermarkt und kaufte Dosenbier. Die Mädchen passten ihn am Eingang wieder ab und er gab ihnen die Tüten mit dem Bier. Zwei Dosen behielt er dann für sich. Als Bezahlung. Die Mädchen verstauten alles in ihren Taschen, dann schlenderten sie gemeinsam mit Eric stadtauswärts. Sie schimpften immerzu auf die Supermärkte und dass sie so lange aufhaben und dass sich das Geschäft nicht mehr lohnt, wenn man dafür so weit laufen musste. Eric fragte sie nicht, sondern ging nur mit. Er hoffte, irgendwo schlafen zu können. Er fragte sie nach einer Jugendherberge. Sie lachten erst und dann erzählten sie ihm von einem Sleep-in in der Nähe des Hauptbahnhofes.

„Das geht da auch anonym und ohne Kohle. Aber nur drei Tage. Und unter achtzehn musst du sein."

Irgendwann war es gegen Mitternacht und Eric hatte keinen Schimmer, wo genau in der Stadt sie waren. Die Mädchen setzten sich mit dem Dosenbier an eine Unterführung und warteten. Nach und nach kamen andere vorbei. Sie kannten sich alle irgendwie. Aber nicht richtig. Die Blonde verkaufte das Bier für siebzig Cent die Dose und Eric begriff endlich, weshalb sie sauer auf die Öffnungszeiten der Discounter waren. Dann war das Bier plötzlich alle. Die Mädchen waren auch nicht mehr nüchtern. Sie irrten wieder eine Weile umher. Zombie und Kitty wollten eine Nummer mit Männern abziehen, die Eric nicht kapierte. Sie ignorierten ihn und gleichzeitig ließen sie ihn mitkommen. Schließlich wollte Zombie die Richtung wechseln, um die Nummer woanders abzuziehen, aber Kitty fror und war müde.

Die beiden Mädchen stritten sich. Zombie war schon volltrunken. Vielleicht sogar mehr als das. Sie war auch unruhig und gehetzt, rannte mitten auf die Straße. Eric sah, wie sie schwitzte, obwohl es kalt war, und er sah auch, wie sie winkte, um ein Auto anzuhalten. Lautes Gehupe. Kitty schrie ihr nach, sie solle zurückkommen. Scheiß-Turkey, brüllte sie. Eric war dann auch auf die Straße gesprungen und hatte versucht, sie auf den Bürgersteig zu ziehen, aber die Fahrbahn war zweispurig und Zombie lief in die Mitte auf den Grünstreifen zu. Eric gab auf und rannte zwischen den Autos zurück, blieb auf der anderen Seite stehen und sah ihr zu. Auf dem Mittelstreifen stapfte Zombie ziellos umher, fuchtelte mit den Armen und fluchte. Er sah, wie sie sich an die Straße setzte. Viel zu dicht. Ein Auto wich ihr aus, rammte ein anderes. Wieder lautes Hupen. Dann das Quietschen von Bremsen und zwei Fahrzeuge krachten ineinander. Zombie war aufgesprungen und im Zickzack in die entgegengesetzte Richtung über die andere Spur gelaufen. Dann verschwand sie hinter einer Mauer. Eric hatte auf die Autos gestarrt. Nur auf die Autos. Wieder waren da fuchtelnde Arme. Die Fahrer schrien sich an und beschuldigten sich gegenseitig. Jemand neben ihm telefonierte. Er drehte sich um und starrte auf den Mann. Kitty war verschwunden. Und dann hörte er auch schon die Sirene.

„Wurde er nun gesehen oder nicht?"

Der Beamte zeigte Laetitia nur einen pixelig aufgelösten Kurzfilm am PC.

„Den hat ein Unfallzeuge gemacht mit einem Handy. Dieser Junge war dort vor Ort, ist aber weggerannt, als die Polizei kam. Ist nicht viel zu sehen, aber vielleicht reicht es."

Sie erkannte es sofort: Erics überraschtes Gesicht, wie es sich panisch verzog, wie er sich zur Seite drehte und weglief.

„Hat er …?"

„Nein, der Junge ist nicht schuld. Ein Mädchen war auf der Fahrbahn. Falls das da Ihrer sein sollte, wollte er wahrscheinlich sogar helfend eingreifen. Hat ein anderer Zeuge zu Protokoll gegeben. Aber das konnte der Handybesitzer nicht wissen. Der hat einfach nur draufgehalten. Keine schöne Sitte, aber in diesem Falle hilfreich."

„Wo ist die Aufnahme gemacht worden?"

„In Berlin."

„Und wo ist er dann hin?"

„Wissen wir nicht. Es tut mir leid, mehr kann ich Ihnen nicht sagen."

Laetitia wurde wütend. Der Beamte blickte auf.

„Wissen Sie eigentlich, was Sie für ein Glück haben, dass diese Handysequenz überhaupt existiert und der Kollege sie an uns weitergeleitet hat? Mehrere glückliche Zufälle. Da war jemand zur richtigen Zeit am richtigen Ort. Und jemand anders …“, er deutete mit einem Kopfnicken auf Erics Gestalt im PC, „… eben nicht.“

Der Beamte lachte, hörte aber sofort damit auf, als er Laetitias Wut sah.

„Was ist eigentlich mit dem Vater?“

Sie zuckte zusammen.

„Haben Sie schon mit dem Vater des Jungen Kontakt aufgenommen?“

Sie schüttelte den Kopf. „Ich bin alleinerziehend.“

„Haben Sie denn überhaupt Kontakt zum leiblichen Vater?“

Wieder verneinte sie.

„Aber er ist Ihnen bekannt?“

Laetitia hatte es die ganze Zeit ausgeblendet. Gernot. Hatte diese Möglichkeit völlig beiseitegeschoben. Ein absurder, ein unbequemer Gedanke und sie hatte ihn entsorgt wie Papierkram bei der Suche nach Wichtigerem.

„Bei der Fluchtroutine von Minderjährigen im Alter Ihres Sohnes, die bei einem Elternteil leben, ist es statistisch gesehen …“

Der Rest des Satzes ging an ihr vorbei. Erst als der Beamte zum zweiten Mal nach dem Namen des leiblichen Vaters fragte, schaute sie auf. Gernot. Eric. Gut, dass sie saß. Diese verdammte Schwäche! Ihre Knie zitterten. Zusehends entglitt ihr der Boden. Ihre Seele reagierte wie jemand, den man unwillkürlich in ein Loch stieß. Auf sich selbst hatte sie sich doch immer verlassen können. Und nun wurde diese Sicherheit ausgehebelt durch einen Gegner, der ihr so nahestand wie niemand sonst. Mit dem sie vertraut war seit Jahrzehnten, der immer ihr Verbündeter gewesen war und der sie jetzt einfach im Stich ließ: ihr eigener Körper.

„Wollen Sie vielleicht ein Glas Wasser?“ Der Beamte war bereits aufgestanden. Sie schüttelte nur den Kopf.

„Nein, danke, es geht schon.“ Dann entschied sie sich um. „Oder doch. Bitte. Das wäre gut.“

Der Mann ging hinaus. Laetitia lehnte sich seufzend zurück. Das eigene Wollen, früher ein solider Boden unter ihren Füßen, erschien ihr mit einem Mal brüchig und dünn. Das Starke, das sie immer ausgemacht hatte, schmolz langsam dahin, während unter dem alten Packeis ein ganzes Meer aus Schwäche trieb.

„Bitte schön. Lassen Sie sich Zeit.“

Laetitia trank in kleinen Schlucken. Sie würde sich von nun an daran gewöhnen müssen, diese Schwäche hinzunehmen. Sie musste nur in Bewegung bleiben, musste im Strom nach verbliebenen Schollen suchen und aufpassen, nicht in einem Spalt für immer zu verschwinden. So wie jetzt. Eric und Gernot. Sie durfte nicht versinken und nicht untergehen. Sie musste in Bewegung, musste präsent, musste oben bleiben.

„Wie lautet denn der Name des Vaters und wissen Sie, wo er sich momentan aufhält?“

Laetitia antwortete so klar sie konnte: „Gernot Paulsen. Ich glaube, er wohnt irgendwo um oder in Berlin.“

Eric fand das Sleep-in nicht. Er irrte umher, bis die Stadt ihr morgendliches Grau angenommen hatte. Bis er an einem S-Bahnhof auf einen Mann stieß. Die Dose Bier, die in der Außentasche seines Rucksackes steckte, fiel heraus und klatschte auf den Boden. Eric tat vor Schreck einen Sprung, weil zwei Hunde losbellten. Die Büchse platzte auf und verteilte ihren Inhalt schäumend über den Asphalt. Der Mann, dem die Hund gehörten, griff danach und rettete den Rest in der Dose.

„Wär doch schade drum", sagte er zu Eric, trank, wischte sich den Mund und reichte sie ihm zurück. So hatte Eric Gunni kennengelernt. Vor zwei Tagen.

Die Hunde unten hörten auf zu bellen. Eric atmete auf, als er die schleppenden Schritte des Ex-Stadtstreichers hörte und kurz darauf das Zuschlagen der Tür. Erleichtert entspannte er sich, als ihm der vertraute Gestank von nassem Hundefell in die Nase drang.

„Die gehobene Mittelschicht auf Trebe!" Gunni fluchte auch in der Wohnung ununterbrochen weiter.

„Mach Platz!", herrschte er Eric an. Und Eric verkroch sich in eine andere Ecke ohne die Nylondecke. Er war sowieso wach. Bald darauf schnarchte Gunni. Irgendwann holte auch Eric der Schlaf wieder ein. Es war ein sehr flüchtiger Schlaf.

Als es hell wurde, hörte er Gunni rumoren. Sein Kopf war ein einziger tauber Schmerz. Er versuchte den ganzen Vormittag, Schlaf zu erhaschen. Ab und an leckten ihm die Hunde das Gesicht, polterte Gunni oder krachten Türen. Er fieberte. Gegen Mittag quälte er sich hoch. Ihm war schwindelig und schlecht. Gunni musterte ihn.

„Du bist nicht dafür gemacht. Das mein ich nicht abfällig. Junge, du bist bloß auf Zwischenstation. Wenn du jetzt hier schlappmachst, hab ick das Problem. Besser, du gehst woandershin. Bist sowieso schon länger als abgesprochen hier."

Eric hatte sich hochgequält, danke gesagt und war gegangen. Am Abend lag er auf den Sitzen der S 5 in Richtung Strausberg. Er schwitzte und vermutlich stank er. Die Leute musterten ihn, schüttelten die Köpfe. Halbsätze oder Worte streiften ihn. Es war ihm egal. Er musste sich konzentrieren. Für mehr als zum Halb-wach-Sein reichte seine Kraft nicht aus. Jeder klare Gedanke war kostbar. Sein Kopf, leer wie eine Schüssel. In Strausberg torkelte er aus der S-Bahntür. Filmriss.

Er schüttelte vehement den Kopf und murmelte den Straßennamen, als ihn ein Passant fragte, ob er Hilfe bräuchte. Jemand wollte einen Krankenwagen rufen, aber er weigerte sich. Auf keinen Fall, erwiderte er, er wohne hier um die Ecke, gleich in der Nähe. Auf der Bank an der Bushaltestelle sei er nur kurz eingenickt. Er hatte keine Ahnung, wie viel Zeit verstrichen war. Zwei ältere Herren unterhielten sich über ihn, bevor sich einer von ihnen zu ihm herunterbeugte und fragte. Es dauerte lange, bis Eric reagierte. Er holte den Zettel heraus, sammelte seine Kräfte und erzählte schwer atmend etwas von einer Austauschreise, auf der er unterwegs erkrankt sei. Sagte, seine Familie wisse Bescheid und erwarte ihn. Sein Handy hätte bloß keinen Akku mehr. Filmriss.

Er sah das Gesicht einer Frau vor sich, deren Tochter kaum älter war als er selbst. Er vernahm, wie das Mädchen sagte, sie wisse, wo das sei. Sie hatte seinen Zettel in der Hand. Während sie gingen, zu dritt, holte er tief und regelmäßig Luft und konzentrierte sich auf nichts anderes als seine Schritte. Das Gehen fühlte sich leichter an als vorher, bis er begriff, dass die Mutter des Mädchens seine Tasche trug.

„Du hast es nicht geschafft, Gernot anzurufen?“, fragte Mabel leicht gereizt und schmierte sich Quark auf den Toast. Den Kühlschrank hatte sie nach ihrer Rückkehr aufgefüllt, aber Butter hatte sie vergessen und Laetitia wirkte, als wäre ihr ein einfacher Einkauf schon zu viel.

„Nein“, antwortete Laetitia und zwang sich dazu, ohne Appetit auf einem vertrockneten Apfelstück herumzukauen. Wie viel Kraft es sie gekostet hatte, schon Mabel um Hilfe zu bitten, verschwieg sie. In den letzten beiden Tagen hatte sie Kräfte sammeln können, doch hatte die Zeit auch ihren Widerstand entfacht. Etwas hinderte sie immer wieder daran, Mabel gegenüber Schwäche einzugestehen.

„Was hast du heute vor?“, hakte Mabel nach.

„Dir meine Mutter vorstellen?“ Laetitias neu erwachter Zynismus bewirkte, dass Mabel sich irritiert ein Stück zurücklehnte und die Stirn runzelte. Ihr Blick wurde finster und ihre Hände umschlangen die frische gebrühte Tasse Kaffee, als wollten sie anderswo Wärme tanken. Mabel beobachtete mit erzwungener Gelassenheit das flüssige Schwarz in ihrer Tasse, bis Ruhe an der Oberfläche des Getränkes eingekehrt war. Dann hatte sie sich gefangen und antwortete: „Gern. Wann wollen wir los?“

„Wie lange ist sie denn schon hier?“ Mabel strich leicht über Hannas weiße Hand und wandte auch den Blick nicht von ihr ab.

„Eine knappe Woche“, antwortete Laetitia. „Aber mir kommt es vor, als ob Monate vergangen wären, seit ...“

„Seit was?“

„Ach, nichts.“

„Als die Welt noch in Ordnung war?“

Sie blickten beide zugleich auf.

„Mir sprudeln die Worte manchmal schneller aus dem Mund, als ich will, Laetitia.“

Laetitia beobachtete, wie Mabel wieder auf Hannas Gesicht blickte, und sofort mischte sich Eifersucht in ihren Schmerz. Sie war überempfindlich geworden, selbst jetzt, da Hanna nur so da lag und Mabel nichts weiter tat, als sie anzuschauen und ihre Hand zu streicheln. Wieder einmal hatte Laetitia das Gefühl, Hanna würde sich dazwischendrängen.

Oktober 1976

„Mach das ab!"

„Aber ich hab es doch eben erst bekommen."

„Aber zum Essen brauchst du es nicht."

Laetitia begann, die Zipfel des neuen, blauen Halstuches zögerlich zu lösen, und Hanna bemerkte, dass ihre Tochter befürchtete, den Knoten nicht mehr so hinzubekommen, wie sie es in der Schule gelernt hatte.

„Ich habe schon gegessen, Mutti. In der Schulspeisung."

„Das ist kein Essen, Laetitia."

„Gönn dem Mädel doch seinen Stolz. Komm, lass es noch kurz um." Holger legte Laetitia seine groß geäderte Hand auf die Schulter. Holger war der Neue in Hannas Leben. Laetitia mochte seine kräftigen Adern. Immer, wenn sie stark hervortraten, drückte sie leicht darauf und schrie kichernd „ih!", sobald sie zur Seite flutschten.

„Ein Foto. Wollen wir eins machen?", fragte Holger. Hanna sah die Augen ihrer Tochter strahlen, sah Laetitia zum Schulranzen rennen, sah sie den neuen Pionierausweis herausnehmen und ihn zwischen Daumen und Zeigefinger halten. Auf Brust-, auf Halstuchhöhe. Holger packte seine Praktika aus der Lederhülle und schraubte das Blitzlicht darauf.

„Der Tisch ist gedeckt!", rief Hanna dazwischen. Es ärgerte sie, dass Holger so kurz vor der Mahlzeit noch die Spiegelreflex rausgeholt hatte. Das konnte dauern. Das war eine Missachtung ihrer Arbeit.

„Gleich, Hanna, nur ein Foto."

Das Blitzlichtgerät brauchte einen kurzen Moment, bis es bereit war. Wenn der Ton ganz leise, hoch und fiepsig geworden war, dass man ihn fast nicht mehr hörte, dann war es so weit. Fotos zu machen, faszinierte Laetitia. Alles liebte sie daran. Vom Drücken auf den Auslöser, der so herrlich klicken konnte, als ob ein winziges Uhrwerk mit beteiligt wäre, bis zum Abziehen der Bilder auf dem Zauberpapier. Und Dunkelkammer war ihr Lieblingswort. Sogar den Geruch der Entwicklungsbäder atmete sie tief ein, bis sie husten musste. Sie tat es gern, obwohl er giftig war, als wäre es Magie.

„Jetzt kommt doch endlich!“ Hanna drängte.

Holger drückte auf den Auslöser und es blitzte.

„Komm, Kind, wollen wir deine Mutter nicht weiter warten lassen.“ Laetitia kräuselte die Stirn. Hanna sah, dass Laetitia gerne noch mehr Fotos geschossen hätte. Wütend wurde ihre Tochter. Trotzig. Als würde sie böse sein auf Hanna und ihr pünktliches Essen. Dann löffelten sie zusammen die Suppe. Eintopf. Hanna kochte gut, aber Laetitia hatte ja schon gegessen. Ihre Tochter träumte mit dem Löffel in der Hand, passte nicht auf und ein Zipfel des blauen Pioniertuchs schummelte sich in ihren Teller. Als sie sich aufrichtete, weil Hanna sie zum Weiteressen ermahnte, rutschte er wieder heraus und zog eine dünne Suppenspur über die helle Tischdecke.

Hanna schimpfte. „Hab ich es dir nicht gesagt? Mach es ab! Warum hörst du nicht?“

„Ist doch nicht schlimm“, sagte Holger. „Das ist doch Plaste, das geht doch abzuwischen.“

„Misch dich nicht ein. Wer wäscht denn die Wäsche, du oder ich?“

Holger schwieg und Hanna sah, wie Laetitia sich wünschte, dass er aufbegehrte. Ihr schelmischer Seitenblick verriet sie. Sie kannte ihre Tochter. Doch Aufbegehren, so etwas tat Holger nicht. Er war gar nicht der Mensch dafür. Und Hanna wusste auch nicht so recht, was ihr lieber gewesen wäre. Dass Holger schwieg oder dass er ihr Kontra gäbe. Widerworte würden sie nur wütend machen. Sollte er lieber den Mund halten. Gut, dass er nur rauchte und nicht trank. Aber eine wirkliche Stütze war ihr neuer Freund nicht. Sie wünschte sich eine starke Schulter zum Anlehnen.

Warum geriet sie immer an die Falschen? Holger war zwar ein netter Mann und schmuck sah er auch aus. Hatte volles Haar und kräftige Arme. Ihre Kolleginnen verstanden nicht, wieso sie nicht längst geheiratet hatten. Aber da blieb sie dieses Mal hart. Das Gefühl musste doch da sein, und solange da nichts war, würde auch nichts laufen. Hanna wusste, wo das hinführte, wenn sie einen Mann nähme und das Gefühl fehlte, und am wichtigsten war das Kind, die Laetitia. Darum musste sie sich kümmern. Das war ihre Hauptaufgabe.

„Lebt sie eigentlich ganz allein?"

Laetitia verstand Mabels Frage nicht gleich.

„Ich meine, hatte sie jemanden. Irgendwelche Freundinnen oder ..."

„Einen geheimen Liebhaber?" Laetitia sah, wie Mabel lächelte, und fragte sich, woher Mabel immer ihre Leichtigkeit nahm. „Wie kommst du denn darauf?"

„Weiß nicht. Eingebung. Aber im Ernst, bist du die Einzige, die deine Mutter besucht?"

„Ich glaube, ja. Also da wäre noch meine Stiefschwester. Und eben, na ja, meine Mutter hat doch ..." Sie wollte es nicht aussprechen.

„Eric", ergänzte Mabel, „richtig?"

„Ja."

Kurz schien es eine Reaktion bei Hanna zu geben, aber als sie sich beide zu ihr umwandten, war alles wie zuvor.

„Hast du es ihr gesagt?"

„Dass er weg ist? Ja, sofort. Ich hoffte ja, die Nachricht würde sie aufwecken. Aber sie hat nicht darauf reagiert. Und wenn überhaupt jemand sie jemals zurückholen könnte, dann Eric."

Wieder schauten beide auf Hanna. Die Bettdecke, die sich in regelmäßigen Abständen unmerklich hob und senkte, machte weder Hoffnung noch gab sie ihnen Anlass zu Resignation.

„Ich glaube, sie hat abgenommen", sagte Laetitia. „Mich hat ihr Dicksein immer gestört. Es hat mich aggressiv gemacht. Aber jetzt, wo sie da liegt und nicht anwesend ist, da stört es mich überhaupt nicht mehr. Sie tut mir leid. Das muss komisch für dich klingen, aber meine Mutter hat mir noch nie leidgetan. Oder ich kann mich zumindest nicht daran erinnern."

Mabel ließ von Hannas Hand ab und trat näher an Laetitia heran. Sie sagte nichts mehr. Sie nahm sie einfach in den Arm und Laetitia ließ es geschehen. Für einen flüchtigen Moment lang ging eine Tür in ihr auf. Millimeter waren es nur. Und doch war ihr, als ob durch diesen Spalt ein Brausen und ein Toben drangen, so, als ob diese Tür der Zugang zu einer wilden und gewaltigen Kraft in ihr wäre. Sie löste sich aus der Umarmung und das Gefühl verschwand so schnell, wie es gekommen war. Sie atmete durch.

„Sorry, das ist für mich alles zu viel."

„Schon okay."

In diesem Moment betrat Dunja Kleebusch den Raum. Mabels Augen leuchteten auf und Laetitia erkannte, dass sie die Physiotherapeutin sofort ins Herz schließen würde. Die beiden etwa gleich großen Frauen begrüßten sich herzlich, als ob sie gute Bekannte wären. Und Laetitia fühlte sich fernab von ihnen. Nicht dazugehörend. Wieder überrollte sie ein Eifersuchtsschub. Und sie hasste sich dafür.

„Das ist ja schön!", rief Dunja Kleebusch ihr zu. „Ich freue mich, dass Sie kommen konnten. Ehrlich gesagt habe ich nach unserem letzten Gespräch nicht mehr daran geglaubt, Sie überhaupt wiederzusehen."

Mabels Brauen hoben sich und ihre Augen fragten Laetitia mit einem Seitenblick. Laetitia schaute weg.

„Frau Klänger junior hält nicht allzu viel von meiner Methode", sagte Dunja Kleebusch.

„Welche Methode?", erkundigte sich Mabel.

„Kontakt zu ihrer Mutter aufzunehmen."

Mabel lachte auf. „So wie Sie das sagen, klingt es beinahe, als wären Sie jemand, der Verbindung zum Jenseits aufnehmen könnte."

„So kommt es mir auch vor", brummte Laetitia.

„Woher diese Ablehnung?", fragte die Therapeutin und der alte Streit drohte aufzulodern.

„Was ist daran nicht zu verstehen?", brauste Laetitia auf. „Das Geld reicht hinten und vorne nicht, um wichtige Untersuchungen durchzuführen, die vielleicht hilfreicher wären. Aber für das, was Sie da machen, reicht es offensichtlich dann doch."

„Kann mich mal bitte jemand aufklären?", mischte sich Mabel ein.

„Vielleicht sollten wir alle kurz nach draußen gehen. Ich halte nicht viel davon, Dispute mit so viel negativer Energie vor Ihrer Mutter auszutragen."

Laetitia rollte die Augen, gab aber auf, als Mabel sie sanft am Ärmel zog.

„Habe ich noch nie gehört. Basale Stimulation. Klingt gut. Sie sagt, es können schon kleinste Signale wie das Heben einer Augenbraue oder das Zucken um den Mundwinkel sein. Du schneidest dir Hunderte von Möglichkeiten ab, wenn du nicht wenigstens versuchst, deine Mutter zu berühren. Es muss ja nicht lange und innig sein. Du kannst doch ganz klein anfangen."

Laetitia seufzte. Sie hatte den Eindruck, Dunja Kleebusch würde aus Mabels Worten weiter zu ihr sprechen. Die vergangenen zehn Minuten vor der Tür hatten gereicht, Mabel vollends zu überzeugen.

„Ich kann das nicht, Mabel", erwiderte Laetitia. „Ich kann es einfach nicht. Wenn ich dir beschreibe, was in mir los ist, sobald ich Anstalten dazu mache, hältst du mich für ein Monster. Oder für krank. Und manchmal bin ich es", setzte sie leise hinzu.

„Wie meinst du das?"

„Ich weiß nicht. Keine Ahnung, was mit mir los ist. Es geht eben nicht."

„Weinst du denn nie?" Mabel Frage traf Laetitia unvorbereitet. Sie musste schlucken.

„Nie ist nicht ganz richtig", erwiderte sie kurz angebunden und zuckte mit den Schultern.

Weinen war schlimm. Weshalb das so war, hatte Laetitia vergessen. Es war schlimm, so dass man es eben nicht tat. Weinen lag so viele Jahre zurück, in einer Zeit, in der es für Laetitia noch keine Worte gegeben hatte, und deshalb konnte sie auch keine Worte als Antwort auf Mabels Frage abrufen. Sie war zu klein gewesen, um sich zu erinnern, wie schnell Hanna im Trösten und im Ablenken gewesen war, viel schneller, als sie damals Zeit gehabt hätte, traurig zu sein. Traurig war auch schlimm. Sogar schlimmer als Wut. Traurig zu sein, hatte Laetitia nicht vergessen. Sie hatte es niemals gelernt. Da war ein Block. Eine Wand. Da hörte etwas in ihr auf, weil das, was dahinter lag, schlimmer als alles andere war.

„Weißt du“, sagte Mabel nach einer Weile. „Ich habe das Bild von zwei Wanderinnen, die nebeneinander herliefen, Arm in Arm. Erst war alles okay, aber als es anfing, kalt zu werden, der Hunger kam und die Kraft wich und die eine zur anderen sagte: Stütz mich! Da konnte die andere nur antworten: Ich brauche meine Kraft für mich selber, ich schaffe das nicht zu zweit. Und dann gingen sie nur noch nebeneinander her. Jede für sich. Sie warteten aufeinander und verließen sich nicht, aber sie waren nicht imstande, sich zu berühren.“

„Das ist doch vernünftig. Nur so überleben sie“, erwiderte Laetitia.

„Kann sein, dass das deine Stärke ist, aber mir reicht es nicht“, antwortete Mabel.

„Aber was willst du?“, fragte Laetitia.

„Ich will dich spüren, auch wenn es dir schlecht geht.“

„Ich weiß nicht, ob ich das will.“

„Wovor hast du Angst, Laetitia?“

„Angst, Angst! Ich habe keine Angst. Das ist das falsche Wort.“

Mabel erwiderte nichts darauf. Stattdessen wartete sie. Auf das richtige Wort. Was war das richtige Wort? Laetitia schwieg.

„Schmerz. Ich glaube, es würde wehtun“, sagte sie schließlich.

„Was?“

„Wenn ich der Wanderer wäre, von dem du sprichst, und du mich stützen wolltest. Es würde mir wehtun. Jede Berührung wäre eine Qual. Die Haut wäre viel zu dünn.“ Sie sah zu Mabel auf und ihre Augen waren traurig. „Es ist ein romantisches Bild, Mabel, das von den zwei Leuten, die sich völlig entkräftet gegenseitig Halt geben“, fuhr sie fort, „aber es ist ein Bild. Nur ein Bild.“

„Ich bin eben hoffnungslos romantisch“, erwiderte Mabel lächelnd.

„Das ist auch gut“, sagte Laetitia leise und schickte Mabel einen flüchtigen Blick hinüber, in der Hoffnung, die aufsteigende Traurigkeit zwischen ihnen vertreiben zu können.

Vor Eric stand ein fremder Mann. Der Nebel in seinem Kopf war für einen kurzen Moment wie weggeblasen. Er erkannte das Gesicht zwar wieder, denn das Bild des Mannes vor ihm deckte sich mit seinem alten Foto. Nur bestand zwischen den Gesichtszügen dieses Mannes und seinem inneren Bild nicht die geringste Verbindung. Der fremde Mann mit dem Gesicht seines Vaters sagte noch immer nichts. Kein erlösendes Wort. Nur eine immense Spannung hing in der Luft.

„Hallo“, brachte Eric schließlich heraus. Die erfundene Geschichte, die er sich ausgeklügelt und zurechtgelegt hatte, verglühte in diesem Hallo.

„Wer bist du?“ Filmriss.

Eric lag auf einem Sofa. Der Geruch von Lenor kroch als Erstes in sein Bewusstsein. Ihn fröstelte, obwohl er unter einer weichen Decke lag. Als Zweites nahm er Kinderquengeln wahr und als Drittes eine weibliche Stimme hinter mehreren Türen, die die Stimmchen zu beruhigen versuchte. Von draußen drang das Geräusch eines vorbeifahrenden Busses herein und ein Handy klingelte ganz in der Nähe. Wieder hörte er die Frauenstimme. Freundlich und warm. Alles um ihn herum erschien ihm fremder als fremd. Hierherzufinden hatte ihn seine ganzen Reserven gekostet. Die Flucht war vorbei und das Ziel erreicht. Er war bei seinem Vater angekommen. Doch die Vorstellung, die er heilig wie das einzige Foto immer bei sich getragen hatte, löste sich zwischen zwei Filmrissen in Luft auf und das Foto wurde zu einem zerknitterten und verblichenen Abzug eines beliebigen Momentes. Vergessen und fahl.

Ein silberfeines Pling durchschnitt die Luft. Er drehte langsam den Kopf in Richtung des Tons und brauchte eine Weile, um herauszufinden, was ihn ausgelöst hatte. Als er die Augen zusammenkniff, sah er, dass eine winzige Uhr an der Wand hing, deren Ziffernblatt kaum größer war als der Durchmesser einer Coladose. Der Schlegel aber schaukelte darunter an einer länglichen Goldverstrebung unablässig hin und her und stand in einer unverhältnismäßigen Proportion dazu. Dieses merkwürdig altmodische Teil, das bestimmt teuer war, ziemlich hässlich aussah und ein so feines Geräusch von sich geben konnte, tröstete ihn. Er nickte wieder ein.

Ein leiser Streit ließ ihn erwachen. Jemand war im Zimmer gewesen. Gedämpfte Stimmen im Vorraum rangen miteinander. Ein schaumgebremster Streit. Verhalten und zäh. Dazwischen wieder spitzes Kinderquengeln. Eric lauschte dem leisen Streit. Er kannte das nur zu gut. Er wollte das nicht. Das waren fremde Menschen und sie sollten keine Rücksicht auf ihn nehmen. Sie waren nicht aus seiner Welt und hatten nichts mit ihm zu schaffen. Bitte, dachte er. Nicht wieder alles von vorne. Fast schien Eric, als entfachte er durch sein bloßes Dasein diesen gedeckelten Streit immer wieder von Neuem. Am liebsten wollte er weg. Unsichtbar sein. Schwindelnd erhob er sich. Sie sollten es wissen. Sie sollten aufhören. Nicht dieses Zanken hinter verschlossenen Türen. Ihm wurde schwarz vor Augen. Die Tür öffnete sich und Gernot kam herein.

„Eric.“ Sein Vater drückte ihn zurück auf die Couch. Eric blinzelte. Gleich daneben sah er sie. Seine Frau. Jung und dünn. Jünger als Laetitia. Und zwei kleine Mädchen. Die Frau schickte die Kinder raus. Die wollten aber bleiben. Und schließlich zog die fremde Frau sie mit hinaus.

„Es ist gut, dass du jetzt hier bist“, sagte der Mann schließlich, der ihm immer noch wie eine ältere und dickere Version des Fotos vorkam.

„Woher weißt du, dass ich es bin?“

„Laetitia hat mich angerufen. Schon vor einer Weile. Bevor du gekommen bist.“ Er war in eine Falle getappt. Gernot hatte einfach nur abgewartet, bis er hier aufkreuzte.

„Bleib liegen. Es ist okay. Bitte. Leg dich wieder hin.“

„Ich muss weg.“

„Du bist nicht in Ordnung. Du bist krank.“

„Egal. Lass mich hier raus.“ Eric richtete sich auf. Die Empörung mobilisierte versteckte Kräfte in ihm.

„Mit diesem Fieber kommst du keine zehn Meter weit. Wo willst du denn jetzt hin?“

„Weg. Ich komm schon klar.“

Eric schwankte zur verglasten Tür.

„Warum hast du mich dann gesucht?“

„Frag doch meine Mutter. Ihr habt doch telefoniert.“

Gernot war hilflos. Sein Sohn, den er um etliche Konfektionsgrößen kleiner in Erinnerung hatte, stand vor ihm wie ein ausgewachsener Gruß aus alter Zeit. Schwankend. Fiebernd. Zornig. Es waren keine Kinderaugen mehr, die ihm dort entgegenblitzten und nach einer Antwort verlangten. Gernot starrte zurück.

„Setz dich“, sagte er dann. „Warum bist du hierhergekommen?“

„Ich will jetzt weg.“ Eric lief in der Stube gehetzt auf und ab. Gernot versuchte, dem schmerzlichen Anblick auszuweichen, und heftete den Blick auf die Pendeluhr. Die Unruhe der Uhr war gleichmütig und regelmäßig. Sie strahlte etwas Verlässliches aus. Sie hatte die Jahrzehnte, die seit dem Tod seiner Mutter vergangen waren und auch die, die seit der Trennung von Laetitia und der Geburt seiner beiden Töchter verflossen waren, überdauert. Die stetige Konstanz ihres lautlosen Pendelschlags und des stündlichen Plings verschaffte ihm in diesem Augenblick die nötige Ruhe. „Du bist hier aufgeschlagen. Bei mir. Hast dich bis hierhergeschleppt. Krank. Ich will den Grund wissen. Deinen Grund. Keine Version von Laetitia.“

„Weiß Mama denn schon, dass ich hier bin?“

„Noch nicht.“

Eric hörte auf zu tigern und setzte sich wieder, sorgsam darauf bedacht, nur die Ecke des weißen Sofas zu benutzen. Er bemerkte eine dunkle Stelle, die seine Jeans darauf hinterlassen hatte, und schob die Decke zwischen sein Gesäß und das helle Polstermöbel.

„Rufst du sie an?“

„Erst will ich alles wissen. Von dir.“

„Und danach?“

„Eins nach dem anderen.“

„Ich bleibe, aber nur, bis ich gesund bin, und du darfst Mama nicht anrufen.“

„Ich bin erwachsen und entscheide selbst, was ich darf. Wie stellst du dir das alles vor? Außerdem kannst du deine Mutter anrufen.“

„Nein. Niemals.“

„Warum?“

„Ich will sie nicht sehen.“

„Das musst du nicht, du brauchst nur mit ihr sprechen. Sie macht sich Sorgen."

„Das ist egal, sie wird mir sowieso nicht verzeihen."

„Was?"

„Nichts."

„Was wird sie dir nicht verzeihen?"

Wieder stand Eric auf. Getrieben von diesem inneren Tier. Wieder heftete Gernot seinen Blick auf das Pendel und tat so, als spräche er zur Wand. Beiläufig, aber strikt. Er bemühte sich, nicht zu insistieren und trotzdem hartnäckig zu bleiben. Ein Spagat, der ihm beinahe unmöglich schien. Endlich kam sein Sohn zur Ruhe.

„Dass ich weggelaufen bin, nachdem, nachdem ..."

„Nachdem was?" Gernot klinkte sich in den zögerlich hervorgepressten Satz ein. „Was, Eric?"

„Nachdem ich Oma in der Küche gefunden habe."

Es fiel ihm so schwer, das Bild in Worte zu fassen. Es war ein Bild, das das Ende und den Abschied einer für immer verlorenen Normalität beschloss.

Schleppend, Wort für Wort, gestützt durch Gernots Zwischenfragen und nach mehreren kleinen Pausen ergab sich bald für seinen Vater eine schlüssige Geschichte. Es kam Eric vor wie ein Comic. Nur entbehrte das bruchstückhaft in Worte Gefasste jeglicher Leichtigkeit. Seine Flucht war nichts weiter gewesen als eine Schnitzeljagd auf abgezäuntem Terrain. Und dann sah er Hanna, wie er sie verlassen hatte. Seine Hände bebten, als er sie vor sein Gesicht halten wollte, um die Tränen zu verbergen.

„Sie lebt", hörte er seinen Vater sagen. „Du hast mich zwar nicht danach gefragt, aber deine Großmutter Hanna lebt."

Eric hatte diese Frage die ganze Reise bei sich getragen. Er schluchzte.

Pling. Das feine Geräusch der Uhr zog einen dünnen Faden wie eine goldene Spinnwebe quer durch den Raum.

„Wirklich?“, fragte Eric in die Stille.

„Ja“, sagte Gernot und es war gut. Ein Teil in Eric kam zur Ruhe.

„Ich konnte Mama nicht anrufen. Ich weiß nicht, warum. Ich kann es immer noch nicht. Auch jetzt nicht.“

„Was denkst du denn, wie es jetzt weitergehen soll?“

„Weiß nicht.“

„Selbst, wenn ich es wollte, Eric, ich könnte dich die nächsten Tage nicht so ohne Weiteres hierbehalten. Laetitia ist über die Polizei an mich herangetreten. Du bist als vermisst gemeldet und du bist minderjährig.“

Sie schwiegen. Ratlosigkeit machte sich breit.

„Du schreibst es ihr.“

„Nein.“

„Per Mail.“

„Nein.“

Eric mauerte. Gernot hatte keine Erfahrung im Umgang mit Fünfzehnjährigen. Er spürte nur, dass da ein Gebiet bei seinem Sohn begann, dessen Überschreitung, ob in Form eines Ultimatums oder einer Drohung, den mühsam aufgebauten ersten Kontakt zerstören würde. Ein paar Fäden mehr bräuchte es schon, dann erst wäre möglich, was er vorhatte, aber die Zeit rannte ihm davon. Die vielen verlorenen Jahre, in denen er sich hätte kümmern oder kämpfen können. Dick waren sie gewesen, Melissas Mauern, seinen Umgang mit Eric betreffend. Er hatte klein beigegeben. Steine hatte sie ihm in den Weg gelegt. Ihre Kriegserklärungen und der Liebesentzug hatten ihm zugesetzt. Aus heutiger Sicht schienen sie ihm wie ein Vorwand, hinter dem er sich all die Jahre versteckt hatte. Und später hatte er einfach aufgegeben, obwohl Anja, seine jetzige Frau, nichts dagegen gehabt hätte. Er hatte geschwiegen. Aus Scham, aus Schuld, aus Bequemlichkeit. Nun war sein Sohn leibhaftig hervorgetreten und signalisierte: „Mach mal!"

Viel zu plötzlich.

April 1995

„Papa, mach das mal zusammen." Eric stand vor ihm und hielt ihm ein winziges Kabel hin. Dem Spielzeugauto war der Kontakt abgerissen.

Gernot hatte das Auto umgedreht. Keine zwei Minuten und die Sache war repariert. Das Auto fuhr los und schied zu Erics Entzücken aus der hinteren Öffnung bunte, rechteckige Steine aus, die mittels Mechanik in gleichen Abständen zu einer Schlange aufgereiht wurden. War die Schlange fertig, löste ein Stups des ersten Plättchens eine Kettenreaktion aus, und der gesamte, mit einem kunstvollen Muster ausgeschmückte Boden begann lebendig zu werden. Die Dominoplättchen ratterten unaufhaltsam und mit leisem Geräusch in Kringeln und Linien um Sessel- und Tischbeine herum. Bis in die hinterste Ecke der Stube, manchmal sogar bis in die Küche hinein, so lange, bis schließlich ein letzter Klick das Ende des farbigen Schauspiels beschloss. Die Zauberei war vorbei. Binnen Sekunden. Die akribische Aufstellungsarbeit nahm das Zehnfache der Dauer des kleinen Spektakels in Anspruch. Gernot durfte das Zimmer, in dem das Spielzeugauto seine Aufbauarbeit leistete, nicht betreten. Und wenn, nur auf Zehenspitzen. Fiel ein Dominostein vor der Zeit um, weil er zu heftig auftrat, so waren ihm Erics Geschrei und Gezeter gewiss. Dann musste er das Unglück in mühevoller Handarbeit und Geduld wiedergutmachen und das Auto neu bestücken.

Damals hatte er noch beides. Geduld und Zeit. Jetzt aber brauchten ihn seine zwei Töchter und Anja. Ganz abgesehen von der Arbeit. In zwei Tagen stand eine Dienstreise an. Unmöglich, sie aufzuschieben. Seit er sich vom Grafikdesigner zum Restaurator hatte umschulen lassen und mehr Glück damit zu haben schien, konnte er es sich nicht leisten, von heute auf morgen abzusagen. Und auf keinen Fall übermorgen. Das war zu kurzfristig und der Auftrag zu wichtig. Sein Sohn war zu einem völlig falschen Zeitpunkt aufgetaucht, Hanna hätte sich kein ungünstigeres Datum wählen können, ins Koma zu fallen, und Laetitia hätte sich viel eher melden müssen. Viel eher. Eric war fast erwachsen. Und „Papa mach mal!" zu äußern, verbot er sich. Nichtsdestotrotz war die Bitte des kleinen Jungen in den Augen dieses jungen Mannes mit Schuhgröße dreiundvierzig zu sehen.

„Okay, Eric, ich kann dir Folgendes vorschlagen: Ich rufe Laetitia und die Polizei an, wenn du zu einem Arzt gehst und dich krankschreiben lässt. Währenddessen würde ich versuchen, mit deiner Mutter auszuhandeln, dass du während der Krankschreibung hierbleiben kannst. Bei Anja, meine ich, denn ich muss übermorgen weg. Aber versprechen kann ich gar nichts. Dazu hat die Rechnung zu viele Unbekannte. Eine davon bist du." Gernot sah, wie es in Eric arbeitete. Sein Gesundheitszustand war eine weitere Sorge. Eric musste umgehend in ärztliche Hände. Vielleicht waren es das Fieber und seine Erschöpfung, denn nach einer Weile gab er sich geschlagen. Mit einem kurzen Stöhnen fiel er rücklings auf das Sofa und murmelte: „Ich überleg es mir. Aber jetzt habe ich Kopfschmerzen."

Im Flur klingelte ein Handy. Gernot erhob sich und ging rasch hinaus. Eric fiel nach dem anstrengenden Gespräch in einen leichten Schlaf und atmete flach.

„Ja, Paulsen?", fragte er gedämpft.

Die Nummer im Display sagte ihm nichts.

„Gernot? Bist du das?"

Die weibliche Stimme am anderen Ende der Verbindung war ihm vertraut.

„Thea? Ja, ich bin es. Was möchtest du?"

„Wir haben jahrelang nichts mehr miteinander zu tun gehabt. Es tut mit leid, dass ich dich jetzt überfalle, es ist so traurig, aber ich wusste nicht mehr ein noch aus."

Er unterbrach sie. „Woher hast du meine Nummer?"

„Calla, erinnerst du dich noch an sie?"

„Ja, natürlich." Gernot hatte sofort das Bild der damals sechsjährigen Tochter von Thea vor Augen. Ein vorwitziges Kind mit einem Gesicht, das man sich sofort einprägte, außerdem strohblond wie Eric und eine Miniaturausgabe ihrer Mutter.

„Du weißt doch, für die Kiddies ist das kein Problem heutzutage. Die sind im Netz zu Hause, aber ich gebe zu, ich habe sie auf dich angesetzt ..."

„Du rufst wegen Eric an?"

„Ach, weißt du schon Bescheid? Ist er denn bei dir?"

„Ja und nein."

„Was: ja und nein?"

„Ja, ich weiß Bescheid, und nein, Eric ist nicht bei mir."

„Und ich hatte schon so gehofft. So traurig das Ganze auch ist, Gernot, aber es lässt uns irgendwie alle wieder zusammenrücken. Ich halte ein Treffen für wichtig. Mit allen."

„Keine so gute Idee, finde ich."

„Aber ich halte das nicht aus. Es ist unerträglich."

„Ist die Situation so oder so, Thea."

„Du und Laetitia, ihr seid euch ähnlicher, als ihr glaubt."

„Mag sein."

Gernot wollte sich in kein tiefer gehendes Gespräch mit Thea verwickeln lassen. Ihre Aufgelöstheit versprach keine

Linderung seines Problems. Außerdem befand er sich in Deckung. Kein guter Moment für offene Gespräche. Er beschloss, sie aufs Erste zu vertrösten, bis er selbst Zeit gefunden hatte, klar zu denken.

„Thea. Wir können gerne in der kommenden Woche noch einmal telefonieren. Ich bin sozusagen vorgewarnt, falls Eric tatsächlich hier auftauchen sollte. Ich werde natürlich auch Laetitia umgehend in Kenntnis setzen, das verspreche ich euch. Aber ich habe noch ein Leben daneben, das ich nicht von heute auf morgen wegen eines Super-GAU, an dem Laetitia nicht unschuldig ist, auf Eis legen werde."

„Du bist viel zu ruhig. Ich verstehe dich nicht. Es ist so kalt."

„Was?"

„Unser Telefonat. Ich habe ja nicht erwartet, dass wir nach so langer Zeit gleich Stunden verplaudern, aber ich habe das Gefühl, du blockst total."

„Ich habe wirklich keine Zeit für ein Familientreffen. Was willst du?"

„Ich wollte mit dir reden, weil ich einfach nicht mehr weiter weiß."

„Okay, Thea, nächste Woche. Nächste Woche reden wir, okay?"

„Du bist zu ruhig, aber gut, wie du meinst."

Klack. Stille. Thea hatte aufgelegt. Es erleichterte ihn. Wenige Minuten später jedoch folgte eine SMS: *Super-GAU = Störfall: größter anzunehmender Unfall, für dessen Beherrschung eine Anlage noch ausgelegt ist, ohne dass es zum gefährlichen Austritt von Strahlung kommt. Meines Erachtens ist es bereits mehr als ein Super-GAU! Niemand weiß, ob „die Anlage" den Störfall übersteht! Thea*

„Was ist los?" Erics Gesicht schob sich durch den Türspalt.

„Ach. Du bist schon wieder auf?"
„Mit wem hast du geredet?"
„Mit deiner Tante."
„Thea?"
„Ja."
„Das ist meine Stieftante."

„Ja, ja, ist ja gut." Gernot war gereizt. Alles lag im Argen, aber die Beteiligten hielten sich mit Unwichtigkeiten auf. So wie Eric, der darauf bestand, seine verwandtschaftliche Zuordnung genau zu definieren. Welcher absurde Film wurde hier gespielt? Jahrelang war Gernot als Statist am Wegrand abgestellt worden. Und nun, von einem Tag auf den anderen, Dreh- und Angelpunkt einer dramatischen Geschichte. Er versuchte sich zu beruhigen.

„Ja, deine Stieftante. Sie hat mich angerufen."
„Thea?"
„Wie ich bereits sagte."

„Und hast du ihr gesagt, dass ich hier bin?" Wieder hielt sich der Junge sprungbereit.

„Nein. Während des Überraschungsangriffes deiner Stieftante habe ich mich eben ungewollt zu deinem Komplizen gemacht. Dein Glück. Mit Aufschubbonus."

Kurz flimmerte Hoffnung über Erics Gesicht. Es war ein Flackern in seinen Augen, sekundenschnell. Es bot Gernot einen Blick durch die verspiegelte Mimik seines Sohnes. Kurz sah er einen anderen, einen verletzlicheren Eric. Dann war das Flackern wieder vorbei. Eric beugte sich nach vorne, straffte sich, bäumte seinen Oberkörper auf und griff sich an den Schädel. Dabei stöhnte er und ließ sich auf die Couch zurückfallen. Wieder klingelte es. Gernot stand auf und griff in seine Hosentasche. Thea gab nicht auf.

„Wer?", schnaufte es aus der Sofaecke.

„Die Stieftante."

Er sah, wie Eric trotz der Kopfschmerzen lächelte. Und niemand anderes als Thea hatte es geschafft.

Wie sein Vater die linke Augenbraue hochzog! Wären diese drückenden Schmerzen in seinem Kopf nicht gewesen, Eric hätte sich ein Gaudi daraus gemacht, ihn beim Schlagabtausch mit Galanthea zu beobachten. Emotional schlugen die Wogen immer hoch, sobald Thea das Feld betrat. Sie war eine Garantie dafür. Sein platzender Schädel verdarb ihm jedoch den Spaß. Blinzelnd nahm er wahr, wie Gernot das Handy ergriff und viel zu heftig auf die Taste drückte.

„Was ist?"

„Sorry, Gernot. Ich noch mal. Ich fände es nicht förderlich, wenn wir in diesem Fall gegeneinander arbeiten. Ich wollte mich entschuldigen, es ist nicht meine Art, so schroff ein Telefonat zu beenden."

„Okay. Thea, keine Ursache. War das alles?"

„Nein. Ich wollte, also ich …"

„Ja?"

„Ich wollte dir anbieten, falls Eric bei dir auftaucht, also …"

„Ja? Bitte. Was?"

„Also du kannst auf meine Unterstützung zählen. Wenn ich irgendetwas tun kann für Eric."

„Okay."

„Ich bin da. Ich meine hier. Immer. Du weißt noch, wo?"

„Ich denke schon. Danke. Aber ich denke auch, dass er deine Hilfsbereitschaft kennt. Offensichtlich liegt das nicht in Erics Interesse, sonst wäre er ja bei dir aufgekreuzt und nicht …" Gernot stockte.

„Gernot?"

„Ja?"

„Und nicht … was?“

„Nichts.“

„Lüg doch nicht. Du weißt mehr, als du sagst. Du weißt, wo er sich aufhält, oder?“

Gernot sah Eric an und Eric Gernot. Das Lügengebäude, eben erst aufgetürmt, wackelte bereits in seinen Grundfesten. Da war kein kittender Leim aus erklärenden Worten. Da waren keine schnellen, hämmernden Ausreden. Da war nichts, was dem Zusammenbruch der Täuschung Einhalt geboten hätte. Die Telefonverbindung zu kappen, hätte das Gemäuer ebenso einstürzen lassen, wie es die Pause tat.

„Gib sie mir.“ Eric streckte die Hand nach dem Mobiltelefon.

„Ich bin hier“, sagte Eric, als wäre es das Selbstverständlichste. „Ich bin müde. Ich will ausschlafen, mein Kopf tut so weh. Ich lauf nicht weg, wirklich.“

Gernot hörte Theas Antwort nicht, sie musste kurz ausgefallen sein. Er sah nur, wie Eric das Gerät zuklappte, auf den kleinen Beistelltisch legte und sagte: „Geht klar.“ Aber was klar ging, sagte Eric nicht. So schnell, wie Gernot in den Mittelpunkt seines Familiendramas geraten war, so schnell schien er auch wieder in seine alte Statistenrolle zurückbesetzt worden zu sein.

Juni 1996

Schrumpfschläuche. Wie hatten sie sich amüsiert. Eric, er und Pablo. Vor dem Optikertresen. Die Knirpse waren gerade mal vier. An jenem verregneten Nachmittag, als die Ummantelung für Gernots altmodische Sportbrille entfernt werden sollte. Schrumpfschläuche. Die kleinen, noch nicht einmal strohhalmbreiten, dünnen Röhren aus Kunststoff musste man erhitzen, damit sie sich durch spontane Verengung an die Bügel anpassen konnten. Fest hinter den Ohren sollten sie sitzen. Aber dann bekam Gernot den Ausschlag. Hinter den Ohren. Laetitia vermutete damals eine Latexallergie, was sich als Irrtum erwies, da in den Schrumpfschläuchen kein Latex enthalten war. Trotzdem sollten die Schläuche wieder ab und etwas anderem, Hautverträglicherem Platz machen. Im Prinzip waren sie an der Brille fremdverwendet. Auf menschlicher Haut hatten Schrumpfschläuche nichts zu suchen, denn eigentlich benötigte man sie für Kabelisolationen. Schrumpfschläuche. Auch der Optiker hatte gelacht. Schrumpfschlauch war danach zu einem geflügelten Wort, zu einem Geheimcode für gute Laune zwischen ihm und den Jungs geworden. Wie lange war das her? Über zehn Jahre. Und jetzt, als ihm dieses Wort durch den Sinn geisterte, selbst jetzt verfehlte es nicht seine Wirkung. Der Code funktionierte noch. Sogar als Gedanke. Gernot lächelte.

„Eric?“

„Ja?“

„Ich geh zur Apotheke. Ich sag Anja Bescheid, dass sie dir Tee kocht.“

„Ja.“

„Ich hole dir Tabletten. Morgen gehst du aber zum Arzt.“

„Okay.“

„Ich fahr dich morgen dorthin, dann muss ich ins Büro. Zurück nimmst du dir bitte ein Taxi. Alles andere kläre ich heute Abend mit deiner Mutter.“

„Ja, gut. Weckst du mich, bevor du sie anrufst?“

„Mach ich.“

„Okay.“

Die Tabletten zeigten Wirkung. Erics Fieber sank und es half ihm durchzuschlafen. Gernot hatte Laetitia am Abend nicht mehr erreicht. Auf ihre Mailbox zu sprechen, widerstrebte ihm. Nun hoffte er darauf, dass sich Thea die restlichen Stunden bis zum Tagesanbruch zurückhalten konnte. Er war sich unsicher, ob er ihr vertrauen konnte. Da keine weitere SMS gefolgt war, beruhigte Gernot sich allmählich. Aussitzen war etwas, das er beherrschte.

„Sagst du ihnen noch gute Nacht?" Anja stand in der Tür.

„Ja, gleich."

„Sie fragen dauernd nach ihm."

„Ja."

„Am besten, du erzählst es ihnen selber."

„Ich versuch's." Gernot erhob sich seufzend und stiefelte die Treppe nach oben ins Kinderzimmer. Felicitas und Lilli erwarteten ihn ungeduldig.

Das Glanzstück erzählerischer Verknüpfung war ihm außergewöhnlich gut gelungen, musste er im Nachhinein zugeben, als er die Tür des Kinderschlafzimmers leise schloss und zurück nach unten ging. Kreativität war zwar nicht gerade seine Stärke, aber die Entstehung der Geschichte, die er den Mädchen erzählt hatte, war sicher dem hohen Stresspegel und seiner inneren Aufgewühltheit zuzuschreiben.

„Er heißt Eric. Er ist auch mein Sohn. Und er ist ein bisschen so wie der Froschkönig."

„Aber unsere Mama ist nicht seine Mama."

„Nein."

„Mama gehört uns ganz alleine."

„Ja."

„Aber du nicht."

„Nein, ich gehöre auch zu Eric."

„Wieso ist Eric ein Froschkönig?"

„Nur so ähnlich, meinte ich."

„Aber der Froschkönig will doch zur Prinzessin."

„Ja."

„Aber Mama ist nicht die Prinzessin.“ Gernot sah in die großen Augen seiner Jüngsten, sah die Tränen, die sie füllten, und sah ihre Angst. Sie war erst drei.

„Nein, Feechen, er will dir Mama nicht wegnehmen.“

„Wo soll denn die Prinzessin sein, die Eric sucht?“, mischte sich Liliane ein.

„Ja, wo soll sie wohl sein?“ Feechen schaute noch ängstlicher und Liliane machte ebenfalls große Kulleraugen. Dann schlug sie sich mit ihrer kleinen Hand auf die Brust.

„Etwa ich?“

„Nein“, erwiderte Gernot. „Da kommt ihr nie drauf!“

„Sag, Papa, sag!“, bettelten beide und die Neugier vertrieb die Angst aus Feechens Augen.

„Ich“, sagte er.

Die Mädchen quietschen und kringelten sich.

„Du bist doch keine Prinzessin!“

„Doch!“

„Nein!“

„Doch!“

„Nein!“

Eine Kissenschlacht begann, setzte sich fort und wurde so laut und wild, dass Anja kam und in der Tür stand. Der Blick, den sie zu ihm herüberschickte, genügte, um zu erahnen, was sie dachte. Väter! oder Männer!

„Okay, Mädels, leise, unser Gast muss schlafen.“

„Wieso bist du eine Prinzessin?“, fragte Feechen, als er sie mit dem Versprechen auf eine Geschichte ins Bett überredet und zugedeckt hatte.

„Gleich, gleich. Ich erzähle es, wenn Lilli auch liegt.“

Liliane lag aber bereits.

„Ich habe ja am Anfang gesagt, Eric ist fast so etwas wie ein Froschkönig. Ich hab das eigentlich nur erfunden, weil Eric Frösche liebt.“

Sie nickten. Die Mädchen verstanden.

„Und ich bin ja auch nur fast so etwas wie eine Prinzessin."

Sie kicherten.

„Aber nicht in echt."

„Nein, nicht in echt. Und ich bin ja auch viel älter."

„Dann bist du ein Prinzesserich."

„Ja. Ein alter Prinzesserich."

„Und ich habe dem Eric etwas versprochen. Ganz früher, vor langer, langer Zeit."

„Als das Wünschen noch geholfen hat?" Liliane kannte fast jedes Märchen auswendig.

„Ja, so ungefähr."

„Was hast du Eric denn versprochen?"

„Dass ich ihn liebhabe. So wie euch."

„Hast du ihn lieb?"

„Ja, natürlich, er ist doch mein Sohn."

„Aber warum klopft er dann an unsere Tür und will herein? Und wieso riecht er wie die Bettler am Bahnhof? Hast du denn nicht gehalten, was du versprochen hast?"

„Gute Frage. Er steht jetzt vor unserer Tür, weil ich vor langer Zeit – da war er ein wenig kleiner als du jetzt – plötzlich weggegangen bin. Wie die Prinzessin vom Froschkönig auch."

„Du warst ein hochmütiger Prinzesserich." Gernot sah, wie Liliane sich bemühte, ihn zu verstehen.

„Wieso gehst du weg?", fragte Feechen plötzlich und ihre Augen füllten sich wieder mit Tränen.

„Ich gehe nicht. Ich bin damals weggegangen, weil ..."

Sein Versuch, in die Vergangenheitsform zu wechseln, zeigte bei Feechen keine Wirkung. Weggegangen, weggehen, weggehen werden, die Essenz blieb für die Kleine die gleiche: weg. Der grammatikalische Rest war egal.

„Also“, nahm Gernot den Faden auf. „Damals habe ich mich von Erics Mama getrennt. Wir haben uns nicht mehr vertragen.“

„Wo ist Erics Mama denn?“

„Zu Hause.“

„Warum geht er nicht zu seiner Mama?“

„Hat Papa doch schon gesagt. Weil Papa ihm was versprochen hat. Und nicht seine Mama.“

„Ja. Genau.“

Erleichtert ließ Gernot es geschehen, dass Liliane ihm die Fäden zuspann.

„Du musst es jetzt einhalten, stimmt’s?“

„Was einhalten?“ Feechen war überfordert.

„Na, Papa muss einhalten, dass er Eric liebhat.“

„Hat er doch!“

„Aber Eric hat das nicht geglaubt, sonst hätte er ja nicht an unsere Tür geklopft.“

„Aber du hast es doch, Papa, oder?“

„Ja, natürlich, Feechen, hab ich es.“

„Aber nicht gesagt!“ Lilli triumphiert. Sie hatte recht und Gernot schluckte.

„Woher willst du das wissen?“, fragte er sicherheitshalber.

„Na, das sieht man doch ganz genau!“

„Aber woran denn? Du hast doch nur zweimal ganz kurz geguckt.“

„Aber ich hab ja alles gesehen!“

„Was alles?“

„Na, er sieht immer noch so aus!“

„Wie aus?“

„Na, so.“

„Wie soll er denn sonst aussehen?“

„Na, verwandelt.“

Endlich fiel der Groschen bei Gernot. Er wusste, was Lilli meinte. Im Märchen verwandelte sich der Frosch in einen Menschen.

„Stimmt", räumte er ein. „Ich habe es ihm nicht gesagt und du hast es gesehen."

Lilli setzte eine gewichtige Miene auf.

„Wirfst du ihn jetzt gegen die Wand?"

„Nein. Natürlich nicht! Um Gottes willen!" Er musste auflachen. Vor ein paar Stunden noch hätte er es am liebsten getan.

„Wir müssen ja nicht alles genauso machen wie im Märchen, stimmt's, Papa?"

„Genau. Und ich bin ja auch nur ein alter, maulfauler Prinzesserich, der niemandem etwas zuleide tut."

„Aber du sagst es Eric trotzdem!"

„Ja, mach ich."

„Wirklich?"

„Versprochen."

Gernot langte zum Lichtschalter. „Gute Nacht, ihr beiden."

„Papa?" Feechens Hand griff im Dunkel nach seinem Unterarm.

„Ja?"

„Und was ist mit der goldenen Kugel?"

„Das erzähle ich euch morgen, okay?"

„Okay", kam es unisono zurück.

„Papa hat gesagt, du hast eine goldene Kugel?"

Feechen war an Erics Schlafstatt gehuscht. Eigentlich sollte sie sich anziehen. Das hohe Stimmchen war ihm zu laut.

„Nein", erwiderte er schlaftrunken und wälzte sich herum. Das Mädchen klapperte mit etwas. Eine ganze Weile. Es nervte ihn.

„Was ist das? Wie geht das ab?“, fragte Feechen.

Er öffnete die verquollenen Augen einen Spalt breit. Die Kleine war an seinem Rucksack zugange und versuchte gerade, den Karabiner zu lösen. Als es ihr nicht gelang, zerrte sie ungeduldig an der zerbeulten Brotdose.

„Das … das ist nur ein Deckel“ Sein Hals kratzte.

„Das ist ja Silber. Das ist keine Kugel.“

„Felicitas, komm da sofort raus! Du darfst nicht einfach an fremde Sachen gehen! Das weiß du doch.“ Anja hatte die Tür aufgemacht.

Eric blinzelte weiter und beobachtete das Mädchen. Sie blieb hartnäckig.

„Das ist keine Kugel. Was ist das, Mama?“

„Komm raus, lass die Sachen des Jungen in Ruhe. Feechen, bitte, komm!“

„Ich will das wissen. Was ist das?“

„Hörst du, was ich sage! Lass den Eric ausschlafen. Du bist kein Baby mehr!“

Enttäuscht stand Feechen auf.

„Das ist ja gar kein Junge. Aber das ist auch keine Kugel. Und ein Prinz auch nicht.“

Anja wartete noch immer in der Tür. Trotzig stieß die Kleine noch einmal mit dem Fuß an den Brotdosendeckel.

„Felicitas!“

„Sinusitis. Nasennebenhöhlenentzündung. Wie lange hast du die Kopfschmerzen schon?“

„Ein paar Tage.“

„Einseitig?“

„Ja.“

„Und das Fieber?“

„Weiß nicht. Zwei oder drei Tage.“

„Beuge dich bitte einmal vornüber.“

Es ging kaum. Eric stöhnte laut auf, als der Arzt ihm sanft Nachdruck verlieh.

„Setz dich bitte dorthin." Er wies auf eine Liege. Eric folgte der Weisung des Arztes. „Tut das mehr weh als das?", fragte ihn der Mann und klopfte mit den Fingerkuppen links und rechts seine Stirn dicht unter den Augenbrauen ab.

„Ja." Eric antwortete heftiger, als es ihm lieb war.

„Rechts also. Gut", sagte er. „Vielleicht rutschst du gerade an einer durchbrechenden Hirnhautentzündung vorbei. Wir werden das röntgen lassen. Sofort."

Eine Stunde später befand sich Eric wieder im Untersuchungsraum des Arztes.

„Siehst du das hier?"

Eric erkannte auf seinem Röntgenbild den hellen Flecken über der Höhle seines rechten Auges. Er nickte.

„Das nennt man Spiegel, und weißt du auch, warum?"

„Nein."

„Ganz einfach, weil es spiegelt. Das ist die vereiterte Flüssigkeit in deiner Stirnhöhle, die die Strahlung reflektiert. Ich verschreibe dir jetzt Antibiotika. Am liebsten würde ich dich hierbehalten."

Eric schüttelte nur sehr vorsichtig den Kopf, weil es so wehtat, und der Arzt runzelte die Stirn.

„Bei unverändertem oder verschlechtertem Befinden meldest du dich bitte sofort, und ich meine sofort, bei mir oder dem ärztlichen Notdienst. Dann lasse ich dich nach Hause. Kannst du mir das versprechen? Das gilt auch für nachts."

Eric nickte. Er hätte bei allem genickt. Er wollte nur eines: zurück auf die Couch.

„Wegen der Abrechnung gehst du bitte noch mal zum Tresen", sagte der Arzt. „Dass du deine Versichertenkarte nicht dabeihast, ist schlecht, aber an sich kein Problem, unterschreibe bitte vorne bei der Sprechstundenhilfe diesen Schein und dann reichst du rückwirkend deine Karte bei uns ein."

Er bejahte. Das helle, verlockende Sofa in Gernots Einfamilienhaus war im Moment sein einziges Ziel. Theas gestrige Worte waberten in seinem Kopf herum. Bei seinem Vater würde er weitersehen. Wenn er nur endlich liegen konnte.

Es war bereits später Nachmittag. Willibald musste gefüttert werden und etliche Stunden waren schon vergangen, ohne dass sich Eric oder Gernot bei ihr gemeldet hatten. So sehr es Thea auch unter den Nägeln brannte, ans Telefon zu gehen, sie musste sich zurückhalten. Lass es, sagte sie sich. Du hast sein Versprechen. Alles wird gut. Warte. Warte einfach ab. Sie war zerrissen und es fiel ihr schwer, aber sie fügte sich dennoch. Arme Laetitia, dachte sie. Die wievielte Nacht ohne Gewissheit. Sie wollte es sich nicht ausmalen. Einzig die Aussicht, dass die Warterei in den nächsten Stunden ein Ende nehmen würde, hielt ihre zerrende Ungeduld an der Leine.

Sie ging gerade nach draußen ans Gehege.

„Wildschweine brauchen keinen Winterschlaf, Willi. Steh auf und merk dir das endlich." Es kratzte den Keiler wenig, was Thea zu ihm sagte. Seit Tagen lag er schon so da. Träge grunzend und immer auf der Seite. Er hatte seine Beine im rechten Winkel abgestreckt und ruhte wie ein alter, borstiger Graf ohne Lehnstuhl auf dem Boden seines eingezäunten Areals. Thea schüttete ihm Kartoffelschalen in die Ecke.

„Na, auch nicht mehr der Jüngste, was? Aber mit dem Silberlöffelchen gefüttert wird bei Galanthea nicht! Hörste? Und die Zeiten, wo Calla und Eric dich mit ihren Puppendeckchen zugedeckt haben, sind auch vorbei!“

Das Schwein grunzte, blinzelte ungerührt und blieb liegen. Er hatte seine Jahre auf dem Buckel und wartete geduldig auf seinen letzten Sommer. Armes Schwein, dachte sie.

Als sie zurückkam, verriet ihr der Blick auf das Handy den ersehnten Anruf. Gernot hatte sich gemeldet. Endlich. Sie drückte auf Rückruf.

„Was soll das heißen, er war die ganze Zeit bei dir und du hast nicht angerufen? Was denkst du dir, Gernot? Was soll das! Hast du nicht selbst Kinder? Du musst doch ahnen können, wie das ist!“

Ein Schwall ergoss sich über ihn, genauso, wie er es befürchtet hatte. Kilometer weit entfernt, aber in seiner Intensität durch nichts geschmälert, lud sich Laetitias Empörung über ihn aus, dass er das Handy auf halbe Armlänge von seinem Ohr weghielt.

Anja drückte sich an ihm vorbei, rollte die Augen und verzog ihr halb geschminktes Gesicht zu einer Hab-ich's-dir-doch-gleich-gesagt-Grimasse. Dann malte sie in routinierter Geschäftigkeit die hellroten Bögen ihrer Lippen nach. Gerne wäre er jetzt in diesen Anblick versunken, statt mit Laetitia zu telefonieren. Wenn Anja ihre Lippen schminkte, gehörte es zum allmorgendlichen Ritual, dass er ihr dabei zusah. Laetitia am anderen Ende, mit Sicherheit ungeschminkt, bleich und voller Zorn, zerstörte sein alltägliches Zeremoniell. Und wie eine Verbündete grinste Anja über den Wortschwall und bezog jenseits der Frontlinie Stellung. Mütter eben, dachte er. Ob Anja sich in einem Nahkampf auch auf Laetitias Seite schlagen würde, wollte er sich lieber nicht vorstellen. Das salvenartige

Schimpfen ließ nach und machte einem weniger angriffslustigen Ton Platz.

„Kann ich ihn sprechen?“ Der plötzliche Wechsel im Tonfall überraschte ihn.

„Eric ist krank. Er schläft“, erwiderte er.

„Wie lange schon?“

„Das weiß ich nicht. Er war beim Arzt. Er hat wirklich Glück gehabt. Die Medikamente wirken bestimmt bald.“

„Warum?“

Was Laetitia mit diesem Warum meinte, war Gernot unklar. Dieses Warum, das in der Leitung hing, war zu allumfassend.

„Eric möchte nicht mit dir sprechen. Er will auch nicht zurück.“

Und als Gernot noch nicht einmal ein Atmen in der Leitung hörte, fuhr er fort. „Er hat gestern früh mit Thea telefoniert, und sobald er einigermaßen auf dem Damm ist, fahre ich ihn dorthin.“

Jetzt war es heraus. Jetzt ging es ihm besser.

Schweigen am anderen Ende. Nichts war zu hören. Weder eine Reaktion noch irgendein anderes Geräusch.

„Hallo?“ Beinahe wollte er auflegen, da er die Leitung für tot hielt. Sogar Anja hatte vor dem Spiegel innegehalten und starrte ihn erwartungsvoll an. Und plötzlich, brüchig und wie aus weiter Ferne, hörte Gernot ein Ja. Gefolgt von einem Nichts, einer erneuten Stille. Anja gestikulierte. Gernot wendete sich ab, presste sich das Handy ans Ohr und wartete. Dann ein weiteres Ja. Wie ein Zeichen, dass sie noch da war. Und schließlich, nach einer Weile, ein Okay. Ihre Stimme hatte sich gefestigt und die alte und vertraute Stärke kehrte langsam zurück.

Er atmete auf. Sie würde sich aufrappeln. Bestimmt. Nach jedem Schlag. Egal, was passierte und so stark er auch ausfiel. Immer rappelte sie sich auf. Er konnte sich eigentlich nichts vorstellen, was Laetitia jemals zur Strecke bringen könnte. Nur eben, da war er sich einen Moment lang unsicher gewesen. Das „Nein“ von Eric war einer der stärksten Schläge gewesen, die sie je getroffen hatten. Und er hatte ihn vollzogen.

„Okay, Gernot. Wie auch immer. Ich werde jetzt die Polizei anrufen und die Anzeige zurücknehmen.“

„Gut, mach das.“ Er wartete, denn sie war noch nicht zu Ende.

„Und sag ihm …“

„Ja?“

„Wegen dem Streit, wir sind im Streit auseinander.“

„Ja?“

„Sag ihm, dass es mir leidtut.“

„Ja.“

„Und …“

„Ja?“

„Danke trotzdem für alles.“

Dann legte Laetitia auf und Gernot hatte das Gefühl, um Tonnen leichter zu sein.

Eric sog die frische Luft ein. Über die Äcker von Holtenhagen strich ein leichter Wind. In der Nacht war ein eisiger Schauer in die kleine Ortschaft und das Umland eingebrochen, hatte blind gewütet und im Kampf mit der feuchten Luft ein weißes Gemetzel hinterlassen. Das brachliegende Land war hier und da mit einem Flaum aus Schneeresten bedeckt. An einigen Stellen schimmerte es dunkel durch und auf etlichen braunen Hügeln keimte es sogar schon zart grün. Seit Stunden war die Sonne zugange und hatte mit den Hinterlassenschaften des Frostes aufgeräumt.

„Danke, Papa. Ich melde mich dann bestimmt.“

Eric öffnete die Autotür, drückte sich aus dem Polster hoch und stieg aus. Dann klappte er die Rückenlehne vor und griff nach seinem Rucksack. Gernot sah seinem Sohn hinterher, wie er zum Gehöft stiefelte, ohne sich umzudrehen. Groll war es sicher nicht, der Eric dazu bewog. Eher jugendliche Scham oder Unbeholfenheit, die in dieser Situation mehr als verständlich waren. Lange konnte Gernot nicht warten. Er musste weiter. Dieser Abstecher, den er in seine Dienstreise integriert hatte, kostete ihn einige Stunden. Aber so hatte er einmal in Ruhe mit Eric sprechen können.

Immer noch plagten ihn Vorwürfe, nicht zur richtigen Zeit dagewesen zu sein. Immer wieder war da die Selbstanklage, dass er sich mehr ins Zeug hätte legen müssen, all die vergangenen Jahre. Einen Streit mit Melissa riskieren. Mit ihr kämpfen sollen, statt auszuweichen. Und später, als er sich zurückgezogen, von Melissa getrennt und im Schlagschatten der Vergangenheit Anja kennengelernt hatte, da hatte er nichts weiter getan, als sich ein nagelneues Häuschen und eine kleine neue Familie aufzubauen. Er war ein Ausweicher. Und Eric war ihm da vielleicht ähnlich. Das zu sehen, schmerzte Gernot. Er warf den Motor an und lenkte den Wagen von der Einfahrt des Gehöftes auf die kopfsteingepflasterte Straße zurück.

Fast schon rührend war der Abschied zwischen Feechen und Eric gewesen. Im Gegensatz zu Liliane, die vorsichtig auf ihrem Beobachterposten geblieben und nicht von dort wegzulocken gewesen war. Feechen hatte keinerlei Berührungsängste mit Eric gehabt. Sofort hatte sie ihn und seine traurige Geschichte in ihr Herz geschlossen und nicht aufgehört zu verlangen, dass Gernot sein Versprechen auch einhielt. Eric verstand erst nicht genau, was die Kleine da immerzu wissen wollte. Erst eben hatte er seinen Vater danach gefragt. Beiläufig. Gernot hatte sofort reagiert. Die Fahrt, die zu kurz war, um wirklich tiefer gehende Gespräche zu führen, und zu lang, um sich gar nichts zu sagen, bewog Gernot dazu, seinem Sohn all das zu sagen, was seine Tochter von ihm eingeforderte hatte.

Als er fertig war, hatte Eric gelacht und „Wie cool ist das denn!“ gesagt. Und dann war er genauso plötzlich wieder still geworden. Das eingeforderte Versprechen hing noch immer in der Luft, aber Gernot fand keine passenden Worte. Und bis auf ein „Du weißt das doch, oder?“ brachte er nichts heraus. Es klang wie eine amputierte Liebeserklärung.

„Oder was?“, hatte Eric geantwortet.

„Oder nicht?“ Gernot wand sich.

„Du weißt, dass ich dich nie vergessen habe.“

„Geht ja auch gar nicht“, hatte Eric geantwortet. „Wie soll das denn gehen, den eigenen Sohn vergessen?“

„Das meine ich nicht. Ich meine, es ist mir nicht leichtgefallen. Dieser Abbruch damals.“

„Weiß ich, Thea hat mich aufgeklärt, schon vor zwei Jahren. Da hab ich noch dran geglaubt, was Mama mir immer erzählt hat. Dass es besser so war, wie es war. Aber an irgendwas glaubt man ja immer. Davor war es eben der Weihnachtsmann.“

„Glaubst du mir denn jetzt?“

„Weiß nicht. Ist ja auch nicht mehr so wichtig, oder?“

Gernot hatte seinen Sohn nicht weiter bedrängen wollen. Es waren noch ein paar organisatorische Dinge zu besprechen gewesen, denn Erics Krankschreibung ging bis zu Beginn der Osterferien. So lange und auch die Zeit danach konnte er auf dem Hof von Thea verbringen. Und die hatte freudig verlauten lassen, sie könne die Hand eines jungen Mannes im Moment gut in der Wirtschaft gebrauchen. Jetzt, wo das Frühjahr über sie hereinbräche, umso mehr. Und so jung wäre sie auch nicht mehr. Und Vincent sei ja gerade für die Spedition mit dem LKW auf Tour.

Sie hatten auch über Hanna und ihren Zustand gesprochen. An der Art, wie Eric sich versteifte, merkte Gernot, wie nahe ihm das bislang verschwiegene Erlebnis ging.

Gernot dachte an den Tod seiner eigenen Mutter, an Agnes, und er hoffte auf Thea. Er musste mit Laetitia sprechen. Was er nachholen konnte, war nicht viel, aber das Wenige wollte er versuchen. Eric verschwand schlendernd hinter dem Gehöft. Die Stores der Giebelfenster bewegten sich leicht und Gernot gab Gas.

„Gehört dir das ganze Gehöft so richtig?" Eric hielt den Eimer mit dem Putzwasser in der Hand.

„Ja, das tut es."

„Hast du es geerbt?"

Thea unterbrach das Fensterputzen und dachte kurz nach.

„Wenn es ein Wort für Vererben gäbe, wenn der Vererber noch lebte, ja. Nein, ich habe es überschrieben bekommen. Von meinem Vater."

„Und woher hat der das?"

„Gekauft. Nach der Wende. Da konnte man vieles, auch Grundstücke, zu ziemlichen Spottpreisen bekommen. Und mein Vater war schnell, was das betraf."

„Er war ja auch mal ganz kurz Laetitias Vater."

„Stiefvater."

„Mochte meine Mutter ihn?"

„Bei deiner Mutter war das immer schwer zu erkennen. Sie kannte ihren eigenen ja nicht einmal. Immer so ein wunder Punkt. Und Hanna hat ihr nicht viel darüber erzählt, außer dass er zu viel getrunken hat. Ich hatte eher das

Gefühl, dass Laetitia wütend auf mich war, weil ich einen Echten hatte."

„Hat Mama Oma nie nach ihrem Vater gefragt?"

„Bestimmt, früher mal. Machen ja alle Kinder. Aber bestimmt nicht mehr, als ich sie kennenlernte. Da war sie schon zwölf. Bei dem Thema war sie genauso verschlossen wie Hanna."

„Eine Vatermacke."

„Was?"

„Vielleicht hat unsere Familie so was. Eine Vatermacke."

„Du bestimmt nicht, Eric, du hast ihn ja gefunden." Thea zwinkerte.

„Bin ja auch keine Frau."

„Na!" Thea warf mit dem Lappen nach ihm. „Kleiner Chauvi, was!" Eric fing den Lappen geschickt auf.

„Und wieso ist Oma nicht bei deinem Vater geblieben?" Thea drehte sich weg und Eric spürte ihre Unlust. darüber zu reden.

Er zielte und warf den Lappen nach ihr.

„Daneben", sagte sie. „Und nun hol frisches Wasser."

„Wieso wirst du rot?"

„Rot?" Thea schnaufte. „Das ist das Stichwort. Rot. Joachim war in der Partei. Die SED. Sagt dir das was?"

„Nee. Na ja, doch. Aber nicht so richtig."

„Schon mal den Begriff ‚rote Socke' gehört?"

„Schon eher."

„Lange Rede, kurzer Sinn: Es gab ideologische Gründe."

„Red doch mal deutsch mit mir."

„Na, Gesinnung, Anschauung eben. Wenn einer in der Familie zum Beispiel an Gott glaubt und der andere nicht, gibt es irgendwann Zoff. Das geht nie lange gut."

Eric meinte zu spüren, dass Thea ihm etwas Gundlegendes verschwieg.

„Aber so streng gläubig ist Oma doch gar nicht“, sagte er.

„Nein, Hanna meine ich nicht“, erwiderte Thea verlegen. „Es war eher mein Vater, der streng gläubig war. Die Partei hatte für ihn einen sehr hohen Rang und es gab schon mal richtig Krach, wenn Hanna zum Beispiel das Wort ‚Russen‘ sagte statt ‚Sowjetbürger‘.“

„Hatte Oma sich von ihm getrennt oder er von ihr?“

„Beide.“

„Magst du sie denn?“

„Wen?“

„Oma Hanna.“

„Ja, ich mag sie. Sie hat ein gutes Herz, wollte das Beste für Laetitia. Ich fand sie immer zu klammerig, und was mir aus der Zeit in Erinnerung geblieben ist, als sie mit uns lebte, war, dass die gesamte Tageseinteilung von ihren Mahlzeiten beherrscht wurde. Das waren unumstößliche Mauern. Nichts galt dann mehr. Punkt zwölf gab es Mittag. Wenn man nur fünf Minuten zu spät kam, konnte sie richtig fuchtig werden. Das war ein echter Einschnitt in mein pubertäres Leben damals.“ Thea kicherte, wischte mit dem Lappen die Holzrahmen entlang und fuhr fort: „Obwohl meine leibliche Mutter auch sehr streng war. Aber anders. Ganz anders.“

„Hat meine Mutter Oma Hanna schon immer nicht gemocht?“

Thea hielt inne. „Interessante Frage.“ Dann schrubbte sie weiter. „Hab ich noch nie so drüber nachgedacht. Eigentlich unmöglich. Jedes Kind will seine Eltern lieben. Ich habe es immer hingenommen, dass das bei Laetitia irgendwie anders ist. Hab sie ja auch nie weinen sehen. Und wenn ich Rotz und Wasser geheult habe wegen Hormonüberschuss, dann war sie sich mit ihrer Mutter plötzlich schrecklich einig, dass man zum Weinen schon einen richtigen Grund bräuchte."

Thea streckte die Hand nach dem Eimer aus, den Eric ihr reichte.

„Aber sonst waren die beiden schon immer wie Feuer und Wasser. Die eine ständig unterwegs und die andere kam aus ihren vier Wänden nicht raus. Aber wahrscheinlich ist das normal. Kinder müssen einfach anders sein als ihre alten Herrschaften, oder?"

„Keine Ahnung."

„Was hältst du davon, ihr einen Brief zu schreiben?" Plötzlich war die heitere Stimmung gekippt. Eric wich Theas Blick aus.

„Weiß nicht."

„War ja nur ein Vorschlag. Du musst es ja nicht tun."

Er blickte weg.

„Und jetzt will ich endlich frisches Wasser. Und das ist kein Vorschlag, das ist ein Befehl. Also was ist dir lieber: Befehl oder Wahrheit?"

„Befehl." Eric ging zum Wasserhahn, froh darüber, von weiteren Fragen entbunden zu sein.

Das Zimmer von Calla atmete noch ihren Duft, obwohl sie nur noch selten hier war. Eric schlich durch das Zimmer, das nun für geraume Zeit ihm allein gehörte, und setzte sich an die Holzplatte, die unter der Dachschräge unbefestigt auf zwei Böcken lag. Zum Fenster hin haftete eine Kerze auf der Tischplatte. Ohne Ständer. Es war eine dieser Tropfkerzen, die filigrane Gebilde erzeugen konnten, wenn sie herunterbrannten. Aber filigran war an diesem Wachsklumpen gar nichts mehr. Ein weißer Maulwurfshaufen, durchsetzt mit bunten Schlieren und in der Mitte kaum sichtbar ein Docht.

Eric sah sich in der Dachstube nach Streichhölzern um. Schließlich fand er ein Feuerzeug in Callas Nachttischschublade. Zu seiner Freude brannte der milchige Haufen. Bei dem Versuch, ihn anzuzünden, versengte er sich jedoch den Daumen. Es gestaltete sich als schwierig, an den Docht heranzukommen. Jetzt aber flackerte es und der Brocken leuchtete mild.

Draußen dämmerte es bereits. Theas Frage nach dem Brief geisterte ihm durch den Kopf und machte ihm schlechte Laune. Aber an etwas anderes konnte Eric ebenso wenig denken. Er stand auf und kramte in seiner Tasche, bis er sein Skizzenbuch fand. Meistens half das gegen seine schlechte Laune. Unschlüssig begann er herumzukritzeln, ohne zu wissen, was. Sein Blick wanderte über die Schreibtischplatte, über das Kopfende seines Bettes weiter auf den Boden zum Rucksack und blieb schließlich an seinem Talisman hängen. Der zerbeulte Aludeckel hatte ihn die ganze Zeit begleitet. Eric, der Junge mit dem halben Deckel. Er zerknitterte seine Kritzeleien und begann auf einer neuen Seite die Umrisse des Aludeckels zu zeichnen. Kurze Zeit später war seine drückende Stimmung verflogen.

„Ich war einmal eine goldene Kugel und ich kann auch wieder eine werden!“, sagte die halbe Brotdose zur Königstochter.

Aber die Prinzessin glaubte dem alten, verbeulten Silberdeckel kein einziges Wort.

„Beweise es mir!“, sagte sie.

„Du musst mich küssen!“, erwiderte die halbe Brotdose aus Alu.

„Nein!“

„Dann musst du mich gegen die Wand werfen!“

„Ja!“, jauchzte die Prinzessin und tat wie ihr geheißen.

„Noch doller, du musst richtig kräftig auf mir herumtreten!“

„Ja! Ja! Ja!", schrie die Prinzessin, denn so etwas durfte sie sonst nicht.

Sie trat und trampelte so lange auf ihr herum, bis die halbe Dose ziemlich klein geworden war. Zerknüllt, denn sie war ja aus Alu.

„Und nun?"

„Nun musst du mich in eine Recyclingtonne werfen."

„Was ist das denn?"

„Ein moderner Brunnen. Los, mach schon!"

„Ja! Ja!", rief die Prinzessin. „Hauptsache Abwechslung!"

„Und nun?", rief sie laut in die Tonne.

„Nun musst du einige Tage warten."

„Und dann?"

„Dann gehst du zu Aldi und schaust die Regale durch."

„Wozu?"

„Damit du mich findest. Ich werde mich in der Zwischenzeit sicher in eine goldene Kugel verwandelt haben, du musst nur genau hinschauen."

„Oh!" Die Prinzessin blickte ratlos.

„Stell dich nicht so an, du wirst doch wohl irgendwo im Supermarkt schon einmal irgendwas Rundes, Goldenes gesehen haben, oder?"

Die Prinzessin überlegte. „Ja. Die Rocher-Kugeln."

„Und sonst?"

„Weihnachtsdosen mit Schokolade drin."

„Weiter! Überleg weiter." Die Prinzessin grübelte.

„Bierdosen."

„Sind nicht kugelig!"

„Ähm … ich weiß nichts."

„Dann musst du es eben selbst rausfinden, kleine Prinzessin. In ein paar Tagen gehst du einfach in den Supermarkt und schaust genau hin und vielleicht erkennst du mich wieder."

„Woran erkenne ich denn, dass du es bist?"

Zu spät. Ein großes gelbweißes Müllauto fuhr heran und sackte die Tonne mit der Dose ein. Und weil die Prinzessin sich so gelangweilt hatte, da sie rein gar nichts mehr zum Spielen besaß, schlich sie nach einer Woche wirklich in den Discounter und suchte ihre silberne Dose. Und wenn sie nicht gestorben ist, so tut sie es bis heute.

Vor dem Fenster war es nun so dunkel geworden, dass Eric im schwindenden Licht der flackernden Kerze kaum noch etwas erkennen konnte. Vorsichtig trennte er die vollgezeichneten Seiten mit der Geschichte aus seinem Skizzenbuch heraus, faltete und schnitt sie mit einer Nagelschere zurecht. Dann klebte er mit schmalen Pflasterstreifen die Blätter neu zusammen.

Das kleine Bildheftchen passte formgenau in den Deckel der Dose hinein und wirkte wie ein Schmetterling aus Papier, in der Mitte zusammengeheftet und mit zwei halbrunden Flügeln ausgestattet. Hinten hatte er klein an den Rand geschrieben: Für Feechen eine halbe Dose vom Halbbruder Eric. Und zusätzlich eine Bemerkung: *Liebe Felicitas, Du kannst der Dose auch so glauben, dass sie einmal eine Goldkugel war, und musst sie nicht wie die Prinzessin in die Recyclingtonne werfen, um das herauszufinden. Manche Umwege sind viel zu anstrengend und total unnütz. Viele Grüße, Eric.*

In deine Arme

Das orangefarbene Licht der Straßenlaterne, das durch die Fenster in Laetitias Wohnzimmer fiel, wirkte sanfter als sonst. Milder und friedlicher. Sie trat an die Scheibe und ihre Ahnung bestätigte sich. Draußen hatte es geschneit. Ihr Blick glitt zur Straße. Wie überzuckert sahen die parkenden Autos aus oder wie eingeschneite Playmobile. Eine Spielzeugwelt. Versöhnlich. Ein kindlicher Wunsch kam in ihr auf: einfach hinauslaufen in den frisch gefallenen Schnee, schlittern und Spuren hinterlassen. Als Erste. Die Welt da draußen vor ihrem Fenster war heil, während drinnen die Wirklichkeit lastete. Ihr Bully lockte. Fort von hier. Weg. Aber sie war gezwungen, die neue Leere auszuhalten. Den unfreiwilligen Schwebezustand zu ertragen. Gleich würde Mabel vom Einkauf zurücksein. Sie hatte verkündet, etwas Schönes kochen zu wollen. Aber der Gedanke an Mabels Anwesenheit erleichterte Laetitia im Moment nicht. Mabel hatte es ihr übelgenommen, dass sie, ohne ein Wort und ohne eine Nachricht zu hinterlassen, die ganze letzte Nacht im Krankenhaus bei ihrer Mutter verbracht hatte.

Mabel war zwar nicht lange nachtragend, aber das Abendessen verlief zu ruhig. Sie standen vom Tisch auf; Laetitia hatte nur wenig gegessen, obwohl Mabel sich viel Mühe gegeben hatte. Lachs an Tomatenmarmelade. Garniert mit Chilifäden. Aber selbst die ganze Mühe war anstrengend. Ihre Anwesenheit, auch wenn sie etwas Vertrautes barg, kostete sie Kraft und nun war es schon weit nach elf.

Sie war müde. Ihre Hände zitterten bei dem Versuch, die Teller übereinanderzuschieben und das Besteck herauszuziehen. Es misslang. Der Stapel polterte klirrend auseinander. Die Gabeln fielen herunter und sie konnte gerade noch die Teller auffangen.

„Lass nur", sagte Mabel, nahm ihr das Geschirr aus der Hand und stellte es auf die Arbeitsplatte. „Komm." Aber Laetitia konnte nicht. Sie wandte sich ab. Sie wollte nicht in den Arm genommen werden. Wie Mabel so dastand, war sie eine offene Tür, in die Laetitia ohne Weiteres hineingekonnt hätte. Ein kurzes Innehalten wäre notwendig, ein Hinwenden. Ein zögerlicher Schritt in Mabels Richtung, aber dann wäre es so, als würde nur ihre Hülle zu Mabel gehen. Sie würde ihre Wärme nicht spüren können. Sie hatte es nicht verdient, dass sich Mabel so um sie bemühte. Es ging einfach nicht. Später vielleicht.

„Was ist denn bloß los?" Mabels Gesicht war offen und arglos.

„Du weißt es doch. Warum fragst du?" Sofort tat Laetitia der harsche Ton leid. Mabel blickte zur Seite.

„Nichts weiß ich", sagte sie. „Ich weiß zum Beispiel nicht, was jetzt ist. Ich kann dich überhaupt nicht fühlen. Du siehst aus wie ein Gespenst."

„Wundert dich das?" Gereizt fuhr Laetitia sich über die Augen. Sie hätte ihrem Bauchgefühl trauen und Mabel nach Hause schicken sollen. Das wäre ehrlicher gewesen. Sie schlug mit Worten um sich. Verstohlen warf sie einen Blick zu Mabel, die dabei war, die Teller in die Spüle zu stapeln.

„Meistens wirkst du kaputt und erschöpft. Das ist ja auch völlig normal in deiner Situation. Aber manchmal siehst du aus wie ein Gespenst. Das macht mir Angst. Jetzt zum Beispiel. Ich weiß gar nicht, wie ich mich verhalten soll." Mabel hielt inne und das Klappern des Geschirrs verstummte. „Und ob ich überhaupt was für dich tun kann."

„Das weiß ich auch nicht." Laetitia wollte nicht so schroff sein. Wütend kickte Mabel die Gabeln über den Steinboden. Es klirrte, als eine Gabel auf den Fliesen einen Haken schlug und an der Scheuerleiste abprallte. Laetitia blickte erschrocken auf und sah in Mabels wütendes Gesicht.

„Mir reicht es. Mir reicht es, dauernd Rücksicht zu nehmen. Zu warten. Auf dich. Mir reicht es, dein Ausweichen zu ertragen, sobald ich dir zu nahekomme. Wenn du traurig wärst, könnte ich dich trösten, wenn du wütend wärst, würde ich mich mit dir streiten. Aber so? Ich habe das Gefühl, ich ringe mit einem Gespenst, das auf dir draufsitzt und das dich unter Totalkontrolle hat. Aber du tust nichts, du verharrst, du bist machtlos und versteckst dich dahinter!"

In Mabels Augen war Zorn. Roter, feuriger Zorn. Rot wie ihre Locken.

„Dann geh doch!" Laetitia hatte es gegen ihren Willen gesagt. Sie hatte sich längst nicht mehr im Griff und Mabel kochte. So aufgebracht war sie noch nie gewesen.

„Weißt du was, Laetitia?" Ihre Stimme bebte. „Du tust mir leid, verdammt leid, aber ich hab es satt. Ich weiß nicht, ob du überhaupt ein einziges Mal gemerkt hast, dass ich mich für dich interessiere. Es ist im Moment alles zu viel für dich, ich weiß! Und ich erwarte wahrscheinlich Übermenschliches, wenn ich hoffe, dir irgendwie nahe zu sein. Aber falls du es tatsächlich noch nicht bemerkt hast, sage ich es dir jetzt: Ich habe mich verliebt. Und ich konnte bislang nichts dagegen tun. Ich wollte es auch nicht. Vielleicht ist es einfach der falsche Zeitpunkt. Ich werde mich jetzt auf das Sofa legen, ein paar Stunden schlafen und morgen früh bin ich weg."

Mabel ging an ihr vorbei, durchquerte den Flur und schlug zornig die Badezimmertür zu. Laetitia stolperte hinterher. Als sie das Drehen des Schlüssels hörte, begann sie in der Diele auf und ab zu gehen. Aus dem Badezimmer hörte sie die ganze Zeit Mabels unterdrücktes Schluchzen. Es war unerträglich. Als Mabel auch nach zwanzig Minuten nicht herauskam und das Weinen längst verebbt war, wagte sie zaghaft zu klopfen, aber Mabel antwortete nicht. Sie klopfte noch einmal.

„Mabel, bitte, mach auf."

Die Dusche sprang an. Wieder harrte sie aus und setzte sich auf den Boden. Minuten später schreckte sie auf, weil der Toilettendeckel zuschlug. Ein Schnäuzen drang durch die Tür und das Klappern des Mülleimers. Und endlich, wie nach einer Ewigkeit, hörte sie Mabels verschnupfte Stimme: „Lass uns morgen früh darüber reden."

Mabel nahm sich zusammen, aber Laetitia spürte es deutlich: Sie trat den Rückzug an. Laetitia blieb an der Tür stehen und flüsterte immer wieder und kaum hörbar: „Lass mich nicht allein, Mabel, bitte. Nicht allein."

Ihre Stirn war heiß. Die Kühle des Lackes brachte Linderung und holte sie Stück für Stück zurück. Ob Mabel ihr leises Flehen durch die Tür gehört hatte, wusste sie nicht. Doch als sie den Flur verließ und das Wohnzimmer betrat, um die Alben von der Couch auf den Boden zu räumen, weil sie den Schlafplatz herrichten wollte, stand Mabel plötzlich hinter ihr in der Tür und wartete in sicherem Abstand. Ihre Blicke kreuzten sich. Laetitia fühlte sich nackt und schutzlos, aber sie hielt den Blick aus.

„Wenn du mich brauchst, Laetitia, bleibe ich. Aber du musst es sagen." Bleiben. Einfach nur bleiben. Laetitia stiegen die Tränen in die Augen. Schnell drehte sie sich weg und nickte, wortlos. Mabel zuckte nur mit den Schultern.

„Wo lässt du das alles nur, Laetitia, wenn du mit niemandem redest? Schreibst du Tagebuch?"

Laetitia schüttelte den Kopf.

„Unglaublich. Ich würde platzen oder implodieren, aber du scheinst ein riesiges, schwarzes Loch in dir zu haben, das alles restlos verschluckt."

Da war es: das Loch. Ein hohler, nicht enden wollender Schlund mitten in ihren Eingeweiden, der ins Nichts führte. Wieder kämpfte sie mit den Tränen.

„Ach, komm. Komm doch mal her", sagte Mabel, blieb aber dort, wo sie stand. Und als Laetitia zögerlich zu ihr kam, blieb sie reglos, bis Laetitia sich an sie lehnte. Und erst viel später, nach einer ganzen Weile, legte Mabel ihren Kopf ebenfalls in Laetitias Halsbeuge, während ihre Hände die eiskalten Fingerspitzen umschlossen.

„Du musst es irgendwo lassen, Laetitia. Irgendwo. Und wenn es bei mir nicht geht, dann woanders. Aber es muss raus."

2. April 2007

Liebe Mutter,
seit es mir nicht mehr möglich ist, mit Dir zu reden, habe ich mehr über Dich erfahren als all die Jahre, Jahrzehnte zuvor. Ich sitze auf einem Haufen chaotischer Fakten. Eric ist wieder aufgetaucht, aber ich komme nicht an ihn heran. Genau wie an Dich. Ich sitze auf Stücken von Bildern und bekomme das Puzzle nicht zusammen. Ich bin wie der Junge aus diesem russischen Märchenfilm, den ich als Kind immer zu Weihnachten gesehen habe. Der Kai im Schloss der Schneekönigin. Wahl- und herzlos setzte ich Eisscherben aneinander. Und der Mensch, der mich erlösen kann, hat sich verirrt. Es ist zu meinem persönlichen Märchen geworden und in diesem Märchen wird das Mädchen ihren Bruder Kai nicht finden. Sie wird nicht in dessen Herzen weinen, um es zu erwecken. Keine Rosen werden aufgehen. Ich habe diesen russischen Zeichentrickfilm geliebt. Er war traurig, lang und schön, aber

unsere Geschichte bleibt Stückwerk. Ich habe da nie genau hingeschaut. Vor dem Ganzen. Vor Deinem Koma. Bevor alles passierte. Ich weiß nicht, wann es angefangen hat. Ich kenne Deine Geschichte nicht. Geschichte, das war dieses Unterrichtsfach. Alles, was Du mir erzählt hast von früher, hatte nichts mit diesem Fach aus der Schule zu tun.

Ich habe mich nie für Politik interessiert. Ich erinnere mich lediglich an Bilder. Wandzeitungen. Politinformationen. Demonstrationen. Aktuelle Kamera. Tote Fotos. Fotos von Toten. KZ-Besuche. Nie-wieder-Krieg-Transparente. Nie-wieder-Krieg-Plakate. Nie-wieder-Krieg-Parolen. Lieder im Unterricht. Kriegslieder vom Heldentod guter Soldaten und all die Kampflieder, die ich zu Hause lernen sollte. Krieg war gleich Politik, nicht nur der ähnlich klingenden Endung wegen. Es hat mir damals Angst gemacht. Ich beginne mich langsam zu erinnern. Dieser ewig heraufbeschworene, vergangene Krieg. Überall klebte er an den Wänden. Manchmal sickerte er unsichtbar aus den daumengroßen Kratern der Häuserfassaden, an denen mein Schulweg vorbeiging. Ich habe die Straßenseite gewechselt, als mich mein Klassenkamerad Henri aufklärte, was diese aufgeplatzten Stellen wirklich waren. Einschusslöcher von Russen.

In der Schule haben sie mich mit diesem Krieg gefüttert und zu Hause bei Dir durfte er nicht auf den Tisch. Du hast es nicht gemocht, dass ich diese Lieder lernte. Du hast nie was gesagt. Ich habe es trotzdem gemerkt. Vielleicht hat mir das Angst gemacht, so dass ich von Politik nie etwas wissen wollte. Wenn die vergangene Politik schon so schlimm gewesen war, kann die gegenwärtige nur schrecklicher sein. Noch heute verwechsle ich Iran und Irak. Nie habe ich Jahreszahlen behalten können. Einmal haben sie mich in der Schule erwischt mit dieser Unwissenheit. Sofort geriet ich in die Nähe des Klassenfeindes. Ich war sieben.

Mit Dir konnte ich nicht reden. Seitdem versuchte ich mich, was das betraf, unsichtbar zu machen. Grenzen endeten da, wo ich es gelernt hatte. Dahinter war alles in blassen Farben, als läge in meinem Schulatlas über den Ländern der anderen Seite ein Papier aus Pergament, unter dem die Namen der Staaten verschwammen. Ich bin eine Niete in Geografie. Ich merke mir lediglich Orte und Landschaften, in denen ich auch gewesen bin.

Jetzt liegst Du im Koma und ich schreibe einen Brief über Politik. Warum? Mabel hat mich nach einem Tagebuch gefragt. Vielleicht deshalb. Ich habe in den Fotoalben geblättert, sie mit nach Hause genommen. Ich habe Deine Kinderbriefe gefunden. Laetitia

Am nächsten Morgen räumten sie die Bettstatt zusammen. Lange Zeit schwiegen sie. Schließlich setzten sie sich auf die Couch. Mabel griff sich ein Album und fragte: „Wo war das hier eigentlich?“ Sie stellte Fragen, die sich Laetitia noch nie gestellt hatte. Manche konnte sie ihr nicht beantworten, weil die Erinnerung fehlte. Wie konnte es sein, dass sie sich an minutiöse Details, an einen Geruch oder eine besondere Farbe, als wäre es gestern gewesen, erinnern konnte, während andere Passagen, manchmal Jahre, einfach fehlten? Sie hätte gern Mabels Fragen nach ihrer Kindheit beantwortet. Nicht, weil ihre Vergangenheit sie plötzlich übermäßig interessiert hätte. Sie wünschte es sich, damit sie einen Grund gehabt hätte, Mabel länger neben sich zu spüren. Es war schön, wie sie so da saßen, Schulter an Schulter, eingesunken in das Sofa. Zwei Hasen in einer Mulde. Wie vor wenigen Wochen im Forsthaus. Sie hätte gern mehr gehabt, aber sie behielt diesen Wunsch für sich.

Am Nachmittag besuchten sie Hanna. Die Physiotherapeutin war kurz hereingehuscht, hatte „Hallo“ gesagt, sich entschuldigt und sie auf später vertröstet. Als sie am Abend nach Hause kamen und Laetitia kochte, blätterte Mabel lange in den Alben herum, als würden die Fotos ihr Antworten geben.

„Ich geh kurz allein um die Häuser, ich nehme wieder deinen Schlüssel", sagte sie, als sie Laetitia mit der Küchenschürze in der Tür stehen sah.

„Gut. Morgen schau ich bei Eric im Zimmer nach. Vielleicht finde ich seinen. Ich glaube nicht, dass er ihn mitgenommen hat."

„Okay."

„Ich geh dann mal kochen. Und …"

„Ja?"

„Danke, dass du mich aushältst."

„Mhm."

„Ich bin froh, dass du da geblieben bist."

Überrascht schaute Mabel auf. Dann lächelte sie breit.

„Bis gleich."

„Bis gleich."

Liebe Mutter,
nun habe ich begonnen, Briefe zu schreiben. Ich weiß nicht, ob du sie jemals lesen wirst. Ich möchte endlich zur Ruhe kommen. Unstet war ich ja immer. Selbstgewählt, wie ich glaubte. Es hat sich verselbstständigt. Es hat sich verkehrt und ein Eigenleben entwickelt. Früher war ich die Treibende, jetzt bin ich die Getriebene, die Gejagte. Einen Moment in meinem Leben war ich gezwungen innezuhalten. Unfreiwillig. Das war der Wendepunkt. Mabel sagt: Schocktherapie. Ich sage: ohne Aussicht auf Heilung. Einzige Linderung versprechen die kurzen Momente, die ich mit ihr vor den alten Fotos verbringe. Eine konservierte unzerstörte Welt, in die wir da hineinblicken. Unumstößlich schwarz auf weiß. Abgelichtet. Gesichter, durch Silbernitrat auf

Papier gebannt und fixiert. Voll trügerischer Ruhe. Rosen sehen ähnlich aus, weißt du? Auch Rosen, die mit Silbernitrat gefüttert werden. Sie kommen über einen gewissen Grad ihres Alterungsprozesses nicht mehr hinaus. Unverwelkt und in ihrem Zustand erstarrt. Ihre Blüten sind längst tot. Gestorben, ohne gestorben zu sein. Als wären sie um ihr Sterben betrogen worden. Und Du, Mutter? Wo bist Du? Ich schaue mir immerzu die alten Bilder an. Und ich beginne immer dort, wo ich das letzte Mal aufgehört habe. Anfangs habe ich in Deiner Wohnung eine Verfügung gesucht, Du hast nichts dergleichen aufgesetzt. Dafür liegen die Alben herum. Heute hat Mabel mich als Pioniermädchen in einem entdeckt. Eine Wimpelträgerin mit einem Halstuch. Schwarzweiß wie alle. Das Halstuch war blau wie der Wimpel. Ich schaue stolz in die Kamera. Dann hat Mabel den lachenden Mund mit dem Daumen zugehalten und gesagt: „Schau dir mal deine Augen an.“ Das Strahlen ging nur über die eine Hälfte meines Gesichtes.

April 1977

„Laetitia, kannst du mir sagen, weshalb der Frieden bewaffnet sein muss, so wie der Igel auf dem Plakat?“

Sie wusste es nicht. Nicht genau. Aber Markus hatte sich gemeldet.

„Die Russen nicht“, sagte er.

Die Lehrerin lief rot an. Rot wie der Sowjetstern neben dem Igel auf dem Plakat. Sie wiederholte dieses schmutzige Wort nicht. Nur Imperialisten sagten Russen. Bei dem Gedanken an „Imperialisten“ blähte sich in Laetitias Kopf ein dicker, weißer Mann mit Hosenträgern auf. Sein Gesicht zeigte harte Züge und eisblaue, kalte Augen. Er hatte keine Waffe in der Hand, aber dafür eine viel gefährlichere Eigenschaft: Er konnte auf einen roten Knopf drücken. Das Rot dieses Knopfes hatte nichts mit dem freundlichen Rot des Sowjetsterns gemeinsam. Der rote Knopf war der Hebel für den Dritten Weltkrieg. Beim Druck dieses Knopfes flog eine Atomrakete los und verbrannte Menschen bei lebendigem Leibe. Nur zu den Gegenständen war sie gut. Zu den Häusern, den Straßen. All das blieb heil. Denn wenn die Sachen stehen blieben, konnten die Imperialisten in die Häuser einziehen und dort wohnen. Sie hatten nur einen Wunsch: sich immer mehr auszubreiten, um andere auszubeuten. Dazu war der rote Knopf da. Und mittwochmittags heulten die Sirenen. Dann wollte Laetitia nach Hause, obwohl sie wusste, dass es nur Übungsalarm war. Dreimal lang hintereinander, wie beim Feueralarm, oder einmal lang drei Minuten Dauerton, wie beim Übungsalarm. Aber wenn der Alarm auf und ab in kurzen Hügeln immerzu und ohne Unterbrechung ginge, dann würden sie in Zweierreihen das Klassenzimmer verlassen und durch die Neubausiedlungen in den nächsten Bunker laufen müssen, den sie an einem Pioniernachmittag besichtigt hatten. Jedes Mal, wenn die Sirenen gingen, hatte Laetitia Angst.

„Laetitia, warum brauchen wir vor denen keine Angst haben?"

„Weil die Sowjetunion uns schützt."

Sowjetunion. Ein Wort, das einfacher war als Imperialist. Leichter zu merken. Sie sah ein großes, helles Land mit freundlichen Menschen. Ein sauberes Land mit viel Platz und süßem, dampfendem Tee aus einem Samowar. Einem Mischka-Bären, der lächelte, der braun war und niedlich. Und die freundlichsten Gesichter von allen hatten die Sowjetsoldaten. Alle sahen sie gleich aus: große, warmherzige Brüder mit viel Zeit, Blumensträußen und kleinen Kindern auf den Armen, die sie weit hinauf in den Himmel hielten, der blau war. Immer blau.

Immer lebe die Sonne
immer lebe der Himmel
immer lebe die Mama
und auch ich immerdar!

Pust wsegda budet sonze
Pust wsegda budet nebo
Pust wsegda budet mama
Pust wsegda budu ja

Doch auch wenn es noch so fröhlich klang, auch wenn der Himmel noch so blau war und besonders am Mittwoch, wenn die Probesirenen jaulten, dann nützte es nichts, einen großen Bruder zu haben. Und diese Angst bei Sonnenschein war so viel heimtückischer. Denn: Hinter der lachenden Sonne und den tapsigen Brudersoldaten lauerte der eisblauäugige Imperialist im weißen Hemd, dessen Finger über dem roten Knopf lag, um zuzudrücken, dass den ganzen freundlichen Menschen auf der besseren Seite die Luft wegblieb. Laetitia wusste nicht, ob Hanna diese Angst auch fühlte.

Liebe Mutter,
wir sind getrennt wie in zwei Zellen. Und an Eric komme ich auch nicht heran. Er möchte es nicht. Keine Mail, keine SMS, kein Brief und von Gernot höre ich seitdem auch nichts mehr. Ich weiß nur, dass Eric bei ihm war und jetzt bei Thea auf dem Hof ist. Ich kann nur hoffen, dass er sich irgendwie berappelt. Es geht ihm nicht gut und ich bin nicht unschuldig daran. Mir sind die Hände gebunden wie noch nie zuvor in meinem Leben. Das Letzte, was Eric mich wütend fragte, als ich ihn am Tage vor seinem Verschwinden sah, war: „Habt ihr beide Krieg, oder was?“ Mutter, haben wir noch Krieg?
Laetitia

Sie faltete das Papier zusammen und schob es durch den Schlitz des aufgerissenen Einbandes zu den anderen ins Fotoalbum. Bald würde die geheime Tasche nichts mehr halten. Bedrohlich wölbte sie sich schon jetzt nach oben und verhinderte das bündige Schließen des Albums. Behutsam zog sie alle Briefe wieder heraus. Hannas Kinderbriefe nahm sie an sich, stand auf, ging zum Regal und griff nach dem schwarzen Heft mit dem festen Einband, das sie in der letzten Nacht als Tagebuch benutzt hatte. Behutsam schob sie Hannas Briefe zwischen die Seiten. Ihre eigenen Briefe an Hanna faltete sie noch einmal neu zusammen und steckte sie vorsichtig in die Geheimtasche des Albums zurück. Vielleicht würde ihre Mutter sie finden. Später. Aber zuerst müsste sie aufwachen. Die schwarze Papptasche war im Moment ein toter Briefkasten.

Es geschah unverhofft. Wie nebenbei. Sie standen zu dritt vor dem Bett und es war Hannas Ringfinger, der sich bewegte. Mabel bemerkte das Zucken als Erste, war sich aber nicht sicher. Dunja Kleebuschs überraschter Blick bestätigte ihre Wahrnehmung. Dann bewegte sich die ganze Hand. Es war nichts Reflexartiges in dieser Bewegung. Als die beiden Frauen zu Laetitia hinübersahen, war sie schon an das Bett gestürzt, hatte Hannas Hand ergriffen und drückte sie, pumpte sie regelrecht, als wollte sie weiteres Leben in sie drücken. Mabel stürmte hinaus, um einen Arzt zu finden, während Dunja an Laetitia herantrat. Sie spürte ihre Hand auf dem Rücken. Einen Moment lang. Dunja wartete ab, bis sie sicher sein konnte, dass Laetitia Hannas Hand nicht mehr loslassen würde. Dann erst löste sie sich von ihr und verließ das Zimmer.

„Mutter?“, flüsterte Laetitia und Hanna bewegte sich abermals. Ein starker Schwindel überraschte Laetitita. Unwillkürlich legte sie ihre andere Hand auf Hannas Brustkorb. Sie zitterte. Sie wusste nicht, ob sie dem, was jetzt folgte, standhalten würde, und atmete schwer. Und dann traf es sie mit voller Wucht. Es war ein einziges Wehen. Ein Schneesturm. Ein Wühlen in den Eingeweiden, ein Ziehen dort, wo keine Muskeln, wo nur noch die Organe waren, dort, wo Laetitia am weichsten war, wo es ins Bodenlose, ins Nimmerland ging.

Januar 1945

„Nach Nimmerland. Dort fahren wir hin, Hanna. Und nun frag nicht weiter! Sei schön still."

Hanna fröstelte. Auf ihrem Brustkorb lag die große Wärmflasche aus Weißblech so schwer, dass sie kaum noch atmen konnte. Ihr Atem rasselte. Warum waren sie unterwegs? Hatte ihre Reise wieder begonnen? Das Bett schaukelte. Lag sie in dem Wagen mit dem reparierten Rad, der über Kopfsteinpflaster rüttelte? Benommen krallte sie sich an ihrem Laken fest und wie durch eine dicke Wand hörte sie Tante Erikas Stimme: „Sie fiebert, Olga, dein Mädchen fantasiert! Jeh schnell in die Küche!"

Nach einer Weile wurde es kühl auf der Stirn und das Rütteln und Fallen hörten auf.

Laetitia spürte Hannas klopfendes Herz unter dem Brustbein und sah das Pochen des Pulses am Halsansatz. Langsam ließ sie Hannas Hand los und strich ihr eine vom Schweiß verklebte Locke aus der Stirn. Hannas Atem veränderte sich, er geriet aus dem Rhythmus. Laetitia bekam Angst. Sie beugte sich zu Hanna und flüsterte: „Bleib da!"

Januar 1945

Hanna lag immer noch unter den Decken. Das Gewicht auf ihrer Brust war verschwunden. Nur die Wärme war noch da.

„Mutter?", rief sie in die Dunkelheit des Zimmers. Niemand antwortete ihr. „Tante Erika?" Nichts. Sie stand auf. Trotz ihrer Angst tapste sie vorsichtig in die Dunkelheit. Schritt für Schritt. Tastend mit ihren Fingern, die über das Holz des Bettes glitten, die sich lösten, um eine Wand, vielleicht eine Stuhllehne oder die Kante eines Möbelstückes zu finden. Sie musste sicher zur Tür gelangen. Hanna wusste, gegenüber dem Bett befand sich eine Tür, die in den überdachten Vorhof führte, und seitlich hinter dem großen Bett war eine zweite, die in die Küche ging. Der Weg zur Küchentür wäre der kürzere. Dort gab es nichts zum Halten. Doch zwischen der Zimmertür, die nach draußen ging, stand ein Tisch. Den müsste sie erreichen. Der Weg schien lang und die Dunkelheit endlos.

„Mutter?"

Aber da war nichts, nicht mal ein Atmen. Waren die Großen ohne sie weitergezogen? Ihre Vorsicht vergessend lief Hanna mit kleinen, hastigen Schritten in Richtung Tisch, doch es kam kein Tisch, so lange sie auch lief. Hatten sie alles mitgenommen? Ohne Hanna wäre mehr Platz auf dem Wagen. Die Angst und der Schwindel machten, dass Sterne vor ihren Augen tanzten und ihr Gesichter erschienen wie Sternschnuppen.

Der Boden veränderte sich, wurde glatt und frostig. Hanna lief keuchend durch einen endlosen Gang, dessen Wände ein eisiges Weiß spiegelten.

„Mama, Papa, Emil, Albrecht! Wartet!" Hechelnd rang sie nach Atem. Sie musste anhalten. Es riss und zerrte schmerzhaft unter den Rippen. Ihre erschöpften Lungenflügel rasselten wie eine Rüstung. Hanna sah keuchend auf ihre nackten Füße. Sie nahm einen letzten kräftigen Anlauf und schlitterte los. Dann sah sie das Loch auf sich zukommen, das in rasender Geschwindigkeit größer wurde. Es war aber kein Tunnelausgang, sondern ein offenes Eisloch. Sie hielt direkt darauf zu und plötzlich war es dunkel und die Kälte umklammerte sie wie Stahl. Wie ein Pfeil stieß Hanna in die bodenlose Tiefe.

„Bleib!", dröhnte das Eis über ihr. Doch das Wasser rauschte an ihren Ohren vorbei.

„Bleib!"

Das Eis schrie, brach, bekam Risse und splitterte wie bei einer Explosion. Und durch all das Brausen hörte Hanna wieder und wieder diese Stimme. Eine Stimme über dem Eis, die wie ihre eigene klang. Und mit dieser Stimme fühlte Hanna den Grund unter ihren Füßen. Eine Sandbank. Mit letzter Kraft stieß sie sich ab. Sie wollte nur noch eines: nach oben. Auftauchen und leben.

„Bitte. Bleib." Die Tränen liefen ihr über das Gesicht. Hinter den kalten Wänden, die heruntergefahren waren, war ein Meer. Es war unerschöpflich. Laetitia weinte. Es schüttelte sie. Sie würde nicht mehr aufhören können. Und plötzlich, inmitten der Tränen, durch den Schleier hindurch, schaute Hanna sie ganz normal an. Das war der Tag, an dem Laetitia zum zweiten Mal zu reden anfing.

So fährt der Winter hin

Als Erstes war Erinnerung. Ohne Bild. Ohne Ton. Nur ein Film aus Gefühl. Als Nächstes schwamm ein flüchtiger Geschmack in Hannas Mund, der ihr vertraut, aber nicht zu benennen war. Es war warm um sie und still. Eine Zeitlang trieb Hanna schwerelos in diesem Meer aus Gefühlssuppe. Splitter schlingerten darin. Flüchtig wie Wolkenfetzen. Kurzlebige Schollen, auf denen Bilder undeutlich auszumachen waren. Hanna versuchte, danach zu greifen, um sie festzuhalten, aber ihr Bewusstsein war noch zu schwach. Ein Bild tauchte auf, trieb vorbei. Deutlich und klar. Es war das Bild einer Wäscheschleuder. Hanna krallte sich an dem zufällig vorüberschwimmenden Bild fest, bis sie sich sicher war, dass es bei ihr blieb. Es war das erste Wort und sie wollte es nicht loslassen. Zu groß war die Angst, es wieder zu verlieren. Worte brachten Sicherheit, brachten sie zurück. Sie dachte nur an dieses eine Wort: Wäscheschleuder. Wenn sie sich daran festhielte, würde sie nicht mehr untergehen. Sie musste jetzt beides ankoppeln und verbinden. Das Bild an das Wort. Festklopfen mit Nägeln. Sie versuchte es auszusprechen. Doch so sehr Hanna auch auf das Wort einschlug, mehr als Gefühle und ein Geschmack, den sie nicht benennen konnte, kamen nicht heraus. Es passte alles nicht zusammen. Sie war wie ein Gerät und dieses Gerät war kaputt.

„Was hat sie gesagt?“

„Ich habe es nicht verstanden. Waschleuber oder waschdichheute. Aber es ist doch egal.“ Mabel stand neben ihr und Dunja Kleebusch.

Alle blickten auf Hanna. Sie regte sich zögerlich, und während sie ungelenk ihre Arme bewegte, wanderten Hannas Augen unruhig zwischen Dunja, Mabel und Laetitia hin und her.

In dem Meer, in dem Hanna trieb, erkannte sie Laetitias Gesicht. Die See beruhigte sich. Dünn und alt sah ihre Tochter aus. Was war geschehen? Was war passiert? Das Meer kam erneut in Wallung. Warum weinte ihre Tochter? Nicht weinen. Nicht weinen! Ich bin doch da. Aber die Worte gehorchten Hanna nicht. Sie sprangen herum, von Scholle zu Scholle, huschten ihr davon, schlugen Haken und vertauschten die Plätze. Nicht weinen, Laetitia, nicht weinen, das darfst du nicht. Ich bin doch da, Kind!

Etwas Unfassbares musste passiert sein, aber die Erinnerung war weg. Das durfte doch nicht sein, dass Laetitia weinte und in Hanna nur Nebel und Schollensplitter waren. Da fehlte etwas. Was fehlte? Hastig suchte sie die treibenden Bruchstücke ab. Zwischen ihr und Laetitia gab es eine Lücke. Es machte Hanna rasend, es war wie der Geschmack in ihrem Mund, den sie so gut kannte und doch nicht zu benennen wusste. Sie konzentrierte sich. Es war ein sehr kräftiges Gefühl in dem Fehlen eingeschlossen, aber sie kam mit Worten nicht heran. Sie hatte keine. Es war ein warmes Gefühl. Ein Schutzgefühl. Ein gutes. Hanna sondierte. Hatte es eine Farbe? Nein. Sie suchte weiter. Hatte es einen Geruch? Ja. Aber ebenso wie der Geschmack blieb er namenlos. Hatte es ein Geschlecht?

Endlich, langsam, aber deutlich schälte sich etwas heraus. Da war es. Ganz deutlich eine Gewissheit. Ein Name. Eric.

Sie ließ das Schleuderschollenbild los und packte den Namen des Jungen beim Schopf, da, wo er am besten zu halten war: am großen E und am kleinen C. Ihre Lippen bewegten sich immerzu. Eric, Eric, Eric. Laetitia hatte zu weinen aufgehört und beugte sich dicht über ihren Mund. Lächelnd. Aber offenbar verstand sie sie nicht. Hanna versuchte es wieder und wieder. Verzweifelt sprach sie den Namen aus: Eric. Eric. Monoton. Immer wieder: Eric. Aber Laetitia verschwand und statt ihrer Tochter kamen nun noch mehr Gesichter in ihr Blickfeld. Fremde. Aus gelb wurde weiß. Die vielen Köpfe sprachen ihren Namen aus und Hanna antwortete dem Wesen im Gegenzug mit Erics Namen. Aber auch das Wesen schien Hannas Worte nicht zu verstehen. Es lachte aus vielen Mündern. Wie Laetitia. Sagte schnelle Worte, die sie nicht begriff, obwohl sie andere Worte wiederum sehr gut verstand. Warum antwortete ihr niemand auf die Frage nach Eric? Laetitia sagte, dass sie sich keine Sorgen machen müsse. Aber so sah sie nicht aus. Hanna verstand zwar alles Gesagte, aber es passte nicht zu den Gesichtern. Sie logen. Nur das Meer darunter log nicht. Laetitias Gesicht log nicht. Lediglich die Worte, die ihren Mund verließen, taten es.

„Heißt das, sie hat alles vergessen?"

„Nein, ich rede von Aphasie. Nicht von Amnesie."

Laetitia hatte sich im Begriff vertan. Natürlich kannte sie den Unterschied. Sie mochte sich mit dem Arzt nicht erneut anlegen. Er und all die anderen, die über Hannas Kopf hinweg debattierten, waren ihr zu viel. Und Hanna bewegte unentwegt und fast panisch ihre Lippen. Wortsalat kam heraus.

Mabel stand hilflos hinter der Gruppe, verdeckt durch das Weiß. Viel zu schnell hatte sich der kleine Raum angefüllt. Vielleicht hätten sie abwarten und Hanna ein langsames Auftauchen ermöglichen sollen, aber da war die Angst gewesen. Reflexartig hatten sie alle gehandelt. Hannas Regungen hätten auch ein letztes Aufbäumen bedeuten können. Laetitia bemühte sich, ihrer Mutter zu signalisieren, dass alles im grünen Bereich wäre.

„Es sieht aus, als würde sie etwas suchen", flüsterte Mabel durch das Stimmengewirr.

„Vielleicht hat sie Durst."

Laetitia langte nach dem Plastikbecher mit dem Tee und der gewässerten Watte. Sie nahm den Holzspatel, an dem der getränkte Mullpfropf befestigt war, drückte ihn leicht am Rand aus und benetzte vorsichtig Hannas Lippen. Hanna schluckte tropfenweise.

Sie musste sich noch immer sehr konzentrieren. Der Spatel war grob in ihrem Mund und zitterte. Fenchel und Pfefferminz! Die beiden Worte. Hanna griff danach. Endlich. Gleich zwei auf einmal. Schnell hatte sie die Worte eingejocht und vor die Sinne gespannt wie zwei Pferde. Das konnte sie schon immer gut – scheue Tiere einspannen. Sie beruhigte sich. Nun waren sie verbunden mit dem Geschmack in ihrem Mund. Untrennbar. Fenchel und Pfefferminz, Eric und Wäscheschleuder.

Die Worte trieben ihr langsam zu und sie fühlte sich schwach wie nach langem Fieber. Welches Jahr hatten sie? Wo war sie? Hatte sie wieder etwas getan, was sie eigentlich nicht wollte? War sie wieder aus dem Fenster gesprungen? Sie schaute an sich herunter. Kein Gips. Alles schien heil. Nur die Gedanken fehlten. Hanna bemühte sich um Konzentration. Wo begann ihre letzte Erinnerung? Ihre Lippen bewegten sich wieder. Sie drehte den Kopf nach rechts. Da ging gar nichts mehr. Rechts war nichts. Rein gar nichts. Rechts waren noch nicht einmal Schollen. Hanna drehte den Kopf vorsichtig zurück und suchte eine Erklärung in Laetitias Augen. Bin ich verrückt, Laetitia, bitte sage mir, ob ich verrückt geworden bin!

„Ich verstehe dich nicht. Gar nichts. Es tut mir so leid."

Laetitia beugte sich so nah es ging zu Hanna herunter und strich ihr das Haar aus der Stirn. Es war zum Verzweifeln. Ein haltloser Zustand hatte einen anderen abgelöst.

„Sie sind hier im August-Zinn-Krankenhaus, Frau Klänger." Ein Arzt hatte sich zwischen sie geschoben und sprach so laut, dass Laetitia zusammenzuckte. Am liebsten hätte sie ihn weggedrängt, hielt sich aber zurück, als sie sah, wie Hannas Blick nach seinem Gesicht griff.

„Frau Klänger, verstehen Sie mich?" Der Arzt machte eine Pause. „Sie hatten einen Schlaganfall, lagen einige Zeit im Koma. Und jetzt sind Sie wieder bei Bewusstsein."

Er machte nach jeder Information eine längere Pause, stückelte den Satz in drei gleichgroße Teile und wartete ab, bis er meinte, dass Hanna ihn verstanden hatte.

Wie Tortenstücke, dachte Laetitia.

„Vermutlich haben Sie eine Aphasie."

Laetitia sah, dass Hanna an den vorausgegangenen Stücken schon genug hatte. Ihr starrer Blick musste so etwas wie Übersättigung bedeuten.

„Meine Mutter weiß nicht, was eine Aphasie ist", erwiderte Laetitia gepresst. „Sie hat sich mit so etwas ihr Lebtag nicht beschäftigt."

Hannas Blicke klammerten sich weiter an den Arzt. Der Mann nahm ihre Hand.

„Es kann sein, Frau Klänger, dass es mit dem Sprechen nicht so klappt, wie Sie es gerne wollen. Machen Sie sich deshalb keine Sorgen. Das dauert ein bisschen. Ihre Tochter ist ja bei Ihnen." Jetzt wandte er sich um.

„Versuchen Sie Ihre Mutter vorerst nicht durch ständiges Nachfragen zu verunsichern. Erklären Sie alles, was Sie tun, bevor Sie es tun. Damit entschleunigen Sie ihre Welt. Sie braucht viel Zeit." Dann wandte er sich ab und die Gruppe der Kittel verschluckte ihn.

Doch nicht wie die anderen, dachte Laetitia. Seine Erklärungen waren ohne die eitlen Verzierungen ausgekommen. Angenehm schnörkellos. Menschlich funktional. Sie hatte sich seinen Namen nicht gemerkt. Leider.

Die Gruppe der Mediziner verließ das Zimmer. Mabel, Laetitia und Dunja Kleebusch blieben mit Hanna zurück.

Mabel beobachtete Laetitia schon eine ganze Weile von der Wohnzimmertür aus, wie sie es in letzter Zeit oft tat, und schließlich sagte sie: „Schick Thea doch endlich eine SMS, dann erfährt es Eric auch gleich." Laetitia schüttelte den Kopf. Aus den Augenwinkeln sah sie Mabel im Türrahmen stehen. Es waren nicht die Worte, die Laetitia fehlten. Es war die Unsicherheit des eigenen Tones, den sie ihrer Stiefschwester gegenüber anschlagen sollte. Immer noch war da eine Wut auf Thea und ihre Eifersucht auf Eric, der sich dazu entschlossen hatte, bei seiner Stieftante zu bleiben. Das schmerzte sie und vergiftete ihre Stimme. Eine Disharmonie, die mitklingen und die Thea sofort bemerken würde. Sie hatte sie seit dem letzten Telefonat mit Gernot nicht mehr gesprochen.

„Gib her." Mabel ging auf das Telefon zu. „Ich rede jetzt mit ihr."

Unsicher reichte Laetitia ihr den Hörer.

„Die Nummer von Thea ist eingespeichert?"

Laetitia nickte.

„Unter was?"

„Unter TG."

„TG? Wie Thea oder Galanthea?"

„Gar nichts von beiden. TG wie Trümmergrundstück."

Mabel lachte. Laetitia zuckte entschuldigend mit den Schultern.

„Vielleicht läufst du ja bei ihr unter einer ähnlichen Bezeichnung", sagte Mabel, bevor sie die Taste drückte und das Gerät zu wählen begann. Sie schwiegen, während das leise Tuten die Anspannung im Raum zerschnitt. Dreimal, viermal, dann klackte es und Laetitia hörte dünn und fein Theas muntere Stimme: „Hallo, Laetitia, bist du es?"

„Nein. Hier spricht Mabel."

Der Ton der Stiefschwester wurde panisch.

„Um Gottes willen, ist schon wieder was passiert? Wer sind Sie? Wo ist Laetitia?"

„Nein, nein, nichts ist passiert. Ich bin Laetitias Freundin. Sie sitzt hier wohlbehalten neben mir. Sie ist nur ein bisschen durcheinander, deshalb rufe ich an."

„Was ist denn los?"

„Hanna ist wach."

Erst war da Schweigen, dann drang ein jubilierender Schrei aus den winzigen Öffnungen des Telefons. Eine vehemente Mickymaus-Stimme, die sich schnell entfernte.

„Eric, Eric!", hörte Laetitia sie rufen und in Mabels Gesicht thronte wieder das weiße Tableaulachen.

„Sie ist komisch, deine Stiefschwester, wirklich komisch, hat mich einfach weggelegt und stolpert vermutlich durch die Küche. Da ist gerade was Großes runtergefallen, es hat ziemlich gescheppert."

Sie schauten sich an. Laetitia erleichtert und dankbar, Mabel abwartend. Ungefähr zwei Minuten dauerte es, bis Thea sich wieder meldete.

„Hallo, sind Sie noch da?"

„Ja, bin ich."

„Sorry, ich war kurz weg, ich hab es unbedingt Eric sagen müssen. Er ist Hannas Enkel, wissen Sie?"

„Macht nichts. Wirklich nicht."

„Wie geht es ihr?"

„Wem?"

„Ach so, Hanna, wie geht es Hanna?"

„Sie hat noch Artikulationsprobleme. Aber es sieht aus, als ob sie Laetitia erkennen würde."

„Ach, Gott sei Dank! Und Laetitia? Wie geht es ihr?"

Mabel warf einen Seitenblick auf ihre Freundin, die am Rande des Sofas kauerte und dabei wirkte wie ein getretener Hund.

„Im Moment ganz gut, glaube ich, aber wie gesagt, sie ist ziemlich durcheinander."

„Oh, es ist gut, dass Sie da sind. Ich wusste gar nichts von Ihnen! Mabel war Ihr Name, nicht? Also, ich meine, ich wusste nicht, dass Laetitia eine Freundin hat, die im Moment bei ihr ist. Das ist gut. Wirklich gut!"

„Ich bin eine befreundete Kollegin. Wir haben uns vor ein paar Wochen kennengelernt."

„Ach, dann sind Sie ja wahrscheinlich auch Freiberuflerin. Sagen Sie mal, wir kennen uns zwar nicht, aber ich würde Sie gerne etwas fragen."

„Nur zu."

Laetitia äugte argwöhnisch zu Mabel hinüber, die einen Plauderton angeschlagen hatte und konzentriert in den Hörer lauschte.

„Kann Laetitia denn überhaupt arbeiten? Also, verstehen Sie meine Frage nicht falsch, aber ich könnte das nicht unter den ganzen Umständen. Und das habe ich mich schon die ganze Zeit über immer wieder gefragt. Entschuldigen Sie, dass ich so unverblümt bin. Ich hätte Laetitia auch selbst fragen können, aber vielleicht können Sie es ja einschätzen?"

„Soviel ich weiß, tut sie es nicht."

Eine Falte grub sich in Laetitias Stirn. Mabel hielt die Muschel zu.

„Thea fragt mich gerade, ob du im Moment Geld verdienst?"

„Ich hab es selbst gehört, so wie sie schreit. Nein."

„Nein, tut sie nicht."

„Dann fragen Sie sie doch einmal, ob sie was braucht. Also Geld. Ich könnte ihr wirklich etwas leihen, ich bin schließlich ihre Schwester, und ich mach das gerne. Wirklich kein Problem. Aber wahrscheinlich ist sie wieder zu stolz dafür. Können Sie sie das trotzdem fragen?"

„Gib her", sagte Laetitia, stand auf und griff nach dem Hörer. „Das ist mir zu albern." Der Ausdruck des geprügelten Hundes verflüchtigte sich wieder.

„Hallo, Thea."

„Hallo, Laetitia. Ich freu mich so."

„Ja."

„Ich hab es eben Eric gesagt." Thea machte eine Pause und wartete.

Laetitia schluckte. „Und was hat er gesagt?"

„Ich glaube, er hat sich gefreut. Er ist gleich aufgesprungen, hat sich dann sofort wieder hingesetzt und ist wieder aufgesprungen. Dann hat er mich groß angeschaut und ist die Treppe hinuntergelaufen."

„Weggelaufen? Um Gottes willen, Thea! Wo ist er jetzt?" Laetitias Stimme überschlug sich und sie presste den Hörer so fest ans Ohr, dass sich die weißen Knöchel ihrer Finger durchdrückten.

„Nein, nein. Er ist nur draußen. Nicht weggelaufen. Ich seh ihn ja gerade durchs Fenster, er steht bei Willibald am Gehege."

Thea beobachtete, wie das Schwein an Erics Hosenbein schnüffelte und seine Schnauze durch den Zaun quetschte. Sein aufforderndes Grunzen signalisierte: Ich habe Hunger, aber Erics Blick ging vorbei an dem Keiler, flog in die Ferne über die Äcker, wo ein Bussard seine Kreise zog.

Der Anblick des Vogels gefiel ihm. Die Nachricht, dass Hanna aufgewacht war, hatte ihm einen freudigen Schock versetzt. Mehrmals atmete er tief ein. Hanna war wieder da. Sie war nicht tot, auch nicht scheintot. Sie war wach. Sie hatte sich nicht einfach weggeschlichen. Und plötzlich verspürte Eric das drängende Bedürfnis, gleich zu ihr zu fahren, spürte den Wunsch, sie unbedingt sehen zu müssen. Vielleicht müsste er sich beeilen, bevor sie wieder zurückfiel in ihr Koma. Eric stieß sich so heftig vom Zaun ab, dass Willibald grunzend zur Seite hechtete. Er machte kehrt und rannte zurück ins Haus.

„Siehst du, Laetitia, er kommt schon zurück. Er rennt sogar. Ich glaube, er lacht. Warte." Die Tür wurde aufgestoßen und Eric stürmte in die Küche. Völlig außer Atem.

„Thea! Ich will hin. Kannst du mich fahren? Sofort. Ich will zu Oma Hanna."

Theas Blick wechselte einige Male vom Handy zu Eric. Er stand mit beiden Beinen inmitten der Scherben der großen, zerschlagenen Suppenterrine, die ihr bei Mabels Anruf heruntergefallen war, und merkte es nicht einmal.

„Hörst du, Laetitia?“, sagte Thea und schickte ein Schmunzeln zu Eric hinüber. „Hast du gehört? Wir kommen.“

„Es scheint sie alles anzustrengen.“ Mabel und Laetitia standen vor Hannas Bett. Die Nasensonde war entfernt worden und auf dem Nachttisch stand noch immer der Tee. Laetitia hatte ihr in langsamen Worten zu erkären versucht, dass Eric auf dem Weg nach Hause sei und sie bald besuchen komme. Hanna wirkte erschöpft.

„Es strengt sie an, obwohl er kommt.“ Laetitia trat zurück und Mabel legte ihren Arm um ihre Schulter.

„Ob sie mich überhaupt verstanden hat?“, flüsterte Laetitia.

„Irgendetwas muss sie verstanden haben. Ihr Gesicht hat sich verändert, als du seinen Namen sagtest“, flüsterte Mabel zurück.

„Aber ein Lächeln war es nicht.“

„Vielleicht war es der Versuch. Nach einem Schlaganfall können das viele nicht mehr.“

Laetitia seufzte. „Wenn die Reha sofort einsetzt, hat sie gute Chancen, haben sie gesagt. Die Areale im Gehirn müssen teilweise ganz von vorne anfangen. Kann man eigentlich herausbekommen, was noch in Ordnung ist?“

„Ich weiß es nicht.“ Mabel zuckte mit den Schultern. „Könnte es sein, dass sie vielleicht besser lesen als hören kann? Das sind doch andere Baustellen im Gehirn, oder?“

„Vielleicht.“ Laetitia durchsuchte ihre Tasche nach einem Stift.

„Mist, ich habe keinen Zettel mehr.“

Hanna verstand nicht. Laetitia redete zwar langsam und leise mit ihr, aber sie verstand es nicht. Es fehlte so vieles in ihrem Kopf. Und noch immer war es so, dass, wenn sie nach rechts gedreht wurde, alles aufhörte. Da war nichts. Rechts war gar nichts, nur die Leere. Vielleicht wartete dort der Tod auf sie. Rechts fehlten auch all die Worte, selbst die wiedergefundenen, und sogar das Verstehen. Sie hatte solche Angst vor rechts, aber sie konnte es nicht sagen. Vorhin wurde sie beim Waschen umgedreht. Es war nicht zum Aushalten. Dauernd hatte Hanna versucht, nach links zu schauen, gebettelt hatte sie und mit ihren Blicken die Schwester angefleht, sie doch wieder zurückzudrehen. Aber die Schwester hatte sie nicht verstanden und Hanna war nichts anderes übriggeblieben, als auszuharren im namenlosen Nichts.

Dann war endlich Laetitias Gesicht erschienen. Sie sah mitgenommen aus. Ihre Tochter sollte sich nicht grämen. Das wäre eine verkehrte Welt. Ein Kind durfte sich nicht um die Mutter grämen. Deshalb strengte sie sich an zu lächeln. Doch Laetitia schaute weiter besorgt. Es war schwer, ihre Tochter mit diesem Gesicht zu ertragen.

Mehrmals setzte sie zum Reden an. Nur den Namen. Wenn das doch gelänge. Aber das Verteufelte war, dass Hanna selbst dieses Gelingen nicht einschätzen konnte. Die Welt stimmte nicht mehr, war noch immer in Spiegelscherben zerborsten. Das weiche, feuchte Papiertaschentuch in ihrer Hand schien mit ihrer Haut verwachsen zu sein. Sie ließ es nicht mehr los. Auch nicht, als die Schwester hereinkam und ihre Faust öffnen wollte. Es war die Hand, die noch gehorchte, die noch stark war, die nichts von ihrer Kraft eingebüßt hatte. Diese starke Hand hielt die Kostbarkeit fest. Die fremde junge Frau, die neben Laetitia gestanden hatte, die Frau mit den roten Locken. Sie hatte ihr das weiche Papier gegeben. Die Frau mit dem Lächeln. Und dieses Lächeln verbunden mit einem Papiertuch, das Hanna in ihrer Faust festhielt, gab ihr Sicherheit.

Drei Worte, die ganz allein ihr gehörten, die nicht mehr wegschwimmen konnten, die sie fest gepackt hatte und von denen Hanna wusste, dass sie morgen noch da wären. Und selbst wenn dann immer noch so viel Nebel um sie wäre, und auch wenn sie alles wieder vergessen hätte, möglicherweise sogar ihren Namen, sie hätte noch immer dieses weiche, gelbe Tuch mit den drei Worten. Die drei Worte, die sich in ihr Gehirn gebrannt hatten, die in blauer Kugelschreiberschrift unter der eingerissenen Ecke der Serviette standen: *Eric kommt morgen.*

Laetitia war erschöpft. Mabel lag hinter ihr auf der Wohnzimmercouch, die sie am Abend ausgeklappt hatten, und ihr Atem ging in ruhigen Zügen. Sie lagen Rücken an Rücken. Mabel schlief und Laetitia hörte nur ihren Atem. Sie fühlte sich geschützt und frei. Es war die erste Nacht, die sie so eng zusammen verbrachten. Nicht in ihrem Bett, sondern auf Hannas Ausklappcouch. Mabel war noch angezogen. Eigentlich wollten sie nur aufräumen, aber dann hatten sie sich hingelegt und eine Weile miteinander geredet. Schließlich war Mabel eingenickt. Leise hatte Laetitia eine Decke geholt, zuerst Mabel, dann sich damit zugedeckt. Nun schaute sie vom Bett aus zum Fenster und wartete auf den Schlaf.

Was war das zwischen Mabel und ihr? Für Mabel war alles klar. Wie für Mabel immer alles klar war. Mabel war verliebt. Mabel. Und sie? War die Zuneigung ihrer Freundin nur ein Rettungsanker, ab und an von einem erotischen Leuchten angestrahlt und im falschem Licht glänzend?

Unwillkürlich rutschte Laetitia mit dem Rücken dichter an Mabel heran und streckte sich zaghaft aus. Sie mochte sie nicht wecken. Jede ihrer Hautzellen wollte Mabel berühren. Jede einzelne. Auch wenn viele Schichten Kleidung dazwischen lagen. Laetitia dehnte sich. Machte sich weich. Nichts konnte ihr passieren. Mabel schlief. Und wenn Laetitia einen Moment hätte wählen können, wie ihr Leben weiterginge, hätte sie gesagt: so wie jetzt, in dieser Sekunde, so soll es für immer bleiben.

Beide Frauen erwachten sehr früh. Laetitia zuerst. Sie öffnete langsam die Augen, hörte Mabels regelmäßigen Atem und sah, wie das Licht der frühen Stunde unterhalb der zugezogenen Gardinen hereinsickerte. Nachtmilch, wie sie es nannte. Sie liebte dieses Licht, das sich wie ein Dieb durch die Ritzen der Vorhänge ins Zimmer schlich. Unaufhaltsam und mild. Es war das Licht vor der Dämmerung, das Licht, welches ihr vorausströmte und die Dämmerung erst ankündigte. Es war die früheste Stunde, die der Morgen zu bieten hatte. Die Stunde noch vor der blauen Stunde. Und sie liebte diese Zeit deshalb so, weil sie um so vieles stiller war als alles, was der Tag mit sich brachte. Diese Morgenmilchzeiten, deren Ende durch das Streiten zweier Amseln oder durch das Lied einer Nachtigall beschlossen wurde.

So wie jetzt, an diesem Morgen.

„Laetitia?“, flüsterte Mabel plötzlich.

„Ja?“

„Ich bin total durchgeschwitzt.“

„Das macht mir nichts.“

„Mir aber.“

„Wie spät ist es?“

„Früh, viel zu früh. Versuch einfach weiterzuschlafen.“

„Laetitia, ich muss diese Klamotten vom Leibe haben.“

„Dann zieh sie doch aus."

Flink hatte Mabel sich unter den Decken entkleidet und gab ihrer Jeanshose einen letzten Stups, dass sie auf dem Teppich landete.

„Du erlaubst doch?"

„Es ist ja noch dunkel. Es sieht ja keiner."

„Du meinst die Unordnung?"

„Ja, die Unordnung und dich auch" erwiderte Laetitia.

„Außer du", erwiderte Mabel.

„Ich sehe deine Unordnung doch gar nicht, weil sie hinter der Sofakante verschwunden ist, und dich auch nicht, weil es noch viel zu dunkel ist", sagte Laetitia.

„Aber fühlen könntest du mich."

„Ich weiß."

„Willst du?"

Sie antwortete nicht. Erst als Mabels Hand noch schlafwarm und behutsam in ihren Nacken glitt, nickte sie zögerlich. Und als Mabels Lippen ihre Lippen weich verschlossen, spürte Laetitia ihre Lust wieder, wie einen lange herbeigesehnten und ausgesperrten Gast. Im Licht der frühen Stunde spreizte ihr eben erwachtes Verlangen das weiche Gefieder, breitete die Flügel aus und bedeckte im Halbdämmer ihre Seele. Ihre Gedanken flogen davon. Sie war eingesponnen und behütet. Nichts Störendes war da mehr. Nichts Bedrängendes. Es gab kein Vorher und kein Nacher. Nur ein Jetzt, Mabels Haut und ein Staunen aus Lust. Und Laetitia sah an Mabels Blicken, dass es ihr ebenso ging. Mit jedem Öffnen ihrer Lippen berührten sie sich tiefer und immer neue Töne schlüpften aus ihnen hervor. Eine pulsierende Lust begann sie zu überwältigen. Dieses Verlangen, das weder einem Tier noch einer Pflanze gleichkam, hatte zarte Blätter aus Fleisch, war hungrig und drängte. Laetitia griff nach Mabels Hand.

„Ich fürchte mich“, flüsterte sie.

„Ja“, erwiderte Mabel und unter ihrem leise gesprochenen Ja und den Berührungen ihres Mundes blühte ein Gefühl in Laetitia auf, das tiefe und schnell wachsende Wurzeln in sie hineintrieb und dessen Spitzen sie bis in ihr Herz spüren konnte. Es tat weh und war lustvoll zugleich.

Alles an ihnen glänzte. Ihre Lippen, ihre Hände, ihre Augen. Und gegen das Morgenlicht sah sie Mabels Profil. Den Kopf zurückgeworfen in den Nacken, die Kehle durchgestreckt. Und sie hörte ihr Aufbegehren. Alles war eins. Laetitia schloss die Augen, fiel zurück und ließ den Sturm in sich zur Ruhe kommen. Ihr Atem ging laut und gleichmäßig und ihre Hände zitterten. Ein warmes Echo pulsierte in ihrem Körper. Mabel kicherte, beugte sich über sie und bedeckte Laetitias schweißnasse Schläfe mit kleinen Küssen.

„Jetzt kann ich wieder einschlafen. Und du?“, fragte sie und legte ihren Lockenkopf auf Laetitias Brust.

„Ich weiß nicht“, erwiderte Laetitia atemlos. „Mein Herz rast mir gerade davon.“

„Dann halte ich es fest“, sagte Mabel und legte ihre Hand auf Laetitias Brust, bis sich das wilde Klopfen beruhigt hatte. Und als Mabel schließlich eingeschlafen war, löste sich Laetitia sanft aus ihrer Umarmung, ging in die Küche und schaute lange aus dem Fenster in den bedeckten Morgenhimmel hinein.

„Sie fahren gleich ins Krankenhaus.“ Laetitia legte den Hörer auf und sah, wie Mabels Augen erst zu ihr und dann über die Alben glitt, die noch immer auf den Sesseln verstreut lagen.

„Und sonst hat Thea nichts gesagt?“

„Nein. Nur, dass sie mit Eric nicht erst zu uns kommt, sondern gleich zu Hanna fährt. Das war alles."

Laetitia war enttäuscht.

„Also warten", sagte Mabel. Sie hätte es sich leichter machen können, indem sie Eric am Telefon gefragt hätte, ob er seine Großmutter lieber erst alleine sehen möchte oder mit ihr zusammen. Aber genau das hatte sie vermieden. Aus den Augenwinkeln sah sie, wie Mabel am Fenster stand, als wartete sie auf etwas. Bald darauf holte sie sich einen Kaffee und hockte sich zu den Alben. Ein fast schon vertrautes Bild. Nach diesem Morgen umso mehr. Mabel blätterte in ihnen herum. Schließlich fand sie ein Foto von Laetitia, auf der vorletzten Seite.

Stolz sah Laetitia auf diesem Foto aus, aber sie schaute nicht in die Kamera, sondern auf eine Spiegelreflex in ihren Händen.

Juli 1986

„Du mit deinem Zeugnis, Kind! Du verkaufst dich doch unter Wert, wenn du als Fotolaborantin anfangen willst. Da könntest du auch mit einem Durchschnitt von 2,9 anheuern. Nix da, Laetitia, du musst was Besseres werden. Wenn ich gekonnt, wie ich gewollt hätte! Ich hätte mich gefreut, auf eine höhere Schule zu gehen. Du kannst doch mehr. Knipsen geht auch noch nebenbei. Mach was Anständiges, Kind. Da im Labor, da versauerst du doch. Studieren, du musst studieren!"

Laetitia schaltete auf Durchzug. Reizworte waren das. Wenn ich damals …! Sie konnte es nicht mehr hören. Ich bin aber nicht du!, wollte sie Hanna am liebsten ins Gesicht schreien. Das würde Hanna, wie so oft, nicht verstehen. Ihre Mutter hatte ein genaues Bild von dem, was für Laetitia richtig war und was falsch. Und einen Haufen

Begründungen hatte sie auch noch. Sinnlos, sich auf eine Diskussion einzulassen, aber Hanna redete weiter.

„Hör auf damit, Mutter. Du kannst doch auch noch, wenn du bloß willst. Du bist noch nicht mal fünfzig und redest, als ob du achtzig wärst."

Hanna verstummte.

„Ach, was weißt du denn!", bäumte sie sich nach einer Weile auf. „Meine Zeit ist vorbei. Mach erst mal deine eigenen Erfahrungen, Kind."

„Nenn mich nicht Kind. Ich bin sechzehn."

„Aber das bist du doch, du bist mein Kind." Und sie lachte. Hanna lachte so, als wäre Laetitia erst fünf Jahre alt und hätte etwas Drolliges gesagt. „Und du wirst es auch immer bleiben." Hanna setzte damit einen drauf und bemerkte nicht die Wut in Laetitia.

„Trotzdem, nenn mich nicht so und kümmere dich um dein Leben."

Hanna seufzte.

„Ich bin nicht mehr jung. Ich kann längst nicht mehr alles machen, was ich will, und ich kann froh sein, dass sie mich nicht schimpfen auf der Arbeit mit meinen Knien."

Ihre Mutter hatte eine mittelschwere Arthrose, die ihr das ständige Bücken und Hocken in der Krippe fast unmöglich machte.

„Du hättest doch wieder in der Küche anfangen können."

„Hätte, könnte, wollte, wo denkst du denn hin! Als ob das meine Entscheidung wäre. Ich bin froh über das, was ich bekommen hab. Und dass die Stelle nicht so weit weg ist. Und dass es nur eine Treppe gibt."

Arbeit auf Zuteilung. Laetitia musste an Lebensmittelmarken denken, an ihr Prüfungsthema in Staatsbürgerkunde. Antifaschistisch-demokratische Umgestaltung und die Übergangsperiode vom Kapitalismus zum Sozialismus. An die Rationierung der Waren bis weit nach 1950. Die Lebensmittelzuteilung.

Gab es ja immer noch, dachte sie. Albern, Essensmarken für die Schulspeisung auf einem löschpapierartigen Streifen in undefinierbarer Farbe. Irgendetwas zwischen rosa-orange und dem Grau von Klopapier. Überflüssig, jeden Tag eine abzureißen und sie gegen schmutzig-weiße, rechteckige Teller aus Hartplaste einzutauschen. Dreigliedrig aufgeteilt. Oben links Kohlenhydrate, oben rechts Vitamine, unten beidseitig Fette und Eiweiße. Alles auf Marke. Wahlweise hieß es dann Topfwurst oder Tote Oma, Lungenhaschee oder Quark. Marke ab. Teller her. Alle Zehntklässer fanden das albern. Montag, Dienstag, Mittwoch, Donnerstag, Freitag, fertig. Perforierte, daumengroße, fleischfarbene Schnipsel, die man abreißen und abgeben musste.

Vieles musste man abreißen. Nur die Größe und Vielfalt der Schnipsel schwankten. Die meisten waren zum Einkleben, um alles Mögliche zu dokumentieren. Die Freundschaft zum Bruderland, die Freundschaft zur Freien Deutschen Jugend, den Einkauf im Konsum. Schnipsel wie Briefmarken, nur dass man sie nicht wegschickte, sondern bei sich behielt. Das ganze Leben. In Marken dokumentiert.

Sie stellte sich vor, dass es auch Marken für die Berufe gäbe. Berufswahlmarken. Blaue für den Durchschnitt unter Drei, rote für die Einserkandidaten und graue für den mittelmäßigen Bereich dazwischen. Man ginge zur Berufsberatungstelle, bekäme eine solche Marke und klebte sie auf die Bewerbung. Hanna hätte sicher nur Marken im Blaubereich bekommen mit einem kleinen Stempel darauf, der zusätzlich auf gesundheitliche Einschränkungen verwies.

Natürlich gab es diese Marken nicht. Aber trotzdem waren sie da, unsichtbar. Und es ärgerte Laetitia, dass Hanna nicht kämpfte, sondern hinnahm, was kam. Zufrieden schien ihre Mutter trotzdem nicht zu sein, sonst würde sie sie nicht so drängen, anders zu werden. Wenn ihre Mutter in den letzten anderthalb Jahren nicht so an Gewicht zugelegt hätte, dann wären vielleicht ihre Knie in Ordnung.

„Ich mache, was ich will", sagte Laetitia. „Und ich will Fotografin werden, auch wenn ich dazu zwei Jahre in die Dunkelkammer muss. Danach kann ich ja immer noch studieren."

„Du lebst mit dem Kopf in den Wolken, Kind. Du machst dich unglücklich. Ich darf gar nicht daran denken, dass du den einzigen der beiden Plätze, die es für eure Klasse auf der EOS gibt, ausschlägst!"

„Wer sagt denn, dass ausgerechnet ich den einen Platz bekomme? Es gibt mindestens vier Leute mit meinem Durchschnitt. Nachher kriegt ihn jemand anders und dann muss ich an irgendeine Fachschule und irgendetwas studieren oder eine Berufsausbildung mit Abitur machen, die mich gar nicht interessiert. Dann ist die Bewerbungsfrist fürs Fotolabor nämlich vorbei."

„Es tut mir nur weh, dass du deine Chancen verbaust für einen Beruf, den jeder Trottel machen kann."

„Dann bin ich eben jeder Trottel."

„Rede nicht so mit mir, Laetitia. Ich hab das, was ich in meinem Leben gemacht hab, auch für dich gemacht."

„Aber es ist mein Leben, Mama."

„Noch nicht, Laetitia. Noch nicht."

Wütend lief Laetitia aus der Küche und schlug die Tür zu, während Hanna ihr hinterherrief: „Noch habe ich eine ganze Menge dazu zu sagen!"

„Ich will da nicht mehr hin."

„Das geht nicht, das ist Schulschwänzerei."

Hanna presste die Lippen aufeinander und zog die Augenbrauen hoch.

Laetitia schwieg trotzig.

Hanna hatte es gewusst – von Anfang an gewusst. Dass der Beruf nichts ist für das Mädel. Aber ihre störrische Tochter hat nicht horchen wollen. Das Stehen den ganzen Tag im Dunkeln. Viel zu viele Maschinen. Das bisschen Handarbeit. Die ganzen Dünste. Sogar das Rauchen hatte sie angefangen. Das kommt vom Umgang. Durchschnitt 2,9.

„Du musst das zu Ende bringen. Sonst wirst du Ärger kriegen. Die haben dich dann auf dem Kieker und irgendwann steht die Jugendfürsorge vor meiner Tür. Geschwänzt wird nicht. Wir haben Schulpflicht." Hanna versuchte, diese Worte streng klingen zu lassen.

„Aber wenn ich fertig bin, arbeite ich das nicht."

Hanna schüttelte den Kopf.

„Das geht nicht. Du musst arbeiten. Wer nicht arbeiten geht, den holen sie. Asoziale Elemente. Das weißt du doch. Verwarnung, Verweis und dann Jugendwerkhof." Obwohl Hanna versuchte, ihrer Stimme einen harten Klang zu verleihen, wusste sie: Selbst wenn Laetitia stur bliebe, würde sie gar nicht anders können, als ihrer Tochter zu helfen. Einerseits war Hanna dankbar, in diesem System leben zu können, auch ohne Mann, andererseits hasste sie die hohlen Parolen, die Bevormundungen, die Wartezeiten. Aber immer noch war sie froh, in einem Land zu sein, das sicher war. Niemand könnte sie mehr vertreiben. Laetitia war in dieser Hinsicht anders.

„Ich mache, was ich will." Vielleicht hatte sie recht. Im Moment tat sich viel in diesem Land. Sogar auf den Straßen. Wege gab es immer; ihre Tochter würde die schon finden.

„Mabel? Ich schlage vor, wir fahren hin und warten einfach unten vor der Tür des Krankenhauses."

Mabel schaute auf und klappte das Album so forsch zu, dass es fast die pergamentartige Zwischenseite herausriss.

„Was?", fragte sie überrascht. „Weißt du, wie kalt es ist, Laetitia?"

„Ja, das weiß ich." Resigniert ließ sich Laetitia neben Mabel auf das Sofa fallen. „Aber ich habe keine andere Idee. Es ist alles so furchtbar kompliziert."

„Warum wohl?"

„Hergott, ja, ich weiß. Ich bin furchtbar kompliziert."

„Was ist so schwer daran, Eric zu fragen, wie es ihm am liebsten ist?"

„Keine Ahnung, du hast ja keine Probleme damit, einfach zu sein."

Mabel sah sie an, aber Laetitia fühlte sich in die Ecke gedrängt.

„Mabel, ich weiß nicht, warum. Ich kann einfach nicht über meinen Schatten. Da ist eine Mauer, da steh ich vor wie …"

„Wie der Ochse vor dem Tor."

„Ja."

„Aber du bist kein Ochse. Höchstens eine Kuh."

„Eine blöde Kuh." Sie lachten.

„Ich stehe auch nicht vor einem Tor."

„Sondern?"

„Da ist eine Mauer."

„Eine Mauer?"

„Ich laufe immerzu gegen dicke Wände. Nur bei Hanna, gestern im Krankenhaus, als sie aufwachte, da waren sie weg. Ich hab geheult wie ein Tier. Aber schon jetzt erinnere ich mich gar nicht mehr daran. Es ist wie ein Traum gewesen und selbst nach unserer gemeinsamen Nacht sind die Wände wieder da. Sie sind hartnäckig, lebendig ... sie wachsen einfach immer nach."

Mabel strich ihr sanft über den Rücken und es fühlte sich an, als würden ihre Hände all den Kummer aus ihrem Rücken aufsaugen. Laetitia schloss die Augen und lehnte sich an sie.

„Wenigstens weißt du, dass sie auflösbar sind. Du musst Geduld mit dir selbst haben."

Eine Stunde später hatten sie sich entschlossen, ins Krankenhaus zu fahren. Fröstelnd stand Mabel vor der Haustür und wartete darauf, dass Laetitia das vereiste Schloss ihres Wagens freibekam.

„Wir müssen doch nicht unbedingt draußen warten. Lass uns in die Cafeteria gehen. Du kannst Thea ja simsen, wo wir sind. Wann kommen sie denn an?"

„Jederzeit. Sie sind vor anderthalb Stunden losgefahren. Wieso schleppst du eigentlich schon wieder die ganzen Alben mit?"

„Dann hab ich was zum Festhalten!" Mabel lachte und hievte sich mit dem Stapel, den sie in der Wohnung noch schnell in eine Plastiktüte geschoben hatte, auf den Beifahrersitz des Bullys.

„Wo ist das hier?" Sie hob ein Foto auf, das herausgefallen war.

„In Berlin. Auf dem Balkon meiner WG. Hatte ich meiner Mutter damals wohl per Post geschickt."

Oktober 1990

„Warum rufst du nicht an?"

„Weil du mich im Moment anrufst, Mutter."

„Du hast dich schon Ewigkeiten nicht mehr gemeldet."

„Genau anderthalb Wochen ist sie her, deine Ewigkeit. Was ist los?"

„In der Krippe haben sie mich gekündigt, nun weiß ich gar nicht, was werden soll."

„Redest du schon wieder von der Maßnahme?"

„Ja."

„Sie haben dich nicht gekündigt, Mutter, schau auf das Formular, da steht mit Sicherheit ‚Umschulung'. Was hast du denn gegen die Arbeit bei der Volksfürsorge?"

„Ich kenne da keinen."

„Dann lernst du eben welche kennen."

„Aber ich wäre doch so gerne noch dageblieben."

„Bleiben, bleiben. Wenn alles so geblieben wäre, wie es war, wär's auch nicht gut."

„Trotzdem."

Wehmütig dachte Hanna an die Arbeit in der Krippe zurück. Und obwohl sie anstrengend gewesen war, tat es ihr leid, dort aufhören zu müssen. Sie dachte an die verrotzten, blassen, kleinen Gesichter. An die vielen Morgen, an denen manche, besonders wenn sie ganz neu abgegeben worden waren, an der Fensterscheibe klebten und reglos oder schreiend die Straße hinuntersahen, auf der die Mutti oder der Vati verschwunden war. Der Betrieb wartete. Alle waren beschäftigt. Keines der Kinder hätte eigentlich einen Grund zum Weinen gehabt, aber sie waren noch zu klein, um das zu verstehen. Doch die meisten gewöhnten sich daran. Auch die wehleidigsten und selbst die stillsten Kinder lernten, dass Hanna und die vielen anderen Krippentanten für sie da waren. Man sah es ja an den Ärmchen, die sich unterschiedlos jedem Erwachsenen entgegenstreckten, der den Raum betrat. Nur ihr eigenes Kind war krippeninstabil, sogar krippenuntauglich gewesen. Aber das war lange her und da war Hanna sofort zur Stelle gewesen. Eine Mutter muss für ihr Kind da sein.

„Sie haben gesagt, ich müsse vielleicht Auto fahren."

„Na, und? Das kannst du doch!"

„Aber wie viel Jahre ist das her, Kindchen!"

„Seit du den Trabbi verkauft hast, so viel Jahre."

„Aber was sollte ich denn noch damit? Ich bin doch kaum gefahren."

„Ich hätte ihn dir abgenommen und sogar abbezahlt."

„Ach, Laetitia, du warst sechzehn. Und was willst du denn jetzt damit, finde erst mal eine richtige Arbeit."

Sie verschwieg ihrer Tochter den wahren Grund, warum sie das Auto damals verkauft hatte, weil sie für alle Fälle ein kleines finanzielles Polster brauchte, mit dem sie Laetitia unterstützen wollte. Im Falle eines Studiums.

„Jetzt ist es so, Mutter. Dann musst du eben wieder Auto fahren lernen, wenn sie es bei der Volksfürsorge so wollen."

„Ich weiß nicht." Hanna fühlte sich nicht gut. Kraftlos war sie und resigniert. Seit die Mauer gefallen war, hatte sie mehr Angst als alles andere. Sie wusste nicht, warum, und sie schämte sich dafür. Das System konnte es nicht sein, dem sie nachtrauerte. Sie hatte es nie gemocht, höchstens hingenommen. Das war einer der wenigen Umstände, bei dem sie, ähnlich wie mit den Männern in ihrem Leben und bei dem Kampf um ihren Mädchennamen, stur geblieben war. Wäre sie frank und frei in die SED eingetreten, als man sie frisch anwarb – damals hatte sie gerade Joachim geheiratet –, dann hätte auch Laetitia mit Sicherheit so wie Thea den Platz an der weiterführenden Schule bekommen. Und dann hätte sie ihre Fotografie sofort studieren können. Aber Hanna hatte sich geweigert einzutreten, genauso, wie sie sich geweigert hatte, ihren Mädchennamen herzugeben. Der Wunsch, ihren Namen zu behalten, begründete sich zwar längst nicht mehr darin, dass sie sich vorstellte, ihr verschollener Vater würde noch immer nach ihr suchen, aber ihr Name war ein Relikt und sie hielt daran fest wie an einem letzten Erbstück.

Wegen des Eintritts in die SED war man des Öfteren auf sie zugekommen, aber schließlich hatte man sie in Ruhe gelassen.

Sicher war es durch Joachim veranlasst worden und das, obwohl er ihre Entscheidung nicht verstanden hatte. Seine große Liebe überdeckte die Differenzen anfänglich. Größer war seine Liebe zu Hanna gewesen als die zur Partei. Eine ganz private, persönliche Liebe hatte sich Joachim da geleistet. Ein paar Jahre. Mehr war nicht drin. Auch das war nun vorbei. Hanna war jetzt frei von diesem Staat, frei von diesem System, frei von den Männern und der Liebe. Warum fühlte sie es nicht? Selbst nach dem ersten Besuch von Sepp, der sofort nach der Grenzöffnung zu ihr gekommen war. Sie und Onkel Sepp waren sich in die Arme gefallen, hatten Frankfurter Kranz gegessen, Wurzelpeter getrunken und sogar Laetitia war ausgelassen und fröhlich herumgesprungen wie ein junges Fohlen, so wie Hanna sie selten erlebt hatte. Das war schön gewesen. Fast ein Stück wie früher. Und für ein paar Stunden war mit Onkel Sepp eine unversehrte Welt in ihrem Wohnzimmer auferstanden. Und als er ging, war es vorbei. Das Glücksgefühl verblasste und mit der Leere kehrte die Traurigkeit zurück, von der sich Hanna nicht erklären konnte, woher sie kam.

Das war noch weit vor dem Tag gewesen, an dem sie erfuhr, dass man sie ausgewählt hatte für diese Umschulung. Weggelobt haben sie mich, dachte Hanna bitter.

„Mutter?“

„Ja?“

„Ich war gerade abgelenkt, Kind.“

„Ich hatte nur wissen wollen, was du da machen sollst, bei der Fürsorge?“

„Ich weiß es noch nicht genau, ich weiß nicht. Ich war ja noch nicht da. Wann kommst du?“

„Ich weiß nicht. Ich weiß es noch nicht. Ich war doch gerade da.“

Hannas enttäuschtes Schweigen lag lange in der Leitung, bis sie sich besann. „Wie geht es dir, Kind?“

„Gut. Sehr gut. Vielleicht gehe ich nach Hamburg.“

„Wieso denn Hamburg? So weit. Das ist im Westen. Das ist am Meer.“

Laetitia lachte. „Ja, am Meer. Der Hafen zur Welt, das ist fast schon Übersee, fast Australien.“

„Hör auf, mich zu verlachen, Laetitia.“

„Was hast du denn gegen das Meer?“

„Nichts. Gar nichts. Es ist nur … Ich fühle mich einfach nicht wohl da.“

„Du musst ja auch gar nicht dorthin, sondern ich. Zusammen mit Gernot.“

„Tu, was du nicht lassen kannst. Ich kann es ja doch nicht ändern. Ich muss jetzt Schluss machen, mein Geld ist alle.“

Hanna legte ohne die übliche Verabschiedung den Hörer auf die Gabel. Durch die Scheibe der Telefonzelle des Amtes sah sie mitten in die Halle der Postfiliale. Sie hatte schnell aufgelegt, weil sie nicht wollte, dass Laetitia das Wegbrechen ihrer Stimme mitbekäme. In der kleinen, nach Hartfaser riechenden Zelle konnte sie jedoch nicht weiter sitzen bleiben; draußen wartete bereits der Nächste. Auf ihrer neuen Arbeitsstelle hätte sie vielleicht endlich ein eigenes Telefon an ihrem Schreibtisch, von dem aus sie ungestörter telefonieren konnte. Nach Feierabend oder in den Pausen. Wenigstens ein Lichtblick.

„Verdammt, ich krieg ihn nicht an! Immer, wenn's schnell gehen muss, lässt er mich im Stich!“ Laetitia schlug wütend auf das Armaturenbrett ihres Wagens ein.

„Kalt ist es. Verdammt kalt für einen Frühling.“ Mabel zitterte wie ein Rehpinscher und presste die Knie fester zusammen. Laetitias Finger trommelten weiter.

„Verdammt. Verdammt. Verdammt!“

„Nehmen wir doch die Öffis?“

Seufzend nickte sie.

„Bleibt uns wohl nichts anderes übrig, wo du deinen Wagen zu Hause gelassen hast. Willst du immer noch die ganzen Altlasten mitschleppen?“, fragte Laetitia und deutete auf die Alben, die Mabel unter den Arm geklemmt hatte.

Mabel nickte. „Die erzählen mir wenigstens mehr als du.“

In dem Moment sprang der Bully an. Mabel jauchzte und sie fuhren los. Am Krankenhaus angekommen, stiegen sie aus und machten sich auf den Weg zur Eingangshalle. Laetitia missmutig stapfend, Mabel mit kleinen hüpfenden Schritten, um sich zu erwärmen, die Plastiktüte mit den Fotoalben fest unter den Arm geklemmt.

„Schön warm. Hier lässt es sich aushalten. Was sagt dein Handy?“

Laetitia schaute aufs Display.

„Nichts.“

„Und du magst immer noch nicht anrufen, oder?“

Sie schüttelte missmutig den Kopf.

„Ich schreibe ihnen, dass wir in der Cafeteria auf sie warten und dass wir uns da treffen können. Egal, ob vor- oder nachher.“

„Neutrales Terrain?“

„Sozusagen." Ein Hauch von Bitterkeit mischte sich in Laetitias Lächeln. Sie setzten sich an eines der roten, kreisrunden Tischchen.

„Als ich Eric das letzte Mal sah, war er wütend. Er fragte mich, ob wir Krieg hätten, meine Mutter und ich. Das geht mir nicht mehr aus dem Kopf. Hatte ich dir davon erzählt?"

„Nein, hast du nicht." Mabel blickte sie an und wartete aufmerksam, was folgen würde.

„Neutrales Terrain. Jetzt sagst du es sogar. Neutrale Zone."

Mabel nickte. „Und wenn da was dran ist?"

„Was meinst du?", fragte Laetitia und ahnte schon, worauf Mabel hinauswollte. Sie fühlte sich unbehaglich.

„Der Krieg."

„Krieg. Welcher Krieg?", echote sie.

Mabel nestelte das kleinere der beiden Alben aus der Plastikverpackung, steckte zielsicher ihren Mittelfinger zwischen die Seiten und schlug es auf. Laetitia schluckte. Sie erkannte die Seite. Es war die mit dem Sechs-mal-sechs-Abzug. Das winzige Foto mit den Männern in Wehrmachtsuniform.

„Der Krieg", sagte Mabel vorsichtig. „Vielleicht hat er niemals aufgehört." Den Rest sprach sie über Laetitia hinweg. „In eurer Familie."

Laetitia errötete. „Nein, Mabel, nein. Das miteinander zu verbinden, halte ich für leichtfertig, das ist zu weit hergeholt."

Der Krieg, der Krieg. Sie versuchte, die Gedanken abzuschütteln, aber es misslang ihr. Sollte es tatsächlich sein, dass dieser Krieg mit all seinen Schrecken, den er verbreitet hatte, mit all seinen Sehnsüchten nach den Menschen, die nicht wiederkehrten, in ihrer Familie nicht zur Ruhe kommen wollte? Konnte es sein, dass dieser untote Krieg Hanna als kleines Mädchen schweigend und anstelle ihres Vaters an die Hand genommen, sie aufgezogen hatte und mit ihr groß geworden war? Hanna hatte sich in ihrer Gegenwart nie über ihre Vaterlosigkeit beklagt.

„Nein“, sagte sie wieder und schüttelte vehement den Kopf. „Nein, das kann nicht sein.“

Mabel sah nicht auf und blätterte weiter. Dann steckte sie das Album zurück, holte ein anderes hervor und schlug, als kannte sie die Abfolge der Fotos bereits auswendig, eine weitere Seite auf, in die sie sich schweigend vertiefte.

Krieg. Es ging Laetitia nicht mehr aus dem Kopf. Krieg. Politik. Ihre geheimen Briefe an Hanna in der Tasche des Albums. Von denen Mabel nichts wusste.

Ein Schreck durchfuhr sie. Sie starrte auf die Tüte, dann langte sie nach dem Album, das Mabel gerade zurückgeschoben hatte, tat, als ordnete sie die Bücher, und tastete nach der Umschlagverkleidung. Sie war gut verschlossen. Sorgfältig. Gott sei Dank.

„War das hier schon nach der Wende?“, fragte Mabel. Sie deutete auf das Foto, das Laetitia in einem Fahrschulauto zeigte.

„Nach dem Mauerfall, ja. Das war kurz, bevor ich nach Hamburg ging.“

Juni 1991

„Ich hab ihn. Hier!“

Stolz präsentierte Laetitia das Dokument und legte es neben das von Hanna. Hannas war ein graues, abgegriffenes Heft, ihres ebenfalls graublau, aber nagelneu.

„Komisch. Wieso hab ich eigentlich immer gedacht, dein Lappen hätte die Farbe der Essensmarken von früher, weißt du noch?“

„Ja, früher. Jetzt sagt man schon wieder früher. Und Führerschein. Nicht Fahrerlaubnis. Gerade hatten sie es uns abgewöhnt, da wird es schon wieder geändert."

„Gerade? Dein ‚Gerade' ist fast fünfzig Jahre her! Aber sag es meinetwegen trotzdem. Fällt hier doch nicht auf. Alle sagen das."

Laetitia konnte ihre Mutter verstehen. Im Grunde fand sie die alte Bezeichnung „Fahrerlaubnis" auch besser. Sie sah, wie Hanna auf das Dokument schielte, aber ihre Freude darüber hielt sich in Grenzen. Es bedeutete für Hanna nur, dass ihre Tochter nun noch mobiler war. Wozu ein Auto? Diese Litanei war alt. Im Auto passierte so viel. Sie sollte doch lieber Bahn fahren, meinte Hanna. Sie hatte Laetitia schon als Kind nie verstanden. Diskutiert hatte sie mit ihrer Tochter darüber, warum sie das Zugfahren nicht mochte. Und dann hatte sie wie alle anderen auf einen Trabant gespart. Es klopfte.

„Warte mal, Laetitia. Setz dich dort in die Ecke."

Hanna ging zur Tür und öffnete. Zwei große Räder rollten herein, dazwischen saß ein Junge mit schiefem Kopf, darüber eine Frau, die versuchte, den Rollstuhl über den kleinen Absatz des Eingangs zu bugsieren.

„Ich gehe dann mal." Laetitia erhob sich und war im Begriff, das kleine Büro ihrer Mutter im Haus der Volksfürsorge zu verlassen.

„Mich stören Sie nicht", sagte die Frau mit dem Jungen im Rollstuhl. „Vielleicht können Sie mir helfen beim Rüberheben. Ist ganz schön schwer, das Ding."

Die Räder waren schlecht zu greifen. Schließlich fasste Laetitia beherzt unter die Armlehnen, während die Frau von hinten schob.

„Wohin?"

„Hier neben den Korbsessel."

„Könnten Sie vielleicht ein wenig neben Jacob sitzen bleiben? Das wäre furchtbar nett. Dann kann ich die Formalitäten mit Frau Klänger etwas ruhiger regeln. Oder macht es Ihnen etwas aus?“

„Nein, natürlich nicht, meine Tochter macht das gerne. Kommen Sie bitte zu mir herüber.“

„Ihre Tochter?“ Die Frau lächelte Laetitia erleichtert an und Hanna nickte ihr zu. Unwirsch strich Laetitia die beiden Ausweisdokumente vom Schreibtisch ein und ließ sich neben dem Jungen im Rollstuhl in dem Korbsessel fallen. Der Junge hatte eine dicke Brille mit einer Art Sportbügel auf. Nicht nur sein Kopf, auch seine Zähne waren schief. Laetitia wusste nicht, ob er sie anschaute oder nur an ihr vorbei. Vielleicht beides. Er sah nicht schön aus, nicht niedlich, überhaupt nicht, dachte sie, aber es war etwas an ihm, was Laetitia rührte, etwas, das sie ihre Wut von eben, als Hanna sie ungefragt zum Babysitter gemacht hatte, verfliegen ließ.

Jacob bewegte die linke Hand, als ob er winken wollte, aber es hätte auch ein unkontrollierter Impuls sein können, und so beschloss Laetitia, so lange nicht darauf einzugehen, bis sie sich sicher wäre, dass Jacob wirklich etwas von ihr wollte.

Hanna reckte kurz den Kopf und schaute der Frau, die mit dem Rücken zu Laetitia saß, über die Schulter.

„Gib doch Jacob die Hand, er mag das. Nur zu, Kind, du sitzt ja da wie ein Brett.“

Laetitia ärgerte sich ein zweites Mal. Am liebsten wollte sie gehen! Einfach weg hier. Diesen Wunsch verspürte sie immer öfter, wenn sie Hanna in der letzten Zeit besuchte. Woher wollte Hanna wissen, ob Jacob es mochte, von einer Fremden angefasst zu werden? Außer seinem geräuschvollen Atmen, das wie ein Dauerschnupfen klang, hatte er sich diesbezüglich nicht geäußert. Aber Laetitia blieb sitzen. Gereizt. Ein Schauer überlief sie und sie schüttelte sich. Abrupt wurde das Schnorcheln des Jungen lauter. Erschreckt zuckte sie zusammen. Ob er Atemprobleme hatte?

„Er freut sich. Er lacht nur“, sagte die Frau und wandte sich wieder den Unterlagen auf dem Schreibtisch zu. Laetitia beugte sich vorsichtig zu ihm hinüber und versuchte, die Pupillen hinter den dicken Gläsern auszumachen. Jacob wurde ruhiger. Dann wischte seine Linke über den kleinen Glastisch neben seinem Rollstuhl. Die Papiere fielen herunter. Sie bückte sich und hob die beiden Führerscheine wieder auf. Der Junge zappelte aufgeregt.

„Willst du die haben?“, flüsterte sie. Als er jedoch nicht antwortete, sondern weiter mit den Armen herumfuchtelte, legte sie sie auf den Tisch. Ihre Mutter erklärte gerade sehr eindringlich der Frau etwas über irgendeine Antragstellung.

„Ist das deine Mutter?“, fragte sie Jacob und deutete mit dem Kopf in Richtung Schreibtisch. Aber Jacob schaute weder hinüber noch gab er eine Antwort. Er zappelte in Richtung der Ausweise.

„Welchen willst du haben? Altgrau für Mädchen oder Neublau für Jungen?“ Sie hielt ihm ein Dokument mit der linken und das andere mit der rechten Hand hin, woraufhin sein Kopf zwischen beiden hin und her schnellte. Dann, als wollte er nicht nur mit seiner Hand, sondern mit dem ganzen Körper danach greifen, rüttelte und ruckte er in Richtung ihrer linken Hand. Der Rollstuhl begann bedenklich zu wackeln. Seine Mutter wandte sich um.

„Er kann nicht sprechen. Und hören nur sehr, sehr schlecht. Vielleicht geben Sie ihm lieber etwas in die Hand, was nicht so wichtig ist.“

Laetitia zog die Papiere wieder zurück. Jacob reagierte entrüstet und enttäuscht.

„Was ist schon wichtig auf dieser Welt?“ Laetitia zwinkerte Jacob zu und wartete ab, bis die Frauen sich wieder in ihr Gespräch vertieft hatten. Als sie sich sicher war, reichte sie ihm vorsichtig die Fahrerlaubnis ihrer Mutter, behielt sie aber noch ein wenig zwischen ihren Fingern. Seine kleine Hand war wie ein unbeholfener Schnabel, der danach pickte. Das Spiel schien ihm Spaß zu machen. Er schnorchelte. Laetitia lockte ihn, indem sie das Papier hinhielt und wegzog, sobald er danach griff. Entzücktes Schnaufen. Wieder spielte sie das gleiche Spiel, dieses Mal vertauschte Laetitia die Dokumente wie ein Trickspieler, bevor sie Jacob erneut zufassen ließ. Inmitten dieses Amüsements knarrten plötzlich die Stühle und die Frauen erhoben sich vom Tisch.

„Laetitia, ich muss mit Frau Lund kurz eine Etage höher zu Frau Kiebig in der Neun was klären. Bin gleich wieder zurück.“

„Könnte ich Jacob vielleicht hier lassen?“ Die Frau schaute bittend.

„Ach, Gott, ja, natürlich können Sie den Jungen dalassen, wir haben ja keinen Fahrstuhl. Leider.“ Schon waren die Frauen aus der Tür.

Wieder einmal saß Laetitia ungefragt und mit einer Aufgabe betraut im Verwaltungsbezirk ihrer Mutter, da fuchtelte Jacob auch schon mit beiden Ausweisen vor ihrer Nase herum. Schnaubend wie ein Walross.

„Nanu, ich denke, du kannst nicht reden? Jacob Lund? Wohl doch nicht taubstumm, oder was?“

Behutsam umgriff sie seine Hände und entwand ihm schnell die Dokumente. Ihr Gesicht dicht vor dem seinen. Jetzt konnte sie seine Augen sehen. Er hatte immer noch einen leicht panischen Ausdruck, den sie ihm am liebsten aus dem Gesicht pflücken wollte. Automatisch formte sie ihre Lippen zu einem halboffenen Oh! Rein intuitiv. Es hatte nichts zu bedeuten. Nichtsdestotrotz wirkte es. Jacob entspannte sich und überließ ihr ohne Weiteres die beiden Papiere.

„Die brauchst du noch nicht. Die sind zum Autofahren“, sagte sie und legte sie beiseite. „Du sitzt im Rolli. Ich sitze im Auto.“

Langsam wiederholte sie das Wort: Auto. Auto. Dabei zog sie das O in die Länge, weil sie sah, wie es ihn belustigte. Wie der Ausdruck, den ihr Gesicht dabei machte, ihm gefiel. Dann hob sie die Hände, mimte zu dem langgezogenen O noch ein Lenkrad und kurbelte es wild hin und her. Schnorcheln. Dieses Geräusch spornte sie an, dass sie sich hinreißen ließ, ihm eine regelrechte Theatervorstellung zu bieten. Privat und exklusiv für Jacob Lund, ihren einzigen Zuschauer. Er reagierte prompt. Sie lachte laut auf und zeigte stolz mit beiden Daumen auf sich, zog ein übertrieben arrogantes Gesicht, lachte wieder und kurbelte wie wild an einem imaginären Lenkrad herum. Auch wenn ihr Zuschauer angeblich nichts verstand, sagte sie es trotzdem immer und immer wieder: „Ich kann Auto fahren Ich! Ich! Ich!“ Dabei schlug sie sich mit der Faust auf den Brustkorb, dass es dumpf resonierte. An seinen zappelnden Erwiderungen erkannte sie, dass er es ihr gleichtun wollte. Vehement schlug der Junge sich ebenfalls auf den Körper, und traf das Gesicht, so dass ihm die Brille verrutschte und nur noch an einem Bügel an seinem Ohr baumelte. Sie rückte sie behutsam zurück auf das Ohr, aber sein Schnorcheln hatte eine derartige Sogwirkung, dass sie weitermachen musste. Und als sie gerade im Begriff war, mit den Händen vor den Augen zwei Scheibenwischer darzustellen und zusätzlich ihre Zunge rein- und rausschnellen ließ, um die Spritzdüse anzudeuten, öffnete sich die Tür und die beiden Frauen standen wieder im Raum. Verblüfft schauten sie auf Laetitia und Jacob. Sein Seehundbabygrunzen tönte in die überraschte Stille hinein.

„Oh, Frau Klänger, ist Ihre Tochter etwa Gebärdensprachdolmetscherin?“

Hanna lachte und schob die Frau zum Tisch.

„Nein, ist sie nicht. Sie hat gerade ihr Abi an der Abendschule nachgeholt. Lassen Sie uns weitermachen.“

„Bestellst du mir auch einen Kakao, Laetitia?“ Mabel schlug das Album zu und legte es in die Plastiktüte zurück. Laetitia erhob sich. Sie waren bereits über eine Stunde hier, hatten Hanna kurz besucht und sich dann in die Cafeteria begeben, um zu warten. Bevor sie jedoch zum Ausschank ging, warf sie einen Blick auf ihr Handy und sah, dass keine weiteren Nachrichten eingegangen waren. Vielleicht waren Eric und Thea immer noch unterwegs.

Am Tresen gab es nur heiße Schokolade, aber keinen Kakao. Rasch drehte sie sich um und gebärdete es quer durch den Raum zu Mabel. Das Tresenmädchen schien verwundert und belustigt zugleich, und als Laetitia sich ihr wieder zuwandte und die Bestellung aufgab, fragte sie: „Wie praktisch, ist das eine Zeichensprache?“ Laetitia fielen ihre neugierigen Augen auf.

„Es ist Gebärdensprache. Wir sind Dolmetscherinnen. Deshalb.“

Der Studentin entfuhr ein überraschtes Ach! und dann schob sie das Gewünschte über den Tresen.

„Dein Handy hat gepiept, als du vorne warst. Ich hab nicht nachgeschaut“, sagte Mabel und nahm die heiße Schokolade entgegen.

Eilig nestelte Laetitia in der Manteltasche, die über dem Stuhl hing. Sie fluchte verhalten. Das Futter hatte sie noch immer nicht repariert und das Handy war tiefer hineingerutscht. Sie riss die Naht der Tasche ganz auf, zog es heraus und las. Enttäuscht ließ sie das Telefon wieder in die kaputte Tasche gleiten.

„Was?", fragten Mabels Augen.

„Weiter warten. Sie sind fast da, suchen gerade einen Parkplatz. Und dann ist erst mal Hanna dran."

Sie hätte nicht vermutet, dass es sie so treffen würde.

„Dann warten wir eben", sagte Mabel und legte ihre Hand auf Laetitias Knie.

Thea und Eric schwiegen schon eine ganze Weile, was sehr ungewöhnlich für Thea war. Eric fand es okay, sogar mehr als okay und schaute auf die Straße. Das hier war ein Zwischenland. Nicht mehr das geschützte Gehöft von Thea und noch nicht bei Hanna und seiner Mutter. Die weißen Streifen auf dem grauen Asphalt wurden von der Motorhaube des alten Wartburgs verschluckt. Sie passten exakt zu seinem inneren Zustand. Auto fraß Straße. Zeit fraß Distanz und Theas Schweigen fraß seine Nervosität. Er betrachtete seine Stieftante aus den Augenwinkeln. Sie blickte konzentriert und gelassen geradeaus und lächelte gleichmütig. Die kleine Welt in Theas Schrottkiste auf der E28 in Richtung Ebermünde, zwischen zehn Uhr dreißig und zwölf Uhr, war heil.

„Wie haben sich mein Vater und Mama eigentlich kennengelernt?"

„Das weißt du doch. In Hamburg."

„Ja, weiß ich. Ich meine aber, wie. Ich kann mir Mama irgendwie gar nicht mit jemandem so richtig zusammen vorstellen. So in echt meine ich."

„Verliebt?"

„Hm. Weiß nicht."

„Na ja. Im Moment ist eine Freundin bei ihr. Die Mabel."

Eric runzelte leicht die Stirn und murmelte: „Ach die."

„Kennst du sie?"

„Nee, nicht so richtig, eigentlich gar nicht. Ist 'ne Arbeitskollegin."

„Ach so. Also, um noch mal auf deine Frage zurückzukommen. Deine Mutter und Gernot waren ein schönes Paar, fand ich. Passten gut zusammen. Laetitia hat alles ziemlich pragmatisch und zielstrebig angepackt. Erst ihr nachgeholtes Abi, dann ihr Studium in Hamburg, den dicken Bauch, das alles schien irgendwie kein Problem für sie zu sein. Im Gegenteil, ich hatte das Gefühl, sie blühte sogar auf. Ich habe sie immer sehr um ihre Fähigkeit beneidet, alles zu managen. Calla war damals noch nicht aus den Windeln raus und ich noch nicht fertig mit dem Studium. Ich war total überfordert, habe pausiert. Ich hätte das nie gekonnt, nebenbei noch weiterzustudieren, im Chaos wäre ich ertrunken." Sie musste lachten. „Und wenn ich erst an meine Schwangerschaft mit Calla denke. Mein Gott, war ich eine Mimose!"

Eric hörte interessiert zu.

„Aber wenn ich so darüber nachdenke. Ich habe die beiden wirklich nie turteln sehen oder so was. Auch nicht küssen. Laetitia mochte das in der Öffentlichkeit nicht. Von daher wundert's mich nicht, dass du dir das auch nicht vorstellen kannst."

„Brauch ich ja auch nicht." Plötzlich ertönte in regelmäßigen Abständen das laute Grunzen von Willibald aus Theas Tasche.

„Kannst du mal gucken, Eric? Das ist eine SMS."

Er holte es heraus.

„Soll ich?"

„Lies schon!"

„Es ist Mama. Sie wartet in der Cafeteria."

„So. So."

„Und?" Eric musste nachdenken. Nein, musste er nicht.

„Bring mich zu ihr. Erst zu ihr."

„Zu Laetitia?"

„Nein, zu Oma."

Sie hatten die Anmeldung passiert, den Fahrstuhl gefunden, sich zur Neurologischen Station durchgefragt und standen endlich vor der Tür zu Hannas Zimmer. Vorsichtig drückte Eric die Klinke hinunter und betrat mit Thea den kleinen Raum. Da lag sie. Hanna. Merkwürdig erstarrt fühlte er sich. Die ganze Zeit im Auto war er getrieben von dem Wunsch, nur nicht zu spät zu kommen. Er hatte sich so darauf gefreut, sie wiederzusehen. Sein Herz hatte laut gepocht, kurz bevor er die Klinke hinunterdrückte. Und nun?

Hanna schaute ihn an und er schaute zurück. Ihr Gesicht verzog sich. Ein bisschen schief sah es aus, aber vielleicht täuschte er sich. Er wusste nicht, ob sie nur schief lächelte oder Schmerzen hatte. Dann sah er die Tränen und das Schlucken. Es machte kein Geräusch, er sah es daran, wie ihr Kehlkopf sich bewegte. Und dann spürte er etwas Warmes auf seinen Schultern. Es waren Theas Hände, schwer und ruhig. Sie schienen ihn in die Erde drücken zu wollen, wie eine Zwiebel in den Boden, und der Boden war weich wie seine Knie. Zögerlich ging Eric einen Schritt auf Hannas Bett zu. Da stand ein Stuhl und er setzte sich darauf. Sie bewegte ihre Hand. Ihr Arm zitterte und auch das Fleisch darunter, als wäre gar keine Flüssigkeit mehr in ihrer Haut. Er berührte den Arm. Auch ihre Haut war weich, obwohl sie so faltig aussah. Weich wie die eines Babys. Hannas Hand griff nach Erics Arm. Sie hielten sich fest wie zwei Bergsteiger vor dem Abgrund.

„Oma", sagte er mit einer Stimme wie im Stimmbruch und ein zitterndes, unkontrolliertes Beben ging durch Hannas Körper. „Gut, dass du wieder da bist." Sie hob erstaunt die Augenbrauen, eine höher als die andere. Er sah zu Thea.

„Sie versteht mich doch, oder?"

Thea zuckte mit den Schultern.

„Ich bin jedenfalls auch wieder da", sagte Eric. Hanna entspannte sich. Obwohl sie auf dem Rücken lag, sah es für einen Moment so aus, als würde sie erst jetzt richtig nach hinten sinken. Sie schloss die Augen und ihr Griff lockerte sich. Langsam löste Eric sich aus der Berührung.

„Vielleicht sollten wir wieder gehen", schlug Thea leise vor. „Ich habe keine Ahnung, wie anstrengend das für sie ist."

Ein Geräusch durchbrach die Stille. Hanna konnte die Tür sehen. Man hatte sie wieder gedreht. Auf die richtige Seite. Da kamen zwei Personen auf sie zu. Langsam. Vorsichtig. Sie schlief nicht. Niemand brauchte vorsichtig zu gehen. Sie ahnte es schon und ihr Herz klopfte. Kommen sollen sie, dichter heran. Noch dichter, damit sie sie sehen könnte. Und dann, endlich. Sein Gesicht. Eric. Eine Welle überflutete Hanna. Ein Schluchzen, das schneller war als sie. Sie wollte es unterdrücken, aber das Schluchzen war hartnäckig, es hackte sich durch ihren Brustkorb, durch ihre Kehle hinauf und wurde laut. Aber der Junge sollte nicht sehen, dass sie weinen musste, sollte das ganze Unglück nicht sehen, wie sie so dalag. Lächeln sollte er, sich freuen genauso wie sie. Aber sie bekam es nicht hin. Ihr Gesicht gehorchte ihr nicht. Die Mundwinkel zitterten vor Anstrengung. In der Kehle brannte es. Er sollte sie nicht so sehen. Er war noch so jung. Man muss ein Kind schützen vor so viel Traurigkeit.

Januar 1993

Laetitia hatte Hanna weggeschickt. Die frischgebackene Oma einfach hinausgeschickt. Ihre Tochter tat so, als ob ihr ganz alleine das Würmchen gehörte. Dabei floss doch auch Hannas Blut in Erics Adern. Aber das wollte Laetitia nicht wahrhaben; Laetitia sah immer nur sich. Seit das Baby unterwegs war, sah sie immer nur sich und ihr Leben. Dabei schaute der Kleine wirklich fast ein bisschen so aus wie … es fiel ihr schwer, das zu denken … wie Albrecht. Aber das konnte sie Laetitia nicht sagen. Mit diesem alten Schmerz, der neu aufblühte, seit sie das Bündelchen zum ersten Mal erblickt hatte, war sie allein. Nun wartete sie eben im Flur der Wohnung. Wartete, bis Laetitia Eric fertiggewindelt hatte. Mein Gott, sich so anzustellen, nur weil sie sich etwas zu weit über ihn gebeugt hatte. Mit den Ellenbogen hatte sie sie weggestoßen und harsch angeraunt, sie solle Platz machen, sie könne ja kaum noch atmen, geschweige denn ihren eigenen Sohn trockenlegen, wenn sie sich so dazwischendränge. So eine Übertreibung. sie hatte doch nur dagestanden. Nicht gedrängt. Ein Kind braucht doch auch seine Oma. Und so viel Liebe, wie sie hat. Die reicht dreimal für drei Kinderchen.

Hanna hörte den Säugling schreien. Durch die geschlossene Tür hindurch. Am liebsten würde sie sofort zu ihm rein, sie hielt es nicht aus, dieses Schreien. Sie wollte zu ihm, ihn in den Arm nehmen, ihn wiegen und beruhigende Worte zu ihrem Enkel sprechen. Laetitia ließ ihn einfach schreien, sie redete ja nicht mit dem Kind, und windelte einfach weiter. Ein Kind muss beruhigt werden! Zu viel – hat Laetitia zu ihr gesagt –, sie würde zu viel mit ihm anstellen, sie solle Eric einfach mal vor sich hin schauen lassen, ohne sofort in seinem Blickfeld Sperenzien zu machen. Sperenzien! So ein kleines Wesen darf nicht alleine sein. Niemals. Nie. Es muss wissen, dass immer jemand in der Nähe ist.

Eric hatte aufgehört zu schreien. Er gluckste. Nun hörte sie Laetitia reden und lachen. Etwas angespannt. Zu angespannt für eine Mutter. Ihre Tochter hatte sich viel zu viel vorgenommen. Wie sie das bloß schaffen wollte. Sie redete immer von Gernot, der ja auch noch da wäre. Trotzdem, eine Mutter, die studiert, während das Kind noch an der Brust trinkt, das ist nichts. Ganz und gar nichts. Es ist nie gut, wenn die Mutter nur halb da ist. Das wusste sie aus eigener Erfahrung. Das brauchte Laetitia nicht zu wiederholen.

Als Hanna damals zu schwach war, sich um ihr Kind zu kümmern, war das noch etwas anderes. Laetitia ist nicht zu schwach und sie sollte es auch nicht dazu kommen lassen. Hanna musste mit ihr darüber sprechen, musste ihrer Tochter ins Gewissen reden. Aber wenn sie nicht horchte, dann musste Hanna ihr wenigstens sagen, dass sie jederzeit für den Kleinen da wäre. Immer. Er war noch so jung. Ein Kind muss man schützen.

Hanna hielt Erics Arm und Eric versuchte zu lächeln. Es war anstrengend. Sie schloss die Augen und ihre Tränen hinterließen eine kühlende Spur seitlich an ihren Schläfen, so dass es hinter ihren Ohren nass wurde. Es tat gut, Erics festen, warmen Griff an ihrem Arm zu spüren, aber es verstärkte auch ihren Tränenfluss. Sie hörte Thea etwas flüstern, woraufhin Eric seine Hand langsam von ihrem Unterarm löste.

Thea hatte recht, bestimmt. Eric nickte. Es war sicher anstrengend für Hanna. Sie schlichen zurück auf den Flur und sogen die Luft ein, als hätten sie die ganze Zeit den Atem angehalten. Durch das geschäftige Treiben hindurch gingen die beiden zum Fahrstuhl. Warteten. Stiegen ein. Die Tür schloss sich summend. Wieder wurde es Eric eng um die Brust. Wieder versteiften sich seine Schultern. Nur noch vier Stockwerke. Er sah auf die Anzeige. Drei. Zwei. Eins. Tür auf. Rausgehen.

Unten roch er von Weitem die Dünste der Cafeteria. Dort wartete sie auf ihn. Seine Mutter. Dass Thea sich kurz bei ihm einhakte, störte ihn nicht, im Gegenteil. Es machte ihm jedoch bewusst, dass er seine Hände in den Hosentaschen noch immer zu Fäusten geballt hatte.

Zweimal bogen sie um die Ecke. Einmal links und dann rechts. Es kam ihm vor wie in Zeitlupe. Eric wünschte sich, der Gang, der jetzt direkt auf die Cafeteria zuführte, möge niemals enden. Weiß und lang sollte er bleiben, endlos sollte er sein, bis Eric irgendwann bereit dazu wäre, ihr gegenüberzutreten.

Was würde sie sagen? Was sollte er antworten auf ihre Frage, wieso er einfach, ohne sich zu melden, abgetaucht war? Warum er sie die ganze Zeit über nicht hatte sehen wollen und weshalb ihn Thea heute am Arm zu ihr bringen musste, was sicher so aussah, als wäre er ein Verhafteter, der an seine eigene Mutter überführt wurde? Eric hätte keine Antwort auf diese Fragen gehabt, aber er wusste auch, dass es nicht besser werden würde, egal, wie lange er ginge. Es fühlte sich nur noch feige an. Doch als er von Weitem ihre schmale Silhouette gegen die breite Fensterfront erblickte, wollte er lieber feige sein. Klein, unsichtbar und feige. Er hatte Gummibeine und ein Kratzen im Hals. Er spürte einen Schwindel im Kopf. All die kleinen, feigen Zeichen waren da, zerrten an ihm und wollten ihn zum Stehen bewegen. Wie leicht war es oben gewesen. Bei Hanna.

Ein Spaziergang gegen das hier.

Die schmale Silhouette hatte sich nun erhoben und eine zweite daneben auch. Jetzt konnte er nicht mehr zurück. Wie bei einem Duell ging er langsam auf Laetitia zu. Es ist nur Mama, dachte er. Nur noch wenige von den runden Tischen standen zwischen ihnen. Teile, die aussahen wie farbige Fliegenpilztupfen inmitten eines runden Cafés. Drei, zwei, eins, jetzt. Eric blicke nach unten. Er konnte sie nicht anschauen. Er zählte die Fliesen mit bunten Mosaiksteinchen zwischen ihnen. Nur noch eine Armlänge entfernt stand Laetitia vor ihm. Gut, dass er sich sicher sein konnte, dass sie ihre Finger bei sich behalten und nicht unter sein Kinn schieben würde, gut, dass er nicht hochschauen und sie ansehen müsste. Dass sie ihn nicht wie Hanna besorgt fragen oder drängen würde. Gut, dass es in diesem Moment doch seine Mutter war, die da vor ihm stand und ihn einfach nur ansah. Jetzt, da er sich schämte, ohne zu wissen, wofür.

„Hallo, ich bin Thea. Wir hatten telefoniert."

„Hallo! Mabel, Mabel heiße ich."

„Wollen wir uns duzen?"

„Gern."

Eric sah, wie sich die beiden Frauen die Hände schüttelten. Er war so erleichtert, etwas zu hören, was alltäglich war.

„Ich könnte einen Kaffee vertragen. Bin reichlich früh aufgestanden", sagte Thea.

„Gute Idee", erwiderte Mabel.

Am liebsten würde Eric mit den beiden Frauen zu dem Kuchentresen gehen. Einfach ein Stück Sahnetorte aussuchen. Einfach Tee oder was auch immer trinken. Wehmütig schaut er ihnen hinterher.

„Hast du auch Hunger?", vernahm er ihre Stimme. Sie klang weicher und leiser als sonst. Eine neue Stimme. Zwar erkennbar, aber seltsamerweise verändert. Eric schüttelte den Kopf. Wenigstens konnte er das Gesicht seiner Mutter jetzt ansehen. Anders sah sie aus. Auch Hannas Gesicht hatte fremd ausgesehen, aber Laetitias sah wieder anders aus. Er konnte der Andersartigkeit keinen Namen geben. Durchsichtig, fiel ihm als Erstes ein. Glasartig. Meine Mutter sieht gläsern aus, dachte er. Und vielleicht scheute Eric sich deshalb, sie anzufassen, weil sie sonst zerbräche. Ihre Hand an seiner Schulter war nicht so warm wie die von Thea, aber auch nicht unangenehm. Wie ein leichter Vogel. Er wollte die Hand nicht verscheuchen durch ein falsches, störrisches Zeichen. Ihre Hand machte alles einfacher.

„Vielleicht Tee oder Cola?" Wieder sprach sie mit dieser neuen Stimme.

„Ja, Cola, Cola ist gut." Cola ist normal. Normal ist gut. Im Moment wünschte er sich nichts sehnlicher als Normalität. Sie gingen zum Tresen. Es störte ihn nicht, dass die Rhabarberstücke keine Streusel hatten und auch nicht, dass sie hinter den Glasscheiben ziemlich vertrocknet aussahen. Im Gegenteil. Vor dem Tresen war die Luft auch leichter zu atmen und das Geräusch, das der Automat für die Heißgetränke verursachte, klang einfach nur gut.

Während Laetitia bezahlte, betrachtete Eric, wie ihre schmalen, langgliedrigen Finger nach Kleingeld suchten. Viel langsamer und viel bedächtiger als sonst. Nichts trieb sie. Seine Mutter wirkte auf ihn, als müsste sie nirgendwo mehr hin. Beunruhigend war das für ihn, diese Veränderung. Diese Blöße zwischen ihnen. Er fühlte sich nackt. Eric wagte es nicht, ihr näher zu kommen. Sogar die Worte, die er dachte, fühlten sich nackt an. Ungeschützt und unbeholfen. Das Tablett in ihren Händen sah auf einmal nicht mehr sicher aus. Der Kaffee schwappte über. Sogar der Kaffee war nicht wie sonst. Eric überlegte. Sie hatte sich einen großen Milchkaffee gekauft, nicht wie üblich einen schwarzen. Früher war sie genauso gewesen, ohne Zucker, ohne Milch, dachte er und jetzt ist sie es nicht mehr.

Als sie endlich am Tisch ankamen, setzte er sich neben sie. So konnte er ihrem Blick immer noch ausweichen, wenn er es wollte. Zwei Nackte, die sich nicht immerzu anstarren mussten. Mabel und Thea plauderten fast schon wie alte Freundinnen. Ein bisschen zu aufgeregt, aber trotzdem, das Lachen war okay.

„Wie geht es dir?", fragte sie ihn.

„Gut", sagte er. „Ich bin ja wieder gesund."

„In drei Tagen geht die Schule wieder los", warf Thea ein.

„Ja. Nur noch das Wochenende."

Schließlich hatten sie alle fertiggegessen, standen auf und räumten ab. Vor dem Krankenhaus standen sie zu viert unschlüssig auf der Treppe, die ähnlich rund war wie die Tischchen in der Cafeteria. Kalt war es und alle traten von einem Bein auf das andere.

„Wir könnten zu Hanna in die Wohnung oder zu mir. Was meint ihr?", fragte Laetitia und streifte Eric mit einem flüchtigen Blick. Sie wollte nichts über seinen Kopf hinweg entscheiden, nichts falsch machen. Die anderen beiden Frauen zuckten mit den Schultern und schauten ihn ebenfalls an.

„Was denkst du, Eric?"

Ihm war unwohl, so im Mittelpunkt zu stehen. „Mir egal."

„Das glaube ich nicht." Thea hatte das gesagt.

„Okay. Ich will …" Beinahe hätte er „zu Oma" gesagt, aber da war es wieder, dieses Bild, mit der Spüle, dem rauschenden Wasserhahn und Hanna auf dem Boden.

„Ich will zu uns, erst mal. Glaube ich."

„Na, dann los. Ich bin auch gespannt, ich war noch nie bei dir, Laetitia. Es ist das erste Mal. Premiere sozusagen. Aber nur, wenn das für dich okay ist."

„Sonst hätte ich ja nicht gefragt." Laetitia lächelte das erste Mal seit ihrer Begegnung und das unentschlossene Grüppchen hatte nun endlich eine Richtung. Schnurstracks gingen sie zum Parkplatz hinüber und verteilten sich auf die Autos. Mabel fuhr mit Thea, weil Laetitias Halbschwester den Weg nicht kannte, und Eric stieg zu seiner Mutter in den Bully.

„Du bist irgendwie anders."

„Ich weiß, Eric. Ich bin immer noch sehr durcheinander. Das mit dir und das mit Mutter hat mir den Boden unter den Füßen komplett weggerissen."

Laetitia wusste nicht weiter. Sie wusste nur, dass jetzt der Zeitpunkt war, Eric endlich etwas zu erklären.

„Du hattest mich gefragt, ob wir Krieg hätten. Meine Mutter und ich. Und ich hatte dir mit Nein geantwortet. Und dann warst du fort und das war das Letzte, was wir uns zu sagen hatten."

„So krass hab ich das nicht gemeint. Das hab ich nur so gesagt."

„Du hattest trotzdem recht, aber ich hatte keine Ahnung, Eric. Es war so … ich weiß nicht, wie ich es erklären soll, was zwischen Oma und mir war, ich … mir wurde immer schlecht. Ach, Quatsch, was erzähle ich, obwohl …"

Sie hielt an. Mitten in einer Busspur. Sie spreizte die Finger ab und stützte sich mit der Stirn auf das Lenkrad.

„Ich habe plötzlich gemerkt, wie ähnlich ich ihr in vielen Dingen bin und gleichzeitig so fremd. Nicht nur in der Stimme. Und das hat mir Angst eingejagt. Furchtbare Angst. Bis zum Schlechtwerden Angst. Ich weiß nicht, ob du mich verstehen kannst. Ich verstehe das selbst alles nicht. Bis heute eigentlich nicht. Es war wie ein Gespenst, dieses Gefühl. Grauenhaft."

„Doch", sagte Eric zu ihrer Überraschung. „Als ich weggerannt bin, hatte ich auch so ein Gefühl. Ich dachte, ich müsste immer nur rennen, rennen, rennen, damit mich niemand einholt. Alles andere kam erst danach. Das mit Papa und so. Ich hatte das gar nicht geplant. Das ist dann wie von selbst passiert."

„Mhm", murmelte Laetitia. „Warst du eigentlich dabei? Als es passiert ist, das mit Oma?"

„Nein, ich hab sie gefunden in der Küche, als ich vom Weiher zurückkam. Ich wollte ja bei ihr Abendbrot essen, nachdem ihr Kaffee getrunken hattet."

„O mein Gott."

Laetitia nahm Eric in den Arm und hielt ihn fest.

Ganz plötzlich waren da ihre Schulter und ihre Haare dicht an seinem Mund. Nichts mehr war zwischen ihnen als nur noch die Umarmung und ihr ständig gemurmeltes „O mein Gott". Und Eric wusste nicht, ob er sich wohl oder unwohl fühlte. Es war beides. Es war ein Gemenge aus ja und nein, aus weiß und schwarz, es waren zwei Wellen, die sich ausschlossen und doch eine Einheit bildeten, wie das Yin- und Yang-Symbol, das Calla um ihren Hals trug. Behutsam ließ Laetitia ihn wieder los.

„Es tut mir so leid, Eric."

Und damit meinte sie alles. Nicht nur das Jetzt. So wie seine Mutter diese sechs Worte aussprach, meinte sie alles, bis zu ihrem Streit vor Hannas Unglück. Und wahrscheinlich meinte sie es noch viel weiter zurück, bis vor ihrer Sprachlosigkeit, und vielleicht noch viel, viel weiter, vielleicht meinte sie sogar die Zeit der Trennung von seinem Vater.

„Ja", sagte er. „Mir auch." Und Laetitia schaute Eric an und es kam ihm wie eine Ewigkeit vor. Er bemerkte auch ihren Versuch zu lächeln, sah, wie ihre Mundwinkel bebten. Ganz zart. Und dann wandte sie sich ab, löste die Kupplung und fuhr los.

„Ich habe die Alben vergessen!" Kaum, dass sich alle um den winzigen Tisch in Laetitias Zweizimmerwohnung versammelt hatten, schnellte Mabel in die Höhe.

„Verdammt, ich Idiotin!" Die Röte schoss ihr ins Gesicht.

„Wollen wir noch mal hin?" Thea schien es nichts auszumachen, durch die ganze Stadt ins Krankenhaus zurückzufahren.

„Ruft doch erst mal an. Weißt du noch, wo du sie liegengelassen hast?"

„In der Cafeteria."

Mabel ging zum Telefon, wählte die Nummer der Zentrale und ließ sich mit der Cafeteria verbinden. Zwischen Warten und Reden und erneutem Warten gab Mabel dann die Telefonnummer von Laetitias Festnetzanschluss durch und legte enttäuscht auf.

„Sie sind weg."

Nach einer Runde ratlosen Schweigens prustete Thea unvermittelt los.

„Was?" Mabel schaute sie zornig an. „Was gibt es da zu lachen?"

„Etwas ist immer weg", antwortete Thea und schüttelte den Kopf. „Jetzt sind wir endlich alle beisammen und plötzlich fehlt wieder was. Na ja, halb so schlimm, es sind ja nur Fotos."

„Hannas ganze Vergangenheit", erwiderte Mabel.

„Ja, aber ich halte nicht viel von Archivierung. Weißt du doch." Laetitia lächelte.

„Heißt das, du kennst die Alben gar nicht?", fragte Thea erstaunt.

Laetitia schickte einen Blick zu Mabel. „Jetzt ja. Gezwungenermaßen", sagte sie halb im Scherz und schaute zu Eric hinüber. „Aber du schon, oder?"

„Ja", sagte er, „ich kenne sie auch."

Das Telefon klingelte. Laetitia erhob sich.

„Es ist die Nummer des Krankenhauses", sagte sie nach einem Blick aufs Display und nahm ab. „Hallo?"

Wie Mabel ein paar Minuten zuvor, lief sie während des kurzen Telefonates unruhig auf und ab.

„Ja. Ja. Ach so … Das ist ja … nein. Nein, ich habe eigentlich nichts dagegen, ich meine, das ist ja … das ist gut so. Es ist gut. Ich denke, es ist gut. Auf Wiederhören."

Sie legte auf.

„Was ist? Ist was mit Hanna?", fragten Mabel und Thea gleichzeitig.

„Nein. Sie haben die Alben gefunden und auf Hannas Zimmer gebracht. Es stand ja ihr Name drin."

„Gott sei Dank!", rief Thea aus, aber als sie sah, dass Laetitia noch immer unschlüssig herumstand, fragte Mabel: „War noch was?"

„Es war Dunja Kleebusch."

„Und?"

„Sie hat mich gefragt, ob es okay wäre, wenn sie die Alben mit Hanna gemeinsam anschaut."

Mabel strahlte. „Und du hast Ja gesagt."

Epilog

Die Schwäche in Laetitia glich noch immer einem Meer. Sie war nicht gänzlich verschwunden.

Noch immer trieb sie in diesem Meer umher. Sie hatte aufgehört, ihre Angst durch Geschäftigkeit zu vertreiben, denn seit Hanna erwacht und Eric wieder zurückgekommen war, hatte sich etwas in ihr zur Ruhe setzen können. Nicht, dass die Trauer und die Enttäuschung abgeklungen waren. Das hohle Nachwehen begleitete Laetitia noch immer, aber sie war vertrauter geworden in diesem neuen Gewässer. Sie spürte, wo Sandbänke waren oder Treibgut herumschwamm und wo sich die nächste Gelegenheit zum Festhalten bot.

Das konnte ein aufmunterndes Wort der Schwester sein oder ein Blick. Es konnte die ruhige Stimme von Dunja Kleebusch sein, der zarte Reif vor ihrem Fenster oder das frühe Licht des Tages, das in diesem unverwechselbaren Blau auf Mabels nackte Schultern und ihr gemeinsames Bett fiel. All das spendete Kraft.

Es war nicht die Härte des alten Packeises, sondern eine zartere Kraft, vergleichbar mit der eines grünen Halmes auf seinem Weg durch die Schneedecke. Oder die eines ersten haarfeinen Spaltes in der Oberfläche des Eises bei Tauwetter.

Danksagung

Die in dieser Geschichte erzählten Ereignisse der Gegenwart sind fiktiv. Die Erinnerungen Hannas speisen sich jedoch aus Zeitzeugenberichten von Menschen, die ich befragte. Die Geschichte der Flucht, so individuell sie erlebt wurde, schien trotz allem immer dieselbe Geschichte zu sein. Aus den verschiedenen Fäden habe ich einen einzigen gesponnen. Die sich Erinnernden waren damals Kinder. Vieles von dem, was sie erlebten, ist entweder verschüttet oder nur bruchteilhaft vorhanden und zudem auf eine starke individuelle Art eingefärbt.

Die von mir beschriebene Route, die Hanna mit ihren Verwandten binnen weniger Monate zurücklegt, hat es so nicht gegeben. Sie ist nacherfunden. Mein Ansinnen war es nicht, eine äußere historische Deckungsgleichheit zu erzeugen. Ebenso sind Ähnlichkeiten mit konkreten Personen nicht beabsichtigt und doch hoffe und wünsche ich, mit meiner Geschichte nah an dem damals Erlebten und Gefühlten geblieben zu sein.

Ich bedanke mich hiermit bei vielen Menschen für das, was sie mir zum Schreiben dieses Romanes zur Verfügung gestellt haben. Ganz konkret geht mein persönlicher Dank an:

Meine LektorInnen: Ilona Bubeck und Jim Baker, desweiteren an Karen-Susan Fessel und die Frauen der autobiografischen Schreibgruppe in Altenbücken, Jane Haardt, Karin Kestner, Bernd Rehling vom Forum www.taubenschlag.de, Ingrid A. Schmidt, Dirk David, meine beiden Töchter, Britta Redmer, Friederike Ammon, Silva Winkler und die Donnerstagsfrauen, Patricia Harlos, Rodin Osorio, Renata und Reinhardt Korth und deren Familienangehörigen, Hermann und Corinna Thiel, Gisela von Kietzell, Anke Fessel, Janet von Stillfried, Alina Baravykaite, Anne Kehrein, Theresia Lutz, Anja Rudnick, Inka Grund, Gábor Rossmann, das Forum der 42er Autoren und ganz zuletzt, aber dafür umso inniger, geht mein Dank an meine Improvisationstheatergruppe Hannover98, durch deren Hilfe schon die eine oder andere zündende Idee für eine Geschichte entstanden ist.

Ich bedanke mich bei all den Testlesern, „Feedbäckern" und Mutmachern für die hilfreiche Unterstützung in medizinischen, polizeilichen, schulischen und vor allen Dingen gebärdensprachlichen Fachfragen.

Ein Anliegen hätte ich noch:

Für hörende Menschen ist es eine Selbstverständlichkeit, professionelle kostenlose Beratung in Anspruch nehmen zu können. Für Gehörlose jedoch bleiben diese Türen verschlossen. Sie brauchen Menschen, die sie in der Gebärdensprache fachkompetent beraten können. Aus diesem Grund gibt es Hand zu Hand e.V. Dieser Verein ist eine psychosoziale Beratungstelle in Bremen. Sie finanziert sich ausschließlich durch Spenden und freut sich über jede Unterstützung. Näheres unter: http://www.handzuhand.net

Weiterführende Literatur und Quellen

Bode, Sabine: Die vergessene Generation: *Die Kriegskinder brechen ihr Schweigen*, 2011

Huber, Walter/Springer, Luise/Poeck, Klaus: *Klinik und Rehabilitation der Aphasie: Eine Einführung für Therapeuten, Angehörige und Betroffene*, 2006

Kurtz, Inge und Geers, Jürgen: *Meine Geschichte: Zeitzeugen erzählen – 100 Jahre Deutschland*, 2010

Schaller, Susann: *Ein Leben ohne Worte*, 1999

Internet

www.gesundheit.de/krankheiten/gehirn-und-nerven/bewusstlosigkeit/wachkoma-apallisches-syndrom

Nydahl: Vorwort, in: *Basale Stimualtion in Bezug auf das Gleichnis vom Lahmen und Blinden von Christian Fürchtegott Gellert,* 1999